崎義一の優雅なる生活

「二本は託生へ返すよ。一本だけ、もらっておく」

そう、キャンドルの明かりも託生からのプレゼントだ。

──ああ、なんて素晴らしい夜だろう。

ギイは託生へ思いを込めてキスをする。

「託生……。最高の誕生日を、ありがとう」

崎義一の優雅なる生活

フラワー・シャワー

ごとうしのぶ

24156

角川ルビー文庫

目次

口絵・本文イラスト／おおや和美

フラワー・シャワー

「――いえ。退学のご意思はなさそうですが」

慎重に伝えると、

「それにしては、最近のあの子は仕事も学業も、どちらも中途半端ではないかね」

穏やかな声で返される。

マネージャーのくせになにをやっているんだ！　と、お叱りを受けるのではなく、淡々と、現状に疑問を呈された。話の流れからその指摘を受けそうだと予想していたにもかかわらず、うまい返答を思いつけなかった白石冬梧（しらいしとうご）は、しばし、黙りこんでしまった。

どちらも中途半端。

どちらもパッとしない。

マネージャーとしてお前は、このままでいいのか？　と。

都心に程近い閑静な住宅街の奥まった場所にある、年月を経て風格の増した大きな一軒家。

高名なピアニストでありながらもう何十年も自宅にて子ども向けのピアノ教室を開いており、近年は桜ノ宮坂音楽大学でピアノの実技も教えている真鍋博子教授の自宅である。

家の前には、3ナンバーの普通自動車が三台ほどゆったりと駐められる駐車用のスペースがあり、今は、白石が運転してきた外車だけが駐められていた。正味一時間のレッスンが終わるのを運転席で待つあいだ、いつものように、携帯電話で社長秘書へ業務連絡を入れたところ、途中で、通話が社長に切り替わった。

倉田産業の社長倉田賢虎。

白石がマネージメントをしている、歌って踊れて演技もできて、現役の音大生（ピアノ専攻）で社長令嬢という勝ち組代表のようなアイドル『汐音（本名は倉田汐音）』の父親で、白石の雇い主である。

その社長を相手に下手な誤魔化しは通用しない。

「白石。黒川氏にはちゃんと相談しているのか？」

と続けて訊かれ、

「はい」

白石は頷いたものの、「……汐音さんが他者からの干渉を嫌うので、黒川社長としても、今しばらくは様子を見るよりないのかと」

結論を急がず、現状維持の方向であることを伝える。

芸能界の個人事務所、黒川プロモーション社長の黒川哲礼。

諸事情により汐音は現在（特例措置として）黒川プロモーションへ一時預かりの身となっている。公にはされず対外的なプロモーション業務のみを委託している形なので、汐音はどこの芸能事務所にも所属していないと、世間からは思われていた。

白石は黒川の部下ではないし、仕事の内容について黒川からなにがしかの指示が出されることもない。白石とて駆け出しというわけではないが、自分のキャリアとは比べ物にならないほどの実績があり、芸能界の裏表にも精通している黒川に、白石は、事あるごとに相談に乗ってもらっているし、正直、とても頼りにしていた。

汐音の大きな分岐点ともなった〝諸事情〟。

倉田社長と既知の仲である崎家の御曹司——汐音が赤ちゃんだった頃から可愛がってもらい、物心がついた頃には「お兄ちゃま」と呼び、慕っていた。もちろん血の繋がりはない——に、黒川プロモーションとの縁を結んでもらったおかげで、汐音は今も、アイドル活動を続けることができているのだ。

「……そうか」

倉田社長が頷く。

汐音は見かけによらず頑固なところがあるからな。

と、父親の顔を覗かせてちいさく呟いた社長へ、心の中で深く同意しつつ、

「ですが社長、新年度が始まって以降、やはりなかなか大学へは行けておりませんが、真鍋先生の、いえ、真鍋教授のレッスンだけは、汐音さんは欠かさず受けています」

二回目の一年生。昨年度は圧倒的に出席日数が足りず、頼みの綱である試験もろくに受けられず（得点次第では下駄を履かせてもらえたのだが）よってそもそも成績がつけられず、単位の取得はほとんどないに等しくて当然のことながら留年となった。

この春に、進んで留年を選択した汐音。

仕事と学業を両立させるのは、仕事が充実していればいるほど困難になる。一般的には世間体のよろしくないことながら、芸能人としてはむしろ誇らしいことなのかもしれない。だが、汐音の目標はどんなに仕事が忙しくとも学業と両立させることだったので、一年目にして敢え無く玉砕してしまった。

ひとつ年下の学生が同級生になること。

大学の皆が、汐音が留年したことを知っているという現実。

負けず嫌いの汐音は本音をおくびにも出さないが、果たして、本心から望んで留年を選んだのだろうか——。

父親とはいえ娘の仕事にあれやこれやと干渉しない。倉田社長は、基本的にその姿勢を貫いていた。それは、倉田が汐音を一人の社会人として認めているということであり、全面的にマネージメントを託している白石のことを信用している、ということでもある。

多忙なスケジュールをやりくりするのは、マネージャーである白石の仕事だが、アイドルの仕事をこなしつつ、少ない時間の中でピアノの練習を続けているのは汐音の努力だ。ピアノに対する汐音の精一杯の誠意でもある。

白石としては、汐音を庇ったつもりだったが、

「ろくに練習もできていないのにか？　それは真鍋先生に失礼ではないのか」

社長からは静かに正論が返ってきた。

ああ、痛いところを指摘されてしまった。

「……はい」

真摯な音楽教育をしている師の前で中途半端なピアノを弾くということ。みっともない音を鳴らすということ。それがどれだけ失礼なことなのか、クラシックの世界は門外漢の白石にも、充分にわかっていた。

しかも失礼であるだけでなく、汐音のピアノはおそらく師を失望させている。汐音の努力は努力としても、成果の伴わない演奏は汐音の誠意すら疑わせることになる。

寛容で辛抱強い真鍋教授は、それでも汐音のレッスンを続けてくれているのだが。

白石とて、わかっている。

このままで良いわけがない。

改めて倉田社長から匂わされた〝退学〟という選択肢――。

だが、もがくように必死に毎日を送っている汐音の懸命な思いを、汐音にとってかけがえのないピアノレッスンの場を、機会を、白石は奪うことができなかった。

――わかっている。

ここが、汐音の正念場なのかもしれないことは。


「よっ、島岡（しまおか）！」

御曹司に声を掛けられ、その晴れやかな笑顔とご機嫌な様子に、

「……どうしました、義一（ぎいち）さん？」

島岡隆二（りゅうじ）はみるみる怪訝（けげん）な表情となる。「こんな場所でお会いするとは、偶然ですか？　それとも、――待ち伏せですか？」

「やめろよ島岡」

御曹司はぷぷっと噴き出し、「待ち伏せって表現は、さすがに不穏だろ？」

だがどんなに島岡が怪訝そうにしても、御曹司はご機嫌なままである。

「……不穏」

本当に待ち伏せされたとなれば不穏どころではない。〝出待ち〟ならば、まあ、ぎりぎり、許容範囲だが。

仕事で初めて訪れた、山が多く海にも面した都心からやや離れた風光明媚（めいび）な地方都市。有料駐車場に駐めておいたクルマの前。待ち合わせでもしていない限り、ここで偶然に御曹司と会う確率は限りなくゼロだ。

「なんだよ島岡、せっかくのサプライズだったのに」

御曹司がわざとらしくむくれる。

父親の秘書である島岡のスケジュールをゲットするのは御曹司にとって朝飯前だが、それにしても、だ。

サプライズとは、相手を喜ばせるのが前提のはずで、

「ご期待に添えず申し訳ありませんが――」

そういう意味で今回は、むしろ逆効果だった。

否定しかけて、ふと気づく。

「義一さん？　もしかして、この辺りでしたか？」

なにやら肩入れしているという農家の一件。

この辺りにはいくつもの山があり、海があり、一日の気温差は激しく、霧も立つ。そして年間の気温は低過ぎない。

「大正解。オレが説明する前に気づくとか、本当に島岡は察しが良いなあ。覚えてて嬉しいし、ということで、はい、これ。島岡にお土産」

御曹司がにこにこと、後ろ手に隠していた小ぶりのシンプルな紙袋を差し出した。

「お土産？　ですか？」

「だって島岡、ここの仕事が終わったらその足で、東京支社には戻らず、帰国するんだろ？」

「はい、そうですが」

それもまた、よくご存じで。

今回は十日間ほどの日本への出張、本日が最終日。島岡はここでの仕事が終わり次第、最寄りの空港から飛行機に乗りアメリカへ帰国する予定だった。そのために今日使用しているのは社用車ではなく、空港で乗り捨てできるレンタカーなのである。

「だから、日本でのお土産をね。まあ差し入れってことでもいいけど、どっちでも」

渡された紙袋の中を覗くと、更に小さな細長い袋が。

早速、細長い袋を取り出した島岡は、印刷のない茶色い袋のやや硬い紙質と袋の上からのやや凹凸のある手触りとで、

「中身はお茶ですね？」

と訊く。

「ご明察！」

御曹司はご機嫌に笑い、「そう、お茶はお茶でも、和紅茶だよ」

「わこうちゃ？　——ああ、日本紅茶のことですね」

「前に、跡継ぎがいないから自分の代で廃業するつもりだという、農家のおじいさんの話をしただろう？」

「ええ、伺いました。廃業するには惜しい、良質の農作物を育てていると」

「日本茶の農家さんなんだよ。廃業するには実に惜しい良質の茶葉を生産しているけれども、いろいろと先細りだと悩まれていて」

葉を蒸して手作業で煎茶に仕上げる腕はすこぶる良いし、良質の茶葉が育つ環境にも恵まれている。だが好条件が揃っていても農家を続けられないケースもある。

「好条件が揃っているのに、先細り、ですか」

不利な条件を改善し業績を上向きにさせるのは困難ではないが、条件が整っているのに先細りしているとなると、かなり厄介な状況だ。

「そこで、別件で小耳に挟んだ、地産地消の取り組みを始めたばかりの農業高校を紹介したんだよ。いくつかの市をまたぐけど、偶然にも双方とも同じ県内だし。ゼロから何かを立ち上げるのはさすがにハードルが高いが、既にそこにある、失うには惜しいものに工夫を加えて再生させるのは、さほど難しくはないからな」

「なるほど。両者のマッチングが見事に成功し、この和紅茶が誕生したと？」

「そういうこと」

満足げに頷いた御曹司は、「ただし、ぜんぜん楽勝ではなかったけどな。そもそも一切発酵をさせず最後の最後まで発酵を止めまくって作られる緑茶と、とことん発酵させて作られる紅茶では、同じ茶葉からであっても、作業工程がまったく異なるからな。農家さんとしては、これまで親の仇のように発酵を止めまくっていたのに真逆な作業になるわけだろ？　老後に差しかかっているのに人生初の挑戦を決意した農家さんと、その農家さんの姿に刺激を受けて大いに発奮した高校生たちとが、一丸となって苦心惨憺して、山のように失敗を繰り返して、ようやく商品化の一歩手前にまで、漕ぎ着けたのさ」

「それは……、素晴らしいですね」

ようやく？　そういえば、農家のおじいさんの話は、御曹司がリタイアする以前から聞いていたのだったな。

全ての仕事から、どんなに周囲に強く引き留められようときっぱりとリタイアしてしまったのに、気掛かりな（それまで抱えていた仕事に比べれば遥かに些細な）案件には、変わらず対応していたのか。

〝凪〟だと称していたのにな。

「この和紅茶をきっかけにしてそれまで作っていた煎茶や玉露にも、再び人々の関心が向くのを期待しているんだけどさ。あと、後継者の出現、とか、ね」

「……後継者、ですか」

静かに返した島岡へ、

「まあ、どれも一筋縄ではいかないけどな」

からりと笑った御曹司は、「パッケージデザインはまだブラッシュアップの最中なんだが、茶葉の品質を保持する袋の材質はこれでばっちりだし、これはもうぜひとも島岡に自慢しなけりゃなと思って、島岡が飛行機に乗る前に届けに来たというわけさ」

「この和紅茶が自信作なのは理解しましたが、義一さん、つまり、自慢をするだけのために、わざわざここへ？」

「そ。島岡に自慢したいがために、わざわざスケジュールを調べて、ここへ」

御曹司は子どものような悪戯っぽいウィンクをして、「ま、半分は冗談だけど。たまたま、今日のオレの行き先と、島岡の行き先が近かったからさ。少しだけ足を延ばしたのさ」

行き先が近かったのはたまたまだったのかもしれないが、

「冗談はさておき、無事にお会いできて良かったです」

近くにいようと、ちょっとした行動の差ですれ違うこともある。ちょっとの差で、これを受け取れずに帰国していたら、自分はとても残念に思ったのだろうな。

島岡は、和紅茶の袋へ視線を落とした。

それにしても。毎度のことながら、御曹司はどこから聞き付けてくるのだろう。先細りの不安に苦しむ高齢の農家や、地産地消の取り組みを始めた地方の農業高校のことなどを。

崎義一、通称ギイ。神出鬼没の御曹司。

世界的大企業Fグループのトップである彼の父親の複数いる秘書のひとりが島岡だ。

島岡隆二。ファーストネームもラストネームも日本名だが国籍はアメリカ。よって、島岡が日本にいるときは海外出張中である。

Fグループトップの長男（しかも息子はひとりだけ）である御曹司は、世間的には当然のように跡取り息子として認識されていたのだが、成人後の彼は父親の仕事に一切関わらなかったし、父親も関わらせようとしなかった。――幼い頃から〝お使い〟という名の〝外交〟にはしょっちゅう駆り出されていたのだが、当時でもそこにビジネスの匂いがし始めると、さっと退場させられた。

親の事業を受け継ぐよりも、自分で事業を開拓すべし。

後継者の第一候補でありながら、親子共々、跡継ぎ問題は眼中になかった。親の跡を継ぐよりも自力で親の事業を越えてゆけ、という父親の方針に対し、御曹司は生き生きと受けて立っていた。

要するに、似た者親子なのである。

二十歳そこそこで、親から課せられていたノルマを全て無事にやり遂げ、晴れて自由の身になった御曹司は、ついに本領発揮とばかり世界中でありとあらゆる事業を興した。立ち上げた事業が軌道に乗ると、まとめ役として育てていた現地のスタッフに権限を渡す。世界中のそこかしこで仕事を産出し、様々な人材を育て、また事業者と事業者との橋渡しもする。

本人は一定の場所にいることはないが、常に、中心に、御曹司がいた。

たとえ名前は記されていないとしても関わった事業の膨大なこと。――そうだ、高校時代から常に〝暗躍〟していたと、御曹司の恋人が話していたな。

人というのは変わらない。

御曹司は他者の才能を見抜く天才であり、人と人とを繋ぐ天才であり、投資を惜しまず、見込んだ者へ裁量を委ねることにも抵抗がなく、本人は風のように世界中を飛び回り、そうして、たくさんのものを生み育ててきたのだ。〝仕事〟という名前が付こうと付くまいと。

「島岡、後で感想を聞かせてくれよ。忌憚のないご意見を」

「わかりました。ありがたくいただきますし、遠慮なく感想をお伝えします」

当てにしてもらえるのは素直に嬉しい。

——人というのは、変わらない。

気づけば凪の中にいた、と。

自分を突き動かすものがなくなってしまった、と。

まだ二十代の若さなのに、気づいたら燃え尽きてしまっていたのだ、と。

そして、膨大な全ての仕事から手を引き、現在は無職であるはずの御曹司。なのに、彼は片時も立ち止まっていない。

だが確かにほんの数カ月前の御曹司は、本人が凪と説明したように、ぴたりと動きを止めてしまったのだ。動くに動けなくなってしまったと辛さを滲ませていたのだ。

だから彼は、今、日本にいる。

かけがえのない恋人の住む国で、新しい生活を始めるために。

――なのに。

島岡へ渡された和紅茶。

「現金なものですよね」

「あ？　なにが？」

「いえ、別に」

昨年、たった一年の間に、ゆるゆると動けなくなっていった御曹司が、電池が切れつつある玩具のようになにもかもが緩慢になり、瞳の輝きすら失せつつあった彼が、たったひとりの存在によりあっさりと復活した。――目の前にいる御曹司を以前の関係者たちが目にしたら、即刻、戻ってこいとせっつくだろう。

どんなに激しくせっつかれようと、どこへも戻る気はないのだろうが（でなければ、あんなに見事にすべてを手放してしまわないだろう）、戻らずとも、既に動き始めている。

仕事という名前こそ付いていないが、御曹司は恋人との新たな生活を得て、再び生き生きとなにがしかを生み出し始めている。

それを暗躍とは呼ばないだろうが。

「本音を言えば、和紅茶のプロジェクトに私も参加したかったですよ、義一さん。ご自分だけ楽しむなんてずるいですよ」

「ずるいって、島岡……！」

御曹司が噴き出す。「さすがに簡単には呼び付けられないだろ？　ここは日本だし」

「今更なにをおっしゃいます」

これまで、どれほどの無理難題をあっけらかんと島岡へ投げてよこしたことか。彼は、不可能のコーナーぎりぎりを攻めてくる。――故に、燃える。

ハードルが高ければ高いほど、島岡の秘書魂に拍車がかかる。

島岡だったらこれくらいこなせるだろ？　と言わんばかりに突き付けられる要求に、挑戦状とも受け取れる無理難題に、それだけ自分が御曹司から見込まれているという誇らしさと共に、難解なパズルを前にしたときの高揚感が生まれた。

実に楽しい。

だからこそ、もうずっと、かれこれ十年以上も、島岡は御曹司からのオーダーに進んで振り回されているのである。

と、島岡のスマホにメールが着信した。アメリカへ発つ寸前の滑り込みのように。

「――おや、珍しい」

島岡が、スマホの画面を見て呟いた。「ふむ。今年は意外な人から連絡が来る年まわりなのでしょうかね」

いくつか持っているケータイのうち、このスマホは日本国内にいるときのみ使用しているものので、日本を出るタイミングで一切繋がらない設定に変えていた。日本国内ではとても使いやすいのだが、そもそも日本国内でしか使用できないスマホであり、いつまた日本を訪れるのかわからないのに留守番電話にしておくと、メッセージを吹き込んだのにいつまで経ってもレスがない、と、トラブルのもとになりかねない。

日本での仕事は日本のスタッフが回すのが会社の基本的な方針である。島岡は必要以上に関わらない。きっぱりと線を引いておくことが、有効なトラブル回避の安全策でもある。

「そうなのか？　へえ？」

御曹司が興味津々に頷く。

「いくら義一さんにでも、どなたからなのかはお教えできませんよ？」

島岡がからかうと、

「だよなあ」

御曹司は素直に引き下がる。

着信したのが恋人の葉山託生（はやまたくみ）のスマホならば、興味を惹（ひ）かれるままに画面を覗き込むだろうが、さすがに御曹司と島岡の仲であっても、それはしない。

気心の知れた、少し年の離れた兄弟のようなふたり。

父親の秘書とは、いくらFグループトップの秘書であれ、つまりは会社に雇われているしがない従業員の身なのだが、御曹司の島岡への無理難題は、雇ってやってるのだから好き放題している、というニュアンスではない。

幼い日の御曹司は、シンプルに島岡に懐いた。島岡が複数いる秘書の中で最も年下で、まだ若く、自分と年が比較的近かったからなのか理由は定かでないのだが、気づくと、とても懐かれていた。

島岡はといえば、幼き日の御曹司の無邪気さに、――要するに、やられたのだ。

その類い稀なる聡明さに、目が離せなくなったのだ。

以降、仕事とそれ以外とを可能な限り切りわけて、付き合っている。この関係が大切で、やがて御曹司の手足として動けなくなる日が来るそのときまで、ただただ、この日々を楽しんでいたいから、自分のためにも御曹司のためにも、極力公私混同を避けるべく。

「すみません、少々お待ちください」

島岡は素早くメールの内容をチェックして、返信を打ちながら、「義一さんは、夏もずっと日本にいらっしゃる予定ですか？」

スマホの画面から目を離さずに訊いた。

「多分そうなるかな？　せっかくの夏休みなのに託生の予定がびっしりで、どこへも出掛けられそうにないからな」

「ひとりでお出掛けになる計画は？」

「ないなあ。オレもべったり家にいるわけではないけど、託生を残して旅行とか、ないな。遠出をしたとしても日帰りだし。託生の仕事の邪魔はしたくないが、帰宅してからは一緒にいたいからさ」

「そうですか、実質、夏休みはなしですか」

軽く頷いて、「働き者ですね、葉山さんは」

「だよなあ。——ハッ！　もしかして佐智のやつ、恒例のサマーキャンプだけでなく、託生に夏休みを与えないつもりじゃないだろうな。夏休みの期間中、ずーっと束縛する気じゃないだろうな。いくら雇い主でも、横暴が過ぎるぞ」

「さすがにそんなことはないと思いますよ」

横暴とか、大袈裟な。

「はあぁ……」

御曹司は大きな溜め息を吐くと、「託生はさあ、いい加減に雇い主を、佐智からオレへ乗り換えるべきなんだよ」

やれやれと肩を竦める。

「無職の義一さんにですか？」

「だが給料は払えるぞ。託生の言い値を出すよ」

「言い値――」

確かにそれは太っ腹だが、「お金だけの問題ではないですよね？　ご存じと思いますが」

釘を刺すように続けた島岡へ、御曹司は器用にも、ひょいと片方だけ眉を上げると、

「……まあな」

と、同意した。

お金だけの問題ではない。

なにもせずお金だけをもらう人生。広い世間にはそれが平気な人もいるだろうが、少なくとも島岡は労働等の対価ではない金銭など、精神がじくじくと腐ってゆきそうで恐ろしかった。仕事とは、単に金銭を得るためだけの行為ではないのだ。そして勝手な推量だが、御曹司の恋人もそれは性に合わないのではあるまいか。

御曹司の提案に葉山託生を乗せたければ、解決法はひとつ。――御曹司がまた仕事を始めればいいのだ。

ちゃんと仕事を始めて、正式な社員として雇った上で、御曹司が渡したいだけ葉山託生へ給金として支払えばいい。

「ところで島岡。話は変わるが」

ふと、御曹司が真面目な表情になった。

「――はい」

島岡も、心の中で居住まいを正す。

「祠堂のメンテナンス、今年もおこなってくれるのか？」

「セキュリティシステムのですか？　はい、例年どおり学院の夏休み中におこなう予定です」

「……ありがとうな」

しみじみと礼を述べる御曹司へ、

「義一さん、作業員に交じって行かれますか？」

島岡はさりげなく気をまわす。

「いや？　島岡たちに任せておけば大丈夫だし」

「そういう意味ではないです。文化祭などで卒業生として訪校することは普通にできますけれど、義一さんは、もう少し深く母校にかかわりたいのかと、以前から感じてましたて」

「……鋭いな、島岡」

「裏側から学校の様子を見たいのであれば、スタッフとして参加するのはアリだと思います。あのセキュリティシステムが稼働し始めてからかなりの年数が経っておりますので、そろそろ撤収のタイミングかもしれませんし」

「撤収？　もうか？　あれは、そんなにヤワではないだろ？」

「もちろん、今日の明日のという話ではありません」

島岡はすかさず注釈を入れる。「撤収するとしても、いつの、どのタイミングなのか、はたまた撤収ではなくいっそバージョンアップさせてしまうのか、どうなるにしろその辺りの判断や決定権は、私たちスタッフにはありませんので。なので、義一さんがかかわるのは、これは飽くまで私個人の意見ですが、アリだと思います」

「……そっか」

ちいさく頷いて、御曹司は嬉しそうに口元をほころばせる。

和紅茶といい、恋人へのスポンサードといい、母校のセキュリティシステムのメンテナンスといい、ひとつひとつの発想の前向きなこと。

昨年の御曹司には、まったく見られなかったコンディションだ。

「義一さん、リタイアのリタイアは、現役復帰は、そろそろですか？」

島岡が尋ねる。

「オレ、調子良さそうに見えるか？」

「はい。絶好調に見えます」

「だが本調子ってわけじゃないぜ？」

「そうなんですか？」

「この夏休みだけじゃない。オレは、しばらく日本から離れる気はない。託生から離れたら、またオレの凪が始まる。また動きが止まる。そんな気がする」

「——そうなんですか？」

傍から見ている限りでは、とてもそのようには感じられない。

「あいつがいないとダメなんだ」

微笑みを浮かべて御曹司が告白する。「託生がいないと、世界から、きらめきが消える」

なにもかもが色褪せてしまう。

仮に、遠く、離れ離れになったとしても、この愛情が薄れることなどないけれど。

「今はひたすら、託生との時間を貪っていたい」

「いつまでですか？」

間髪容れず島岡が訊く。その語気が、島岡には珍しい強さだった。

「——え？」

「義一さんの気が済むまでですか？」

「え？　それ、期限を切る必要があるのか？」

御曹司は僅かに狼狽する。

「必要と言いますか――」

島岡はハッとして、「すみません、差し出がましい発言でした」

「いや、そこは気にしなくていいけど」

「ですが、目安があると、ありがたいです」

「もしかして、指針にしたいのか？」

「……そうですね」

「そうか……」

ならば迂闊なことは言えない。無責任なことは、絶対に言えない。「正直、いつ気が済むのか、自分でもわからないよ」

「一生、などと言われると、さすがに怖いですけれど」

冗談めかして島岡が返す。

「そうか？　怖いか？」

御曹司も冗談めかして笑う。

「私としては最も望ましくない形なので。日本国内だけに居続ける義一さん、というのは、さすがに宝の持ち腐れかと思われますよ」

「そうかあ？」

御曹司がにやける。「島岡に誉められるのは嬉しいな」

「誉めたつもりはありません」

単なる事実だ。

崎義一には、この島国の中だけに停まっていてもらいたくない。

「島岡にそのつもりはなくても、オレは嬉しい」

悪びれない御曹司は、「和紅茶を届けに、ここまで足を延ばした甲斐があったよ」

ますます嬉しそうに笑った。


「これは、ここにして、……うっ」

怖い。

できるだけ、怖くないように、これを、こっちに配置して……。

「……ぅう、……やっぱりダメだ」

たまらずに紙面から顔を上げ、葉山託生はハッとする。

まずいことに井上(いのうえ)教授とばっちり目と目が合った。——更にまずいことに、にっこりと微笑まれてしまった。

ただ微笑まれただけなのに、しかも、飽きるほど見慣れているはずなのに、託生は軽い感動を覚えた。

世の中には、どうしてこんなに美しい人が存在しているのだろうか！

奇跡だ、これは……。

ではなく！

井上教授こと井上佐智。

幼い頃から世界を股(また)にかけて演奏活動をしている若き天才バイオリニストであり、ここ、桜ノ宮坂音楽大学でバイオリンを指導している（たいそう若き）教授である。見目麗しく、年齢不詳で、おまけに大企業の社長令息というハイスペック。

託生と同い年だが、年下に見えることさえある、〝天使〟とも形容される透明感溢(あふ)れる麗しさの、魂が洗われるような微笑みには、反面、心の奥底を見透かされるような、悪いことなどしていなくても、なぜか、後ろめたい気持ちにさせられる。

託生は咄嗟(とっさ)に目を逸(そ)らす。

見られてしまった！　いや、聞かれてしまった！

というか、教授の落ち着きっぷりからして、おそらく、そこそこ前から自分の挙動不審な様子は観察されていたのだろう。――恥ずかしい。

桜ノ宮坂音楽大学の井上教授室、大学から、教授ひとりにつき一部屋ずつ割り当てられている鍵のかかる個室で、自由度も高いので、滞在時間（と使用期間）の長い教授ほど、特色が濃く表れていた。

比較的シンプルな印象を受ける井上教授室の室内には執務用のどっしりとした机と椅子、デスクトップのパソコンや簡易ながらも来客用のソファセット、学生との個人レッスンに使われるグランドピアノなどが、広い空間にゆったりと配置されていた。

そのソファセットを使用し書類へボールペンを走らせながら作業をしていた託生は、

「いえ、井上教授、今のは、その……」

無駄な抵抗だろうなと自覚しつつも、一応否定を試みる。

井上教授は微笑んだまま、

「かれこれ十年」

と、意味深長に短く返した。

「……はい」

そう、かれこれ十年。

「葉山くん、さすがに要領は心得ているよね？」

「はい。……さすがに、はい」

肝試しの配置、お化けと怖がらせスポットの。

「パズルみたいなものだろう？　パーツも決まっていることだし、適当にぱぱっと組んでしまえばいいのに」

「それはそうなんですが……」

具体的に配置を考えようとすると、どうしても、具体的に、装置のあれやこれやを思い出してしまい——。

「感受性が豊かというのも困りものだよねえ」

「からかわないでください。ぼくのは、単なる、怖がりです」

「うん、知ってる」

汚れのない天使のルックスでスパンと打ち返してくる井上教授。そのギャップにも、うっかり萌え。——ではなく。

井上教授室に常駐し、事務をこなしている託生は、学生たちからは、肩書こそは助手だが、大学のスタッフで井上教授室に配属されているただの事務員と思われている。実際は、井上教授に直接雇われ、大学に派遣されている、状況によっては教授の代理で実技指導の一端を担う

スタッフである。

現在の上司（雇い主）であり、学生時代にはバイオリンの指導教授でもあった井上教授は、毎年夏休みに、クラシックの演奏家を目指す中・高生向けのサマーキャンプを開催しており、託生は大学在学時からほぼ毎年のように、進んでボランティアスタッフとして参加していた。

そして、なぜか、ほぼ毎年、この作業を任されていたのだ。

「葉山くんが筋金入りの怖がりだということは、耳にたこができるくらい聞かされて知っているけれど、その作業のどこが怖いのかは、残念ながら、さっぱり僕にはわからないな」

「いちいち想像しているわけではないんですが……」

「勝手に目の前に映像が浮かぶのかな？」

「それに近いですけども、というか、あの、井上教授、お言葉を返すようですが、なのになぜ一度も検討してもらえないんでしょうか？　適任、他に、いますよね？」

「え？」

井上教授は意外そうに目を見開き、「だって、葉山くん以上の経験者がいないから」

当然のように答えた。

――かれこれ十年。そう、十年もこの作業をしているのが託生なのだ。

「もしかして、井上教授、ちっとも慣れずに、いつまで経っても怖がっているぼくを、密かに面白がっていませんか？」

「人聞きの悪いことを」

一笑に付された後、「本来、面白がるのは、その作業をする人のはずなんだけど？」

疑問形で返される。

「残念なことに、ぼくには、肝試しの配置を工夫することが面白いと感じるセンスがぜんぜんありません」

どうすれば、より参加者を怖がらせられるのか。思惑どおりに怖がらせるのを楽しみにするセンスが、託生にはない。

「そうなんだ？」

またしても意外そうな井上教授の、摑み（つか）どころのないこの感じ。

――ああ、そうだった。この人もギイと同じタイプだった。無類の面白がりで、その上に、鋼のハートの持ち主である。

鬼に金棒の美丈夫たち。

要するに託生は、人を怖がらせるにしろサプライズで喜ばせるにしろ〝企画もの〟全般があまり得意ではないのだ。そんな託生の身近にはなぜかそれ系が得意な人が集まっている。〝類は友を呼ぶ〟の逆の法則である。

「今年の会場はかなりの山奥だし、特に凝った仕掛けをしなくても、林道の散歩コースに順番にパーツを並べただけでバッチリだと思うけど？」

「……そ、それは、そうなんですが」

サマーキャンプ名物三日目夜の〝肝試し〟。

ここで一気に、全国から集う参加者の親睦を深める。

井上佐智が主催するサマーキャンプは、かの井上佐智が中心であるだけでなく、指導を行うのも現役の有名演奏家や指導者たちで（どちらも日本人とは限らない）、期間は八月の十日間程、参加費用は高くなく、よって、毎回とんでもない数の参加希望申し込みがあった。

狭き門なので複数回の参加は認められていない。毎回、初参加の子どもたちが集まり、初めての場所で、初めて顔を合わせ、それだけでも緊張するが、初日から名だたるプロフェッショナルの大人たちに囲まれるのだ。公用語が英語ということもあり、通訳が入るとはいえ雰囲気に圧され、どうしても子どもたちは硬くなり、本来の演奏とは程遠いスタートとなる。

緊張しまくりの子どもたちの、人見知りや遠慮などによるぎくしゃくとした空気感に大きな変化を生じさせ、皆で共に音楽を学んでゆくモチベーションをガツンと上げていくきっかけにと用意されているのが、三日目の夜の、大人も子どももごちゃまぜの肝試しである。

「苦手というけど葉山くん、毎回良い配置をするよね。矛盾してるなあ」

「そっ、そんなことは、ありません」

　そんなはずはない。

「しかも、この手のものが大得意の義一くんの力も借りず」

「そ、それは、これは、ぼくの仕事なので」

「でも義一くんのことだから、面白そうだなオレにもやらせろとか言って、勝手に手を出してくるだろう?」

「阻止してます」

　どんなに苦手でも、これは託生の仕事なので。

「誰の力も借りずに毎回きちんと仕上げてくれる、その責任感も素晴らしいけれど、怖い怖いと怖がりつつ葉山くん、無意識に、最も怖い配置にしちゃってたりして?」

「違いますっ。そんなわけ、あるわけないじゃないですかっ」

　むしろ、できるだけ怖くないよう託生なりに苦心している。暗い夜道をただ歩くだけでも充分に怖いのに、もっと怖くさせるとか、あり得ない。

「むきになっちゃって。図星かな?」

「冤罪(えんざい)ですっ、井上教授っ!」

　つい声を荒らげて、「で、でしたら今年はぜひとも別の人に! ぼくは、謹んで辞退させていただきますっ」

書類を井上教授へ差し出したとき、井上教授のスマホが鳴った。

「――あれ？　サイレントモードにするの、忘れてたかな？」

井上教授はブリーフケースのサイドポケットからスマホを取り出す。

着メロは懐かしき黒電話の音。井上教授曰く、黒電話風のこの音は電子音ながら雑多な生活音の中にあっても埋没することなく、音が立つのだそうだ。

確かに、耳につく。

着信があっても、もちろん状況によりけりだが、先方の名前だけを確認してそのまま留守番電話に切り換わるまで放置することの少なくない井上教授が、

「おっと、この電話は出ないわけにはいかないな。話の途中ですまないね、葉山くん」

と言ったので、託生は素早くソファから立ち上がった。

退室を促されたわけではないが、

「教授、予約しておいたランチボックスを受け取りに、カフェまで行ってきます」

託生がいるよりいない方が、どんな内容であれ話をしやすいのは明らかで。

退室ついでに用事も片付けてこよう。

「ああ、ありがとう。頼むね」

にこやかに託生へ伝えてから、井上教授は通話の表示をタップした。

後ろ手に静かにドアを閉じ、託生はカフェへ向かう。移動中に、託生の仕事用のスマホにも着信があった。電話ではなくメールの方だ。

仕事のメールは仕事用のスマホに届く。高校時代にギイから渡され、ある日を境にブラックアウトしてしまったとてつもなくハイテクのケータイを使えもしないのにずっと持っていたのがきっかけなのか、託生は自然にケータイの複数持ちになっていた。

プライベートのスマホもある。ギイからの連絡はそちらに届く。

仕事用のスマホへは井上教授の助手としての連絡が届く。この時期、託生はサマーキャンプの窓口も務めているので、雑多な連絡事項が逐一託生の元へ集まってくる。サマーキャンプに関して、託生は決定権はひとつとして持たないが、届いた連絡事項を各々の責任者へ転送し、指示を仰いで手配に動く。主としてサマーキャンプに参加する子どもたちのサポートや、指導以外の演奏のみで参加を希望している演奏家たちのスケジュール管理など、夏に向けて、仕事は細かく、忙しくなっていた。

『至急。サマーキャンプの会場変更について井上教授へ確認をお願いしたく』

とのメールの件名に、

「え？　会場の変更？」

託生はひやりとした。

去年の夏には、既に今年の会場を押さえていた。

サマーキャンプの開催は十日間程だが、準備や片付けを含めると二週間は会場を使用することになる。八月に二週間の貸し切りが可能で、存分に楽器も奏でられる環境で、快適に宿泊ができて、なにより子どもたちが安全に過ごせる場所、を、――至急、探さねばならないという案件なのか、もしかして？

適当な場所はあるだろうが、そこが借りられるかはまた別の話で。というか八月まで二カ月しかないのに？

ヤバくない⁉

ますますひやりとしつつも、

「でも、このタイミングで、助かった……」

託生はホッとする。

数日前には帰国していた井上教授だが、大学へは本日からの出勤だった。日本国内にいてもすぐに連絡が取れる保証はなく――電話はできるが、前述したように、たいていの場合は留守電対応なので――すぐに返事を得たくとも、なかなかこちらに都合良くとはいかない。

が、なんと今日は終日、井上教授は教授室にいらっしゃるのだ。問い合わせも相談も、し放題なのである。どんなにヤバい案件でも、井上教授の主導の元でならば、きっと、なんとかなるだろう。

井上教授は電話中なので、今すぐ踵を返して戻ったところで報告するにも電話が終わるのを待たねばならず、どのみちすぐには対応してもらえない。なので託生はそのまま大学構内のカフェへ。とはいえ無意識に足取りは速くなる。

朝のうちに電話で予約しておいたランチボックスを受け取ると、

「葉山さん、いつもありがとうございます」

スタッフが満面の笑みで、丁寧に、白いボックスを手渡してくれた。

このランチボックスはシェフ特製井上教授専用の裏メニューで、託生が自分用にオーダーしても、残念ながら通らない。本日のように、井上教授のオーダーに便乗するのは、お目こぼししてもらえた。

ということで、スタッフの言う「いつも」とは、託生に向けてではなく、井上教授に向けてである。

支払いを済ませて、

「いえ、こちらこそ」

と挨拶を返し、託生が立ち去ろうとすると、

「それから葉山さん、こちらは、店長からのサービスです」

　スタッフが小ぶりの白い箱を差し出した。

「……サービス？」

「新作のケーキです。それで、あの、図々(ずうずう)しいお願いなのですが、もし召し上がっていただけたなら、井上教授の感想を聞かせていただきたいのですが」

「感想を、ですか？」

「いえ、感想といってもかしこまったものではなくて、カジュアルな、ちょっとしたもので、ぜんぜんかまわないのですが、……無理ですか？」

「確認させてもらいたいんですが、井上教授の感想を聞いて、そちらは、どうするんですか？」

「あ、えーっと、……ちょっとした宣伝に？　使わせていただきたい、かな、と。久しぶりの新作ですし、井上教授が美味(おい)しいとおっしゃったならば、箔(はく)がつきますし」

「……箔、ですか」

「いえ！　無理に、ということではないです。ぜんぜんっ」

　スタッフは恐縮して、しきりに手を振る。

　ケーキの感想などおそらくたいしたことではないのだろう。だが、井上教授に関しては、迂闊な対応はできない。——利用したがる輩(やから)が、山のようにいるからだ。

とはいえカフェの店長には、いつも特別な便宜を図ってもらっている。

「わかりました。教授には一応お伝えしますがあまり期待はなさらないでください」

託生は敢えて〝一応〟を強調したが、

「はい！　ありがとうございます！　よろしくお願いいたします！」

スタッフは深々と頭を下げた。

託生も、スタッフほどではないが丁寧に一礼してから、カフェを後にした。


始めたものには終わりがくる。

始め方は意図しない形でもかまわない、過程でいくらでも修正が利くから。

けれど〝終わり〟は慎重にせねばならない。

真っ白な半紙へ筆で墨を落とす慎重さで。

悔いを残さないように。

そして、もし叶うのならば。

——そこへ愛を残してゆきたい。

枯れない愛を。

闇夜を導く灯台のように、明るい未来を指し示すことが、どうか、叶いますように。


最後の音を弾き終わり、グランドピアノの鍵盤からゆっくり両手を離す。

無意識に、先生の目から逃げるように譜面台へページを開いて立てていた大判の楽譜の陰に横顔を隠して、ふぅとちいさく息を吐いた汐音へ、

「倉田さん、とても頑張っているわね」

年代物のグランドピアノが二台並ぶレッスン室、手前のピアノを使用している汐音の斜め後ろの壁際の椅子に軽く腰掛けて、朗らかに、初老の婦人が伝えた。

背後から掛けられたいつもと変わらぬ優しい声にホッとすると同時に、汐音は、たまらなく申し訳ない気持ちになる。

頑張っている。その評価に見合う自分だろうか——？

頑張っている。確かに、これでも、自分の精一杯ではあるのだが。

汐音が幼い頃から個人的に師事していて、進学した桜ノ宮坂音楽大学でもピアノ科の指導教授として師事することとなった真鍋博子教授。高齢の今も年に一度は聴衆を前にしたピアノの演奏会を開催しているが、プロのピアニストとして第一線の活躍を、とは既に表現しにくく、演奏者というよりも後進の指導に人生の重きを置いている。

生まれも育ちもお嬢様、歌って踊れて演技もできてしかも現役音大生の〝アイドル〟の倉田汐音。芸名は名字なしの〝汐音〟。正しい読みは〝しおね〟だが、ファンの間では読み方を少しひねって〝シオン〟ちゃんと呼ばれている。

同世代の少女たちの憧れの存在で、デビュー以来、現在も引っ張り蛸の活躍をしている。芸能人としてはありがたいことこの上ないが、芸能活動のあまりの多忙さゆえ、二度目の一年生を送ることになった。

単位不足で進級できないと大学側から知らされたとき、周囲の大人たちからは休学や退学の選択肢も提案された。提案とみせかけて、暗に退学を勧められたのかもしれない。

ほら、やっぱり両立は無理だったろう？　と言わんばかりに。

汐音は気づかぬ振りで二度目の一年生をスタートさせた。

そして再び一年生として大学生活が始まり、かれこれ三カ月が経とうとしているけれど、今年も汐音は滅多に大学へ行けずにいた。興味のある講義を望むままに受けることなどもとより無理で、諦めと僅かな寂しさと共に進級に必要な最低数の講義を選択していたのだが、それでも、受講すべき科目をろくにこなせていない。

肩書だけの音大生。——心ない人に陰で囁かれているのも知っている。

座学は抜けだらけだが、肝心の専攻の実技だけは、どうにかこうにかこなしていた。

ピアノ科に限らず基本的に週に一回行われる専攻実技の教授レッスン（准教授や講師によるものも含む）は、主に大学の教授室や専用のレッスン室で行われているのだが、夏休み期間など長期休暇中に教授の自宅を訪れて受けるレッスンのように、教授によっては（多忙などの理由により）大学の時間割に縛られない、教授にとって自由度の高いスケジュールを組める自宅レッスンを通常時にも採用しているケースがあり、真鍋教授も自宅レッスンの多い教授のひとりであった。

教授にとって自由度が高いだけでなく、学生にとっても、ある意味、スケジュールの自由度が高い自宅レッスン。おかげで汐音は大学へはなかなか行けないけれども、真鍋教授に（申し訳なくも）スケジュールを合わせてもらい、実技のレッスンだけは確実に受けることができていたのだ。

だが、教授レッスンの機会は死守しているものの、残念ながら、日々の練習時間が確保できているわけではない。

もしピアノがコンパクトに携帯できる楽器であれば、隙間時間の多い芸能界の仕事、待ち時間や移動時間を利用してぱぱっと練習することも可能だろう。

長期のロケなどの場合には、近隣で、ピアノを弾かせてもらえる施設を白石マネージャーが手配してくれた。それでも、時間を気にせず練習を、とはいかない。不規則な撮影の合間を縫うのだ。タイミングが合わなければ、せっかく施設が借りられたとしても、まったく練習できないこともある。

一日弾かねば自分が気づき、二日弾かねば師が気づき、三日弾かねば聴衆が気づく、といわれるほど、僅かな練習不足でも演奏に大きく影響を及ぼす楽器のひとつが、ピアノである。

ピアノを弾くのが好きだから汐音は無理を承知で音楽大学に進学したのだ。

それなのに、今はピアノと関わることが重荷に感じられてならない。

「倉田さん、最近もずっと、お仕事は忙しいの？」

穏やかな口調で問われた。——今の演奏についてのコメントではなく。

真鍋教授は、汐音が三歳の頃から習っていた近所の「ひろこ先生」の時代から、汐音のことを「汐音ちゃん」ではなく「汐音さん」と呼んでいた。幼い頃の汐音はそう呼ばれるたびに、まるで大人扱いされたようで、甘えた気持ちが吹き飛んで背筋がしゃんと伸びたものだ。そして音大生となった今は、もう一歩進んで「倉田さん」と呼ばれている。汐音も音大入学をきっかけに「真鍋教授」と呼び方が変わっていた。

　ひろこ先生は、幼い子ども相手であっても大人へのレッスンだとしても、決して声を荒らげたり、きつく叱責（しっせき）したりしない先生であった。

　ミスタッチや曲の完成度の低さを、苛々（いらいら）と感情的に言葉と態度で責め立てるピアノの先生もいる。子どもはすっかり萎縮（いしゅく）してしまい、弾けるはずの曲なのに恐れとプレッシャーで弾けなくなってしまう。そんなふうに強い圧を（無自覚にか意図的にか）子どもたちにかけて、レッスンに君臨する先生（おとな）もいる。

　ひろこ先生は、ときに厳しい指摘をすることもあるけれど、改善の必要性を生徒が納得するまで根気強く説明し、同時に具体的な解決方法も提示してくれた。わかりやすい言葉で、柔らかな口調で、生徒の気持ちを決して追い詰めたりしない〝ピアノの先生〟なのだった。

　おかげで汐音は、ピアノのレッスンに通い続けることができたのだ。

　教授と門下生となった今も、そのスタンスに変わりはない。

　どんなに練習不足であろうと、汐音は追い詰められたことがない。――追い詰められずとも誰より汐音が自覚している。

　ピアノが、自分から、遠ざかりつつあることを。

好きなのに。

時間だけはどうにもならない。

離れていると、ピアノのことがわからなくなる。

指が、思うように動いてくれない。

音楽を自分の中で切磋琢磨する時間を作れず、かろうじて頭の中で理想の演奏が鳴り始めても、あまりに程遠い現実の音に気持ちが挫けそうになり、その惨めさから逃れるように、自ら理想を低くし、妥協することを覚え始める。

完成度の低さ、技術の精度の低さだけでなく、そのうちに自分の表現したい音楽があやふやになってきて――。

……気持ちが沈む。

好きなのに。

納得するまで研ぎ澄まされた、心が震え、魂が沸き立つような演奏を、自分はもう、二度とできないのかもしれない――。

その感覚ですら、遠くなりつつある。

いったいいつから自分は、自分をも誤魔化すような魂の抜けたピアノしか、弾けていないのだろうか……。

——好きなのに。

「で、でも、次のレッスンも、ちゃんと受けられます」

俯いたまま汐音は答える。「そのスケジュールで、マネージャーが——」

どんなに情けないピアノでも、ここで止まってはいけない気がした。

みっともなくても、続けていたい。

幼い頃ですら繊細に操れた細かなパッセージが、今は無残な音の羅列になっているけれど、たとえ後退していようと、たとえ牛歩の進みであろうとも、立ち止まりたくはなかった。もし立ち止まってしまったなら、汐音は大きなものを失ってしまう。そんな気がした。

アイドルの仕事が好き。——かけがえのない、汐音の誇りだ。

ピアノも好き。——理屈なんてない。ピアノが好き。

「次のレッスンにも来られるのね。それを聞いて安心したわ」

と言うと真鍋教授は椅子から立ち上がり、壁一面にびっしりと譜面が並んでいる造り付けの本棚から一冊の楽譜を抜き出した。

汐音の目の前へ、譜面台に置かれた楽譜。

「——連弾？」

汐音は意外そうに呟いて、「……先生、これは？」

と、訊き返した。

「夏休みに、ちいさな会場なのだけれど、演奏を依頼されたの。もし良ければ倉田さん、久しぶりに先生と連弾をしてみない？」

連弾――。

ソリストを目指し始めてからはまったく興味のなかった演奏の形。けれど、思えば〝ひろこ先生〟との〝連弾〟が、幼い頃のピアノ発表会での大きな楽しみのひとつだった。

先生とふたりだと、自分だけで演奏するより、もっと、ずっと、音が厚く、華やかになる。音楽が豊かになる。

レッスンを始めたばかりの頃は技術もなく弾ける曲のストックもないので、発表会で披露できる曲はたいそう短いものだった。そこでひろこ先生は、ソロの曲よりは簡単な連弾曲を準備してくれて、ひとりが最低でも二回ステージに上がれるように企画してくれた。それでも、どちらも短い曲なのでステージにいられるトータル時間も短いのだが。

小学校の中学年になる頃には、ソロで短めのものを二曲か、長めのものを一曲の、どちらかになり、内心密かに先生と連弾したいなと思っていても、それは汐音より幼い子たちのプログラムであり、そうこうしているうちに、汐音は少しハードルの高いピアノソナタに果敢に挑戦することが楽しくてたまらなくなっていた。

「そんなに難しい編曲ではないから、倉田さんの技術では物足りないかもしれないけれど」

真鍋教授は、楽譜の表紙をめくって中のページを見せた。

確かに音の配列は難解ではない。今の汐音からしても、まったく難しくはない。

でも果たして、今の自分に、人前で堂々とピアノ演奏ができるのだろうか。たとえひとりきりではない〝連弾〟だとしても。それに、

「すみません。プロとしての演奏は、私には、ハードルが……」

真鍋教授が演奏を依頼されたということは有料の演奏会ということで、つまり、プロとしての演奏が求められているということで――。

同じプロでも、テレビのバラエティでピアノを弾くのには抵抗がない。たとえそれが真剣にピアノの腕前を競うような番組だとしても、所詮(しょせん)はバラエティとして作られている〝番組〟だからだ。バラエティならではの独特な空気感に緊張もするけれど、汐音はその緊張すらも引っくるめて楽しむことができた。

けれど演奏会へ、イイトコ取りのぶつ切りでもなく、過剰な演出もない、すっぴんのピアノ演奏を、チケット代を支払ってまで聴きにきてくださる方々へお聴かせできるような、それに相応(ふさわ)しい演奏など、今の自分にはとても弾けそうにない。

そういう意味で、人前では弾けない。――想像しただけで、緊張で指が震える。

理由はわかっている。

自信がないからだ。

まだ始まってもいないのに、想像しただけで、胃がきゅうっと縮んで、たまらなくしんどい。歌や踊りや演技なら見る人を魅了する自信がある。どんなに難しいものだとしても、完成に向けて、きっちり仕上げられる自信がある。

「連弾の誘いは断られそうだけれども、倉田さんが〝プロとして〟と言ってくれて、先生とても嬉しいわ。きちんと線を引いて考えてくれたのよね。さすがは芸能界で、プロとしてきちんとお仕事をしている倉田さんね。でもね、そんなにかしこまった会ではないのよ？」

優しく真鍋教授が続ける。「子ども向けの、ボランティアなの」

「……ボランティア？　子ども向けの？」

有料の演奏会ではなく、無料の？

けれど、それを、どう受け止めれば良いのだろう。

「夏休みの本番までにはまだかなりの期間があるから、演奏会は無理だとしても、良かったら楽譜を持ち帰って、試しに楽譜をさらってみて？」

「いえ、ひろこ先、あ、真鍋教授、せっかくですけど、あの……」

言いかけて、汐音は言い淀む。

断るのは簡単だ。夏の仕事のスケジュールは既にびっしりと埋まっている。

……断るのは簡単だけれど。

ピアノが弾けるようになりたくて親にねだって習い始めたものの、いざ発表会で人前で演奏するとなったならば、緊張して心細くてたまらなかった幼い頃に、大好きなひろこ先生との連弾はたいそう心強く、なにより、夢のように楽しかった。

今も胸の奥のあたたかいところに、ひろこ先生との連弾の楽しかった思い出が残っている。

どんなに心惹かれる申し出でも、マネージャーにスケジュールの確認をするまでもなく、この話は断らざるを得ないのだ。

「――あ、あの、真鍋教授が夏に演奏会をするのは、珍しいですね」

わかっているのに。

「でしょう?」

真鍋教授はおっとりと微笑む。

クラシック演奏会のハイシーズンは冬である。例年、真鍋教授の演奏会がクリスマスあたりに行われているのも、その慣習にならっているのだ。

ボランティアとはいえ、真鍋教授が夏の演奏会を引き受けるのは珍しい。年末の演奏会へ向けてコンディションを整えてゆく年間のペース配分が、変わってしまうのに。

「それに単独の演奏会というわけではないのよ？　井上教授から、恒例のサマーキャンプで、参加している子どもたちに、簡単過ぎず、難し過ぎない、楽しいピアノ曲を披露していただけませんかと依頼されたの」

「井上教授のサマーキャンプ⁉」

汐音は驚く。

「聴いて楽しむだけでなく、連弾ならば、もしかして、演奏を聴いたあとでサマーキャンプに参加している他の子と一緒に弾いてみたくなるかもしれないでしょ？　子どもたちの親睦のためにも、良い選択かと思って」

――ああ、わかる。

汐音にも経験がある。

誰かの演奏が刺激になって、触発されて、自分もその曲が弾きたくなるという、もうずっと汐音が味わっていない感覚。

況(ま)してや、汐音のピアノが誰かの刺激になることなど――。

中学生の頃まではごくごく普通にあったのに。学校の友人やレッスン仲間に汐音ちゃんが弾いている曲を自分も弾いてみたいと言われることが、何度も、何度も、あったのに。

なにより、

『ああ、汐音ちゃんみたいに弾けるようになりたいなあ……！』

そう、眩しく見詰められることが。

アイドルの汐音に向けて、シオンちゃんみたいになりたいと、目の前で言われたり、ファンレターをもらったりすることは今でもたくさんあるけれど。

ピアノも自慢だったのに。

自分の奏でる音が、我ながら好きだったのに――。

真鍋教授と汐音の連弾を聴いて、自分も弾きたいと子どもたちが瞳を輝かせてくれたなら。

その眼差しが、自分に向けられたとしたら。

しかもこれはチャイコフスキー作曲のバレエ組曲『くるみ割り人形』より『花のワルツ』なのだ。元はオーケストラの楽曲で、愛らしく、華やかで、エモーショナルな。

旋律を思い浮かべただけで、目の前に物語が紡がれてゆく。

「どうかしら、倉田さん？」

真鍋教授が柔らかく訊く。「連弾はひとりでは弾けないし、先生を助けると思って、ぜひ、一考してみてはくれないかしら？」

汐音の心の内を〝ひろこ先生〟はいつも見抜いていた。

幼い頃は引っ込み思案で目立つようなことをするのは怖かったけれど、自分を表現するのは好きだった。矛盾しているが、本音では思いきり自分を出してみたかった。

そんな汐音の、殻を破るきっかけとなったのが、ひろこ先生の勧めにより中学生になってすぐの夏休みに参加した、井上佐智主催のサマーキャンプだったのだ。

世界的に有名な若き天才バイオリニスト、しかも音大では教授として、ほぼ同年代の学生にバイオリンの指導をしている井上佐智。

その彼が主催するサマーキャンプには、バイオリンだけでなく、ピアノを始め様々な楽器を学ぶ子どもたちが集っていた。あわせて指導者も世界中から集まった様々な楽器の、名だたる演奏家たちだった。彼らは楽器の指導だけでなく、惜し気もなく、演奏も披露してくれたのだ。

毎晩必ず催されていた、前以て(まえもって)プログラムが決まっている演奏会（かしこまってはいないラフなものだ）だけでなく、キャンプのあちらこちらで、時間を問わず、ゲリラ的に、毎日気軽なセッションが行われていた。皆で談笑しているときに、ふと気が向いた誰かがいきなり演奏を始めることもあったし、ソロだけでなく、たとえば世界的なフルーティストに、

「シオネ。これ、ちょっと弾いてもらっていい？」

と、軽やかに伴奏を頼まれ、皆の前で初見で弾いたこともあった。

たくさんミスタッチしてしまったけれど、そんなものをあっさりと凌駕(りょうが)する生き生きとしたフルートに導かれ、汐音は感動しながらピアノを弾いた。

アットホームな雰囲気の中で、誰もがきさくに〝音楽をすること〟を楽しんでいた。だがそれは、超一流の演奏家たちの、神々の戯れだからこそ成立するのだ。

汐音だけでなく、参加した子どもたちは彼らの力に大きく引っ張り上げられて、最上の景色を見せてもらった。

絶対に忘れられない、できることなら、どうにか自分の力で見てみたい、景色でもあった。

たった十日程のサマーキャンプで汐音の意識がガラリと変わった。誰にも打ち明けたことはなかったけれど密かに夢見ていたアイドルへの道と、幼い頃から憧れていたピアニストになる夢の、両方を追いかける決意をしたのだ。

無謀と承知で。

だって、挑戦もせずに諦めてしまったら、汐音が見てみたい景色は絶対に見られない。そんな簡単なことにようやく気づけた。自信があるとかないとかではなく、挑戦しないことにはなにも手に入らないのだ。

未来へと、希望に満ちた輝かんばかりのチャレンジャー。

それが、あの頃の汐音だった。

――ほんの数年前なのに、汐音には、ひどく昔のことのように感じられた。

「私も、あのサマーキャンプで連弾を披露するのは、しかも『花のワルツ』はとても良い選択だと思いますけれど、でも……」

返事を躊躇う汐音へ、

「だったらこうしましょう。サマーキャンプのことは一旦、忘れましょう。それとは別に、次のレッスンで先生と連弾するのはどうかしら？」

真鍋教授は改めて楽譜を差し出す。

ひろこ先生との連弾！

咄嗟に汐音は楽譜を受け取ろうとして、やはり、迷う。

「……倉田さん？」

本音をいえば、次のレッスンだけでなく、井上教授のサマーキャンプで、ひろこ先生と連弾したい。

サマーキャンプに参加する資格はとっくに汐音にはないけれど、今度は演奏する側で、あのキラキラとどこまでも音楽が眩しく奏でられている空間に再び身を置けたなら、どんなに素晴らしいだろうか。

「……でも先生、私、場違いではないですか？」

「場違い？　なんの話？」

「サマーキャンプで、たとえ連弾だとしても、こんな私が演奏をすることは、場違いではないですか？」

無意識に、汐音は「こんな私」と言ってしまった。

中学生になったばかりの汐音が、未来に向けて大きな決意をするきっかけとなった井上教授のサマーキャンプで、名だたる演奏家に交じって、自分の演奏を披露する。

なんと光栄なことか。

けれど、今の自分に、子どもたちの良い刺激になるような演奏ができるとはまったく思えなかった。

なにより、サマーキャンプとなると、もうひとつの気掛かりが。

ある意味躊躇（ちゅうちょ）する大きな原因、――障害？　ともいえる、井上教授の助手、葉山託生の存在。

過去に汐音が参加したサマーキャンプでは学生ボランティアのスタッフとして彼の姿はなかったが、今はスタッフとして、それもただのスタッフではなく、サマーキャンプを運営する側の、それも主催の井上教授に近い存在として参加している。

あの人に、今の自分のピアノを聴かれるのが嫌だった。

……嫌だけど。

あの空間にもう一度身を置けたなら、もしかしたら、あの夏、自分の未来へ大きく扉が開いたように、今の、もやもやと中途半端で曖昧模糊（あいまいもこ）とした自分に決別できるような、なにか、変化が、起きるかもしれない。そんな期待をしてしまう。

せっかく大好きなことを仕事にしているのに、志どおりに音大にも進めたのに、誰の目にも順風満帆な人生なのに、女の子の憧れをすべて詰め込んだような人生と皆から羨ましがられているけれど――。

そんなんじゃない。

羨ましがられても、嬉しくない。

だって、自分にはわかってる。

どんなに世間に持ち上げられようと、なにもかもを手にしているように見られていようと、汐音はまだなにも持っていない。自分だけの力で手に入れたものなど、まだ、ひとつもないのだ。そんな手応えを得たことはない。

当たり前のような顔をしてギイの隣にいるあの人が嫌い。物心ついた頃からずっと汐音が兄のように慕っていた大好きなギイを、いつの間にか盗っていった、あの人が嫌い。

そんな葉山託生に自分のピアノを聴かれるのが嫌。彼が桜ノ宮坂の卒業生であることも（汐音には進級すらままならないのに）、井上教授の門下生であったことも、嫌。

なんだその程度かと思われるのが嫌。

あの人に負けるのが、――嫌。

嫌だけど。……嫌なのだけど。

「ごめんなさいね。先生には倉田さんの言う〝場違い〟の意味が、よくわからないわ」

真鍋教授は穏やかに続ける。「あの場所でもっとも場違いな人は、向上心のない人よ。でも倉田さん、あなたにはあるでしょう?」

「……え?」

汐音はぼんやりと、真鍋教授を見上げる。

「――ね? そうよね?」

向上心があればこその〝場違い〟発言だ。

ピアノの腕をひけらかしたいだけの人には、あの場所は相応しくない。上を目指して必死にもがく人にこそ、参加する資格がある。懸命なその姿を、汚れのないまっすぐさで、子どもたちが目にすることになるのだ。

袋小路に入り込み出口を求めて必死にもがいているような汐音のピアノ。だが、どんなに苦しくとも、諦めずにどうにか必死にしがみついている今の彼女にこそ、これ以上もなく、あの場所は相応しいと真鍋教授は確信していた。

サマーキャンプから戻ってきた中一の夏、引っ込み思案で神経質で反面完璧主義でもあった汐音が、たいそう楽しげにピアノを弾くようになった。音をミスしてもいちいち傷つかず、失敗をいつまでも引きずることなく、素早く気持ちを切り換えて、大胆にチャレンジするようになったのだ。

音楽を楽しむ力を得て、輝いていた汐音。

あの輝きを、取り戻してあげたい。


昨年のうちに予約していたサマーキャンプの会場が、先方の事情により、突如、使用することができなくなった。

急なキャンセルに皆が肝の冷える思いをしたが、同じ桜ノ宮坂音楽大学の教授で、世界的なピアニストでもある京古野耀(みやこのあきら)教授が、ご自宅——伊豆(いず)の小島、九鬼島(くきじま)——を提供してくださることになり、無事に解決したのだった。

京古野教授が自宅の提供を快諾してくれたのには、今年のサマーキャンプの指導陣として参加予定であったことも幸いしていた。しかも、個人所有の九鬼島全体が京古野教授の自宅であり、島の北端、まるでリゾートホテルのような豪華な石造りの大邸宅を始めとして、島内には他にも複数の施設が備えられ、邸宅だけでなく、島全体がリゾート施設のようだった。

実際に、主人の京古野教授が在宅であるなしにかかわらず、九鬼島には、世界中から常に音楽家たちが自由に訪れていた。

宿泊したり、楽器の演奏をしたり、島を散策しながら思索に耽ったり、中にはバカンスとしてひと夏を九鬼島で過ごす音楽家もいて、彼らのためのサポートをソツなくこなす複数の優秀なスタッフまで常駐しているという、サマーキャンプを行うのには願ってもない最高の環境であった。

もし、代替えの会場がみつからなければ今年のサマーキャンプは中止せねばならないというピンチを無事に乗り越えて、ホッとしたのも束の間、託生はまたしてもちょっとしたピンチに陥っていた。

「と、とうとう一ヵ月を切ってしまった……！」

あと一ヵ月弱で、果たして自分は素晴らしいアイデアを思いつけるのであろうか⁉

気持ちは焦る。

正直、託生にはまったく自信がなかった。というか、なくなってしまった。

いや、当初は燃えていたのだ。

今年は特別なので、いつもの託生ならばとっくに発動している〝下手の考え休むに似たり〟をもじり〝託生の考え休むに似たり〟などとギイにからかわれている、そんな託生の十八番、

――〝本人に直接訊く〟を封印して。

来月、七月末に訪れる、恋人ギイの誕生日。

理想はサプライズ。

ギイの十八番であり、託生の最も不得意とするところだ。

プレゼントの品だけでなく、手渡しの、渡し方にもこだわって、ギイを驚かせたかった。そして喜んでもらいたかった。

だがしかし。

そもそもプレゼントになにを贈ったものか、ちっとも良い案が浮かばない。

なにせ、欲しいものや必要なものは全部（お金で買えるものならば、場合によってはお金で手に入らないものですら）さくっと手に入れられるのが、ギイだ。それほどの、莫大な〝個人資産〟と、とてつもなく強くて広い〝ツテ〟を持つ。

世界中を飛び回り多岐にわたる仕事を取り仕切っていたギイが、この春、弱冠二十九歳にしてそのすべてを他者へ委譲し、全面的に仕事からリタイアしてしまった。

託生には未だにギイの心境にどのような変化が起きたのか（説明は受けたけれども）理解しきれていないのだが、おかげで、ギイは今、ここにいる。

ここ、託生が暮らす日本に。

そして、託生と共に生活している。——ギイが託生の住まいに転がり込んできたのではなく、託生がギイの住まいへ越したのだ。同居に至るまでの経緯は省略するが、そんなこんなで現在は無職のはずのギイ。

だが、ギイの無職はまったくもって無職ではなかった。ただ単に、肩書を持たず、どこにも所属せず、継続した勤務をしていないだけである。一緒に暮らし始めて託生にも、それだけは理解できるようになった。

ギイの職業は〝崎義一〟だ。

彼は、身ひとつで、その存在感だけで、なにかを動かす。

莫大な資産やツテだけでなく、ギイそのものが人々を動かすのだ。

そういう〝不思議な力〟を持っていた。

毎日のようにあちらこちらへ出掛けているギイ。朝から晩まで、なんなら数日帰宅しないこともあった。そしてしょっちゅうギイ宛(あて)に〝お礼の品〟とやらが届くのだ。

いったい、どこでなにをしているのやら。——日々、それは楽しそうに。

高校時代にも託生の知らぬところで暗躍(?)していたギイ。人里離れた山奥に隔離されたような全寮制男子校という不自由な高校生活なれど、ギイのおかげで、様々な事柄が密かに、また、明らかに、改善されていた。知らず知らず、皆がその恩恵に与(あず)かっていた。

託生は思う。

人の本質は変わらない。

全ての肩書を、立場を手放したところで、ギイはギイだ。

名刺を持たず、どこに所属しておらずとも、誰かの役に立ったり、問題を解決したり、しているに違いないのだ。それは、見様によっては〝仕事〟と呼ばれる行為でもある。

望むものの全てを自ら入手できてしまうギイに、氏素姓がハイスペックであるだけでなく、本人の能力や心遣いまでもがハイスペックなギイに、経済力も発想力も凡庸な託生が贈れるものなど高が知れているのだが、それはそれとして、記念すべき日に、なにか、特別なプレゼントがしたかった。

これまでは、あまりに多忙で、誕生日の当日に世界の（大袈裟な表現ではなく、冗談抜きで地球上の）どこにいるのか本人ですらわからなかったし、仮にプレゼントが用意できたとしても、当日に本人に届くようプレゼントを送ることは不可能だった。

少なくとも、託生には。

一方、ギイは、どうにかスケジュールをやりくりして毎年日本へ、託生の誕生日の当日に、託生を祝うために（たとえ日帰りになったとしても）会いにきてくれたのだ。

だったら、ギイの誕生日にも日本にきてくれればいいのに。と、リクエストしたこともあった。イベント大好きなはずなのに、意外なことにギイは、自分の誕生日にはそんなにこだわりがないのかもしれない。誕生日そのものではなく、自分の誕生日を祝われることに。だから、ギイの誕生日にプレゼントを手渡ししたいと託生が望んでも、ギイは誕生日を祝われるためだけに来日したりはしなかった。

そんなギイへ、毎年、託生が誕生日当日に渡せたものは、メールで送ったメッセージだけ。プレゼントの品は日を改め、その年の渡せるタイミングで渡していた。

今年は、異例で、特別だった。

誕生日当日に、ギイは託生と共にいる。

当日にプレゼントを手渡しできる滅多にない年なだけでなく、三十歳を迎えるギイの節目の誕生日でもあった。見た目はまったく三十歳ではないけれど。大人っぽくてゴージャスな二十代前半の若者としか、映らないけれども。

決めた。素直に降参しよう。

渡し方はともかくとしてなにが欲しいかは、もう本人に訊くことにしよう。

「そうしよう！　当日に間に合わないより、よっぽどいいや！」

ということで。

その夜、帰宅したギイを玄関で出迎えた託生は、ストレートに訊いてみた。

「お帰りギイ。ところで誕生日プレゼントは何がいい？」

出し抜けな質問なのに、

「——ところで？」

くすりと笑ったギイは、「んー、そうだなあ、なにが良いかなあ」

すんなりと考えてくれる。

「ただし！」

説明するのを忘れていた。「ギイ、ぼくが出せる予算は頑張って節約に節約を重ねて奮発しても一万円が限界で、手作りのケーキも無理。赤池（あかいけ）くんに頼んでこっそり教えてもらったけど、どうやってもお腹をこわしそうなものしかできなかった。それと、逆にぼくからお揃いの指輪を、とかもなし。金額的にそもそも無理。それから——」

矢継ぎ早に続ける託生に、堪（こら）えきれずギイがぷぷぷっと噴き出した。

「わかった！　了解！」

無防備に手の内を晒（さら）してくれる託生が愛（いと）しい。——またしても指輪が、先手必勝とばかりに却下されたのは非常に残念だけれども。しかも勝手に想定されて一方的に断られるのは（ねだってもいないのに却下されたのだ）そこそこショックである。

託生め。

だが、それはそれとして、指輪に関してはギイにも譲れぬものがある。

託生からもらえるとしたら、それはたまらなく嬉しいけれども、パートナーとしてギイは、自分から、託生へ、贈りたかった。

恋人から指輪を贈られるという〝形〟に託生が臆してしまうので、なかなかその雰囲気にならないのだが、諦める気など毛頭ない。

これはギイの密かな夢である。

愛する人と、揃いの指輪で、共に〝永遠の絆〟を誓いたい。

「なら託生、オレはカラシ色の手袋がいいな。できれば革の。ウールでも可」

「カラシ色の手袋？」

託生はきょとんとする。「それも、革かウールの手袋って？　でもギイ、今、夏だよ？」

「今すぐ使う物でなくてもいいんだろ？」

「そうだけど……」

本音を言えば、プレゼントしたらすぐに使ってもらいたい。──我が儘だろうか？

「オレが唯一持っている、──愛用しているカラシ色のマフラーと合わせるのに、ベストマッチかなと」

「え？　ギイ、マフラーなんて持ってたの？」

しかも愛用？　いつ、どこで、使うのだ？

託生が引くほど異様に寒さに強いギイ。真冬でも薄着で、基本マフラーは使わない。もしかしてここが日本だからだろうか。もっと寒い、極寒の国にいるときはさすがのギイでもマフラーを使っているのだろうか。

「手袋なんて、夏の誕生日には似つかわしくないのは百も承知だし、季節外れの商品だから、見つけにくいかもしれないけどな」

「確かに、どこにも売ってなさそうだけど、でも、頑張って探すから、それは別にいいんだけど……。……カラシ色のマフラー？」

託生の記憶に引っかかるものがあった。「ねえギイ、もしかして、そのマフラーって、誰かからプレゼントされたもの？」

ギイが自分でマフラーを買うとは思えない。

「そうだよ」

ふわりと微笑んで頷いたギイは、「クリスマスプレゼントとして、もらったんだ」

記憶力抜群のギイとは真逆の、記憶力にはまったく自信のない託生だが、

「ギイ、それ、もしかして、素材は――」

「カシミア」

と答えながらギイが笑う。しあわせそうに。

託生は少し目を見張り、

「……もしかして、ぼくが、あのとき贈った？」

高校二年生の冬のこと、ギイへのクリスマスプレゼントとして用意したものの、人生で初めてひいたという風邪で、人生で初めて寝込むことになり、たいそうへこんでいたギイへ、暖房をかけた部屋のベッドで横になっていながらも悪寒に震えていたギイへ、フライングで見舞いの品として渡した、あの——？

「そ。あのときのマフラー」

「……ま、まだ、使ってくれてたのかい？」

あれからかれこれ十三年？　くらい？　経つのに？

「託生ほど寒がりではないから滅多に使わないが、だが、オレが愛用しているマフラーは、あれだけだ」

「……ずるいよギイ」

サプライズのプレゼントが下手なだけでなくて、ギイからの不意打ちで、感動してしまったじゃないか。

託生が贈り物をするはずだったのに。

感動を、贈られてしまった。

「ずるい恋人は嫌いか？」

ギイがにやりと笑う。

——嫌いではないです。

そうだった。あのときの託生も、自分なりにとことん選んで、めいっぱい背伸びして、奮発して、買ったのだ。ギイに喜んでもらいたくて。

喜んでもらえていた。しかも、十年以上も、大事に、大事に、使ってもらっていた……。

「ギイ。絶対、素敵なカラシ色の手袋を見つけるからね」

託生は誓う。

この先の十年を、それ以上も、ずっと使ってもらえるように。

めいっぱいの、愛を込めて。


訪れていた会社の社長室を出て次のスケジュールをこなすべく、足早に駐車場に向かいながら、打ち合わせの間はサイレントモードにしていた、日本でのみ使用している仕事用のスマホをチェックする。

着信履歴が残っていた。

表示された名前は、――葉山託生。

「これはこれは……！」

島岡はつい、立ち止まる。

本当に今年は珍しい人から連絡がくる。

厳密には、葉山託生は島岡にとってまったくもって珍しい人ではない。珍しいのは、電話がかかってきたことだ。

電話番号は、お互いに知っている。

この春の御曹司による新居作戦（？）ですったもんだした結果、ついにと言うか、ようやくと言うか、とうとうと言うか、御曹司と同居することになった託生と連絡先を、お互いのスマホの電話番号を交換した。知り合って優に十年以上が経ち、それなりに親しい間柄でもあるがこれまでお互いの連絡先は知らずにいた。――知る必要がなかったので。

島岡が託生と関わるときは洩れなく御曹司絡みなので、御曹司と常にセットである託生の連絡先を知らずとも不便はまったくなかったし、当然のことながら問題もなかった。

だが、ふたりが同居を始めるとなれば、話はまったく違ってくる。

恋人同士としてたまに会うのとはわけが違う、ふたりだけの〝生活〟が始まるのだ。御曹司の動向を一番良く知るのが託生ということになり、御曹司が捕まらないときには、託生の力を借りることにもなるだろう。

島岡は、御曹司に対するバックアップのひとつとして託生と連絡先を交換したが、それ以上でも、それ以下でもなかった。

島岡は託生との親睦を深めるつもりはない。

おそらくそれは託生とて同じことで、現に、春に連絡先を交換したものの、これが初めての託生からの着信である。気安く（実にくだらない些細な用事でも躊躇なく）島岡へ連絡をよこす御曹司とは、真逆である。

留守番電話のメッセージには、やけに緊張した声で、

『葉山です。お仕事中に、すみません。改めて、かけ直します』

としか残されていなかった。

用件は不明。

「ふむ。ということは……？」

島岡は淡々と推理する。

問題が起きれば託生は（必ず）御曹司に頼る。島岡に頼ることはない。頼られた御曹司が自

分の手に負えないと判断したならば、即刻島岡へ連絡がくる。現在、御曹司からはメールのひとつもなく、託生からは島岡へ電話がかかってきた。ということは、託生は御曹司には頼らずに、島岡へ連絡してきたということだ。——珍しくも。

「つまり、御曹司絡みで葉山さんは進退これ谷(きわ)まり、万策尽きて、最終手段としてこちらに連絡してきた、というところかな？」

緊張した声。やむなく島岡へ助けを求めてきた可能性が高い。

——飽くまで、やむなく。

直接的にであれ間接的にであれ、託生が自分自身のことで島岡に救いを求めてきたケースは、島岡の記憶している限り、過去に一度もなかったし、今後もまず、ないであろう。

そこまでの親しさが島岡と託生の間にないだけでなく、託生には、島岡に対して、海よりも深い〝遠慮〟があるのだ。

島岡が御曹司の父親の秘書であることが、今も昔も、託生にとってかなりのハードルになっている。島岡は、御曹司の〝身内〟としてカウントされているのだ。

男同士であれ異性であれ、恋人の家族は意識せざるを得ない存在だ。自分がどう見られているのかも無視できない。できれば悪い評価は受けたくない。託生は、常に島岡から〝御曹司に相応しいか〟をジャッジされているような、そんなふうに島岡を見ているきらいがある。たとえそれが単なる誤解で、一方的な託生の思い込みだとしても、島岡と託生の間に或る種の緊張感が漂っている以上、気安く接することができないのだろう。

なによりも、託生は、御曹司本人や御曹司のバックグラウンドにどんなに凄まじい権力があろうと、それをいっさい当てにしない。

まるで権力など存在していないかのように、普通に、ひとりの人間として、フラットに御曹司と付き合っているのだ。――付き合おうとしているのだ。恋人同士となった高校時代から、現在に至るまで。

斯様に、葉山託生はとてつもなく〝弁えた〟青年なのである。――よそよそしいともいう。

まあ、そういう託生の性分が、御曹司が惚れて惚れて惚れまくっている理由のひとつなのだから、島岡としては、思うところはいろいろあれど、全体的にスルーである。

もちろん、託生からの電話（ＳＯＳ）をスルーするという意味ではない。

折り返し電話を入れると、即座に託生が通話に出た。

ぎこちない声とぎこちない説明。……緊張しているのがありありとわかる、それでも内容は充分に理解できた。

やはり、御曹司絡みの案件であった。

「わかりました」

内容に、島岡はたいそう微笑ましい心持ちになり、「葉山さん、微力ながらお力になりますよ」

ふたつ返事で承知した。

留守電にメッセージが残せたので、島岡は今、日本にいるとわかった。

託生は島岡の他の連絡先を知らないので、もし繋がらなければ諦めるより他になかったのだが、留守録であろうと、繋がってホッとした。

しかもその上、すぐに電話を折り返してくれた島岡は、

『わかりました。葉山さん、微力ながらお力になりますよ』

と、あっさり快諾してくれたのだ。

微力ながら。と謙遜した島岡が秘書として如何に優秀なのか、その一端を、託生はすぐに知ることになる。

有能な人は仕事が速い。を、地で行く島岡。

翌日すぐにギイと託生が暮らす山下家へ（表札は相変わらず『山下』のままなのだ）島岡が

訪れた。もちろん、本日ギイは、朝から出掛けていて夜まで不在である。

託生と島岡がふたりきりになるシチュエーションはこれまでにも度々あったのだが、

「義一さんに内緒で葉山さんとお会いするのは初めてですし、内緒の企み事も初めてですし、新鮮で、なんだかとても楽しいですね」

と少年のように笑った島岡に、今回の件にやむを得ず義理で付き合ってくれているのではないと察せられて、託生は内心ホッとした。

それどころか島岡も、サプライズなどのふざけたことが好きなのかもしれない。さてはギイの〝類友〟かもしれない。ギイのやりたい放題に巻き込まれ、振り回されて気の毒だなと思っていたが、とんだ勘違いや杞憂だったのかもしれない。

島岡はこの家を訪ねたときの彼の定位置であるリビングのソファにいつものようにゆったりと腰を下ろすと、ローテーブルへ、持参したラップトップのパソコンと手のひらサイズのタブレットを置き、それぞれを起動させた。

「さて。では葉山さん、候補をいくつか出してみましたので確認をお願いできますか」

と、タブレットの画面を託生へ見せる。

キッチンでコーヒーの用意をしていた託生は作業を中断させて急いでローテーブルへ向かい、ソファセットの下に敷かれているラグにペタリと座って画面を覗き込む。

昨日の電話で、ある程度の要望と予算の限界は伝えていたのだが、タブレットにずらりと表示された横文字に、

「こ、これ、全部、店の名前ですか?」

日本語がひとつも見当たらなかった。――いや、当然かもしれない。日本国内の店ならば、託生でもどうにかして検索で見つけられただろうから。どうしても目的の品を扱っているサイトを見つけられなかったので、やむを得ず、託生は島岡へ助けを求めたのだから。

それにしてもの量である。いったい、何店舗あるのだろう?

「はい、リストにしてみました。ですが、多すぎても決められないでしょうから――」

言いながら、島岡が横から手を伸ばしてタブレットをすすっと操作し、「ちなみに、一番のオススメはここです」

と、タップする。

表示されたのは、ヨーロッパの古めかしい店の画像だった。

次に島岡はパソコンを操作して、

「こちらの店のウェブサイトです」

画面を見せた。「店構えはちいさいながらも、イタリア、フィレンツェにある革手袋の専門店です。年間を通して上質の革手袋を取り扱っています。価格は、日本人からすると、むしろ

安く感じられるかもしれません。おそらくイタリアからの送料も含め、葉山さんがおっしゃっていた予算内に収まりますし、縫製の確かさ、デザインの洒脱さ、なにより、カラシ色はカラシ色でもその種類と、革の種類が豊富です。――どうしますか？」

どうしますか？

「え？　どうしますか、とは？」

ここに決めてしまいなさいという意味なのか？

「サイトに手袋の画像は並んでいますが、もっとよく商品を知りたいということであれば、直接、店へ問い合わせます」

「えっ!?　直接？　店へ？」

心の準備がまったくできていないのに？

というか、そもそもどうやって？

「幸い、今は営業時間ですし」

言うなり、島岡はサイトに出ている店の番号へ、スマホから電話をかけた。――国際電話を、躊躇なく！

託生はそれだけで、ビビる。

急な展開にもビビる。テンポが速い。トントンいく。ぜんぜん気持ちがついていけない。

しかも、島岡が話す言葉は流暢（りゅうちょう）なイタリア語。

彼もまた、語学が堪能な人であった！　いや、島岡は、全世界のあちらこちらで多分野にわたりグローバル展開している超巨大複合企業のトップ（ギイの父親である）の秘書を務めているのだ。驚くようなことではないのかもしれないが、託生は素直に驚いた。

託生には英語以上にチンプンカンプンなイタリア語でどんな会話が交わされているのか皆目わからなかったのだが、島岡が通訳と補足説明もしてくれた。話しているうちに先方がウェブカメラを用意してくれて、島岡のパソコンとビデオ通話ができるようになった。

パソコン画面に映し出された店のスタッフ。

スピーカーから聞こえてくる声や喋（しゃべ）り方や風貌（ふうぼう）の、落ち着いた雰囲気の高齢の男性。夏だというのにきちんとホワイトシャツを着こなした、ダンディな人であった。

彼は店内にあるカラシ色の手袋を、細かな部分まで次々とカメラ前で見せてくれた。あんなに一所懸命に探しまわっても託生がひとつも見つけられなかった手袋が、次から次へとパソコンの画面に映し出される。

カラシ色はカラシ色でも僅かな発色の違い、デザインや縫製の違い、使用されている革の違い、その他諸々（もろもろ）が、具体的に託生にもわかりやすく並べられてゆく。

店はさほど大きくないのに、そのラインナップの豊富さに託生は静かに感動した。

そして、ワンサイズ展開が一般的な日本とは異なり、男物も女物もそれぞれに豊富なサイズが揃っていた。というか店員からサイズを問われて初めて託生は、革手袋に細かなサイズ展開があることを知ったのだった。

手足だけでなく指もスラリと細長いギイは、おそらく日本製の手袋では指の丈が足りない。――うっすらと危惧（きぐ）していたけれど、もし手袋を見つけていたら、どうにか見つけることができていたなら、そこには目を瞑（つぶ）り、託生はそれを買っていたことだろう。

おまけに、島岡が説明してくれたとおり、価格帯が〝革製品として一般的〟であった。高級ブランド店に並んでいてもおかしくない品質なのに、余裕で桁（けた）がひとつふたつ少ない。

「どうしますか、葉山さん。他の店もチェックしますか？　それともこの店で買いますか？」

島岡が尋ねる。

ずらりと並んだ店名のリスト。まだ、一店舗しかチェックしていない。

日本語で交わされる会話は店員にはまったく理解できないので、託生がどう答えても大丈夫なのだけれど。

「これだ、とピンとくる物がみつからなければ、他の店も見てみたかったんですけれど……」

ピンとくるどころか、託生が想定していた以上の手袋がいくつもあり、選ぶのに困るという嬉しい悲鳴が。「ここで、充分です」

「わかりました。では、こちらで買うことにいたしましょう」

そんなこんなで、託生は最も気に入った手袋を妥協せずに選んだのに、イタリアからの送料手数料込みで予算内に収まった。サイトショップでの購入ではないのでクレジットカードでの決済ができず、支払いは（業者のように）ネットの口座間振り込みで、店の口座に直接送金した。それは瞬時に反映されて、無事に購入完了。

……すごい。

手袋探しにあれだけ孤軍奮闘したものの〝夏〟という敵は強大で白旗を掲げるしかなかった託生には、ものの三十分とかからずに、望む以上の素晴らしいカラシ色の革手袋を購入できたのが、夢のようだった。

完璧な島岡のアテンドとアシスト。

さすがとしか言いようがない。

ただ、ひとつ。荷物はイタリアから遠路はるばる送られてくるので、ギイの誕生日の当日までには間に合わないかもしれない懸念があった。

まあ、それは、仕方あるまい。

この先ずっと、できれば十年以上、使ってもらえそうな手袋が購入できただけで、託生としては御の字なのだ。ありがたいことこの上ないのだ。当日には間に合わずとも、今年はプレゼントを手渡しできる。

それだけで充分だと思っていたのに——。


——なんと滑り込みで届いたのだった！　それも、誕生日どころか九鬼島への出発前に。

ギイには、島岡の協力を得てプレゼントを無事にゲットできたことは伝えてあった。ただし、届くのが間に合わなくて誕生日当日には渡せないかもしれない、とも。

当日でなくても嬉しいと、既にギイには喜んでもらった。とても楽しみにしていると。

今年のギイの誕生日は、サマーキャンプの行われる九鬼島で迎える。キャンプのスタートは八月に入ってからだが、準備のために一週間前には島へ入っている予定だからだ。

託生は、自分のバイオリンケースへ、フィレンツェの空気を纏った、シンプルながらもセンス良く包装された手袋をそっとしまった。ギイは、託生の持ち物に対してかなりフランクなれど（託生もギイの持ち物にフランクだが）託生のバイオリンケースだけは、絶対に、勝手に触ったりしないので。

当日まで、ここに、しまう。

ギイの誕生日に、本人が託生の目の前にいる。

ありそうで、ありえなかったこと。

今年はなんと、特別か。

ギイへプレゼントを手渡せる。受け取るギイの表情を、声を、自分の目で、耳で、堪能することができるのだ。


真夏の太陽のように、強く眩しく輝いている人。

空に太陽が不可欠なように、託生の人生に不可欠な人——。


鬱蒼(うっそう)とした森林の中を縫うような、湿り気のある薄暗い小径(こみち)を徒歩で進みながら、

「……ぁあ、じわじわ緊張してきた」

俯きがちにぼそりと呟いた託生へ、

「なんで葉山サンが緊張するっすか？」

不思議そうに真行寺兼満が訊いた。

「準備作業がひとつまたひとつと片付いていくと、実感が……。日に日にサマーキャンプが近づいてくる」

「？　はい。そうっすね」

日に日に近づいているのは間違いないが、「ってか葉山サン、なんでそんなに緊張してるんすか？　これが初めてのサマーキャンプならわかるんすけど、かれこれ十年くらい、スタッフやってるんすよね？」

真行寺が訊く。

「そうなんだけど……」

大学時代でのボランティアスタッフを含めると、十年に近い。「毎回参加する子どもたちが変わるから、毎回、初対面の緊張が……」

スタッフとしてのキャリアも長く、年齢だってそれなりだ。いちいち人見知りを発動している場合じゃないと頭ではわかっているのだが、たとえ子ども相手であろうとも、初対面の相手とは緊張する。

緊張するのだ！

しかも、相手はひとりやふたりではない、十人以上の子どもたちなのだ。

「てか、葉山サンよりも、キャンプに参加する子どもたちの方が、よっぽど緊張してるんじゃないっすか？」

からりと笑う真行寺。

「で、ですよね……」

——正論。

「さ、気を取り直して、葉山サン。準備、頑張りましょー！」

元気良く真行寺に励まされる。

ギイはずっと、くすくす笑っている。

やがて到着した、森林の一部がすっぽりと円形に抜けたような空間。——ここがスタート地点である。

「日差し、きっつ！」

頭上に遮るものがなくなり、直射日光も容赦ない。

「真行寺、ほら」

ギイが作業帽を投げてよこした。「俳優は全身が商売道具なんだから、おかしな日焼けするんじゃないぞ」

「ギイ先輩、さんきゅっす！」

サマーキャンプ三日目の夜の恒例行事、全員参加の〝肝試し〟。

その準備は、キャンプが開催される九鬼島へ子どもたちが訪れる前に、すべて終わらせておく。できれば子どもたちより先に入島する大人（指導する側の演奏家）たちが到着する前に。いくらしょぼい（失礼）手作りの肝試しイベントとはいえ、仕掛けを見られては元も子も楽しみもないからだ。

じりじりと焼けるような真夏の強い日差しを全身に浴びながら、作業を開始する。

京古野邸の管理運営を任されているハウス・スチュワードの陣内から、島内の自然の約八十五パーセントが手付かずの野性味溢れる屋外作業でスタッフが使用している用具などを、ごそっとレンタルさせてもらった。

動きやすいストレッチ素材の長袖長ズボンのツナギに、ギイから渡されたツバ付きの作業帽を目深にかぶり、首に汗止めのタオルをくるりと一周巻き付けて、両手には滑り止め付きの軍手、足首まであるスニーカーのみが自前だ。

「かんっぺき！」

張り切っているのは、今やＣＭ俳優となった真行寺兼満。モデルもこなす、キラッキラのイケメンだが、ここにいると、目立たない。――恰好のせいではなく。

同じツナギと作業帽、足元は長靴を履き、

「で、託生、どこから始める？」

指示を仰いだのは崎義一。

「ってかギイ先輩、作業着のツナギと長靴でも、超絶カッコイイっすね！　そのままCMになりそうっすね！」

そう。――そうなのである。

葉山託生は大きく頷く。なにを着ても、なにをしていても、その輝きは隠せない。眩しくてたまらないのは託生の惚れた欲目ではなく衆人の認めるところであろう。そして本人はそのあたり、存外無頓着(むとんちゃく)なのだ。

真行寺の熱い絶賛をスルーして、

「おい、託生、指示」

と、せっついた。

「えっと、ではまず、できるだけ通路の安全を確保し――」

配置図を片手に、空いた方の手で小径にはみだしている低木の枝をどけようとした託生の肱(ひじ)が、素早くギイに引き戻される。「――えっ!?　え、なに？」

「なに？　じゃない」

　ギイはむっすりとして、「自覚が足りない」

　と、叱る。

「自覚？　なんの？」

「託生まで作業着を着てるからおかしいと思ってたんだ」

「や、でも、肝試しの設営も例年のぼくの仕事で――」

「ったく、例年はそうでも、今年は違うだろ？　託生は今年、スタッフだけでなく演奏者でもあるんだぞ。いくら軍手をしているからって、指の擦り傷ひとつでもバイオリンの演奏に大きく影響するんだから、託生は設営には手を出すな。口だけ出してろ」

「あ……」

　自覚が足りない。まさに、そうだ。「……はい」

　そこへ大型のゴルフカートのような屋根付きの電動カーに資材を載せた、残りの肝試し設営チームが到着した。数名が電動カーから降りて〝1〟と書かれた資材をその場へ置く。

　残りの資材を載せたまま、

「では葉山さん、順次、印の場所へ置いていきますので」

　電動カーの運転手と数名のスタッフが小径の先へ向かった。

　仕掛けを設置するポイントごとに、皆でわいわい設営していると、

「こういうことをしていると、俄然(がぜん)、イキイキするなあ、真行寺」

ギイがからかう。

「舞台の裏方やってたときもすんげ楽しかったっす！　大道具の背景作るの手伝ったりして。ってか、先輩たちと一緒にやってると、高校の文化祭を思い出して、楽しいっす」

真行寺はでへへと笑い、「そういえば、ギイ先輩が三年生のときの、ギイ先輩んちクラスの出し物のお化け屋敷！　あれ、すごかったすよね！　圧巻でした！　あーゆーの、自分たちのクラスでもやりたかったなあ！」

あっけらかんと言う。

ギイが高校三年生のときの文化祭。——それを限りに、ギイが祠堂学院から姿を消した。問答無用で退学せねばならなくなった。託生や友人たちにとってそれは、一時期、思い出すだけでも辛くなる〝禁句〟であった。

今となっては懐かしい高校時代の思い出。——懐かしい。そう思えるようになった、凍りついたように止まっていた時間が動いていることの、しあわせ。

多人数で作業したおかげか、それでなくともシンプルな仕掛けは短時間であっと言う間にできあがり、小径やその周辺に危険な箇所はないかの確認も済ませ、順路を間違えそうな場所にはロープを張って通行止めにして、肝試しの準備は完了した。

帰り道、ギイと託生と真行寺は電動カーには同乗せず、来たときと同様、のんびりと島内を屋敷へと散歩がてら歩いてゆく。

「ふぅ、暑い」

三人ともさすがに軍手は外した。手が蒸されてふやふやしている。縦に筋の付いた指の腹を触りながらそれを面白がるギイと真行寺へ、託生は冷えたペットボトルの麦茶を渡す。水分補給のためにクーラーボックスに入れて電動カーに積んでおいたものだ。作業が短時間でさくっと終わってしまったので途中の休憩を挟まなかったが、帰り道では必要だろうと、クーラーボックスから三本抜いておいた。

「お、ありがたい」

「葉山サン、さんきゅっす」

早速キャップを開けて、三人してごくごくと。

「文化祭もっすけども、のんびりこの島を歩いてると、高二の夏休みを思い出すっす」

真行寺にとっては、三洲との距離がぐぐっと縮まった思い出の夏。晴れて恋人同士になれただけでなく、現在ふたりは同居している。自分と三洲の〝今〟へと繋がる、大きな一歩を踏み出した夏。「タナボタで、アラタさんと一緒にばーばの面会に行くことになって、そんとき、偶然コンビニで葉山サンと会って、ばーばがずうっと大切にしまっていた九鬼島の宝の地図とか、俺とアラタさんも島に泊まらせてもらうことになったこととか、あと、なんたって、秘密の通路と地下洞窟の探検！」

「……あったね」

託生はしみじみと頷く。

真行寺が高校二年生ならばギイと託生は三年生。九鬼島で過ごした八月の翌月が、祠堂学院の文化祭であった。よもや、あんな出来事が待っていようとは思いもせずに、文化祭の準備に精を出していた日々もまた懐かしい。

「地下洞窟の行き先が麻薬の密輪取引に使われていた隠された港とか、なんかもう、アルセーヌ・ルパンの小説みたいっすよね！」

「もう全部、埋め立てられちゃったけどな」

ギイの合いの手。

「そうなんすよねー。あんときはすっげ怖かったんで、埋め立てられたと聞いてホッとしたってゆーか、いや、したんすけども、今思うと、なんかもったいなかったかな？　とか。保存しておけば当時の歴史を目のあたりにできたってゆーか」

歴史を研究している人にすれば、現場の保存を！　と望むかもしれないが、

「でも、犯罪に使われていたという歴史だよ？　悪事とはまったく関係のない人たちが今は島

に住んでるんだから、きれいに埋め立てられちゃってた方がいいんじゃないかな」

「そうっすかねえ？」

「そうだよ。た――」

たくさんの人が死んでいるんだし。と続けようとして、託生は引っ込めた。

言葉にすると生々しくなる。

身ごもった若妻の転落死だけでなく、託生はどこの誰とも知らぬけれども、多くの人々の血が流されているのだ、この島では。

そんな面影の欠片も今は、島のどこにも残っていない。

館の改築だけでなく、島の方々に手を入れて、せっかく、ようやく、すがすがしい雰囲気の九鬼島へと変貌を遂げたのだ。

「ぼくが言いたいのは、なにもわざわざ、忌まわしい出来事を思い出す必要はないだろう、ってことだよ」

何十年も前に終わったことを、ほじくり返さなくてもいいだろう。

清めと弔いを込めて埋め立てられたと聞いている。なにより、再びの事故や災いが起きないようにと祈られて。

「それはまあ、そうっすけど」

真行寺は、林道の鬱蒼とした木々の隙間から見えてきた、南国のリゾートホテルのような京古野邸を見上げて、「家が廃れて一時は無人島になってたんすよね？　それを京古野さんが買い取って、この十数年で、いつもどこかしらから音楽が聞こえる、人の話し声や笑い声の絶えない、人の息吹に満ちた島になったんすよね？　最初から恵まれてたわけじゃなくて、マイナスからのスタートだったんすよね？　そういうの、俺、隠すんじゃなくて、誇りにしていいと思うんすけど」

——マイナスからのスタート。

十九歳で、マイナスからのリスタートを切ることを余儀なくされた真行寺に言われると、説得力がある。

「だが真行寺、その話、実際にはまだ終わってないぞ？」

「ぇえ？　なっ、なんすかそれ、ギイ先輩、それ？」

真行寺が軽くビクつく。「忌まわしさ現在進行形ってことっすか？　ハッ！　もしかして、アラタさんがいるからっすか？　と、マッピー、じゃない、雅彦さん？」

乙骨から母親の旧姓となった嘉納雅彦と、三洲新、亡き九鬼翁の孫の可能性の高い異母兄弟のふたり。おまけに現在の島の持ち主の京古野耀の実の母親と思われる女性が、件の身ごもった若妻なのだ。諸悪の根源である九鬼一族はとうに途絶えているのだが、因縁めいた繋がりは現在進行形で——。

「忌まわしいかどうかは知らんが、表向きは途絶えている家系だが、関係者と思われる人々がばりばりに存命である以上、まったくの部外者が、もう終わった話だ誇りだ云々と口を挟むのは無責任かな、とね」

「な、……なるほどっす」

「とはいえ、真行寺の言うとおり、マイナスからのスタートでここまでに、ってのは、オレも誇って良いと思うけどな」

と言ったギイに、真行寺の表情がぱあっと明るくなる。

「……っす」

嬉しそうにはにかんで、ふと、「っていうか、葉山サン、そんな忌まわしい過去のある九鬼島で肝試しをやるって、それ、どうなんすか？」

「——えっ!?」

言われてみれば。

「なにか出るかもですよ？」

「ややややめてくれないかな真行寺くんっ」

「今更それはないだろう？　京古野さんだけでなく陣内さんたちを始め多くのスタッフがここ

に住み始めて十数年経つんだぞ。その間、その手の話は出てないんだからな」

ギイが明るく一蹴する。

「だ、だよね！　だよね、ギイ」

怖がりの託生は縋るようにギイを見詰めた。――可愛い。

「だいいち肝試しの場所は、事故のあった物見の砦とも隠し港の跡地とも方向違いで、相当離れているからな。そういう意味でも、出る根拠がない」

「……根拠」

真行寺がぼそりと繰り返す。「ギイ先輩の説明って、理路整然としてて、説得力もばりばりあるんすけども、もし逆に、根拠があったら、可能性もあるってことになるんすか？」

「真行寺くんっ、無理に可能性を広げないっ」

「あ、すんません」

「そんなにビクつかなくたって、託生」

ギイが噴き出す。「どうせ託生たちスタッフは、肝試しには参加しないんだろ？」

「しないけど、フォローに当たるから、終わるまでずっと、順路のどこかで、暗闇に潜んでるんだよ？　潜んでなきゃなんないんだよ」

「付き合うし」

さらりと告げたギイに、託生がぽかんとする。

「つ、付き合う？　って？」

「ボディガードとして、肝試しの間は、ずーっとオレが、託生のそばにいてやるよ」

「……ギイ」

「はい！　俺も！　葉山サンのボディガードします！」

「え？　真行寺くんも？」

「ボディガードは二人も必要ないけどな。ただし真行寺の身バレを防ぐには、極力人前には出ずに、裏方に徹するのが良策だとオレも思うよ」

「だって身バレしたら、即撤収なんだよね？　そう、事務所と約束してるんだよね？」

「や、身バレがダメっつーか、問題を起こすのがダメなんすけど。――CMが飛ぶかもしれないんで」

「カンコちゃんも胃の痛いことだよなあ」

「梶谷（かじたに）さん？　あ、梶谷さんといえば、この前、電話をもらったよ」

「葉山サンにっすか？　も、もしかして俺のことで、なにか、ヤバい感じのあれっすか？」

「サマーキャンプを見学させてもらえませんかって。もちろん、真行寺くんの様子もチェックしたいからって」

「お？　カンコちゃん、黒川プロモーションの辣腕マネージャーとして、ＣＭを機にブレイクするかもしれない真行寺の動向と、周囲に目を光らせておきたいと？」

「んー、……多分？」

「えええ？　カンコちゃ、じゃない、梶谷さんのことっすから、俺をダシにしてギイ先輩の姿を拝みたいだけっすよ。ギイ先輩を目にしただけで、あの超絶イケメンオーラを浴びただけで寿命が一年延びるっていつも言ってます」

「また、大袈裟な」

　ギイが笑う。

「あ、それから、財前のことも訊かれたよ」

「財前って大学で託生と同門だった、バイオリンの？」

「そう、同じ井上門下生の。九鬼島の下見のときにクルマを出してくれた」

「なんでカンコちゃんが、その財前を気にしてるんだ？」

「サマーキャンプの演奏者として参加してるんですかって訊かれたから、梶谷さん、もしかして、財前のバイオリンを聴きたいの、かな？」

「梶谷さん、クラシックにはたいして興味ないっすよ？」

「そうなんだよねえ」

　これまで託生のバイオリンに、梶谷から関心を示されたことはない。「どのみち財前は、今回、予定している演奏者のメンバーには入っていないから、――飛び入り参加の可能性はあるけど、サマーキャンプの期間中に島に来るかどうかは聞いてないし。だから、はっきりした回答はできませんと、お伝えしたんだけど」

「へえ、財前、託生に打診してないのか？　やけに消極的だな。サツキとのジョイントを狙っていそうだったのに」

　ピアニストのサツキ・アマノ。託生たちの下見の際、偶然にも彼女も島を訪れ、流れで財前のバイオリンの伴奏をした。そして演奏後、ボロクソ（！）にけなした。

　つい数日前にフライングで島へ訪れ、マネージャーに諭されてサマーキャンプが始まってから出直すことになった、せっかちな面もある皐月（さつき）。

「リベンジマッチっすか？」

「そうそう。あれで引き下がったら男じゃないよな？　な、真行寺？」

「俺もそう思うっす！　次こそはちゃんと、借り物ではない自分のバイオリンで、万全に整えて、戦いに挑んでもらいたいっす！」

「戦いとか、リベンジマッチとか、安易に盛り上げるの、やめてもらっていいかな」

　皐月と演奏したあとの財前の落ち込みっぷりったら半端ではなかった。あのプライドの高い財前が、託生の前で情けないほどの落ち込みを見せたのだ。

「せっかくサツキがサマーキャンプに演奏者として参加するのに、財前がこの機を逃すとか、もったいなくないか、託生？」

「……まあ、二度と名誉挽回の機会はないと思うけど……」

世界のあちらこちらで演奏活動をしている皐月。彼女の演奏会を聴きに行くだけなら話は別だが、たまたま会えることなど、しかも皐月の伴奏でバイオリンを、となると、生涯で再びあるかどうかは、わからない。「でも挑戦したところで、サツキちゃんの評価は厳しいからなあ。リベンジが成功するとはとても思えないし」

名誉挽回は、かなり難しいに違いない。

「でもここでリベンジに挑戦しなければ、あいつはその程度のバイオリニストだったと、更にサツキの心証を下げるだろ？」

「あ、――ああ、そうか。そうかもしれないけど、でもなあ」

とはいえ財前に強要はできない。

「案外、サツキの方も待ってたりしてな」

ギイがニヤリと笑う。

「サツキちゃんが、財前を？　どうして？」

「託生とはまたタイプの異なる、跳ねっ返りと、跳ねっ返りだから。あのふたり、なかなか良い組み合わせだと思うけどな」

「ぼ、ぼくが跳ねっ返り？　え、どこが？」

「どこと訊かれても、具体的にはなあ。三洲も相当な跳ねっ返りだし、皆の共通点としては、一筋縄ではいかない感じってやつかな」

「確かにアラタさんは跳ねっ返りっす。でもぉ、俺は、葉山サンは、跳ねっ返りではないと思います」

「……真行寺くんっ！　だよねっ？」

「オレは、託生の跳ねっ返りの部分も、好きだけどな」

「──う」

託生が固まる。顔が赤い。

「わかりますっ！　俺も、アラタさんの跳ねっ返りのトコ、めっっっちゃ好きです！」

「だよなあ？　跳ねっ返り、可愛いもんな」

「ですすっ！　しかも俺にだけめっちゃくちゃ跳ねっ返りなのがたまんないっす！」

恋人にだけ見せる顔。──たまらない。

「いや、でも、自分としては、どちらかというと物分かりの良い方かと……」

「葉山サンって、おとなしいし、物分かりも良いっすけども、ちゃんと自分を持ってて、カッコイイと思います!」

「やっ、カッコよくは、ないけども」

「サツキの跳ねっ返りと気の強さは折り紙付きだが、初対面の演奏者にボロクソ言うことは先(ま)ずないからな。財前には、言いやすいなにかをサツキなりに感じたんだろ」

「言いやすい、なにか?」

「先日の、初めて音を合わせたときに、楽しかったんじゃないのかなと」

「ギイには、そう見えてた?」

「ボロクソに言って、まるっきり不機嫌だったから楽しそうには見えなかったが、財前のリベンジを煽(あお)っているような捨てゼリフだっただろ?」

——煽る?

「そうだったかな……?」

やばい。そもそも皐月のセリフを覚えていない。

と、託生が顔に書いたのを、ギイに読まれた。

「託生、オレを信じろ」

ふわりと微笑まれて、託生は素直に頷く。

ギイの記憶力を、なにより、人の真意を汲む勘の良さを、信じている。それによって、どれほど託生は救われたことか。

「わかったよ、ギイ」

ならばこちらから打診してみようか。熱い思いはあるのに、あまりの緊張で震えて動けずにいた財前の、背中を押したあのときのように。


「……ふぅ。壮観ですね……！」

陣内が深く溜め息を吐く。「この館にストラディバリウスのバイオリンが二挺もあるというのは、今回が、最初で最後かもしれませんね」

一挺は、崎義一所蔵の【sub rosa】、もう一挺は井上佐智を通して暫定的に桜ノ宮坂音楽大学に預けられている【BLUE ROSE（仮称）】。二挺とも今回のサマーキャンプのために持ち込まれたものである。

館の主、京古野耀は世界的ピアニストであり、旧家の出の資産家でもあるので、グランドピアノならば館のあちらこちらに常時設置されていた。

その中には、演奏家垂涎(すいぜん)ものの世界最高峰のグランドピアノもある。

現在は、サマーキャンプのために数台のグランドピアノが新たに運び込まれていた。大きさの異なるいくつかのホールごとに、一台ないし二台が設置されている。

サマーキャンプ中は、二十四時間、いつでも音を出して良い。

立ち入り禁止のエリアを除き、どこで演奏しても良い。

それに合わせ、メインダイニングとして使用するグランドホールでは、二十四時間、飲食が可能となっていた。

子どもたちには規則正しい生活をすすめるが大人たちはその限りではない。特に、芸術家である音楽家たちは縛られるのを嫌う。彼らに最高のパフォーマンスを発揮してもらい、子どもたちへ最高の刺激を与えるために、できうる限りのサービスをする。

それらを楽々とこなすスタッフを抱え、思う存分楽器を演奏するのに近隣への影響を考慮せずに済む、そういう意味で九鬼島は、願ってもない環境であった。

この部屋は、もともとは展示室として設計されたものではないが、天井までの高さのある透明なショーケースが室内を取り囲むよう壁に沿ってずらりと並び、そこに、京古野が縁あって手元に集めた、バイオリンやビオラやチェロなどの弦楽器、フルートやトランペットなどの管楽器、また特殊な民族楽器などが、鑑賞できる形で収納されていた。

機能としては、様々な楽器の保管場所である。

後生大事にケースにしまいこんでおいても良いのだがこうして陳列しておくと、演奏してみたいと来客が申し出てくれるので楽器のメンテナンスとしても好都合なのだ。

演奏されてこその楽器。

しまわれたままでは、本望ではないだろう。

「ですが佐智さん、本当に貸し出しをするのですか？　試奏ではなく？」

バイオリンと弓をセットにして、ショーケースの中央へ二挺のストラディバリウスが並んで陳列されている。

「貸し出しとなれば、相手は選ぶことになるのかな」

天使の微笑みの井上佐智。「けれど、試奏だけなら、この部屋から持ち出さなければ、誰が弾いてもよしとしようかな」

一挺でも軽く億を超える名器。と、同時に、お金を出したところで必ずしも手に入れられるわけではないストラディバリウス。なにより、二度と作られることのない、失ったならば二度とこの世に現れることのない、遠い過去の遺産である。

「……お預かりするのは、責任重大ですね」

緊張気味に陣内が続ける。

井上佐智が京古野邸のスタッフを信用してくれているからこその、裏企画。

主の京古野と佐智は、年齢こそ十歳以上離れているが同じ大学の教授仲間であり、それ以前から音楽家同士の親交があった。

京古野が九鬼島を手に入れたことにより、小型のボートで海を渡って行き来できる距離にある、伊豆半島の海沿いに建つ古くからの井上家の別荘と交流も生まれた。なにより、佐智は音楽家としてまた信頼できる人物として京古野を高く評価しており、京古野も佐智を高く評価しているのである。

「陣内さん。どちらのストラドにしろ、もし、どなたかが弾きたいと申し出てきたら、必ず葉山くんを同席させるようにしてください」

「葉山さんを、ですか?」

「過去に、義一くんのストラドを弾いていたのが葉山くんなんだ。この楽器の扱いを、持ち主の義一くんより理解しているよ」

「そうなんですか?」

「陣内さんが前職を辞めるきっかけになったあの年の夏、この館で、葉山くんは【sub rosa】で、京古野さんのレッスンを受けたんです」

ピアニストによるバイオリンの指導。異例で特殊なことだが、あの頃の託生には有効で外せないレッスンであった。

「……そうだったんですか」

「それに【BLUE ROSE】を最初に持ち主から託されたのも、葉山くんだし」

偶然というのは面白い。

井上佐智へ贈りたい、との先方の意向を受けて、海外の演奏旅行から佐智が戻るまで託生が預かることになったのだが、製作者のサインの書かれたラベルが剝がされていた古いバイオリンが未発見のストラディバリウスかもしれないと、試奏の結果、確信したのも託生である。

バイオリニストを虜にする魔力を持つストラディバリウス。

そして、ストラド弾きにはストラドがわかるとも言われている。

葉山託生が【sub rosa】を愛器として弾いていたのは、振り返れば、たった一年半ほどの短い期間だったのだ。にもかかわらず、託生にはストラディバリウスが深く滲みついていた。その後の〝触れていない期間〟が〝弾いていた期間〟の何倍もあったのに、彼にはストラドがわかったのだ。――感じたのだ。

それは、楽器を奏でる者たちの、不思議な感性でもある。

「ということは、城縞さんとのジョイントでは、葉山さんは久しぶりに【sub rosa】を弾かれるのですか？」

「とは、聞いてないなあ」

「せっかくならば、葉山さんに【sub rosa】で演奏していただきたいものですが」

「触っていないブランクが相当ありますし、城縞くんとの演奏でいきなりバイオリンを替えるのは、楽器そのもののコンディションと、楽器を弾きこなす熟練度という二点で、けっこうリスキーだと思います。そのあたり、ピアノとはかなり付き合い方が違うので」

「……確かに」

ピアニストは、出向いた先のピアノを弾く以外の選択肢を持たない。

自分のピアノを世界中どこへでも持ち運び演奏会を行うピアニストもごくごく稀にいるが、金銭的な負担やスケジュール管理はかなり厳しいものとなるので（搬入後にすぐさま調律を行い、移送をするとトラブルも発生しがちになるので、調律師は終始つききりである）かなりのレアケースだ。そこまでではなくとも、契約しているメーカーが自社のピアノを演奏会用にレンタルしてくれる場合もあるし、ホールによっては所有している数台から選べることもある。だが、そのような恵まれたケースは非常に限られている。

ほとんどの場合、そこにあるもので最良の演奏をせねばならぬ楽器を選べないピアニストと、自分にとって最良のバイオリンを常に持ち歩き演奏しているバイオリニストでは、楽器との向き合い方の根っこの部分が真逆である。

「個人的には、過去に葉山くんは【sub rosa】をうまく鳴らしていたので、また弾いてくれるといいなとは思っていますけれど」

「立ち入った質問で恐縮ですが、葉山さんは【sub rosa】を、どうして現在は弾いてらっしゃらないのですか？　葉山さんと義一さんの間柄でしたら、弾かせたくない、ということはなさそうですのに」

「義一くんは、できれば葉山くんに弾いてもらいたいでしょうが、現在、葉山くんが使っているバイオリンは、彼が自分の力で購入した、世界にひとつだけの彼のバイオリンですから」

ストラディバリウスとは比べものにならないバイオリンだとしても、葉山託生にとっては、かけがえのないパートナーなのだ。

佐智にとってのアマティと同じく。

愛器を何挺も持ち、場面や曲目に応じて使い分けているバイオリニストもいるけれど、楽器と深く付き合おうとしたならば、複数持ちはどうしても気持ちが分配されて薄くなりがちだ。

それはそれで良い面もあるのかもしれないが、少なくとも佐智は、——託生も、ひとつの楽器と、どこまでも深く付き合いたいと望んでしまう。

どこまでも深く付き合って、その結果、楽器のポテンシャルの限界に突き当たり替えることを余儀なくされるのならばともかくとして、上っ面を撫(な)でた程度で次へ行くのは、楽器に対して誠実ではない、ような気がしている。

「世界にひとつだけの……」

陣内が静かに繰り返した。

「そもそも、今のバイオリンのポテンシャルですら、葉山くんが充分に引き出しているとは、現状、とても言えないですし」

「手厳しいですね」

「ただ、いつか、自分が表現したい音楽にどうしても【sub rosa】が必要だと葉山くんが切望するようになったならば、そのときは、躊躇なく選び取ればいいと思ってもいますけど」

「……いつか」

「それが百年後でも数十年後でも、来年でも、明日でも、今日だとしても、もし訪れたならばそのときは、迷う必要はないと思いますけどね」

自分の音楽に【sub rosa】が必要な瞬間、もしそれが葉山託生に訪れたとしたら、演奏からセミリタイアしている彼の人生が大きく変化した証(あか)しでもある。

「佐智さんと葉山さんは同い年ですけれど、やはり先生と生徒、なんですね」

大学を卒業して既に十年に近い年月が過ぎているのに、今も成長を期待され見守られているとは。……少し、羨ましい。

「そうですか？　そんなふうに見えますか？」

佐智がふわりと微笑む。――それは紛うことなき、天使の微笑みだった。


真夜中近くに部屋へ戻ったのに、託生はまだ戻っていなかった。

「仕事熱心だなあ」

働き者の恋人は、今夜は何時に部屋に戻って来られることやら。

サマーキャンプの開始日が迫っているので、メインスタッフである託生の多忙さにも拍車がかかっていた。その上に、本番に向けてバイオリンの練習時間も捻出せねばならない。起きたまま戻りを待つのもいいが、託生のことだ、自分に気を遣わず先に休んでいてもらいたいだろうなと予想する。

寝るにしろ、起きているにしろ、朝から晩まで体を動かし続け、汗もたっぷりかいたので、ギイはまずシャワーを浴びることにした。

高校三年生のときにふたりで使わせてもらった懐かしき客室、あの頃よりコンセントの数が増え、家具もスタイリッシュになっている。

マイナーチェンジを続け、常に進化している京古野邸。バスルームのシャワーヘッドも前回とは違う。

「はあ、さっぱりした」

バスタオルを腰に巻き、フェイスタオルで濡れた髪をがしがし拭きながら、バスルームからベッドルームへ行くと、

「ぅわっ！」

ギクリと託生が振り返った。

「――なにしてんだ、託生？」

いつもなら、戻ったならば「ただいま」と、バスルームの外から挨拶してくれるのに。

「ま、まだ見ないで」

なにかを隠すようにして、託生がガバッと両腕を広げる。

「見ないでって、なにを？」

「い、いいから、バスルームに戻って、濡れた髪を乾かしてて」

「はいはい」

ギイは軽く頷いて、バスルームへUターンする。

ドライヤーの騒音で、託生がなにをしているのか音すら聞こえずさっぱりわからなかったの

だが、ギイはわくわくとしていた。

「もう少し、バスルームでまったりしてれば良かったなあ。せっかくのサプライズ、失敗させちゃったなあ、悪かったなあ」

そこは申し訳ないけれども、口元が緩んで仕方ない。

念入りに髪を乾かし、さすがにもう大丈夫かなと、バスルームからベッドルームへ。

室内の明かりが落とされた暗闇に、窓際のソファセットのテーブルに置かれたキャンドルの炎がエアコンの風で僅かに揺れて、周囲に踊るような濃淡の影を作り出す。キャンドルに照らし出されているのは、テーブルにセッティングされたミニサイズのホールケーキと、涼しげな透明のワインクーラーに横たわるシャンパンボトルと、シャンパングラスがふたつ。

それらを背にして立つ、はにかんだ表情の託生。

腕時計をちらちらと見て、

「……きた」

と、ちいさく呟くと、「誕生日、おめでとう、ギイ」

クラッカーならぬバラの花びらを、ぱあっとギイへ撒(ま)いた。

「お、フラワーシャワーか」

頭上からひらひらと降り注ぐバラの花びら。たちまちバラの高貴な香りに包まれて、「てか託生、オレ、この恰好のままでいいのか？」

　下着なしのバスタオルのみ。

　ギャップがすごい。

「あ、だね、なにか着て、ギイ」

　クローゼットからパジャマがわりにしている短パンとTシャツを出して、着る。下着は穿かない。穿いてもどうせすぐ脱ぐことになる。

　なかなか抜けないシャンパンの栓と格闘している託生へ、

「やろうか、託生？」

　訊くと、

「ううん、いい。ギイはソファに座って待ってて」

　眉間にぐっと皺を寄せ、しばらくすると、ポン！　と弾むようにシャンパンの栓が抜けた。続けて、口の狭い細長いグラスへ、こぼさないよう集中しながら託生がシャンパンを注ぐ。

　栓と格闘する姿も、全力集中でシャンパンを注ぐ姿も、どちらもぎこちないけれど、どちらもたまらなく可愛い。――愛しい。

「では、改めまして」

　グラスを渡され、「ギイ、誕生日おめでとう」

チンと軽くグラスを合わせてから形ばかり一口飲むと、大きく前のめりで、「今年は、ぼくが一番乗りだよね?」

瞳を輝かせて託生が訊く。——可愛い。

日付が変わったのと同時に祝福を伝えてもらった。しかも、目の前で。

「ああ、間違いなく、託生が一番乗りだ」

そんなことにこだわらなくてもよいと思うが、野暮は言わない。

シャワーを浴びた後の渇いた喉に、冷えたシャンパンが美味しい。炭酸が心地よく喉を滑り落ちてゆく。

きっちりとしたこの冷たさ。グラスまでちゃんと冷やしておいてくれたのだなあ、託生。

ギイは感動しつつ、

「今夜のために、いろいろ準備してくれてたんだな。にしても、シャンパンは前以て買っておけるだろうが、ケーキは?」

さすがに前以て買って島へ持ち込むには、ギイの誕生日までに日にちが開きすぎる。冷蔵で傷むほどではないにしろ、乾燥して生クリームは固くなり、味も悪くなってしまう。

「うん。島に来る前に買っても日保ちしないし、そう簡単には町まで買い物にも出られないから、料理長さんにお願いして特別に作ってもらったんだ」

「そうか、料理長さんにか。サマーキャンプの仕込みで忙しいだろうに、ありがたいな。オレからも明日、お礼を言おう」

「これ、試作品なんだって。スイカのケーキだよ」

「スイカ？　水分が多すぎて、生クリームを使ったケーキにするのはかなり難しいだろ？」

「旬の果実を使った斬新なケーキで子どもたちをもてなしたいって、ものすごく試行錯誤したんだって。で、ぜひともギイにも試食をって」

「なるほどなあ。なら、迷惑にはなってないのかな」

「なってないよ。感想を楽しみにしてるって」

「わかった。心して、いただこう」

笑ったギイに、託生も笑う。

と、ふと、

「──だよね。自信作ができたら、感想を聞きたいよね」

「ん？　託生？　なんだ、突然？」

「うん、ちょっと……」

うやむやにしてしまった、カフェの新作ケーキの感想。井上教授は美味しそうに召し上がっていたけれど、言葉としての感想は特にはなかった。「ありがとう、ごちそうさまと伝えておいてね」とだけで。

甘いものが得意でない託生の感想は、はっきり言って、我ながらまったくアテにならない。

「なにか、やらかしたのか？」

ギイが優しく託生の顔を覗き込む。

「……もしかしたら」

「そっか」

「もう少し踏み込んで、感想をもらえば良かったなって」

「なんの話かまったくわからないが、今からでも対応可能ならばやってみるといいよ」

「……うん」

新作ケーキはとっくにカフェで売られていて、今更感が拭えないが、「たった一言でも、励みになるよね」

感想を宣伝に使いたいと言われてしまうと抵抗が生まれる。井上教授が利用されることを、バリバリに警戒しているので。とはいえ——。

井上教授が味の感想を述べられなかったのをいいことに、まっすぐ、うやむやコースを突き進んだ。

今頃、申し訳ない気持ちになる。カフェではスタッフからだったが、ケーキを渡してくれたときのケーキを作った当人である料理長の、期待に胸弾ませる表情を見てしまったので。

「話はさっぱり見えないが、託生がそう思うのならば、きっとそうだよ」

「……うん。ありがとう、ギイ」

「それより託生、室内灯を暗くしているということは、年齢の本数のロウソクを吹き消すイベントをするってことだよな？　早くやろう？　オレ、絶対に一息で吹き消すから」

「あっ！　ごめん！　灯（あか）りを暗くしたのは雰囲気を盛り上げたかっただけで、吹き消すイベントは用意してないんだ。だって、この面積にロウソクを三十本も立てられないよ」

「そうか？」

ロウソクの種類によっては、太さ三〜四ミリ程のスリムタイプであれば三十本くらい楽勝で立てられるだろう。ただし、さすがに三十本ともなるとその熱で生クリームは溶けてしまうしロウも垂れ落ちケーキの味が微妙になってしまうかもしれない。そもそも、律義に三十本立てずとも数字をかたどったロウソクならば二個で事足りる。が、それはさておき、「ふむ。だったら、テーブルのキャンドルを吹き消そうかな」

用意されていないのならば仕方あるまい。

せっかくその気になっているので、この際テーブルのキャンドルでもいい、願い事をしてから一息で吹き消してみたい。三つ叉（また）のアンティーク風燭台（しょくだい）に立てられた太い三本のロウソク、そのしっかりとした三つの炎を。

「だっ、駄目！　そんなことしたら、部屋が真っ暗になっちゃうよ」

「暗いの苦手だもんなあ、託生」

からかうギイを、きゅっと睨んで、

「そっ、そんな意地悪を言うのなら、プレゼント、あげないからね」

託生はぷいっとむくれる。

「えっ!?　もしかして、間に合ったのか？」

更に前のめりになったギイは、喜びのあまり、そのまま託生のくちびるにチュッとキスを弾ませた。

条件反射で咄嗟に身を引いた託生。——どっと顔を赤くして。

可愛い。

いつまで経ってもウブな反応をしてくれる、慣れないところもお気に入りなのだ。

照れ隠しのように素早くソファから立ち上がると、託生はチェストに置いたバイオリンケースの中からリボンの巻かれた紙の包みを、形を崩さないよう、そっと取り出した。

託生の大事なバイオリンの入ったケースに、大事そうにしまわれていた自分宛の誕生日プレゼント。それだけで、もう、グッとくる。

ギイもソファから立ち上がり、託生の前へ立つ。——キャンドルの揺らぐ明かりに照らされる託生も儚げで乙だなと思う。

両手で差し出されたプレゼント。ギイも両手で受け取って、すぐ脇のベッドへ腰掛け、プレゼントを膝に置き、

「開けていい？」

と、託生を見上げる。

「……うん」

控えめながらも誇らしげに頷く託生の前で、ことさら丁寧に包みを開けた。包装のし方からして日本で購入したのではなさそうな、——タグを見ると、イタリア語。

と、室内がパアッと明るくなる。

気を利かせて、託生が室内灯のスイッチを入れたのだ。キャンドルの明かりだけでは手元が暗いし、肝心のカラシ色の色合いもわからないので。

包装紙から現れたのは、すらりとした印象の革の手袋。明るすぎず暗すぎない絶妙な按排のカラシ色、手触りでわかる革の質の良さ、縫製の確かさや、差し色として使われているやや明るめのステッチの小粋さ、なによりサイズが、

「ぴったりだ」

指先にほんの少しゆとりができる。「――完璧だ」

託生は隣へ腰を下ろすと、

「気に入った？」

と訊く。

「もちろん」

ギイはほうと息を吐き、「これはオレには一生ものだな」

大切に使う。最高の手袋だから。

「良かった」

微笑む託生に、

「……たまらないな」

そっと、囁く。

手袋をしたまま、託生の頬に手を滑らせる。

鞣革(なめしがわ)の滑らかな感触に、託生がちいさく息を吸った。

「……ギ、ギイ、シャンパン、ぬるくなっちゃうよ」

「だな。生クリームも溶けて崩れてしまうかもな」

実際にはエアコンの冷房がかなり強めに効いているので、グラスのシャンパンはともかく、ケーキの生クリームに関してはすぐにどうこうということはないのだが。

「な、なら、先に、食べる?」

「ああ、先に食べる」

キスをして、そのままベッドへ押し倒す。

「……あ、あれ?」

「電気、消さなくてもいい?」

「け、消してほしい」

「キャンドルは?」

「……そのままで、いい」

怖がりの託生は暗闇を嫌がるが、就寝するときには電気を落とす。おまけにたいそうな恥ずかしがり屋なのでSexのときは絶対に暗闇でないと許してくれない。託生の表情も堪能したいギイとしてはせめてシェードランプは点けたままにしておきたいのだが、その託生が、キャンドルの明かりを残してもいいと言う。

「りょーうかいっ」

ギイは素早く体を起こすと、慎重に両手の手袋を外し、バイオリンケースの横へ左右を揃えてそっと置く。そして壁の室内灯のスイッチを切った。

膝から先をベッドの縁から下へ落として仰向けにされていた託生は、体を起こして靴だけ脱ぐと、少しだけ枕の方へ移動する。

ギイは歩きながら、さっき着たばかりのTシャツを脱ぎ、託生の前を通り過ぎてテーブルへ。そしてキャンドルの三本のロウソクのうちの二本を、ふっと、吹き消した。

暗い室内が更にすっと暗みを帯びる。

「……ギイ？」

一本のロウソクだけ残して、託生の元へ。

Tシャツを隣のベッドへぽんと放って、ベッドへ膝をつき、託生へとにじり寄る。

「二本は託生へ返すよ。一本だけ、もらっておく」

そう、キャンドルの明かりも託生からのプレゼントだ。

恥ずかしがり屋の託生くん、どこまでも、今夜を特別なものにしようとしてくれるんだな。

——ああ、なんて素晴らしい夜だろう。

ギイは託生へ思いを込めてキスをする。

「託生……。最高の誕生日を、ありがとう」

館のスタッフは制服を着ているが、ボランティアスタッフは私服である。そこで目印として揃いのサマージャケットを着用していた。胸にはネームプレート。各自でボランティアネームを設定して、アルファベットとカタカナの並列表記で。

サマージャケットを着ていれば、遠目からでも一目でボランティアスタッフだとわかるし、また、スタッフがジャケットを脱いでいるときは休憩中なので用事を頼むのは控えていただく。ボランティアにも自由時間は必要である。

そして、アイテムがもうひとつ。

サマーキャンプでの公用語は英語である。指導または演奏する音楽家の半分以上が海外から訪れるので、必然的に会話は英語で交わされる。参加者の子どもたちには通訳がつく。大人たちにも、必要に応じて通訳がつく。

ボランティアスタッフに通訳はつかないが、英語が喋れるスタッフにもそうでないスタッフにも、ワイヤレスのイヤホンとマイクが支給されていた。ボランティアスタッフだけでなく、館のスタッフにも、全員に。

対応に困ることや、なにを伝えられたのかわからないときは、即座にマイクを通して詳しいスタッフへ問い合わせができる。

託生にはギイが秘書役として常に帯同しているので通訳は必要ないのだが、それはそれとして、もちろんイヤホンとマイクは装着していた。

「雑音は入らないし、あのイヤなキーンってハウリングもしないし、一日じゅうつけてても耳が痛くならないし、館のどこにいても、島の端っこにいても繋がるし、バッテリーは異常に長持ちだし、このセット、すごくないっすか？」

テンション高く真行寺が唸る。「これ、本職でも使いたいなあ。舞台とか、スタジオで。どこのメーカーのなんだろう？」

残念ながら、イヤホンにもマイクにもメーカーの刻印はない。

それもそのはず、

「市販品じゃないからな。わかったところで、買えないぞ」

ギイが答える。

「そうなんすか？」

「性能が高すぎて市場には出せないんだよ」

ギイは笑って、「だが、プライベートアイランドである九鬼島でのサマーキャンプでは、これくらいの性能がないと用が足りないからな」

普段はここまで頻繁に、綿密に、スタッフ同士が連絡を取り合うことはない。どのような来賓が訪れようとも。

準備や後片付けを含めて二週間以上かかるサマーキャンプ。今回は特に、その間に予定されている人の出入りの激しさが半端ではなく、スタッフにはいつにも増してフレキシブルな対応が求められているのだが、このセットがそれを可能にしていた。

「え？　サマーキャンプ限定っすか？　ってことはこれ、京古野家の備品じゃないんすか？」

「そういうこと。サマーキャンプの間だけのレンタル品だよ」

「へえええ？　さすがギイ先輩、詳しいっすね！」

素直に感心する真行寺。

もちろん託生にはわかっていた、出所はギイだと。

メーカー名はないのだが『1/100』や『2/100』などの数字が打たれていた。イヤホンとマイクには同じ数字が。それが一セットごとの通し番号となっていて、全体で百セット。誰が何番を持っているのかもわかるようになっている。

どこで造られたものかは秘密だが、充分な数が惜し気もなく京古野邸へ提供されていた。そして、性能が高すぎて市場に出せない、とは、軍事機器のレベルである、という意味だ。故に、サマーキャンプが終わったならばひとつの抜けなく回収すべく通し番号が振られ、誰に支給されたのかもチェックされているのである。

管理は厳重だが、それをポンと貸し出してしまう、ギイの懐の深さに託生はやられる。

おかげさまでサマーキャンプは滞りなくスタートし、特にトラブルもなく、三日目夜の肝試しもおおいに盛り上がった。狙いどおりに皆が打ち解け、当初は緊張して英語どころか日本語ですら言葉数の少なかった子どもたちが、萎縮せずに日本語だろうと単語を並べただけの英語だろうとかまわずに、質問できるようになっていた。

そして本日は日曜日、サマーキャンプの折り返し地点であり、唯一の休日である。子どもたちはクルーザーで海を渡って伊豆半島の一日観光に出掛けていた。引率は京古野家のスタッフ数名。近隣情報にさほど詳しくない託生たちボランティアスタッフでは、残念ながらろくな観光案内はできない。反して、館のスタッフは観光案内のベテランであった。

子どもたちは全面的に館のスタッフへお任せして、子どもたちだけでなく大人たちも、もちろんボランティアスタッフも本日は休日であり自由に過ごしていいのだが、真行寺は島に残っていた。

三洲が、今日は一日のんびり部屋で体を休めたいと言ったので。

ボランティアとは思えない、完璧な働きをする三洲新。朝から晩まで一日中神経を張り巡らせ（例によって他者からはたいそう柔和に見えるが）、一瞬たりとて気を抜くことがない。いくら真行寺ならばそこにいても邪魔にならないと三洲が言っても、ひとりきりの方がちゃんと休める。そういうものだ。三洲とのふたり部屋、ちゃんと休んでもらいたいから真行寺は外に出ている。さりとて三洲を島へ残して遊びに出ても楽しくない。そこで真行寺も島でのんびり過ごすことにしたのだ。ただし、ちゃっかりランチの約束は取り付けた。三洲には遅めの朝食となるが。

約束の時間になるまでと、館の中を目的もなく、なにをするでもなくぶらぶらしていたときに託生に声を掛けられた。予定がないのならば一時間ほど仕事を手伝ってもらえないかと。

急遽の申し出だが、渡りに船とばかり真行寺はオーケーした。即刻部屋へ戻り、ベッドで熟睡していた三洲の眠りを妨げないよう、静かに、素早く、部屋で装備を整えて、託生たちと合流した。

行き先は、海に全方位を囲まれた九鬼島唯一の港。

——市販品ではない、イヤホンとマイク？

「もしかして！」

真行寺が閃く。「高校んときの夏休みの、九鬼島の地下洞窟を探検したときにギイ先輩が皆に配った、あのカード電卓みたいな形のハイテクの塊みたいなスマホ？　ガラケーじゃないっすよね？　あれもすごかったっすけど、もしかして、これはあれの進化形っすか？」

「まあな」

　ギイは曖昧に笑う。

　進化形といえば進化形だが、マイクとイヤホンに特化した分、性能は桁違いに高い。あまり大きな声では言えないがバッテリーが長持ち、ではないのだ。イヤホンを装着することにより人体から電力が供給される。人体が帯びている微量な電気を電力へと変換し、強力に増幅させ、島の端であろうと館の地下であろうと通信を可能にしているのである。

　似たようなもので、無線給電の技術を利用し常に電力が供給されて充電なしで使用できる製品というのもこの世にあるが、テロやトラブルにより給電システムがダウンしたならば一斉に電力の供給がストップし、使用できなくなる。また給電エリア内でなければ、そもそも電力を受け取ることができない。

　さておき。

「市販されたら、買いたいなあ」

　と、真行寺。

「時代(とき)が来たらな」

　ギイはからりと笑い、「託生、もうそろそろか？」

話を変えた。

「うん、そろそろだと思う」

ここは九鬼島南端にある船着き場、規模は小さいが港である。それでもクルーザーやボートが同時に数艘係留できるので、設備として申し分なかった。

そろそろ船が到着する、新たな来客を乗せて。ボランティアスタッフは休みでも、主催側スタッフの託生に期間中の休みはない。

「大丈夫かなあ、サツキちゃんと財前。向こうの港で船の到着を待つ間とか、船に乗っている間とか、揉めたりしてないといいんだけど……」

託生は心配で、気が気でない。

「揉めるというか、サツキが一方的に財前に突っ掛かるというか」

ギイが茶化す。

そんなつもりはまったくないのに、むしろ自信家の財前がらしくなくめちゃくちゃ控え目に接しているのに、面白いくらい皐月を刺激するのだ。皐月からの容赦のない返しに、自信家なだけでなく余裕あるポーズも売りの財前が、終始おろおろしっぱなしなのである。

「せっかく財前が前向きになったのに、サツキちゃん、会った早々に財前の繊細なハートを砕いてないといいんだけど……」

「まあな」

託生が折に触れ財前を鼓舞し続け、ようやくの参加となったのに。ギイとしてもその努力が水泡に帰するのは避けたいが、「かといって、別々の船にってわけにはいかないものな」

「うん。熱海の港まで迎えに行けるの、今日はこの一回きりだから」

この船着き場には現在、船は一艘も停まっていない。伊豆半島の観光をしている子どもたちだけでなく、唯一の休日にあちらこちらへ遊びに出掛けたゲストたちを乗せて、すべて出払っているのだ。

キャンプ開始数日前にふらりと九鬼島を訪れた皐月だが、自身が演奏を披露するのはキャンプの後半。なのでフライングもフライングであった。スタッフ総出で準備に当たっていた最中でゲストのもてなしなど到底できない状況で、皐月には出直してもらうことになったのだが、キャンプスタートのタイミングで改めて島を訪れるつもりでいたところ、滅多に日本にいることのないショパン国際ピアノコンクールの覇者である若きピアニストを世間が放っておくはずもなく、瞬く間に次々とスケジュールが埋まり、結果、本日ようやく島へ。

そして、もうひとり。

託生のバイオリンとペアでサン＝サーンスを弾く予定のピアニストの城縞恭尋も、この船で島へ来ることになっていた。彼もまた新進気鋭の若きピアニストであり、大学時代の託生の伴奏者であり、託生にとって数少ない、貴重な、気の置けない友人のひとりでもあった。

「託生、到着するゲスト、全部で何人だ？」

　ギイが訊く。

「船長からの連絡だと、最終的に乗船したのは全部で十八人かな」

「なら、電動カー三台に分乗か」

「前情報では十三人だったから、ここにある二台で足りるはずだったんだけれど。さっき陣内さんに連絡して、館から一台都合してもらうよう手配したよ」

「ふむ。電動カーは足りるとして、ゲストの荷物の量によっては、オレたち全員は乗れないかもしれないな」

　個人差はあれど、演奏家の荷物はなにかとかさばる。しかも、大きい。ケースに入ったコントラバスなど、ヒトひとりより大きい。

「ギイ先輩、俺、端から歩くつもりだったんで、乗れなくても大丈夫っす！」

「オレもいざとなったら歩きでかまわないが、託生は乗っていけよ、アテンド役なんだから」

「わ、わかった」

　ひとりで十八人ものアテンド！　に、密かに託生が緊張する。

「てか、二台まわしてもらえば良かったっすね、葉山サン」

真行寺が無邪気に笑う。

「ぼくもそうしたかったんだけど、ついうっかりしてたけど、電動カーはあるんだけど、今日は運転手が足りないから」

ボランティアスタッフなしで館のスタッフだけでまわしているので、本日は圧倒的に人手が足りない。

「あ、そっか、そーゆーことっすか。じゃあ仕方ないっすね」

真行寺が納得する。

「それと、真行寺くんにはぎりぎりまで内緒にしてくれと頼まれていたんだけど、この船には梶谷さんも乗ってるよ」

「ひゃっ!? カンコちゃ、や、梶谷さんがっすか!? マジで、来たんすか!?」

マネージャーの名前が出て、真行寺の背筋がしゃんと伸びた。

「スケジュールを調整して、なんとしても今日に間に合わせたんだそうだよ」

託生が笑う。

「へ? 今日狙い、なんすか?」

心配性のマネージャーが真行寺の様子をチェックするためだけに島を訪れるのならば、日にちにこだわる必要はない。ヒントは、託生の笑み。「はっ! つまり?」

「そう、つまり真行寺くん、この船には——？」

「財前さんが乗ってます！」

「できれば財前さんとスケジュールを合わせたいです、と、頼まれてて。日にちを知らせておいたんだ」

「ぬ、抜け目ないな、カンコちゃんっ」

「本当に仕事熱心だよね、梶谷さん」

　初対面で直感的に財前に興味を抱いた梶谷は、スカウトへ動く前に、財前をマネージメントすることに本当に旨(うま)みがあるかどうかを慎重に吟味している。確信が得られたならば、社長に直談判(じかだんぱん)してでも許可を得て、財前を〝莉央(りお)〟〝真行寺〟に続く、黒川プロモーション三番目の所属タレントにすべく本格的に口説きに入るのだろう。——特例の〝汐音〟は除き。

「いやいや葉山サン、財前さんに関しては、カンコちゃんの趣味と実益を兼ねて、っすよ。だからそんなに純粋なモノじゃないと、思うっす」

「趣味と実益……！」

　真行寺の物言いに、ギイがふふふと笑う。「ふむ。悪くないな、そのスタンス」

　公私混同や職務の私物化とは似て非なる、絶妙さ。

　そのとき、港の入り口から中型のクルーザーが姿を現した。舳先(へさき)のデッキに立つ皐月が、港に託生たちを見つけてぶんぶんと手を振っている。小柄な皐月がクルーザーの上下の揺れや風の勢いに煽られて海に落ちては大変とばかり、横でハラハラしているのは財前。

皐月と財前、悪くない組み合わせとギイは思うが、本人には内緒だけれど、皐月の想い人は十年前から託生である。皐月にとって、託生はヒーロー。ギイと託生の関係を知っている皐月は、託生とのステディな関係は望んでいないが、託生を越える人でなければ好きになんかなれないと、ギイに、こっそり打ち明けていた。

なかなかの難問だ。——託生を越える、などと、そんな人が果たしてこの世にいるのだろうか？　少なくともギイにとって、託生を越える人など存在しない。託生は覚えていないけれども、幼い日の、ふたりの出会いのときからずっと、いつも心に託生がいた。託生を思うと心にすっと光が差した。

暖かくて、明るい。

ギイのこれまでの人生を支えてくれたのは間違いなく、葉山託生の存在なのだ。

そしてまさに今、再び、ギイは託生に救われている。託生だけが、永遠に時が止まったような凪へ、一陣の風を吹かせるのである。

クルーザーが接岸され、ゲストが次々に降りてくる。

駆け寄って、飛びつくように託生にハグしたのは皐月。

「やっと会えたわ、タクミ！　この前は追い返されちゃったから」

と言いながら、皐月は真行寺を睨む。

「え？　俺っすか？」

「大丈夫だ真行寺、ただの冗談だから」

ギイがすかさずフォローする。「サツキ、その手のジョークは真行寺にはやめておけ。真に受けるから」

「そうなの？」

皐月は意外そうに真行寺を眺めて、「ごめんなさいね」

と謝った。

「や、やや、いいえ、気にしてないっす、ぜんぜん」

慌てて否定しながら、真行寺は皐月の向こうに梶谷を見つけた。——ばっちり、目と目とが合う。「すっ、すんませんっ、ちょっと失礼します！」

ペコリと挨拶して、小走りに梶谷の元へ。

ところが梶谷は、皐月の横で心配そうにしている財前を、気づかれないようさりげなくチェックするのに忙しく、真行寺のことなどほぼ眼中になかった。

「……はぁ、カンコちゃん」

やれやれとばかりにぼそりと呟くと、瞬時に梶谷幹子が反応する。

「真行寺っ、人前では名字を呼んでっ」

すかさず小声で叱責されて、と、どこからか、ぷぷっとちいさく噴き出す声が。――聞き覚えのある声が。

「……えっ!?」

梶谷に隠れるようにして、華奢な少年が、――少年？　のようなボーイッシュな服装で変装している、「莉央サンっ!?」

「しーっ!!」

ふたりに素早く窘められて、真行寺は慌てて口を噤む。

なんだ？　なんだ？　なにが起きているのだ!?

「……り、莉央サン？　どうしてここに？」

真行寺はこっそり尋ねる。

「今日からオフなの」

莉央もこっそり答える。

「や、それ、理由になってないんすけど」

「んー、じゃあ、カネさんの顔が見たくなったから？」

「それも、理由になってないっす」

「大丈夫よ真行寺、社長の許可は取ってあるから」

すかさずの梶谷のフォロー。——マネージメントは優秀だが、莉央に甘いのが最大の欠点と常々社長から指摘を受けている梶谷である。

「葉山サンにも、伝えてあるんすか？」

「人数だけね。私と、もうひとりって」

「……カンコちゃん」

「こら、真行寺。梶谷さんと、呼びなさい」

「や、でも、俺はまだ世間的には駆け出しの俳優だからあれっすけど、莉央サンは、バリバリの芸能人っすよ？　本当に、大丈夫なんすか？」

「あのね、真面目に答えるとねカネさん、莉央、クラシック音楽のサマーキャンプってどういうものなのか、すごく興味があったの。この機会を逃したら一生縁がなさそうだし。それと、カネさんがどんなふうに工夫して普通の人っぽくスタッフしてるのか、見てみたかったし」

「でも俺、実はぜんぜん普通にしてるっす。俺、ぜんぜん、目立たないので」

「……でしょうね」

梶谷が腕を組んで、大きく頷く。梶谷の視線の先には崎義一。クルーザーから降りたゲストたちが、洩れなく彼を、二度見、三度見している。

ここそと会話を交わしていた三人の脇で、誰かがぴたりと足を止めた。ただそこにいるだけで皆の注目を集めてしまう崎義一に、ではなく、キョトンとした不思議そうな表情でこちらを見ている男性。——ノーブルな雰囲気の、二枚目である。

梶谷のイケメンセンサーの針が大きく振れたのが、真行寺にもわかった。名刺を取り出す用意をしつつ、

「あの、どこかでお会いしたことがあるような気がするのですが。失礼ですがお名前は？」

イケメンに問いかけた。

「あ、俺は——」

男が言いかけたとき、

「城縞くん！」

託生が走り寄ってきた。「長旅お疲れさま！　って、あれ？　ごめん、会話の邪魔しちゃった？　というか城縞くん、梶谷さんたちと知り合いだった？」

「葉山さん、このたびはお世話になります、よろしくお願いいたします」

諸々をすっ飛ばして、梶谷が託生へ挨拶する。

梶谷と共にペコリと頭を下げた少年に、

「……え？」

託生が絶句した。「……莉央、ちゃん？」

縁の太い伊達メガネ、長い髪をくるりとまとめ目深に被ったキャップに隠した、スレンダーで少年体型の莉央は、服装によっては男の子のように見える。

「へへへ」

と、莉央が照れ笑いする。「ワガママ言って、梶谷さんに連れて来てもらっちゃいました」

「あ……、あー、そうか……」

託生は狼狽する。そして、「すみません、梶谷さん、ちょっと」

梶谷だけを皆から離れた場所まで誘導して、皆には聞こえないよう声を潜ませ、実は、と話し出した。

「……え？」

梶谷も狼狽する。「本当ですか？」

「はい。でも、梶谷さんのお仕事に影響が出ないのであれば、このままでも」

「……影響」

梶谷は言い淀む。「出るか出ないかは、正直、私にはわかりません。私は一切、あちらには関わっていないので」

――一切。

「あの、莉央ちゃんは知ってるんですか？　汐音さんのこと」

「うっすらとは。ですけど、汐音さんはうちの預かりではありますが、ご存じのとおり、私たちとはまったく関わりがないので、単なる名目上の所属なんです」

「莉央ちゃんと汐音さんが顔を合わせてしまうかも、に、ついては？」

「それは問題ないと思いますよ。別に、ふたりの仲が険悪ということもありませんし、普通に仕事場で、顔を合わせたりしますから」

「同じ事務所のタレント同士としてではなく、ですよね？」

「そうです」

「ぶっちゃけ、汐音さんのコンディションは、相当にナーバスなんです」

「アイドル〝汐音〟としての仕事ではなく、〝倉田汐音〟というひとりの音大生――ピアニストとして、こちらで演奏をするんですよね？」

「はい。ですが、アイドルとしての先輩で音楽シーンでも大活躍している莉央ちゃんは、汐音さんにとって、ものすごく身近なライバルでもあるわけですよね？　なので、真行寺くんや梶谷さんはともかくとして、莉央ちゃんの存在は汐音さんにはプレッシャーになるのかな、と」

「詳しいことはわかりませんが」

梶谷はすっと託生を見上げると、「たとえプレッシャーだとしても、そんなものにいちいち潰されていたら〝表現者〟なんかやってられないですよ？　アイドルだってそうですし、音大生も、そうなんじゃないんですか？」

託生はハッとして、梶谷を見る。

「葉山さんの心配は理解しました。ですけど私は、汐音さんはそんなにヤワではないと思っています。たとえまだ音大生の身でも、ピアニストとしてこの島に来る以上、相当の覚悟を決めているのではないですか？」

「……はい」

参った。

託生は汐音を案じているつもりで、侮っていたのかもしれない。

「ぁあっ！　すみません葉山さん、門外漢が、差し出がましい物言いをしまして」

「いいえ。──いいえ。ありがとうございます、梶谷さん」

夕方には汐音も島を訪れる。莉央は変装までしてお忍びで島を訪れたが、卒業したとはいえいまだアイドルの輝きを燦然と放っている莉央の正体に、莉央と年の近い子どもたちなどは、あっと言う間に気づくだろう。現に、芸能界にも芸能人にもまったく疎い城縞が、その感受性の鋭さゆえか、莉央になにかを感じて足を止めた（ように、託生には映った）。子どもたちにしてみたら、クラシック音楽のサマーキャンプに参加したら、そこへ莉央と汐音が現れたという前代未聞な展開なのだが、――まあ、いいか。

今更どうにもできないし。

「あの、それと、葉山さん、順序が逆になってしまいましたが、断りもなく莉央を連れてきてしまい申し訳ありません。騒ぎにならないよう、気をつけますので」

「それについては、子どもたちとゲストの対応だけで、スタッフは手一杯なので、莉央ちゃんに特別な対応はできませんけれど、大丈夫ですか？　大丈夫であれば、このままで」

「大丈夫です」

「では、このままで」

「はい。このままで」

託生と梶谷は顔を見合わせ、互いにコクリと頷くと、真行寺たちの元へと戻った。


まるで王子様（プリンス）へ下々の者が列を成し恭しく謁見しているような図。

と、皐月が評した、サマーキャンプ主催者の井上佐智へ、館に到着したゲストが次々に挨拶している様子。しかも井上佐智のやや後ろで厳かな表情で騎士のように控えているのが、ギイこと崎義一である。

「もうもうもう、ふたりが立つ場所だけ異次元よ。高貴の極みの美しさだったわ！　一幅の絵画、もしくは映画のワンシーンのよう！　あれでは自ずと敬意を表したくなるわよね」

挨拶を済ませた皐月の、興奮さめやらぬテンションの高さ。

気持ちはわかる。

類い稀なる才能と美しさ、それだけでなく、長年にわたって後進の（対象が自分とほとんど年齢が変わらない、もしくは年上だった頃から）指導にも心血を注いできた井上佐智に誰より心酔していると自負しているのが、託生だ。もちろん彼は、天賦の才能をいかんなく発揮するための努力を惜しまない人でもある。皆の尊敬を集めるのは道理である。

その井上佐智の（生まれ育った国は違うが）幼なじみで、ギイ曰く悪友のふたり。どのあたりが悪い友なのか託生にはさっぱりわからないが、島岡も誰もその表現を否定したことはないので、もしかしたら事実なのかもしれない。加えて、とてつもなく顔の広いギイは、ほとんどのゲスト——音楽家やその関係者たちと、顔見知りであった。

列には梶谷と莉央もいて、ふたりは初めて間近にした井上佐智に、耳たぶまで真っ赤に染めてはにかんだ。クラシック音楽に詳しくなくとも名前だけは知っていた、若き天才バイオリニスト。美男美女で溢れかえる芸能界に長年身を置き、厭きるほど見慣れているけれども、よもや（天然で）これほど人間離れした美しい人がいたとは！　という驚き。

挨拶を済ませたゲストたちは、館のスタッフによって、各人に割り当てられた客室へと案内されてゆく。

京古野邸に関しては、働いているスタッフほどではないにしろ、臨時のボランティアスタッフよりは遥かに詳しい京古野教授の愛弟子である城縞恭尋は、部屋の確認だけで、スタッフの案内は断った。そして、

「葉山くん、部屋へ行きがてら、少し付き合ってもらいたい所があるんだ」

と、託生を誘った。

勝手知ったる城縞は、広い館内を迷うことなく歩いてゆく。やがて、とある部屋の前で立ち止まる。——楽器の展示室。

「京古野教授から、今だけここに、ストラドが二本、置いてあると聞いて」

城縞は言い、誰もいない室内へ入っていく。

バイオリンを数えるときには〝挺〟を使うが、たとえばオーケストラなどでは〝本〟を使う。この曲ではバイオリンが少なくとも六本（バイオリニスト六人）は欲しいね、などと、数え方として挺と本が入り交じっている。託生はそのあたり、別段、厳密ではないので、

「そうなんだ。それもちゃんと二本ともメンテナンスをしているから、飾りではなく、鳴らすことのできるストラドだよ」

「あ、これか」

城縞がショーケースの中を覗き込む。「うわ、一本はよく見るタイプのバイオリンだが、もう一本は、縁に沿って一列に青い宝石が嵌められてるのか。スクロールの部分も、ペグにも細かい装飾が入ってる。見事だし、綺麗だな」

「だけど鑑賞用に作られたものではなくて、弾けるんだよ」

「さすが、ストラディバリウス」

「だよね！」

「装飾のない方のストラドは、以前に葉山くんが使ってたんだろ？」

「……え？　なんで？」

「なんでって、なんで俺が知ってるかって意味？　ストラドは、高校時代に葉山くんが使っていたバイオリンだと、京古野教授に聞いたことがあるから」

「あ……、うん、それはそうなんだけど……」

「それに、大学の途中で葉山くん、バイオリンを変えただろ？　夏の短期留学を終えてしばらくした頃に、恩師の借り物から、自分で購入したものに」

「よく覚えてたね」

「音がまったく変わったから、印象的だった」

……音がまったく？

「そうだったかな……？」

「新しいバイオリンを弾きこなしていくうちに、それまでのバイオリンの音に似てきたなと感じてたけど、やっぱり、音の芯の部分がまったく違ってたし」

「……うん」

恩師に借りていたバイオリンの方がランクがいくつも上だったので（価格も断然違う）、テクニックがどうとか弾き込みがどうとかでは越えられない、その楽器が持つ〝音色の壁〟が、どうしてもあった。——ストラディバリウスは比べるまでもない。

「話に聞いていたストラドが今回のサマーキャンプに持ち込まれたと知って、先ずは見てみたかったんだ。高校時代に葉山くん、京古野教授の伴奏で『序奏とロンド・カプリチオーソ』をこのバイオリンで弾いたんだよね」

「……うん」

「せっかくそのバイオリンがここにあるのに、なんで、これで弾かないの？」

「うわ、なんで返しされた」

冗談っぽく流した託生へ、

「これで弾けばいいのに」

にこりともせず、淡々と城縞が言う。

「あー……、弾きたくないわけではないよ、もちろん」

「なにか、こだわりがあるのかい？」

「こだわりって、なんの？」

「このバイオリンを弾きたくない理由？　もしくは、自分が今、使っているバイオリンに対する、なにか？」

城縞は、そこで少し沈黙して、「……一期一会だから、俺は」

と、続けた。

「一期一会って、城縞くんがピアニストだから？」

「そう。出会った先のピアノと、その場で組むしかない。常にパートナーが変わる。臨機応変が求められる。だから、ひとつのバイオリンに執着する感覚は俺にはわからないから、葉山くんに訊いてみた」

「執着ってほどのことは、ないと思うけれど……」

そこまでの強さでは、ない、と、思うが、「このストラドに関しては、ぼくは、借りて、弾いていて、でも、いろいろあって持ち主の元に戻ったんだ」

「ならば、葉山くんには弾かせたくないと、その持ち主が言ってるのか？　なんだっけ、山下さん？」

「山下さん？」

「山下さんだろ？　練習で家を訪ねたとき、表札にそう書いてあったし」

「ああ、あれは……」

「葉山くんがシェアハウスしているあの家の持ち主が、このストラドの持ち主なんだよね？」

「そうなんだけど、そうではなくて……」

表札が以前の『山下』のままなのは、変えるのが面倒臭いからだとギイは言う。山下さんの持ち物であったあの家の、住み込みの管理人として雇われたギイなのだが、それは単なるきっかけに過ぎず、はっきりと聞いてはいないが、おそらくふたりが同居を始めてすぐにギイが家を買い取っているはずで、表札を変えないのは本当に面倒臭いからかもしれないし、もしかしたら、別の理由があるのかも、しれない。

城縞が山下家へ練習に訪れたときギイは不在で、さっき港で託生が城縞に話しかけたので、ギイは城縞を認識したが、城縞には、まだギイを紹介していなかった。

「表札は山下だけれど、家の持ち主は、崎、さん、って、いうんだ」

「さき？」

「崎義一」

「さき、ぎいち？　――へえ」

「皆にはギイって呼ばれてる」

「ギイ？　――あれ？」

「そう、サツキちゃんと同じ電動カーに乗ってた」

ギイ、ギイ、と皐月が連呼していたので、城縞の印象にも残ったのだろう。

「ああ！　さっき井上教授の後ろにいた、あの、ＣＧばりにキレイな」

「そう、その人」

「へええ……！　あの井上教授と並んでひけを取らないのもすごいし、むしろバランスが良いというか、とんでもない迫力だったというか」

「……うん」

ルックスからして、託生とは、住む世界の違いがある。バックグラウンドは、もう、どうしようもないほど違い過ぎる。それだけでなく、才能も、その他にも。

「高校のときの同級生なんだっけ？　高校の同級生と、今も交流があるどころかシェアハウスするくらい仲が良いって、珍しいよね」

「……そうかも」

「葉山くんが行ってた祠堂学院って、かなりのお坊ちゃん学校なんだよね？　大企業の社長の息子とか、政治家とか医者とか、様々なジャンルの御曹司がいたんだろ？」

「桜ノ宮坂も、御曹司やお嬢様が多かったけどね」

「多かったなあ。庶民は肩身が狭かった」

「ギイは、井上教授の幼なじみなんだ」

「ああ、それで、仲が良さそうだったんだ」

「でも本人は楽器はぜんぜんで。ストラドの持ち主だけど、弾けないし」

「だから、自分では弾けないから、葉山くんに弾いてもらってたってこと？」

「さあ？　わからないけど」

「なのに今は、弾かせてもらえないのかい？」

「ううん、そんなことはないよ？　使っていいって、言われてるよ」

「なら、お言葉に甘えて、使わせてもらえばいいのに」

「でも管理は無理だよ。持ち歩くのも、ぼくには怖い」

破損も、なにより盗難が、怖い。

「……それは、わかる」

城縞は静かに頷いて、「ごめん。俺は、純粋に興味があったんだ。葉山くんが京古野教授のレッスンを受けてたときの音を、聴いてみたいなって」

「たいして上手じゃなかったよ？」

「そういう意味ではなく。——本番は今のバイオリンを弾くとしても、練習のときに、一度でいいからこれを弾いてもらえないかな？」

「……ストラドを？」

今更、ぼくが？

明らかに躊躇う託生へ、城縞は、

「俺の勝手な思い込みかもしれないんだけど、葉山くんの本当の音って、このバイオリンでなければ出せないいんじゃないのかな、と」

「——ぼくの、本当の音？」

「ピアノにも、この曲にはこのメーカーのこの型番のピアノが最も魅力的になる、みたいな組み合わせ？　相性、かな？　そういう、より、映える組み合わせがあるけれど、この曲には、ではなく、演奏のトータルとして、このピアノが、最も自分の理想に近い音が出る、ハンマーの返りとか、ペダルの按排とか、高音の響きとか、そういうものを全部まとめて、引っくるめて、どの曲を弾くにしろ、このピアノがいい、とか、でもそれは人に聴かせる前提の話で、テクニックを磨くためのピアノ選びにはまた別の基準があるんだけど、ごめん、説明が、我ながらすっごくとっちらかってる。ごめん、つまり、まとめると、京古野教授が聴いていた葉山くんの音が、葉山くんの本当の音なのじゃないかと俺は考えていて、だから俺もその音を聴いてみたいとシンプルに思った、ということなんだ」

託生は返答に詰まる。

ギイのストラドを頑なに弾こうとしなかったわけではない。たまたま、弾く機会のないままかれこれ十年以上が過ぎているのだ。

「でも、今更、鳴るかなあ……」

なにせ、じゃじゃ馬のようなバイオリンなのだ。

単に音を出すのならともかく、託生の出したい音を素直に出してくれるようなバイオリンではないのだ。

「……とても自信がないよ」

「この二本、キャンプの期間中は希望者に貸し出してるんだろう？　ということは、葉山くんが希望すれば、借りてもかまわないんだよな？」

「理屈としてはそうなんだけど……」

いかんせん託生は主催者側だ。借りる方ではなく、貸し出す方。

「ちなみに、これまでに試奏した人、いた？」

「興味はあるようだけど、いざとなると、皆、腰が引けるというか」

借りているときにうっかり傷でもつけようものなら、弁償なんて、とてもできない。

「せっかくここにあるのに、誰にも弾かれないまま終わるのか。可哀想に」

「……城縞くん」

可哀想って、いや、託生もそれは否定しないけれども。そこを突かれると、切ないキモチになるけれども。

「今日は休日で、終日、子どもたちは出払っているんだよね？　圧倒的に人が少ない今のうちなら、どうかな？」

「どうかなって、……なにが？」

「俺のために、弾いてみてくれないかな」

「本気で言ってる、城縞くん？」

「ああ」

滅多に冗談を言わない城縞。ふざけたりもしない。

「……なんで、ぼくの〝本当の音〟とやらに、そんなに興味があるんだい？」

そこがそもそも、託生にはわからない。

「なんでって……」

城縞は少し、考えて、「俺が、葉山くんのことが好きだからじゃないかな」

と、答えた。


「——はあ!?」

やや圧の強い眼差しで、ギイが託生の顔を覗き込む。

「だから、ぼくも城縞くんのことは好きだよって返したんだ」

あっけらかんと託生が続ける。

「——はい？」

なんだ、その返し。

「城縞くんはぼくにとって貴重な、数少ない友だちだし。嫌いなわけないし」

「……まあな」

持ち込んだふたつのアイスコーヒーを窓際のソファセットのテーブルへそっと置き、手前のソファへドサリと腰を下ろすと足を組み、ギイは午後の予定に合わせて着替えを始めた託生を複雑な心境で眺める。

　託生は二言目には友だちの数が少ないと言うが、まったくそのようなことはない。年齢や立場の差があって友だちとは呼びにくくとも、親しくしている人がけっこういるのだ。いったい誰と比べて少ないと感じているのか。

「そもそも好きだから、恥を忍んで、一緒に演奏するのを引き受けたんだし」

　サマージャケットの下に着ていた半袖のTシャツを脱ぐと、託生は着心地が抜群の仕立ての良い綿シャツの長袖へ腕を通した。ギイと同居を始めてから、気づけば託生の持っていた服の半分は、ギイによって勝手に入れ替えられていた。これは入れ替えられたうちの一枚だ。教えてもいないのにサイズがぴったりな上に一度着てみたら手放せなくなった。見た目はなんということのない、普通の長袖シャツなのに。

　真夏だが館内にはしっかりと冷房が効いているので、外はともかく、室内にいるのであれば半袖よりは長袖の方が過ごしやすい。

「恥を忍んで引き受けた一番大きな理由は、大学時代、結局は四年間、ずっと伴奏をしてくれたお礼がしたかったからだろ？」

「うん。京古野教授からは多分、後半の二年間に関しては、練習のブレーキになりかねないから伴奏はやめるよう、指導されていたはずなんだ。城縞くん、伴奏するのがいい気分転換になるからって笑ってたけど」

「伴奏者選び、大変なんだって？」

「そう、すっっっごく苦労する。ようやく決まっても、長く続くかはまた別だし。だから、四年間ずっと伴奏を続けてくれた城縞くんに、ぼくは救われたというか、助けられたというか。そのお礼を、いつか、なにかの形でできたらいいなと思ってたんだ。でも、ぼくより遥かに優秀な城縞くんに、ぼくが役に立てるようなことなんかぜんぜんなくて」

「で、託生としては、千載一遇のチャンス到来だったってことか」

「うん」

託生はそっと頷くと、「プロのピアニストとして世界を舞台に活躍している城縞くんと違って、ぼくは、バイオリンはセミリタイア状態だし、並んで演奏できるレベルじゃないのに、大学時代のように一緒に演奏したいと頼まれて、嬉しくなかったといえば嘘になるけど、現実的には無理筋だろう？」

「……ああ」

ギイは正直に頷く。

「みっともない演奏をして自分だけが恥をかくのは、まあ、仕方ないかなと思うけど、城縞くんを巻き添えにするのはできれば避けたかったよ。でも京古野教授の後押しもあってぼくに依頼することになったと聞かされて、本気なんだなとわかったし。本音を言えば断りたかったけれど、悩んだし、迷ったけど、引き受けるべきかもしれないと気持ちが大きく動いたのは、そのときの城縞くんの様子に引っ掛かったからなんだ」

「役に立てるかも、以前に？」

「うん。──城縞くん、崖の際まで追い詰められて、今にも転落しそうな、顔をしてた」

「切羽詰まっていたってことか？」

「絶望とか、諦めとか、そんなふうな、空気感があって」

「スランプとか？」

「わからない。演奏の質が落ちてたわけじゃないから、スランプかもしれないし、そうじゃないかもしれない。ただ、もしかしたら城縞くんは、人生最大の危機に面しているのかもしれないな、と、そんな気がしたんだよ。気のせいかもしれないけど」

必死に助けを求められているように、映ったのだ。

「人生最大の危機？　どんな？」

「……さあ？」

「それについて、城縞と話し合う予定は？」

「ないよ」

「訊かなくていいのか？」

「ぼくに話してなくても、京古野教授には相談しているだろうし」

「そうなのか？」

「城縞くん、京古野教授の背中を追いかけてるんだ。それは、ぼくにも、わかるんだ」

託生が弾くストラドの音を聴きたい。――京古野教授が聴いた、音だから。

「人生最大の危機かもしれない城縞に協力するのはやぶさかではないが、その理由については確認しないんだ？」

「だってギイ、ぼくは、ギイにすら訊いてないんだよ？　あ、訊くには訊いたけど、説明されても理解できなかった部分を、ごりごり問い詰めたりしてないだろ？」

「オレのリタイアの理由に関して？」

「そう。だって、もし城縞くんに理由を訊いて、ぼくには到底、受け止められないことだったとしたら、無責任じゃないか。あ、ちょっと違うな。受け止める覚悟もなく理由を訊くのは、無責任だと思うんだ」

「……なるほど」

「城縞くんはギイじゃないし」

するりと続けた託生のセリフに、ギイの耳が瞬時に反応する。

「なに、託生。それ、オレは特別って話？」

託生はハッと、ギイを見て、

「う、まあ、そうですけど……」

どっと赤面した。

「ま、オレにも託生は特別だけどな」

ギイは笑って、ご機嫌にアイスコーヒーを飲む。

「京古野教授と井上教授が編曲してくれたおかげで、ようやく城縞くんが明るい表情でピアノを弾いてくれるようになったから、ぼくもバイオリンを猛練習して、――でも、ぼくに協力できるのはここまでなのかなって」

「ここが限界みたいに言うけど、託生、それ、かなりの貢献度じゃん」

「そんなことないよ」

だって、たぶん、根本的な解決にはなっていない。ほんの、一時しのぎかもしれない。「でも、それでも、ぼくが城縞くんのためにできるのは、ここまでかなって。……歯痒(はがゆ)いけど」

「そうか」

「……うん」

ランチのあとで、午後は城縞と音合わせの練習をする。昼から夕方までプライベートな時間をもらっているので、託生はスタッフの目印としてのサマージャケットを室内のワードローブへ吊るした。イヤホンとマイクは念のため、そのまま身につけていることにする。

託生はギイの向かいのソファに座ると、

「ぼくの分まで、ありがとう、ギイ」

アイスコーヒーを口に運ぶ。

「いえいえ、ついでだからお気になさらず」

ギイもアイスコーヒーをぐびりと飲み、「ところで城縞は、演奏活動をするのにマネージメントはどうしてるんだ？　どこかの芸能事務所に所属してるのか？　それとも、海外のエージェントと個人契約してるのか？」

「え？　……さあ？」

「それで思い出した。カンコちゃん、本気で財前を口説くのか？」

「どうだろう？　財前に集中したくても、莉央ちゃんが一緒だと、かかりきりってわけにはいかないよね」

「意外と緩衝材になるのかもな」

「緩衝材？　って、なんの？」

「莉央とサツキ、年齢が近いだろ？」

「あ。もしかしたら同級生？」

「音楽のジャンルは異なるが、ふたりとも第一線で活躍してる」

「うん、そうだね」

「ふたりとも、十代の過ごし方が特殊」

片やアイドル、片や海外留学。普通の中学高校時代を過ごしていない。

「……確かに」

「カンコちゃんが財前へモーションかけているあいだに、サツキと莉央が仲良くなるかもしれないな、という話」

「――そうか！」

緩衝材。「莉央ちゃんがいることで、間接的にサツキちゃんの財前への当たりが、柔らかくなるかもしれないって意味だよね？」

「カンコちゃん、早速ランチの約束、取り付けてただろ？」

梶谷が、財前と皐月を誘っていた。「しかもカンコちゃん、真行寺によれば初対面の城縞にもロックオンしたみたいだし」

「城縞くんにも⁉」

「根っからの仕事人だよなあ」

「事務所のイケメン枠、本気で広げたいんだ、梶谷さん」

「真行寺とは被らないジャンルでな」

ギイが笑う。「俳優は求めてないっぽい」

そこも、さすがだ。

俳優の世界では真行寺だけを育て上げる、その意気込み。

「被らないジャンルとして、イケメンのクラシック音楽家に白羽の矢を？」

「託生は誘われても断れよ？　託生のマネージメントはオレがやるから」

「な、なに、言ってるんだよ、その条件だとぼくが誘われる可能性はないじゃないか」

イケメンにしろ、音楽家にしろ、どちらの条件にも合わない。

「たとえ、誘われても断れよ？　オレがやる」

念入りに繰り返すギイへ、

「……わかった」

なんだかなあ、という表情で、託生はギイを横目で見遣った。

「冗談はさておき」

「え、冗談だったの？」

真に受けて損した。

「汐音のときのように、マネージメントは、タレントの命運を分けることがあるからなあ」

表沙汰(おもてざた)にはならなかった(させなかった)が、汐音はアイドル生命を断たれそうになったことがある。当時、所属していた芸能事務所の不手際によって。

汐音のピンチを耳にしたギイが、裏から方々へ手を回した。

各方面の協力が得られたおかげで汐音は今も芸能活動を続けていられる。そして、状況が安定するまでの防御策として黒川プロモーションへ一時預かりとなったのだ。

「カンコちゃんだから安心して、オレは財前獲得作戦を観戦していられるよ」

成功しても、失敗に終わっても。「彼女は良いマネージャーだからな」

「……うん」

託生はしみじみと頷いた。

マネージャーの梶谷だけでなく、そもそも社長である黒川が黒川プロモーションを立ち上げたきっかけが莉央のため、だったのだ。飼い殺しに近かった莉央の才能を潰させないために、マネージャーとアイドルとして所属していた大手芸能事務所からふたり揃って退所した。ゼロからのスタートを切ったふたりを追いかけてきたのが、同じく莉央の才能にぞっこん惚れ込んでいた梶谷だ。

真行寺も、ある意味、黒川社長に救われた。ただのアルバイトからスタッフへ、そして俳優になった。その黒川プロモーションだからこそ、ギイは汐音を預けたのだ。

「話は変わるが、で、城縞と合わせるとき、オレの【sub rosa】を弾いてくれるんだよな？」

「……うん」

「当然、オレにも聴かせてくれるんだよな？」

「言うと思った」

「そりゃ、言うだろ」

「前みたいな音は出ないよ？」

「そんなこと、オレ、頼んでないだろ」

「前みたいには、鳴らない」

「別にいいけど」

「良くないよ」

「いいじゃん。オレは託生が弾く、オレの【sub rosa】の音が好きなんだから。っていうか、託生、まさかと思うがオレが最初っから聴いてること、忘れてないか？　託生が【sub rosa】と出会ったときから、オレはずうっと、その音を聴いてるだろ？」

「——あっ！　そうか、忘れてた」

そうでした。「そうだよね、あれ、ギイから渡されたバイオリンだものね」

ストラディバリウスとは知らずに渡されて、最初から充分に鳴らせたわけではないけれど、一瞬にして、その音に魅了された。

「な？　オレにも、聴かせろ」

託生はきゅっと顎を引き、

「わかった。恥ずかしいけど、いいよ」

と、承知した。


メインダイニングの一角に、待ち合わせたわけではないのに、なんとはなしに皆が集まる。

「ちょっと、いい加減にしてよ、ザイゼンっ」

「サツキさん、俺、なにもしてないですけど」

「なにかにつけてタクミに話しかけるのやめてもらっていい？　私がタクミとゆっくり話せないでしょ！」

「え？　あ、——あれ？」

財前が当惑する。皐月といると緊張しまくりで、無意識に、つい、救いを求めるように託生へ話しかけてしまう。「……すみません」

「サツキちゃん、言い方」

そっと宥める託生へ、

「タクミもタクミよ。ザイゼンのどうでもいい話題に、いちいちのっからなくていいから」

「――どうでもいい……」

財前が静かに落ち込んだ。

「どうせ話すなら、もっと生産的な話をすればいいのに。さっきから、天気の話しかしてないじゃない。気象予報士じゃあるまいし」

皐月の言い分に、ギイがぷぷっと噴き出す。

「ねえ？　ね、ヤスヒロもそう思うでしょ？」

「――はい？」

いきなり振られて城縞も当惑する。

託生は咄嗟に城縞を見た。――ヤスヒロ？

「城縞くん、サツキちゃんから〝恭尋〟って呼ばれてるんだ？　……知らなかった」

皐月の方が年下だが、同世代で、同じように新進気鋭のピアニストとして世界のあちらこちらで演奏活動をしているふたり。面識はあるだろうと予想していたが、人付き合いを避けるので有名な城縞が、皐月からはファーストネームで呼ばれる親しさなのか。

「ジョウシマ、より、ヤスヒロ、の方が、呼びやすいそうだ」

城縞が託生へこっそり耳打ちする。

「そんな理由？」

名字ではなく下の名前を呼び捨てにされたからといって必ずしもそれが相手からの親しさを表すバロメーターになるわけではない。ということは、託生も理解している。

外国では下の名前で呼ばれがちだ。

公用語が英語のサマーキャンプでは、子どもたち全員が「下の名前」で呼ばれている。日本では「名字」に〝さん〟付けが一般的なので、初対面でいきなり下の名前を呼ばれると面食らう。順応性の高い子どもたちはすぐに慣れた。そして、世界的な音楽家から、自分たちも「ファーストネーム」で呼んでくれとリクエストされ、最初は遠慮がちだったが、サマーキャンプ中盤となった今では、皆、普通に呼べるようになっていた。

親しくなってから下の名前を、が、日本でのスタンダードだとしたら、ファーストネームを呼ぶことで相手との距離を詰めるのが、海外でのスタンダードなのかもしれない。

アプローチの違い。

託生は日本人なので、海外の人と接していると、ああ、真逆なんだ、と、気づく瞬間がたびたびある。アメリカ人であるギイとの付き合いでそれなりにわかっていたつもりでも、作法の違いにハッとさせられることは、まだまだ多かった。

「そう。そんな理由」

淡々と大きく頷いた城縞は、「ところで葉山くん、練習に入る前に、ピアノ選びに付き合ってもらえないかな?」

と、訊いた。

「もちろんだよ。ランチのあとで、ピアノの案内をするつもりでいたし」

ゲスト全員に配られている、ざっくりとした館内見取り図。ところどころに描かれたチェックマークは、その部屋にピアノが置かれている印で、どのメーカーのピアノか、アップライトなのかグランドなのかも、アルファベットで併記されていた。

ただしピアノはその場から動かさないので、試奏をしてピアノを決めると、もれなく、どの部屋を使うかが決まる。決めたその部屋が、その演奏家の〝演奏会会場〟となるのだ。

様々なメーカーの様々なモデルのピアノ、そして様々な広さの部屋、の組み合わせ。

「ピアノ選び、楽しみだな」

城縞曰く、一期一会の出会い。「こんなにたくさんの中から選べるのは初めてだよ。葉山くんのバイオリンとの相性もあるけど、まずは気に入った音をみつけたいな」

「うん、だよね」

城縞と託生の演奏会は月曜日の夜、明日である。

「それから、演奏会の前に一度は京古野教授に練習を聴いてもらいたいんだけど、今日は出掛けてらっしゃるんだよね？　タイミング的に難しいかな」

「夕方には戻られる予定だよ」

「ならば今夜か、明日の午前中とかかな。——葉山くんのスケジュールは？」

「今夜と明日の午前中は、仕事の予定だったけど、大丈夫、調整する。合わせるよ」

「ありがとう」

城縞はホッとしたように微笑んだ。

「城縞くんでも、不安になる？」

「それは、まあ、編曲されたのは京古野教授だから、自分なりに、自分ひとりで弾き込んだ演奏が正解に近いかどうか、本番前に確かめたいし。アドバイスをもらってもぎりぎりでは対応できないかもしれないから、ある程度のゆとりを持った時間に」

「それで、午前中、か」

なるほど。

海外からここへ直行した城縞とは異なり、託生はずっと日本にいて、サマーキャンプの関係で井上教授も日本にいらしたおかげで、短時間であれ何回か練習をみてもらえた。みてもらえるだけで安心感が断然違う。なので城縞の気持ちはよくわかった。

サマーキャンプのゲストとして城縞に依頼されていたのはもちろんソロの演奏で、託生のバイオリンとジョイントすることになったとはいえ、そして当初の伴奏のままだったとしても、主役はピアノの城縞の方である。

圧倒的な実力の差。――皆が聴きたいと望んでいるのは、城縞のピアノだ。

そして、多忙なスケジュールの合間を縫ってでも、しかもギャラの出ないボランティアであり交通費すら持ち出しなのに、城縞も、サマーキャンプでの演奏を望んだ。

演奏をしに訪れるゲスト全員が、この場所に特別な価値を見出（みいだ）している。

お金にはかえられない、なにか。

それを大事にしている人々が、集まっている場所なのである。

「私も午後からピアノを選びたいけど、タクミたちと一緒に回ったら、非効率よね」

皐月がふっとピアニストの顔になる。――ピアノ選びは真剣勝負だ。決めきれずに二択、もしくは三択となったなら、軽く音を鳴らすだけでなく、それぞれを、それなりに弾き込む必要がある。

要するに、時間がかかる。

そしてこのピアノと決めたなら、やはり、それなりに弾き込みたい。――集中して。そうなると、ひとりが良い。

幸い今は、すべてのピアノが空きである。夕方以降に皆が戻ってきたならばピアノの争奪戦が始まるのかもしれないが。

「そうだサツキ、よければオレがアテンドしようか？」

ギイが申し出る。「練習にスイッチするときには、退散するし」

「いいの、ギイ？」

皐月は喜び、「前以てもらっていた情報から、一応数台に候補は絞れているから、さくさくっと案内してもらっていい？」

「オーケィ」

快諾したギイは、「ついでに、財前を荷物持ちにしたら？」

と皐月にアドバイスした。

「俺が荷物持ち!?」

不満そうに声を上げつつも、満更でもない表情の財前。鮮烈な皐月の音を間近で聴ける、願ってもない好機である。

曲を奏でる前の、厳かな儀式のような――。

ピアノの椅子に浅く腰掛け、鍵盤に向かう。既にそこから始まっている。

鍵盤に指を置くまでの短い時、無音の中でたゆたって、徐々に周囲の空気を支配してゆく。やがて加速度的に曲へ埋没し、自らが落ちると共に聴衆をぐいと引き込み、もろとも曲の奥深くへズズンと沈んでゆく独特なあの感じ。

それを間近に、自分の肌で感じることができる。

やがて、第一音が打たれる。そこからは皐月の音に、音楽に、どこまでも心を鷲掴み（わしづか）にされ揺さぶられるのだ。

「別に、いいけど？」

と、素っ気なく言いながら、なにげなく皐月は周囲を見回す。「……遅いわね。そろそろ食べ終わってしまうのに」

広いメインダイニングでは、他にもゲストがぽつぽつと、あちらこちらの席でランチを摂（と）っていたのだが、まだ梶谷と莉央の姿はなかった。——真行寺と三洲の姿も。

「サツキ、デザートどうする？」

ギイが訊く。

「食べるに決まってるじゃない」

皐月の即答。

「サツキがデザートをどれにしようか迷ってる間に、カンコちゃんたち来るんじゃないか？」

「ひっどーい、ギイ。いくら私が、デザートとなると選ぶのにものすごく迷って、時間がかかるからって」

「あ、ほら、噂をすれば、だ」

ギイがメインダイニングの入り口を示す。

梶谷と、変装した莉央が、メインダイニングに現れた。

「……ねえギイ、私、あの男の子、どこかで見たことあるような気がするの」

莉央のことだ。

「そうなのか？」

「あの子もシンギョージと同じ、芸能人なのよね？」

「どうかな？」

ギイは笑う。

「絶対に、そう。だって、ものすごく華やかですもの」

皐月の目が莉央を追う。ダイニングにいる人々のうち何人かも、ハッとしたように莉央を目で追っていた。

「やっぱり、隠しきれないか」

キラキラの芸能人オーラは。

「——もしかして、女の子？」

皐月が気づく。

「どうかな？」

そのとき、財前がガタリと派手に音をたてて椅子から立ち上がった。

「り、……莉央ちゃん⁉」

「あ、バレた」

と、ギイ。

「リオちゃん？」

と、皐月。

「りおちゃん？」

と、城縞。「って、誰？」

託生は訊かれて、

「あー……、アーティスト、かな？」

と、答えた。

バイオリンの伴奏をピアノが担うという通常のスタイルではなく、そこを土台としながらもバイオリンとピアノが対等のセッションをする新しい編曲となっている、サン＝サーンス作曲の『序奏とロンド・カプリチオーソ』新生バージョン。

編曲してくれたのは、城縞の恩師の京古野教授と、託生の恩師の井上教授のコンビである。それも、城縞と託生のために。

「葉山くんのいつものバイオリンの音と、この編曲には、ホールCの空間とピアノがベストなのかな。どう思う、葉山くん？」

いつものバイオリンの音。――わざわざそう表現した城縞に他意はない。

まずは、城縞にとって納得のゆくピアノ選びから。ということで、託生が持参しているバイオリンはケースに入ったままである。そのつど各部屋のピアノと合わせていては時間がかかって仕方がないし、それだけでなく、城縞の脳内には託生のバイオリンの音色が正確にインプットされているのだ。城縞の、音を緻密に聞き分ける耳の良さ（なぜかわかるそうなので、天賦の才能なのだろう）と、音に対する抜群の記憶力が相俟って。

ホールCは天井の高さはかなりだが、面積としては小ぶりのホールである。設置されているグランドピアノはファツィオリ。ここ数年で日本国内でもぐんと知名度を上げている、イタリアの若いメーカーである。歴史が浅いからといって侮ってはいけない。クオリティは最高級、価格も、最高級である。

堅実でありながら華やかな音。スタインウェイほど派手に反響せず、ベヒシュタインほど堅牢な音でもない。たとえるならば、太陽の下で燦々と輝くオレンジ、もしくはレモンのような音。というのが託生のファツィオリの印象であった。

「徐々に知られるようになっているが、でもまだ日本国内には数えるほどしかないだろう？」

城縞が訊く。

「うん」

まだ滅多には出会えない。けれど導入しているホールやスタジオは既にいくつもあるので、今は知る人ぞ知る、だろうが、そう遠くないうちに素晴らしさに触れて、皆が知ることになるのだろう。「サマーキャンプのために搬入したうちの、一台だよ」

「誰かの推薦？」

「よくわかったね。推薦というか、リクエスト？　ファツィオリで、ぜひともレッスンをしたいと申し出があって」

「だとしても」

城縞が笑う。「リクエストがあったからって、はいわかりましたと、ふたつ返事でファッィオリを用意するって、相当だよ」

「……確かに」

普通に搬入されていたので託生はそこには引っ掛からなかったのだが、「他にも新しく用意されたピアノが数台あるんだけど、こんな贅沢な対応、京古野教授だからできたんだよね」

「さすがにレンタルかな」

「レンタルだと思うけど、どうかなあ。詳しいことは聞いてないけど、もし新規のピアノがすべて購入されていたとしたら——」

いや、さすがに、それはない。……だろう。多分。

とはいえ少し興味が湧いてしまったので、夕方に京古野教授が島へ戻られたら、それとなく訊いてみようかな。

「葉山くんがこの島で京古野教授のレッスンを受けることになったのって、井上教授の指導の一環だったんだよね？」

「まだぼくは高校生だったから、井上教授としてではなかったけどね」

高三の夏休みなので、かれこれ十年以上も前のこと。「あの井上佐智のバイオリンレッスンを再び受けられると張り切っていたら、なぜかピアニストの京古野耀から指導を受けることになったという、わけのわからなさで」

「俺が井上教授からピアノを指導してもらうようなものか。それは、わけがわからない」

「しかも連日」

「連日？　連日にわたって？」

「そう。でも、結果的に、とても、勉強になって」

あれはレアケースだが、「井上教授の目論み（もくろみ）は正しかったな、と」

「一時のカンフル剤としてのレッスンならば、効果はありそうだよね」

「うん、そうだと思う」

恒久的なレッスンには適さないけれど。「あの頃はまだ、建物が全体的に薄暗くて、湿り気があったというか、ピアノは既に数台置かれていたけど、潮風による塩害でピアノ線が錆（さ）びそうな、そんな雰囲気で。以前の持ち主の色が濃く残っていたせいか、この館も島も、ちょっとオカルトめいていたよ」

「へえ……」

「って、でも、その翌年には城縞くん、京古野教授の門下生になったから、城縞くんも当時のこの館の雰囲気を、知ってるんだよね？」

「大学に入って最初の夏休みのレッスンで訪れたけど、滞在時間は数時間ほどだったから、そこまでの印象はないんだ。京古野教授が島を持ってらっしゃるってだけで興奮してたし、館の大きさにも度肝を抜かれて。でもなにより憧れのピアニストの自宅に招かれてレッスンを受けさせてもらえるのがとてつもなく光栄で、まさか、自分が、京古野教授の門下生になれるとは夢にも思っていなかったから」

城縞が珍しくも頬を上気させて口早に言う。

――憧れのピアニスト。

「ぼくには、井上教授が憧れのバイオリニストだったから、城縞くんの気持ちはわかる」

「現役の、第一線で大活躍しているプロの演奏家に大学で師事できるなんて、それも大学の授業料だけで四年間も指導してもらえるなんて、恵まれ過ぎてて申し訳なかったよ」

「……それも、わかる」

お金の話は下世話だが、「そもそも、普通だったら、大金を積んでもレッスンしてもらえる保証はないよね」

「ない」

断言した城縞は、「その後は、年に何度か島を訪れて、訪れるたびにどんどん建物も他の施設も近代的になっていく様子は面白かったな」

「日帰りのレッスンだけ？　宿泊したことはなかったのかい？」

「二年生の夏休みに、日帰りではもったいないからと陣内さんが部屋を用意してくれて、それが初めての宿泊だったよ。せっかくいらしたのだから、心ゆくまでピアノを弾いていってはどうですか、と。京古野教授は仕事の関係で翌日から不在だったんだけどね」

「あれ？　じゃあ、乙骨雅彦さんとは、顔を合わせているのかい？」

「見事に避けられていたからなあ。乙骨さん、まるで忍者のようだった。気配を感じて振り返るともういない、みたいな」

「人見知りが激しかったからなあ、雅彦さん」

「……らしいね」

「ぼくたちなんて、泣かれたことがあるし」

「え？」

「ぼくは京古野教授のレッスンを受けるからこの館に泊まりがけだったんだけど、高校の仲間も何人か泊まることになって、そんなこんなで」

「高校の仲間って、もしかして同居の？」

「うん、ギイもだし、他にも──」

　祖母が入居した施設へ見舞いに訪れた三洲とその付添いの真行寺に近隣のコンビニでバッタリ出くわし、そんなこんなで、とか、託生たちとは関係なく別件でたまたま島を訪れていた片(かた)

倉利久と岩下政史とか、憧れの建築家ラングが建てたこの館を見せてあげようとギイが招いた赤池章三とか、「――何人かいたんだけど、あ、そのうちのふたりが、今回のボランティアスタッフとして参加してるよ」

「へえ……、ふたりも？　崎さ、あ、ギイさ、いや、ギイ、だけでなく、高校の他の仲間とも未だに親交が厚いんだな、葉山くん」

　ぎこちない城縞の〝ギイ〟呼びが微笑ましい。

　皐月の〝ヤスヒロ〟呼びに倣い、ギイが〝恭尋〟と呼んだので、いきなり距離を詰められて動揺した城縞へ、すかさずギイは、オレのことは〝ギイ〟で、と、いつものように朗らかに強制（？）した。長い付き合いの託生ですら〝城縞くん〟なのに、一足飛びだ。

「んー、言われてみれば……、もしかして、山奥の全寮制の男子校だったからかなあ？」

閉ざされたような空間で、四六時中、共に過ごせば、嫌でも付き合いが密になる。最初のうちは戸惑うばかりであっても、おのおの努力もありいつしか環境に慣れてゆく。大学時代の友人関係が希薄に感じられるほどに。

「全寮制なのか。他人との距離がそこまで近いと、俺は、しんどいだろうな」

「城縞くんだと、そうかもしれない。まあ、意外と慣れるものだけれどね」

託生は笑う。「話を戻すけど、京古野教授はいらっしゃらなかったけど、心ゆくまで館に滞在して、ピアノを弾きまくったんだ？」

「よくメンテナンスされた種類の異なるグランドピアノが何台もあって、真夜中に弾いても、何時間弾いても近所迷惑にならなくて、食事の用意も、掃除も洗濯もしなくてよくて、ライブラリーに行けば古今東西の楽譜や書籍や音源まであって、自由に閲覧や視聴ができるだけでなく楽譜はコピーしてもらえて、あまりに快適で、帰りたくなかった」

城縞も笑う。「ここへ引っ越したかったよ」

「わかる。音大時代ならば、ぼくも引っ越したい」

託生は大きく同意する。

練習に没頭し、楽曲への造詣（ぞうけい）も深めたいのならば、それを誰にも邪魔されず集中して日々を過ごすには、ここに勝る環境はそうそうない。しかも近年では様々な音楽家が来訪し、音楽談義に花も咲く、さながらサロンの様相もある。

「……住めたらいいのにな」

ぽつりと続けた城縞に、託生は僅かに引っ掛かる。

城縞が陥っている、スランプ？　なのか？　正体はわからないが、城縞がなにかしら行き詰まり、苦しんでいるのは託生にもわかった。今回の演奏を通して、城縞がなにかを必死に攫（つか）み取ろうとしていることも。

サマーキャンプでの演奏が脱却の糸口になるといい。

そのための協力は、惜しまない。

「住んじゃえば？」

託生が言うと、

「えっ!?」

城縞は咄嗟に託生を見て、――驚いたように、見て、すぐに視線を外した。「さすがに、それは……」

どうかなと苦笑する。

「何年もここに住み続けた雅彦さんの前例もあることだし、ものは試しで、一度、京古野教授に頼んでみたら？」

敢えて明るく、託生は続ける。「城縞くんの日本での住まいって、賃貸なんだよね？　滅多に帰らないから家賃がもったいないって、前に言ってたよね」

「言ったけど、……いや、でも、さすがに、それは、図々しいよ」

「そうかなあ？　楽器演奏からセミリタイアしているぼくにはこの島の、レベル高く凝縮されたような空間はちょっと息苦しいんだけど、城縞くんは逆だろう？　集中して落ち着いて演奏技術を研鑽するには、刺激が多くて最高の環境だと思うし」

誰よりも城縞にとって、の一言は、託生は口にせずにおいた。

「……最高の環境」

城縞は静かに繰り返す。

「だから、相談だけでもしてみたら？」

大学時代に、愛想がなく滅多に笑わないことで有名だった城縞だが、彼が不機嫌だったことは滅多になかった。笑っていないからといって、機嫌が悪いわけではない。

基本的に我慢強い性格なのだろう。加えて、ピアノの上達に向けて努力を惜しまず、生活のすべてを集中させていたので、他の多くは取るに足らないことだったのかもしれない。良くも悪くも他人にはほぼ無関心だった。——冷たいという意味ではなく。

なにより弱音を吐かなかった。辛いことも、絶対にあったはずなのに。

その城縞が、あの日、久しぶりに顔を合わせた井上教授室で、抱え切れぬ辛さを託生の前でぽろりと零した。

——タスケテクレ、ハヤマクン。

消えそうな、けれどあれは空耳なんかではなかった。なにを措いても協力しようと、託生が決意した瞬間でもある。

サプライズとして城縞と託生に贈られた、京古野教授と井上教授が自分たちのためだけに編曲してくれた新生『序奏とロンド・カプリチオーソ』。それを初見で演奏しているうちにみるみる城縞の表情が輝き、やがて楽しそうに笑ったのだ。

その笑顔に託生は感動した。

城縞がそこまで追い詰められるような、果たしてなにがあったのか？　託生が訊いてもよいことなのか？　気掛かりであっても見極めがつかず、その疑問から、託生は曖昧な距離を取っていた。だって、絶対に託生の手に余る。

城縞は、もしかしたら、人生最大の危機を迎えているのかもしれない。

それについて城縞と話をするつもりはないと、ギイに問われて、託生は答えた。託生がしゃしゃり出なくとも、間違いなく城縞は京古野教授に相談している。だからこそサマーキャンプの演奏をすることになり、託生と組むことにもなったのだ。

——けれど。

明日の演奏会が終わってしまったら、城縞とは、次にいつ会えるかわからない。こんなふうにふたりで練習する機会など、二度と訪れないだろう。どんなに城縞のことが気掛かりでも、託生にはおそらく、なにもできない。

いや、今知ったところで、自分にはなにもできないかもしれない。——けれど。

訊いたら、話してくれるだろうか。城縞が直面している、おそらく城縞にとって、最も辛い

〝現実〟について。

「あ、あのさ、城縞くん――」

ようやく意を決して託生が話しかけたとき、

「おふたりさん、あんまりまったりお喋りしてると、リハーサル時間がなくなるぞ」

よく通る声がホールに響いた。

ハッとして見ると、入り口に【sub rosa】のバイオリンケースを手に提げたギイが立ち、

「サツキもこのホールのファツィオリを狙ってる。夕方には子どもたちが戻ってくるし、京古野さんも戻られる。他の演奏家たちもな。ざわっざわな外野なしで練習がしたいなら、それぞれ持ち時間は一時間だそうだ」

と、ギイの背後からぴょこんと皐月が現れて、

「そうよ、一時間経ったら私にチェンジよ」

人差し指をぴんと立て、すたすたとホールへ入ってきた。

梶谷が財前と熱心に話し込んでいて、その場にいると邪魔になりそうだなと感じた莉央は、

九鬼島見学の旅（？）に出た。

まずは手近な中庭から。点々と飾られているユニークなオブジェをのんびり眺めつつ、ぶらぶら散策していると、前方から連れ立って歩いてきたスタッフのジャケットを着てない真行寺と三洲に出会った。

「あ！　莉央サンっ！」

真行寺がきさくに呼びかけて、三洲にシッ！　と、窘められる。「やばっ！　す、すんません、莉央サンっ」

少年ぽく変装している莉央と、まったくなんにもしていないまんまの姿の真行寺。

「……なんか、ヘン」

バレたらまずいんじゃなかったのかな？

熱海の港からクルーザーで一緒に移動した、本日到着したゲストたちはほとんどが海外からの人たちで、日本で活動している莉央に彼らが無反応なのは、まあ、わかる。音楽にかかわっているのは同じでも、クラシック音楽と莉央とは完全に畑違いだ。なにせ日本人でも城縞は莉央を知らなかった。小学校を卒業してからずっと海外留学していたという皐月も、莉央を知らなかった。クルーザーの中で皐月に気づいたゲストたちは瞬く間に彼女を取り囲んだ。なんなら皐月の方がアイドルのようだった。

「ヘンっすか？　そうっすか？」

朗らかに真行寺が訊く。「てか、なにがヘンなんすか、莉央サン？」

「んー……」

莉央はしばし考えて、「ぜんっぜん、世界が違う。莉央、こんなの見たことない」

日本中のどこに行っても、莉央が莉央だとわかると場が騒然とした。女の子のきゃーっとい
う可愛らしい黄色い悲鳴もセットで。

「莉央ちゃん、俺も、初めて尽くしで日々が驚きの連続だよ」

三洲が言う。医師の世界もけっこう独特な世界だと感じているが、クラシック音楽の世界も、
けっこうな独特っぷりである。

「三洲さんも？　良かったぁ」

「勝手が違い過ぎて、調子が狂うだろ？」

微笑む三洲に、莉央はこくこくと大きく頷いて、

「来て良かった！　すっごく面白い」

と、目を輝かせる。

「まだゲストの人数が少ないから、これでも味は薄めだよ。夕方以降に、出掛けていた子ども
たちや他のゲストや指導する音楽家たちが戻ってきたら、まるっきり異世界になるから」

「そんなに？」

莉央の顔が輝く。「じゃあ、もしかして、莉央も変装しなくて大丈夫？　ここにくるまでぜんぜんバレなかったし、ぜんぜん注目されなかったし、莉央、自分が透明人間になっちゃったのかと焦った」

「……注目はされてましたケドね」

ぼそっと真行寺が呟く。

「でも、認めるのはちょっとしゃくだけど、カネさん、変装なんかしなくてもスタッフに見えるのよね。ずるい」

ずるいと表現されて喜んでいいのかは謎だが、

「だって莉央サン、俺、裏方のキャリア、けっこう長いっすよ？　バイトだったら、とっくにチーフとかやるレベルっすよ？」

自慢げな真行寺へ、

「そのたとえ、よくわからない」

莉央は笑う。

黒川プロモーションの雑用アルバイトとして真行寺が働き始めたのは、真行寺が、通っていた大学で授業中に足に大きなケガをしたのがきっかけだった。救急車で運ばれ緊急手術、そのまま長期の入院へ。退院後も足にギプスを巻いた状態で、しばらく松葉杖を突いて歩いていたが、松葉杖を突きながらも動きは敏捷で、背も高くて、モデル体型で、ハッとするようなイケメンで、なんといっても爽やかで、なのに生き生きと日々雑用をこなしているのが、莉央には不思議でならなかった。

リハビリのために半年ほど休学していた大学に復学してからも、真行寺はバイトを続け——。

「三洲さん、本当はカネさんがうちの事務所でアルバイトするの、反対だったんでしょ?」

「藪から棒に懐かしい話をするね、莉央ちゃん」

三洲が面食らう。

「芸能界嫌い、って、聞いてるし」

「嫌いというか……。それこそ、俺にはよくわからない世界だし」

三洲は、ふと、「莉央ちゃんからは、反対しているように見えてたかい?」

と尋ねる。

「ううん、ぜんぜん」

莉央はふるふると首を横に振り、「見えてなかったけれど、いつだったか、カンコちゃんが教えてくれて。カネさんのアルバイトのこと、ギイさんも葉山さんもみんな賛成してたけど、三洲さんだけは快く思ってなかったって。仕事の内容が雑用だからってことじゃなく、アルバイト先が〝芸能事務所〟だったから、って」

「でも莉央サン、バイトのこと、背中を押してくれたのは、アラタさん、なんすよ？」

「そうなの？　なんか、矛盾してない？」

「それはそれ、これはこれ、だろ？」

三洲が言う。「俺が反対しなかったのは、あの頃の真行寺には、黒川プロモーションでのアルバイトが必要だったように感じたからだよ」

「それって、三洲さんの本音は反対だけど、カネさんのためにはアルバイトさせた方がいいって判断したから、本音を隠したってこと？」

「隠したが、無理はしてない」

「ふうん、そうかぁ」

「莉央サン？　なんで今頃、そんな昔の話を？」

「ヒリヒリしてたなあって、あの頃の莉央。絶対に後ろは振り返らないって強く決めて、後ろどころか横も見ないで、とにかく前へ向かってがむしゃらにやってて」

大手の芸能事務所にいて、八方塞がりでじわじわと根腐れしていくような、苦しくてたまらなかった莉央を連れて、黒川は個人事務所を立ち上げてくれたけれど、新たな船出は、決して順風満帆なものではなかったから。

結果が出ない。成果も出ない。どんなに頑張っても空回りしているような虚無感で、以前とは別の辛さを抱えた。

そんな莉央に、真行寺はたいそう不思議な人に映ったのだ。

幼い頃から精進していた剣道の道、治療の限界でどんなにリハビリを重ねても最前線には戻れないかもしれないと医師から宣告を受けていたにもかかわらず、自分こそ体も心も傷ついていたにもかかわらず、松葉杖を突きつつも、いつも真行寺はにこやかで、

「莉央サン、ファイトっす！」

と、莉央を励まし続けてくれた。

少しでも気持ちが弱くなると、途端に、自信のなさで押し潰されそうだったあの頃。気づくとそばに真行寺がいて、太陽みたいな温かな笑顔で、

「莉央サン、今日のダンスもきれっきれ、したね！」

必ずなにかひとつ、莉央を誉めてくれたのだ。

黒川社長にも梶谷にも、ずっと支えてきてもらったが、真行寺の支えも大きかった。

「自信が持てなくてどうにかなりそうって、苦しくなったことはあったけど、孤独でどうにかなりそうって、そういうの、なかったなあって」

「うわ……っ！　そ、そう言ってもらえて、俺、嬉しいっす」

いきなり真行寺が涙ぐむ。

「はあ？　まさか自分の手柄と勘違いしてるんじゃないだろうな、真行寺？」

「や、ちょびっとは、俺だって貢献してるっすよ、ね、莉央サン？」

「うん、してる」

莉央は大きく頷いた。

「莉央ちゃん、甘やかさなくていいから。すぐに調子に乗るから」

「アラタさんっ！　たまには、素直に俺の手柄も認めてくださいっ」

辛辣な三洲と、甘えたような真行寺のいつものやりとりに、

「ふふふ」

と、笑った莉央は、「クラシック音楽の人たちって、莉央たちみたいにチームで動いてないんだなって。それが意外だったの」

「あ、確かに。こっちの世界では先ず、芸能事務所ありき、っすもんね」

「財前さんもどこの事務所にも入ってないし、葉山さんも入ってないし」

「……言われてみれば、葉山サン、単品っすね」

それだけでなく、「俺が芸能事務所に所属したときも、葉山サン、俺におめでとうって祝ってくれたっすけど、真行寺だけ芸能事務所に所属できて羨ましいとかそういうの、カケラもな

かったっす。そうか、クラシックの人には、そもそもそういう発想がなかったんすね」

「財前さん、これまで全部、自分で決めて、全部自分でやってきたんでしょ？　たったひとりきりで。クラシックの音楽家って、日本なんか比べ物にならないくらいたくさんのライバルがひしめきあってるヨーロッパとかに、ひとりで乗り込んでいくのよね？　現地のお作法がわからなくても、ひとりでどうにかしないといけないのよね？　心細くないのかなあ？　それに、どうやってお仕事を獲得するんだろう」

「さあ……？」

真行寺には、さっぱりわからない。「改めて言葉にされると、きつそうっすね」

「でしょう？　莉央は、どんなにしんどいときでもチームに支えられて乗り越えてこられたけど、クラシックの人たちは、そういうとき、どうやってるのかなあ？　って」

「じゃあ、もし財前さんがうちの事務所の所属になったら、孤独な闘いを強いられていた財前さんにもついにチームメイトができるってことっすね」

「そうなんだけど……」

莉央はちいさく息を吐くと、「カンコちゃん、本当に、スカウトするのかなあ？」

呟くように言う。

「あれ、もしかして莉央サン、あんま、乗り気でない？」

「だって、ずーっと莉央とカネさんのふたり体制だったでしょ？」

「あー、そっすね」

三人目の汐音の存在は、莉央と真行寺には、いないに等しい。――梶谷にもだ。

「カネさんは、アルバイトからのスライドだったし、モデルとして活動を始めても、莉央に対してしばらくはそれまでと変わらないスタンスでいてくれたから、カンコちゃんを取られちゃったとは思わずに済んだし」

スタッフからタレント側へとスライドしても、真行寺が黒川プロモーションでアルバイトをしてみたいと思ったきっかけのひとつである、莉央をサポートする！　に、変化はなかった。

それは今も続いている。

頑張る莉央を応援したい。状況が変わり、表立ってできなくなっても、心の中ではいつだって応援しているのだ。

が、しかし。

「と、取られちゃった……？」

梶谷の莉央に対する溺愛（できあい）っぷりをことあるごとに見せつけられている真行寺としては、そんなふうに思われていたとは、ショックである。

「やだカネさん、そこは軽く流してよ。だから、思わずに済んだって話なの」

「あれっすか、ということは、今度は俺が、財前さんにカンコちゃんを取られた気分を味わうという……？」

「もしそうなったとしたら、マネージャーはカンコちゃんのままだとしても、カネさん、付き人つけなきゃだよ？　島までくる間にカンコちゃんから聞いたけど、CM効果で、カネさん、お仕事の依頼どんどんきてるんだって」

「へ？　そうなんすか？」

「カネさん、まだカンコちゃんとゆっくり話せてないものね。カネさん、舞台のお芝居がメインだったけど、これからはテレビのドラマに出ることになるかもよ？」

「……そうなんすか？」

実感が湧かない。「島にきてから、テレビもっすけど、ネットもあんま、ゆっくり見てられなくて、ちょっと浦島気味なんで」

「芸能界嫌いの三洲さんに愛想を尽かされない程度に頑張ってね、カネさん」

莉央がからかう。

真行寺は咄嗟に三洲を見て、

「愛想尽かされたくないっす！　俺、どうしたらいいっすか、アラタさんっ」

ひしと三洲に抱きついた。

「託生、まずはどっちから弾く？」

うきうきとした様子でギイが訊く。

ギイのストラドか、託生のバイオリンか。

会場はホールCと決めて、いよいよのリハーサルである。

「すっごい、緊張するんですけど……」

思い返せば高三の夏休み明けの九月、二学期が始まってから校内でやや物騒なことがあり、ギイから借りていたストラドを、託生は一旦ギイへ戻した。意味合いとしては、日々の管理をギイに託す、として。

学生寮のギイの部屋（個室）にストラドを置かせてもらう。練習するときにはギイの部屋まで取りに行く。

高価であるだけでなく、二度と作りえぬ歴史的名器。トラブル回避のため、不測の事態を見越した安全策のはずだった。――よもやそれ以降、十年以上の永き別れになるとは。

ある日を境に忽然（こつぜん）と祠堂学院から姿を消してしまったギイと、ストラド。

今は懐かしい思い出話になっているが、託生にとって、それは大きな転機となったのだ。ギイとの関係も、バイオリンに関しても、どこか受け身でいた自分を後悔した。

ギイが愛しいのは自分なのに。バイオリンを弾きたいのは自分なのに。誰かを、なにかを、あてにしたり、待ちの姿勢でいたりと、無意識に甘えていたから大事なものが見えなかったのだ。同じ失うにしても、最も手痛い形で失うことになったのだ。

その託生が、ギイを取り戻し、自分のバイオリンを手に入れた。ストラドの足元にも及ばないバイオリンだったとしても、託生にはなにより大事な楽器である。

だから、繰り返すが【sub rosa】を弾きたくなかったわけではない。

ようやくの再会、だけれども、疎遠でいた時間が長すぎて、いざとなると腰が引ける。

「もちろん、ストラドからだよね」

期待に満ちた城縞の顔。

「ストラドよね、タクミ」

ちゃっかりと便乗している皐月。

三方から取り囲まれてしまった託生に出口なし。

「……わかりました」

ああ、緊張する。

よくぞ高校生の頃の自分は普通に【sub rosa】を弾いていたものだ。ストラディバリウスがとてつもないバイオリンであることはもちろん知っていたけれど、その知識レベルが、所詮は高校生だった。しかも、バイオリンケースの中にいくつもストックされていた替えの弦を当たり前のように使っていたが、今にして思えばストラドに相応しいハイクオリティ（金額もだ）の品だったし、顎当ても桁がひとつ違っていたし、なにより弓が、高級な自動車がぽんと買えるグレードのもので——。

世間知らずって、恐ろしい。そして、強い。

「鑑定士とかがはめてる、白い手袋とか、したい」

これがストラドとギイに知らされ、あのときだって緊張した。が、あのときと、今とでは、託生が成長した分だけ、プレッシャーが大きい。

「手袋してたら弾けないだろ」

ギイが噴き出す。「まあ、気持ちはありがたく受け取っておくよ」

三人にじっと見詰められながら【sub rosa】をケースから取り出した。サマーキャンプが始まっても誰も試奏を希望しなかったので、せっかく責任者にと任命を受けたのだが、託生はアドバイスどころか、まだ楽器に触ってもいなかった。

手のひらに受けた、バイオリンの重さ。——その驚くような軽さ。素晴らしく乾燥された木材の様子、ボディに塗られた深く飴色に輝くニス。

なにもかもが懐かしい。

弓を張り、四つのペグを回して弦の音程を合わせる。離れていた間にもきちんとメンテナンスされていた【sub rosa】の変わらぬ響きに、託生はストンと高校生の頃へタイムスリップした気がした。

──懐かしい。

言葉ではとても表現しきれない魅惑の音だ。聴衆よりも誰よりも弾く人をこそ、どこまでも魅了してしまう魔のバイオリン。

「……ぜんぜん違うんだな」

城縞が呟く。これまでに耳にした、脳内にストックされている託生の音の、どれとも違う。もっと鮮烈で、もっと扇情的だ。

これが、京古野教授が聴いていた葉山託生の音──。

「ギイが、葉山くんに、あのストラドを弾かせたがっていた気持ちが、なんとなく、わかります」

「だろう?」

絶世の美男子がにやりと笑う。それもまた、扇情的な笑みだと感じる。

「マンハッタンの留学のとき、タクミ、あのバイオリンを弾いてくれたら良かったのに」

託生の演奏スタイルにとてもよく似合っている音。あのときのバイオリンでも充分に皐月と切磋琢磨できたのだが、【sub rosa】は、もうひとまわり音が響く。そして、芯が粘り強い。

「……一期一会の惨さをたまに噛み締めることがあるけれど、パートナーとして常にあらねばならぬ惨さも、あるんだな」

金額だけでなく、そもそもの出会いの〝有る〟〝無し〟で、たとえそれが自分の力量を存分に発揮するに至らぬ楽器であろうとも、城縞たちピアニストの苦労とは真逆の質の、はい次、とは簡単に替えられないパートナー。

「だからバイオリニストは皆、必死に、よりよいバイオリンを追い求めているのね」

道理でストラドが垂涎の的となるわけだ。「こんなに違うなんて……！」

指ならしの小曲を弾き終えて、託生が大きく息を吐く。

「あー……、疲れた」

十代の頃にはここまでしんどくはなかったけれど、【sub rosa】を弾くと、いろんなものがごっそりと持っていかれる。久しぶりに味わった疲労感。

その託生へ、ギイと城縞と皐月が惜しみない拍手を送った。

「……えっ、なに？」

託生が反射的に身構える。「やめてくれよ、なにも出ないよ？」

「できればその音と、サン＝サーンスを弾きたいな」

城縞が言う。

「無理だよ、序奏の部分はともかくとして、ロンド・カプリチオーソの部分は二分くらいしか保たないよ」

じゃじゃ馬を御するのに、体力もだが注意力がガッと削がれる。通常以上にコントロールが必要になるのだ。「久しぶりに弾いてみて、こっちがバイオリンに振りまわされる感覚を、思い出したよ」

「うーん、でももし【sub rosa】でいくなら、ピアノはベヒシュタインの硬い音の方が対比が際立ってむしろ良いかもしれないな。ファツィオリだと調和しすぎるような……。今回はソリストと伴奏ではなく、ふたりとも主役だから」

「城縞くん？　ぼくの話、聞いてる？」

「あ、サツキもそう思うわ！　【sub rosa】の粘りのある音色が、ファツィオリとは少しミスマッチかもね」

「だから、本番でストラドは弾かないと――」

「なあ託生、本番は明日の夜なんだし、まだ丸一日あるんだから、今夜から明日の夜までスタッフ業は休みにさせてもらって、弾きこんでみれば？」

「ギイまで！　だから――」

「もう二度とできないかもしれないし」

城縞が託生を見る。「葉山くんと、対等の形で音楽を奏でることは」

「……城縞くん」

それは、そうだが、「いや、でもね」

バイオリンのコンクールが、もしピアノのコンクールのように、会場の楽器の中からひとつ選んで本番を、などとなったとしたら、大変なことである。出合い頭のバイオリンを咄嗟に自分のパートナーの如く弾きこなす、そのような訓練は受けていない。バイオリンのコンクールそのものとしては、同じ楽器で演奏を聴き比べた方が（楽器の上げ底がない状態で、という意味で）公正なのかもしれないが、現実として、不可能である。

なぜならば、バイオリンはピアノより遥かに壊れやすくデリケートな楽器なので。奏者が入れかわり立ちかわりなどと、そんな荒業には耐えられない。

「わかった。ならば託生、指ならしのお遊びとして、託生の【sub rosa】と恭尋のベヒシュタインとで、一度、弾いてみてくれよ」

「……指ならしのお遊び？」

なんと便利な表現だ。

「完璧な演奏を望んでるわけじゃないよ。ただその組み合わせで聴いてみたいだけだ」

「無様でも、笑わない？」

「絶対に、笑わない」

ギイが真顔で断言する。

「……わかった」

託生は降参した。……やれやれだ。

「ヤスヒロって、鉄仮面みたいに無表情だと思ってたけど、友だちの前だと表情があるのね」

ファツィオリの鍵盤の蓋を閉めている城縞へ、皐月が素朴な感想を述べる。

「——鉄仮面？　そうだった！　サツキ、ピアノの順番が空いたから、次はきみがここで練習をするんだよね？　蓋を閉めたりして失礼したね」

言いながら、城縞が鍵盤の蓋を開けようとする。

「Stop!!　待って！　ヤスヒロ、からかってごめんなさい」

大慌ての皐月に、城縞が笑う。

「冗談だよ。気分を害したり、してないよ」

「良かったあ。——え。冗談？　ヤスヒロが？　冗談？」

皐月が目を丸くする。「真夏だけど、雪でも降るんじゃない？」

「その言い様はさすがにひどいな、サツキ」

ははは と屈託なく笑う城縞の様子に、託生まで楽しくなる。

「……良かったなあ」

せめてこの島にいる間は、サマーキャンプの間だけは、城縞が抱えているなにがしかの辛さが、忘れられているといい。

「葉山くん、ベヒシュタインの設置されてる部屋は、どこだったっけ？」

と、城縞に訊かれ、自分のバイオリンはケースごとギイに預かってもらい、弾いたばかりの剝き出しの【sub rosa】を胸に抱えるようにして大事に持っていた託生は、館内見取り図をポケットから取り出すまでもなく、

「西の端にある、ホールDだよ」

と答えた。

天井は高いものの、ホールCよりひとまわり小さい部屋だ。

「ああ、あそこか。音が上に抜け過ぎるのが気になった」

「気になるよね。急いで反響板の手配をするよ」

託生は身につけていたマイクのスイッチを入れ、スタッフへ連絡を入れる。そして、「城縞

くん、ホールDで決定なら、今すぐ準備を始めるって」

向こうからの確認を伝えた。

「反響板の具合によっては、ストラドでなくてもそこにするかも」

「わかった」

託生は頷き、マイクからその旨を伝える。「十五分くらいで組めるって」

「十五分で？　手際が良い！」

また城縞が笑う。

「なら、のんびりと移動しましょうか？」

皐月が歩調を緩める。

ホテル並の京古野邸の館内は、細長い東の端から西の端まで移動するのに数分かかる。普通に歩いてさすがに十五分はかからないが、散歩がてらの移動ならば時間は多少稼げるだろう。

「……それにしても、ここが個人の館とは信じられないわ。ヨーロッパ貴族が建てた古城のようよね」

出所の不確かな莫大な資産により建てられた館、加えて、島全体が要塞のような。

それについて、ギイは特にコメントはしない。この島を遺産として受け継ぐ権利を持つ血縁者が、判明している限りふたりいるが、どちらもここを所有したいとは望んでいないだろう。

むしろ血なまぐさい過去もろとも忘れ去られるべき、と、考えている、かもしれない。

なにより、九鬼島をここまで発展させた今の持ち主、京古野耀が、この島の主として誰よりも相応しい。この世で一番この島を大事にしているのが彼であり、この島で命を奪われた者たちの無念を悼み、鎮魂を祈っているのも彼だからだ。

「そうだ、今のうちにメールのチェックしちゃおうっと」

皐月がスマホを操作する。音を鳴らしているときには邪魔をされたくないのでサイレント設定にしている。

皐月につられて、城縞もなんとはなしに、自分のスマホをチェックした。そして、

「——？」

と、動きが固まる。

同じくサイレント設定にしていた城縞のスマホに、メールではなく、留守録のメッセージが残されていた。スマホを耳に当て再生されたメッセージを聞いていた城縞の表情が、みるみる暗く沈んでいったのだった。

荷解きしたばかりの部屋の荷物を淡々と大型のスーツケースへ詰めてゆく。

「あまりにひど過ぎない？　どうして、エージェントの言いなりなのよ、ヤスヒロ？」

憤慨しているのは皐月である。

「仕方ないよ。急な仕事が入ってしまったんだから」

城縞の返答へ、

「入ってしまったんじゃなくて、エージェントが、ヤスヒロの意向を確かめもせず勝手に入れたんでしょ？　横暴よ、こんなの」

「エージェントに、そこまでの権利があるんですか？」

財前が引き気味に言う。

「ヤスヒロとそういう契約をしていればね」

「でも、だからって、言いなりって、奴隷みたいじゃないですか」

ぽそりと感想を洩らしたのは莉央。「そんな契約、無効なんじゃないんですか？」

——奴隷。

一瞬、城縞の手が止まった。

英語が堪能というわけではない。契約に際しては、慎重に進めたつもりだ。海外で演奏活動をするにあたり、事務所に所属していない城縞にはエージェントの存在が欠かせなかった。海外での事務処理ひとつとっても城縞には限界がある。契約が締結された途端に、飽くまで契約書に書かれた範囲だが、エージェントは躊躇なく自分の方針をぶつけてきた。仕事を取ってくるだけでなく、ついには城縞の演奏にまで口を出すようになっていた。

だが、契約書にサインしたのは自分だ。

あと半年我慢すれば契約更新のタイミングで切ることができる。現在だと、莫大な違約金を払うことになる。それもまた、契約書に書かれていた。

「それにしたって、明日の夜までにロンドンって」

皐月の憤りは治まらない。「だってヤスヒロ、ボストンでの演奏会を終えて今朝、日本へ着いたばかりじゃない」

日本で一泊してすぐにロンドンへ、などと、まるでトランジットのようだった。

明日の夜のロンドンでのコンサート、主催はとある貴族で、ずらりと豪華な出演者が予定されていた。そのうちのひとり、高名なピアニストが体調を崩し急遽入院となり、代理として城縞へ白羽の矢が立ったのだ。本来はたいそう名誉なことである。

今日の今日でその空席をどこからか聞き付け、即座に売り込みをし、見事にその座をゲットしたのだからエージェントは辣腕なのである。優秀なエージェントなのだ。

「カンコちゃんが聞いたら激怒しそう。ううん、絶対に激怒するわ」

莉央は焦れ焦れとして、「もう、カンコちゃんたら、肝心なときにどこへ行っちゃったんだろう。カンコちゃんに力を貸してもらいたいのに」

「エージェントが勝手に決めたとはいえ、演奏しないわけにはいかないんですよね」

財前が遠慮がちに訊く。

「出演料を前払いで受け取ってしまったそうですから」

城縞が返す。

「そのエージェント、そこから何十パーセント取ってくの？」

一方、皐月の質問は遠慮なしだ。

「契約書には三十パーセントと書かれているよ」

「それ、信じてるの、ヤスヒロ？」

「……一応は」

「私、既に不信感でいっぱいよ」

「お金に関しては、エージェントにすべて任せているから」

そのためのエージェントなのだ。その他の雑事に捉われず演奏に集中したいからこそ、エージェントを雇ったのだから。よもや、こんなふうにがんじがらめに、自分が縛られるとは予想だにしなかった。

「タクミとギイは？　ヤスヒロの大ピンチになにしてるの？　スタッフの仕事なんてしている場合？」

夕方以降、子どもたちやゲストが続々と戻ってくる。出迎えやその他もろもろ、仕事をしないわけにはいかない。休日を過ごしたボランティアスタッフも戻ってくるが、彼らも明日の朝まで休みである、今夜は出迎えられる側だ。

「大ピンチは大袈裟だよ、サツキ。それに葉山くんには、俺こそ迷惑をかけてしまった。一方的に振り回してしまって、申し訳なく思ってる」

「そこは気にしなくていいわ。タクミはもっと、四の五の言わずに、バイオリニストとしての自分を大切にすべきなんだから」

城縞がきっかけで、短い期間なれど託生は真剣にバイオリンと向き合った。しかも、あんなに渋っていた【sub rosa】まで弾いたのだ。「ヤスヒロのおかげよ、ありがとう！」

「いや……」

城縞は曖昧に首を横に振る。そして、スーツケースを引きながら客室のドアを開ける。

「ヤスヒロさん、本当に、ロンドンへ行っちゃうんですか？」

莉央が廊下を小走りに駆け寄りながら、心配そうに食い下がる。少年のような華奢な少女。年齢は皐月と同じなので、少女ではなくレディである。

「……初対面なのに、親身に心配してくれて、ありがとうございます」

アイドルには疎くて、莉央のことは知らなかった。だがざっとネット検索しただけで、ある程度の経歴はわかる。莉央もまた、……こんなに若くして、マネージメントで苦労している。いや、苦労していた。もっとずっと若い、——幼い、少女の頃に。

それを思えば、今年で三十を迎える自分が挫けてなどいられない。

あと半年。——この半年間を、乗り切れば良いだけだ。

ロビーへ下りると、多くの人々でガヤガヤと賑わっていた。

「城縞さん！」

目敏く声をかけてきたのは、京古野邸ハウス・スチュワードの陣内だ。「大丈夫ですか？」

そっと、心配してくれる。

「はい。大丈夫です」

陣内に心配をかけまいと笑おうとしたが、うまくいかなかった。

「つい今し方、京古野も戻ってきました。そろそろ電動カーが玄関に着く頃です」

「では、挨拶させていただいてから、空港へ向かいます」

「わかりました」

頷いて、「せっかく、いらしてくださったのに、残念です。久しぶりに城縞さんのピアノをゆっくり聴かせていただけると、スタッフ共々楽しみにしていたのですが」

「……はい」

陣内の言葉が胸に沁みる。学生時代から折に触れて世話になり、これが単なる社交辞令ではないとわかっているから。

大勢の人が部屋に行かず、ロビーでたむろしている理由が、

「京古野先生、今夜の特別ゲストのご自宅まで、わざわざお迎えに行ってらしたんですって」

「えっ、わざわざ自宅まで？　うわ、どんなスペシャルなゲストなんだろう」

期待に満ちた子どもたちの会話が城縞の耳を掠める。

京古野教授が迎えに行くほどの特別ゲスト？　この時間に戻れるということは、相手は日本国内に住んでいるはずで。だが、城縞にはまったく思い当たらなかった。

やがて玄関前が一際ざわつく。出迎えた井上教授に先導されるようにして、京古野がひとりの老婦人を館内へエスコートしてきた。

「……あのおばあさん、誰？」

「……わかんない」

別の意味で子どもたちがざわつく。そして、

「きゃっ、あれ、一緒にいるの汐音ちゃんじゃない？」

「ホントだ！　シオンちゃんだ！　うっそ、どうして？」

また別の意味で、子どもたちがざわつく。

「特別ゲストってシオンちゃん？　すっごーい」

「でも京古野先生と腕を組んで入ってきたのは、あのおばあちゃんの方よ？」

城縞はスーツケースを引くのも忘れ、その場で茫然（ぼうぜん）としていた。

「……城縞さん？」

心配そうに陣内が声をかける。

と、ふと、老婦人と城縞の目が合った。途端に、ふわりと微笑まれる。

城縞は、無意識に歩きだした。人を掻（か）き分け、老婦人へと。

「……！　じょ、城縞さんだっ、本当にいらしてたんだ」

「うわぁ、実物、かっこいい」

女の子たちが熱い視線を向ける。

「明日の夜、演奏してくれるんだよね。楽しみだなあ」

「じゃあ、今夜はシオンちゃんのピアノが聴けて、明日は城縞さん？　最高だねっ」

わくわくと期待に満ちた子どもたちの間を擦り抜け、城縞はまっすぐに老婦人の前へ。

「ご無沙汰しています、真鍋先生。いえ、真鍋教授」

城縞は深く頭を下げる。

「お久しぶりですね、恭尋さん。ご活躍、頼もしく感じていますよ」

「……はい」

ちいさく頷いたきり、城縞はなにも言えなくなった。

その城縞の手を、真鍋教授がそっと手に取り、両手で包むようにして、

「爪を短く切り過ぎる癖は直りましたか？」

と、訊いた。

城縞は黙って首を横に振る。ほんの僅かにでも鍵盤に爪のあたる音がするのが嫌で、どうしても、限界ぎりぎりにまで爪を短く切りたくなる。たとえ、弾いている最中に生爪が剝がれ、指先から血が滲もうとも。

包まれた手が温かい。

「……ひろこ先生」

一瞬にして、子どもの頃へ時間が戻る。

発表会で舞台へ上がる直前に、緊張して氷のように冷たくなった手を、ひろこ先生はいつも両手で包んで温めてくれた。

「ミスタッチしても、大丈夫。そんなことは些細なことなの。恭尋さんの表現したい音楽を、

「思いきり、弾いてくるのよ」

そう言って、穏やかに微笑んで、幼い日の城縞を舞台へ送り出してくれた。


ヤスヒロ、その演奏はキミらしくないね。

——は？　自分らしい演奏ってなんだ？

オカシナ捻りは不要だよ。オーディエンス（聴衆）が望んでいるのはそういうことじゃない。

キミは、キミらしい演奏を、ね。

——だから、らしい演奏って、なんなんだよ！


いかにも理解者のようにしたり顔で言うが、お前になにがわかるんだ!?

喉元まで溢れそうになっている焼けるような怒り。

城縞は俯き、崩れるように床へ膝をついた。

行きたくない。

ここにいたい。

ここで、思う存分、葉山託生と演奏がしたい。自分が心から楽しいと感じられる音楽を、奏でたいのだ。

葉山託生と仕上げた新生『序奏とロンド・カプリチオーソ』を、サン＝サーンスが、尊敬するサラサーテへ献呈したように、京古野教授と井上教授へ捧げたい。

そのためにスケジュールの調整に調整を重ねて、どうにかここへ来たのに。

「恭尋さん」

真鍋教授は、すっとその場へしゃがむと、――子どもの頃、城縞の目線にすっと合わせてくれたように、「京古野教授のご厚意で、今夜の演奏のあとで、数日こちらに滞在させていただくことになったのよ。おかげで、明日の夜の恭尋さんの演奏も、聴くことができるのよ」

嬉しそうに城縞へ告げた。

城縞は顔を上げられない。

願ってもない機会なのに、ひろこ先生に聴いてもらいたいのに、自分は今すぐロンドンへ向かわねばならないのだ。

そのとき、

「お話し中、申し訳ありません」

託生がふたりの脇へ同じようにしゃがみ、「城縞くん、実は、船が出せなくなったんだ。夕方から強くなってきた風のせいで波がとても高くなってきて、船を出すのは危険と船長たちが判断したんだよ」

驚いた城縞が顔を上げる。

「いや、だが、行かないと……！」

咄嗟に立ち上がろうとした城縞の手を、思いの外、強く、真鍋教授が引き留めた。

「恭尋さん」

真鍋教授は城縞の目をしっかりと捉え、「どんなに追い詰められても、選択を間違えてはいけません」

ゆっくりと諭した。

「……選択？」

「そうです。演奏会より、あなたの命の方が大事なのよ」

——命。

自分の、命？

「……ですが」

反論しようとした声が震える。

キャンセルを埋めるため急遽代理として演奏することになった城縞へ、破格の出演料が支払われた、らしい。そして、もし出演できなかった場合の違約金が、破格の出演料以上の、とてつもない金額だそうだ。

もう金はもらっている。なんとしてもロンドンへ行け。行って、ピアノを弾いてこい。行かなければ、違約金を支払うだけでは済まないだろう。無責任に仕事を受けたと、最悪の形で穴を空けたと、城縞はプロのピアニストとしての信用を失うことになる。

「あ、はい」

託生がワイヤレスのイヤホンを、くっと耳に押し当てる。周囲の騒音が少しでも耳に入ってこないように。

やがてマイクへと、

「はい、わかりました。伝えます」

返事をしてから、真鍋教授と城縞を視線で促し、三人は立ち上がった。

託生は、心配そうにこちらを見ている京古野へ目で合図を送ってから、

「さすがにこのままでは注目を集め過ぎなので、ひとまず、場所を変えませんか？」

ふたりへ提案した。

「いや、だが、葉山くん――」

「城縞くん。船は、出ないから」

強めに繰り返した託生と、城縞との間へ、

「なんだったら、飛行機も飛ばさないぞ」

割って入ってギイが笑う。

「――え？」

城縞はぎょっとしてギイを見る。――今のは果たして冗談なのか？

ギイの手には、城縞の大型のスーツケースが。

「恭尋も、真鍋博子のピアノ演奏が聴きたいだろ？」

聴きたい。

「……聴きたいです、ひろこ先生」

言うと、真鍋教授は嬉しそうににっこりと笑った。

真鍋教授が、桜ノ宮坂音楽大学で教授としてレッスンを行うようになったのは、託生や城縞たちが卒業してから数年後のことで、レッスンも自宅で行うことが多いので、大学で真鍋教授と会える機会は滅多になかった。

幼い頃から高校まで城縞が個人レッスンを受けていたのが、正統派のピアノを教えることに定評のある真鍋博子先生だった。

プロのピアニストとしての演奏活動は縮小傾向にあれど、積極的にクラシック音楽界の情勢の変化を受け入れ、レッスンにも反映させていた。たとえば、皐月のようにゆくゆくはショパンコンクールを狙うのならば練習する楽譜はエキエル版に、独特な音の配置や奏法もあり、それに慣れておくべきとしている。なぜならばコンクールの公式がエキエル版（ナショナルエディション）を推奨楽譜に認定したからだ。もちろん他の版で弾いてはいけないということではないが、熾烈なコンクールを勝ち抜くためには、少しでも〝勝ち〟に有利に進めるべきである。

と、いうように。

真鍋教授と汐音が会場でのリハーサルを行う時間になったので、城縞はロビーに一番近いサロンへ案内された。そこには城縞を心配して、皐月と財前、まだ子どもたちには正体がバレていない莉央と託生とギイが同席していた。

「さて、恭尋、そろそろ腹を括らないとな」

ギイが決断を迫る。「エージェントに電話して、現状を説明し、コンサートには間に合わないことを先ず、伝える」

「……先ず？」

「次に、エージェント契約の打ち切りを伝える」

「……え？」

「昼間に話してくれたロンドンでのコンサート、ちらっと調べてみたら、主催が真鍋教授の知り合いだったんだ」

「えっ⁉」

「往年の名ピアニストはさすがだよな、人脈も素晴らしい」

ロビーにて、クチバシの黄色いひよっ子たちに、どこのおばあちゃんピアニスト？　くすくす、などと、まがりなりにもピアニストを目指すのであれば世間知らずも甚だしいとがっかりしたが、さておき、「それで確認をお願いしたんだ、契約内容について。そうしたら、急遽のことなので駄目で元々の依頼だそうだ」

「ダメモト？」

「出演料が破格なのは本当、前金はウソ、出られなければ支払われない、それだけだ」

「……なん、と」

「エージェントは恭尋にウソをついた。それは、契約違反ではないのかな？」

「……たぶん」

「では、契約を打ち切ろう」

「……いや、だが……、いきなりエージェントなしでは仕事が……。それに、いかなる事情があろうと俺がエージェントとの契約を切るのであれば、エージェントに対して違約金を……、けれど、恥ずかしながら、支払えるだけの蓄えが、まだないんだ」

「わかった」

ギイは頷き、「ものは相談だが、恭尋、まるっとオレに任せる気はある？」

「──は？」

「今後の活動について、エージェントを付けるなり、芸能事務所に入るなり、そこに関してもオレたちが相談に乗る。というか今カンコちゃんがあちらこちらにリサーチかけてる。餅は餅屋だからな、彼女の力を借りるとする。で、現状に関してだが、エージェントとのごたごたと金銭まわりはオレの方でやる。契約のプロがいるので投入する。裁判となったら、弁護士も手配するよ。まるっとね」

「……え……っと」

狼狽しきっている城縞と、──財前。

楽しげに様子を見守っているのが皐月と莉央。

多少、はらはらしているのが託生である。

「札束で人の横っ面を叩くタイプには、こちらも札束で叩き返すのが礼儀だからな」

にやりと笑った奇跡のような美男子の迫力に、城縞は思わず息を呑む。

「どうする？　まるっと任せる気はあるかい？」

訊かれても城縞には、どう返事をしたものか皆目わからなかった。——というか、この人はいったい、なにものなんだ？

ギイは一枚の名刺を城縞へ差し出し、

「エージェントにこの番号を伝えてくれ。以降、連絡はここと取れと。なんなら、オレが通訳として先方と話してもいい」

「……葉山くん」

城縞が託生へ救いを求める。「どうすれば……？」

「ギイに任せれば大丈夫よ、ヤスヒロ」

託生ではなく皐月が太鼓判を押す。

「そうよ、どーんとギイさんに任せちゃえ」

莉央も乗っかる。

「ありがたいと、は、思いますが」

これは新たな罠ではないのか？　本当にこの道を進んでも大丈夫なのか？　そもそも、「どうして、ここまで、してくれるんですか？」

「どうして？」

ああ、と、頷いたギイは、「それはもちろん、お礼だよ」

「――お礼？」

ここまでの厚遇をいただくような、自分が、なにを？

「ひとつめは、桜ノ宮坂で四年間、託生の伴奏を続けてくれたことへの。ふたつめは、これが決め手でもあるが、実は、オレの【sub rosa】を再び託生に弾いてもらうのに、かれこれ十年以上かかってるんだ。もし今回のことがなければ、いつ弾いてもらえたか。生涯、弾いてもらえなかったかもしれない。【sub rosa】は託生のためにこの世にあるのに」

「葉山くんのために、ストラドが――？」

城縞は軽く衝撃を受ける。

……ああ、なんだろう、この感情は。

「また、大袈裟なことを言って！」

託生は真っ赤になってギイの肩をえいえいと小突いた。「もう、いいから、城縞くんの代わりにちゃちゃっと電話しちゃって、ギイ」

「はいはい」

ふたつ返事で頷いてギイは城縞へ手のひらを差し出す。「借りていいかな、スマホ」

躊躇なく自分へ差し出された手のひらを、しばし見詰めて――。

城縞は、覚悟を決めた。

皐月と莉央が、晴れやかな表情で任せろとすすめる。

託生と演奏することで、ふたりで演奏をと誘ったことで、こんなふうに現実が、――未来が変わるなどと、想像もしていなかった。


タスケテクレ、ハヤマクン。


とうとう抱え切れずに零れた悲鳴を、こうも鮮やかに、彼らが拾い上げてくれた。

城縞はスマホをポケットから取り出す。そして、

「よろしくお願いいたします」

ギイへ、託した。


始めたものには終わりがくる。

始め方は意図しない形でもかまわない、過程でいくらでも修正が利くから。

けれど〝終わり〟は慎重にせねばならない。

真っ白な半紙へ筆で墨を落とす慎重さで。

悔いを残さないように。

そして、もし叶うのならば。

――そこへ愛を残してゆきたい。

枯れない愛を。

闇夜を導く灯台のように、明るい未来を指し示すことが、どうか、叶いますように。


「ようやくこれで、恭尋さんを私の元から送り出すことができたように思いましたよ」

真鍋教授、――ひろこ先生が言う。「桜ノ宮坂に合格して、京古野教授の門下生になれたときにもほっと安心しましたけれど。音大生として、良い道を進めたと感じて。ですが、ピアニストとしては茨(いばら)の道を歩んでいたのですね」

新人であろうとベテランであろうと、ピアニストは音で語る。

その価値を、知らしめる。

名前も聞いたことのない〝おばあちゃんピアニスト〟の演奏がどれほど素敵なものなのか、

昨夜(ゆうべ)の、たった一曲の連弾で、子どもたちは理解した。——感動した。

感情がふわりと煽られて、皆が『花のワルツ』を、連弾で弾きたくなった。

そうしてまんまと触発されたひとり、皐月に、飛んで火に入るナントヤラとばかりに捕まった汐音が、室内のグランドピアノで『花のワルツ』を手ほどきしていた。

リクエストが通った皐月が楽しそうなのは当然として。

たとえお遊びでも、あのサツキ・アマノと連弾などと、汐音の緊張っぷりはここからでもわかるほどで。だが、汐音も楽しそうだった。

真鍋教授へ用意された客室はかなり広く、室内の中央にはグランドピアノまで設置されていた。窓際には十名ほどが座れるソファセットがあり、そこへ向かい合って腰を下ろし、

「ひろこ先生、ありがとうございました」

城縞は改めて頭を下げる。

「いいえ」

真鍋教授は柔らかく受けて、「古いご縁がこんな形でお役に立つとは。人とのご縁は、大切にすべきですね」

「……はい」

「恭尋さん、大学で、良い友人に恵まれたようですね」

「はい」

城縞は、室内のミニバーカウンターで人数分の紅茶を淹れている、託生を振り返る。

音大時代、託生との縁を結んでくれたのは京古野教授だ。今回、再び託生と城縞を繋いでくれたのも、京古野教授と、井上教授だ。

「師に恵まれていたと、感謝して、います」

「きっかけはそうでしょうけれど、縁を育てたのは恭尋さんですからね」

「ひろこ先生、あ、いえ、真鍋教授、その、……さきほど京古野教授から伺ったんですが、今年度で教授職を退かれるとか……」

「――うそですよねっ⁉」

ピアノの前から汐音がすっ飛んできた。「ひろこ先生、本当に大学をやめてしまわれるんですか⁉　教えるの、やめてしまわれるんですか？」

「ええ、大学はね。このあたりが引き際かもしれないと考えているのよ」

「……人前での演奏も、やめてしまわれるんですか？」

寂しそうに汐音が続ける。

「そうね、始めたものは、いつかは幕を引かねばならないから」

できれば、納得のゆく演奏ができるうちに。聴いて良かったと、聴衆に感動してもらえるうちに。「あなたたちには、まだまだ遠い未来の話だけれど」

けれど、若い日々の、今日や、明日が、〝そのとき〟に確実に繋がっているのだ。

どう、幕を引くのか。

なにを、後進に残せるのか。

「……だから、誘ってくださったんですね」

汐音は、真鍋教授の隣へ力無く、すとんと座る。

託生は三人の前へ、淹れたての紅茶を置いた。

ピアノの前にいる皐月にも。

紅茶のソーサーを両手で受け取り、

「……真鍋さんって、美しい人ね」

皐月がそっと、託生へ告げる。

託生は大きく頷いて、真鍋教授をじっと見詰めて静かに涙を流す汐音の横顔を、見ない振りをした。

ずずっとちいさな子どものように洟をすすって、汐音が紅茶を口へ運ぶ。

「……熱い。…………美味しい」

「倉田さん、お砂糖やレモンはいいの？」

「大丈夫です。そしたらひろこ先生、倉田さんじゃなくて汐音さんに戻してください」

「――はい？」

「私、大学、頑張ります。けど、ひろこ先生のレッスンも受けたいです。だから、大学に入る前までのように、ひろこ先生に習いに行きます」

「大学のレッスンとは別に？　それは、大変よ？」

「わかってます」

ピアノが好き。それは、ピアノを通して、たくさんの人の心と触れ合えるからだ。そのためにも、ピアノがもっともっと上手になりたい。なにより、ピアノのことを、好きでいたい。

次は、お世辞じゃなくて、葉山託生に「素晴らしい演奏でしたね」と言わせたい。感動させてみたい。汐音が一方的にライバル視しているだけだけど、負けたくないのだ。ギイの妹で、親友のエリィ（絵利子）が葉山託生を贔屓してることも、気に入らないし。

けれど、淹れてくれた紅茶は美味しい。

今日のところは、だから、おとなしく紅茶をいただく。

――それにしても。

ギイだけでなくサツキ・アマノとも仲良しなんて、本当に、葉山託生って、わけがわからない。

　サマーキャンプ最終日の夜、ケースへ慎重にしまわれた【sub rosa】が、島岡の手によって持ち帰られた。

「なんだ。てっきり、前のように使ってくれるのかと期待したのに」

　ギイの冗談に、

「だから、何度でも言うけれど、ぼくには無理。怖くて、とても、手元に置けない」

　託生が何度でも真剣に答える。

「まあ、いいか。オレの念願は、ちょっぴりだけど叶ったし」

　バイオリンは弦との付き合いにコツがいる。演奏会がある場合、最も良く音が鳴るピークに演奏会がぶつかるよう逆算して新しい弦に張り替えるほどだ。ぶっつけの楽器ではその調整すらできない。いかに【sub rosa】が、素晴らしい楽器だとしてもだ。

　本番こそ、予定どおりに託生は自分のバイオリンで演奏したが、日曜日の一曲だけでなく、

最終日までのあいだに何度かギイは、託生に【sub rosa】を弾かせることに成功した。

御褒美と称して。

情けは人の為ならず、とは、良く言ったものだ。

「これからもときどきでいいから弾いてくれよ。オレも、【sub rosa】も、託生と出会うために生まれてきたんだからさ」

「だから……っ！　そういう大袈裟な冗談は、ぼくがっ、照れるから、——やめてください」

「別に、大袈裟でも、冗談でも、ないんだけどな」

「冗談で、思い出したけど。城縞くんが訝しがってたよ？　ギイが、冗談で、飛行機も飛ばさないぞとか言うから」

「あれも、あながち冗談ってわけでもなかったけどな」

「……嘘だろ」

「嘘だよ」

にやりと笑ったギイに、否定されたのに託生はなんだか落ち着かない。

「船は出ないが、いざとなったらヘリくらいチャーターしてあげようと思っていたよ」

「ヘリコプターを？　九鬼島に呼ぶの？」

「整地されたヘリポートはないが、余裕で降りられる空き地はあるからな」

「……ギイ」

　それはさすがにやり過ぎだよと言いかけた託生の先を、

「ついでにロンドンまでプライベートジェットを飛ばしても良かったし。ロンドンまで直行便でも半日かかる、乗り継ぎ便だと下手をすれば一日だ。プライベートジェットなら、満席でロンドン行き直行便のチケットが買えない、なんてことはないからな」

「……………ギイ」

「恭尋が本心から望めば、叶えてあげる用意はあった。という意味だよ」

「でも、それにしたって――！」

「託生がこういう派手なことを嫌がるから、オレは普段はしてないだろ？　してないよな？」

「してない、です」

「だが、使うときには使うんだよ。いざというとき滞りなく使えるように常に備えておくし、その選択肢を手放す気はない。オレとしてはな」

　庶民感覚の託生としては、なんとも返答に困る。

「それはさておき、良かったな。恭尋のエージェントへの違約金、ほぼゼロだ」

「そう！　それにも城縞くんが驚いてたけど、どうやって交渉したの？」

「さあ？　プロフェッショナルに任せたから、オレは知らない」

はぐらかすギイに、だが具体的に教えてもらったところで託生には到底理解できそうにないので、よしとした。気にはなるけど気にせずにおこう。

そんなことより、

「……ありがとうギイ。城縞くんを助けてくれて」

託生は改めて礼を言う。

「どういたしまして。託生には、オレの一生の思い出になる誕生日をプレゼントしてもらったし、【sub rosa】の演奏も聴かせてもらった。そりゃ、贅沢をいえば本番も【sub rosa】が良かったが、オレこそ託生にたくさんの〝ありがとう〟を言いたいよ」

「……ギイ」

「マンハッタンでの託生とサッキの演奏もエキサイティングだったが、あれに負けない迫力だったな、託生と恭尋の『序奏とロンド・カプリチオーソ』は」

「ギイ、真っ先にスタンディングオベーションしてた」

「サツキが張り合うから、負けてられない」

「なに、それ」

ぷぷっと噴き出した託生へ、

「あっと言う間だったな、サマーキャンプ」

「……うん」

「面白かったな」

「うん」

明日の朝、子どもたちを送り出したら、今年のサマーキャンプは終了する。

託生たちスタッフには、ゲストの見送りやボランティアスタッフの見送り、片付けなどの事後処理が残っているが、それはそれとして。

「なあ、サマーキャンプが終わったら、オレと短い旅行しないか？」

「楽器を持って？　うーん、一旦は家へ帰りたいかなあ」

ストラディバリウスの足元には遥かに及ばないとしても、託生のバイオリンとて貴重品である。レッスンや演奏会でもないのに、あちらこちらへ持ち歩くのには抵抗があった。

「わかった。ならば一旦、家へ戻ってから、一泊二日の旅はどうだ？」

「――どこへ行くの？」

「ドライブ」

「車で、どこへ？」

「目的地はどこでもいい。メインはドライブ。託生を助手席に乗せて、ふたりっきりで、しゃべったり、託生の寝息を運転の供にしたり、な」

「ぼくは助手席で居眠りする前提なんだ?」

「だって託生、疲れてるだろ?」

「それは、……疲れてない、とは、言えないけども」

「ま、オレが託生を連れ回したいだけだからさ」

恋人と、ふたりきりで出掛けたい。「……いい?」

そっと顔を覗き込むと、託生はちいさく頷いた。

嬉しくて、啄(ついば)むようにキスをする。

腕を伸ばしてベッドサイドのシェードランプの明かりを消す。

暗闇の中、何度も、何度も、ちいさくキスを重ねながら、ギイは託生にゆっくりと体重をかけていった——。

葉山託生の挑戦

「だとしたら、練習を僕の家でやっても意味ないだろう？」

電話の向こうで赤池章三がけらけらと笑う。「本番では葉山ひとりで作らねばならないだけじゃなく、作る場所は自宅の、山下家のキッチンなんだろ？　勝手の違う他人の家のキッチンで作れるようになったところで、自宅のキッチンで作れなければ、まったく意味がないぞ。しかも、初心者だろ、葉山？」

章三の正論に、しかも、すっかり盲点であった指摘に、

「……確かに」

託生は大きく頷いた。つい、環境がばっちり整っている快適な赤池章三の自宅キッチンをあてにしてしまったけれども、いざ本番となれば、もちろん託生は自宅のキッチンで作るのだ。

散々笑ったあとで、

「それにしても、甘いものはたいして好きでもない葉山が、しかも、いつまで経っても料理の腕すら上がらない葉山が、ギイのためにお菓子を、それも誕生日のケーキを作りたい、とか。――恋人との同棲生活ってのは、葉山ですら成長させるものなんだなあ」

章三がしみじみと続けた。

「……成長、してるかどうかは、わからないけど」

かれこれ十年以上前、懐かしき高二の文化祭で、クラスの出し物である甘味処に便乗してギイが託生へゴージャスなスペシャルパフェを作ってプレゼントしてくれた。託生としては、せっかく恋人が心を込めて作ってくれたのだし、喜びたかったけれども、どう気持ちを奮い立たせても、微妙な表情になってしまったのだった。

それはさておき、からかわれているのは百も承知で、

「だって、今年の誕生日は特別だし」

託生は素直に返した。

ギイの誕生日当日に、本人を目の前にして祝えることなど、過去に、まったくと言っていいほどなかった。なのに今年は、当日にギイは日本に、託生と共にいるのだ。それだけでも特別なのに、今年で三十歳を迎えるギイ、長い人生のひとつの節目ともなる、記念すべき誕生日なのである。

　ギイの誕生日には会えないのに、世界中を忙しく飛び回っているギイが託生の誕生日には毎年、たとえ日帰りになったとしても、来日して、目の前で祝ってくれたのだ。

　いつもいつもしてもらうばかりの託生としては、迎える特別な日を、なんとしても、これ以上にないほど特別な日にしたかった。そのための特別な贈り物をしたかったし、なにより、ギイに喜んでもらいたかった。

「まあ、心意気は買うよ」

　章三はからりと受けて、「ただな、葉山、お菓子作りってのはたとえるならば化学の実験みたいなものだから、ほんの少しの分量のミスや、ほんの少しの作業のミスで、たとえば、たった一滴の水で台なしになるとか、狙った化学反応が起きなくて失敗したりするんだよ」

「……え。そんなに厳密なのかい？」

　お菓子くらい、と、舐めていたわけでは決してないが、そこまでハードルが高いとも、想像していなかった。

「だから、僕からの提案は、リスクを下げるために市販のホットケーキミックスをベースにした、葉山にでも作れるケーキにするとか――」

「がっ、頑張るから！」

　それではぜんぜん意味がない。

そもそも市販品を利用してでも失敗を避けるというのなら、端からケーキのスポンジ台を買い、ホイップされたクリームを買い、そこへ果物などを加えてデコレイトすればあっと言う間にそれなりのクオリティのケーキが完成だ。

だが違う。そうじゃない。

「一から自分で、作りたいんだ」

「わかった。ならば葉山託生よ、心して僕の教えを受けるがいい」

「はい！　赤池先生、ご指導、よろしくお願いします！」

「ならば早速、まずは基本の練習な。初回は僕が材料を揃えて、ギイがいない日に山下家へお邪魔するよ」

「うん。ギイのスケジュールを確認してから、連絡するね」

「じゃ、またな」

ぷっと通話が切れる。

「──よし」

託生は胸の前でちいさくガッツポーズをした。ここ一カ月ほどネットでケーキ作りの動画を見まくったおかげで、自分の中で具体的にイメージできるようになり、ようやく章三へ（勇気を出して）指導を頼む決意が固まったのだった。

　ギイの誕生日はまだ何ヵ月も先だけれど、早めに備えておいて損ということはない。なにせ、ケーキ作りは初めての挑戦なのだ。おまけに、初めてなのにそれなりの物を作りたいと狙っている。

「……頑張るからね、ギイ」

　さて、どんなケーキがギイに一番喜ばれるだろうか。

　託生はいそいそと、勉強の続きとばかりタブレットで動画サイトを開く。

　ギイが全ての仕事を手放し実質リタイアしてしまったことは、正直、託生には説明されても理解できない。仕事に戻るべきでは？　とも、思う。けれど、だからこそ彼は今、自分のそばにいる。――一緒にいられる。

「……ああ、駄目だなあ、ぼくは」

　一緒にいられるのが、とても嬉しい。

　とてもしあわせなのだった。

Four short stories　Spicy citrus on Gie

……これ、ギイのコロンの香りに似てる。

乗りたい路線バスの到着予定時刻まで二十分ほどあったので、託生はバス停すぐそばの小洒落た雑貨店に入った。申し訳なくも時間潰しが目的である。

「……いいな」

無意識に、ふと零れた自分のセリフに、我ながら驚く。

昨年、高校三年生の二学期に、突如として親によりアメリカへ強制帰国させられたギイ。あれから、恋人であった自分も含め、誰もギイとは連絡が取れていない。

懐かしいギイの香り。それを呼び起こしてくれるようなアロマの香り。

気づくと託生は、アロマを手にレジへ向かっていた。――二度と会えないなんて、絶対に思いたくない。

会いたいんだ、ギイ。

声を掛ける。

まるで手負いの獣のように常に周囲を警戒している彼へ、ぎりぎりの緊張感で張り詰めている彼へ、距離を詰め過ぎず、離れ過ぎず、ただの友人よりはほんの少しだけ温もりのある親しみを込めて。

「まーた葉山にこっそり助け舟を出してるのか？　いくら1－Cの級長だからって、そこまで一人のクラスメートに手厚くしなくてもいいいんじゃないか？　もしかしてギイ、見かけによらずお人好しなのか？」

章三（相棒）がからから。

そんなんじゃない。クラスメートだからでも、お人好しだからでもない。

迂闊に近寄れば薔薇の棘に指を刺すように痛い思いをするとわかっていても、声を掛けたい。

——オレは、葉山託生に〝意識〟されたい。

Four short stories　ギイ&託生&三洲

「オレ、マジで〝ミッスー〟って呼ぼうかな、三洲のこと」

　ギイが不穏なことを言い出す。

「やめなよギイ、本当に嫌われちゃうよ、三洲くんに」

　託生は焦って止めにかかる。

「えええ？　期間限定でもダメ？　九鬼島にいるあいだだけ、ダメ？」

　小首を傾げるとんでもない美男子。その威力に圧し負けそうだが、

「可愛く訊いても、駄目は駄目」

　託生は敢えて、やや強めに否定する。

　三洲を相手にするとノリが良くなるギイ。しようがないなあ、本当に、もう。

「駄目か？　でもなあ、三洲には煙たがられるくらいで丁度いいからなあ。それこそザ・三洲！　って感じでさ」

　真行寺曰く〝溌剌とした三洲〟は、さておき、三洲には三洲らしくいてほしい。

Four short stories　三洲&真行寺

「……ここで撮影したんだな」

やけにしみじみと三洲が言うので、真行寺はつい、尋ねてしまった。

「アラタさんっ、そ、そんなにイヤっしたか？　俺がＣＭに出たこと？」

動揺しまくりの真行寺に、三洲はぷぷっと噴き出した。

トンボロ現象の白い道。

ぽっかりと海を割って現れる、九鬼島から伊豆半島へまっすぐ伸びる海の道。

ここで撮影された、舞台が主戦場だった俳優〝真行寺兼満〟の、映像デビュー作とも呼べるＣＭ。

「違うよ」

三洲は柔らかく否定する。「この島が真行寺にとって特別な場所になったんだな、とね」

それが嬉しい。三洲にもここは、特別な島だから——。

本書は、二〇二二年二月に小社より単行本として刊行されました。文庫化にあたり、単行本刊行時に購入者特典として配布されたショートストーリー「葉山託生の挑戦」、30周年記念グッズの特典カードに掲載されたショートストーリー、『太陽の石』文庫化の際に購入者特典として配布されたショートストーリーを加筆修正のうえ、収録しました。

崎義一の優雅なる生活

フラワー・シャワー
ごとうしのぶ

角川ルビー文庫　24156

2024年5月1日　初版発行

発行者——山下直久
発　行——株式会社KADOKAWA
〒102-8177　東京都千代田区富士見2-13-3
電話 0570-002-301（ナビダイヤル）
印刷所——株式会社暁印刷
製本所——本間製本株式会社
装幀者——鈴木洋介

ISBN978-4-04-114962-1　C0193　定価はカバーに表示してあります。

◇◇◇

死神の絵の具
「僕」が愛した
色彩と
黒猫の選択
長谷川 馨
Kaori Hasegawa
宝島社

Solomon Grundy　（ソロモン・グランディは）
Born on Monday　（月曜に生まれた）
Christened on Tuesday　（火曜に洗礼を受け）
Married on Wednesday　（水曜に嫁をもらい）
Took ill on Thursday　（木曜に病気になった）
Worse on Friday　（金曜に病気が悪くなり）
Died on Saturday　（土曜に死んだ）
Buried on Sunday　（日曜には埋葬されて）
This is the end　（ソロモン・グランディの人生は）
Of Solomon Grundy!　（これにておしまい！）

第一話

老人と桜

たとえば君は、ベテルギウスの色を知っているだろうか。

ギリシャ神話に登場する世界でもっとも有名な狩人、オリオン。

彼は死後天へと昇り、オリオン座という名の星座になった。

その右肩に輝くいっとう明るい星がベテルギウスだ。

かの星は地球から五三〇光年離れたところにある恒星で、太陽のように自らを燃やして輝いている。燃えているということはすなわち炎に包まれているということで、炎は赤を連想させる。だから君はきっとベテルギウスは赤い星だと言うだろう。

しかしひと口に赤色と言ったって、世界にはさまざまな赤が存在する。

炎の赤に、林檎(りんご)の赤。サルビアの赤に、血潮の赤。

どれも同じ赤だけれど、見比べればそれぞれ違う。

ならば君はどの赤が好きだろう？

磨き上げられた紅玉(ルビー)の赤？　あるいは、秋に舞い散る紅葉(もみじ)の赤？

彼は、ベテルギウスの赤に魅せられた男だった。

来る日も来る日も望遠鏡を覗(のぞ)いては、オリオンの右肩を見つめ続けた天文学者だ。

彼がなぜあの星の赤に魅入られたのか、今なら理由が少し分かる。

ベテルギウスはもうすぐ死を迎える星だ。すでにおよそ八〇〇万年もの間、遠い宇宙のかなたで燃え続けていて、じきに超新星爆発という名の天寿をまっとうする。

つまり彼は看取(みと)りたかったのだ。

五三〇光年先で孤独に死のうとしているベテルギウスを。

けれどかの星が終わりを迎えるよりも早く、彼の寿命が尽きてしまった。彼は長年望遠鏡越しに見つめ合ってきたベテルギウスの最期を見届けることができなかった。

それゆえの未練だったのだろうか。あるいは愛か。

死した彼の魂のかけらは、燃えるような赤色をしていた。

†

ギリシャ神話では、死者が黄泉(よみ)の国へゆくにはアケロン川を渡らなければならないという。このアケロン川の渡し役が死神カロン。無事に川を渡りたければ、死者はカロンに銀貨を払って小舟に乗せてもらわなければならない。

同じような言い伝えは、ここ日本にもある。不思議なことにギリシャから遠く離れた日本でも、ひとは死後、冥府へゆくために川を渡らねばならないという。

その際、三途(さんず)の川の渡し役である奪衣婆(だつえば)に六文銭を支払わないと、死者は身ぐるみを剥がされてしまう。しかしなぜ距離にしておよそ九五六〇キロメートルも離れたふたつの国に、死者にまつわる似通った伝承が残されているのか?

答えは簡単だ。それは僕たち死神が、死者を冥府へ送り届ける代償として、好きなものを必ずひとつ受け取る約束になっているからだ。

今の時代、天使や悪魔や死神なんてものの存在を信じている人間の方が稀だけれど、僕らは確かに存在する。生者と死者の均衡を正常に保つ使命を帯びた者として。

今日も今日とて僕は某市にあるセーフハウスで、小瓶に入った色とりどりの魂のかけらを眺めている。アトリエの壁を埋め尽くすように置かれた書棚は、どの段も僕が集めた魂の小瓶でいっぱいだ。

赤、青、黄色、緑、紫、橙。とにかくいろんな色の魂がある。

そしてたとえば同じ赤でも、魂の持ち主によってかけらの色合いは微妙に違う。

薔薇の赤や野苺の赤、落日の赤に、ベテルギウスの赤。

僕の日課はさまざまな色に囲まれたアトリエで、水晶みたいにきらめく魂のかけらから絵の具をつくり、絵を描くことだった。

絵の具の材料としてひとの魂ほど優れたものはない。他の死神たちには酔狂呼ばわりされるけれど、僕はどんな原料を使っても再現できない、この輝きを帯びた色合いがいっとう好きで、死者を冥府へ渡すときにはいつだってこれを要求した。

ひとの魂というのはいわば記憶の集合体だ。ひとが生まれてから死ぬまでの、あらゆる記憶を詰め込んだ不可視の物質がそう呼ばれる。

ただ不可視とは言っても人間には見えないという話に過ぎない。事実、僕たち死神にはちゃんと見えている。見えているから死神をやっている、と言い換えてもいい。

僕ら死神の眼に映る魂の色は七色だ。いや、七色というのはあくまで比喩的表現であって事実ではない。本来の魂はもっと複雑な色合いをしている。

魂を構成する記憶というのは、いわゆる感情の記憶だからだ。

ひとが経験した出来事と、そのとき覚えた感情が紐づけされることで魂はかたちづくられる。そして感情というものは色を持っている。

よろこびの黄色。悲しみの青。情熱の赤。憎しみの黒。そんな風に。

もちろん同じ感情でも、ひとや状況によって色は違う。

だからひとは往々にして無数の色彩からなる魂を保持している。

中でも一番美しい輝きを放つのが、愛するものの記憶や大切な思い出だ。

僕は冥府への通行料として、魂のもっとも美しい部分をもらう。

冥府へ渡った魂はどうせ転生のために浄化され、透明になってしまうから。

僕は親指ほどしかない小瓶の中で、赤く輝く小さなベテルギウスを眺めている。

他の死神たちは、魂のかけらなんてもらったところで値打ちも実用性もないなんて批判するけれどとんでもない。魂を持たない僕らは逆立ちしたってこれほど美しいものは生み出せやしないのだから、それだけで価値がある。少なくとも僕はそう思う。

「Solomon Grundy, Born on Monday, Christened on Tuesday……」

さて、五三〇光年離れた恒星の輝きは、どんな絵に載せたら映えるだろう。

そんなことを考えていたら、僕のスマートフォンからお気に入りのマザーグースが流れ始めた。僕の担当は少し前まで英国某所だったから、その名残だ。

端末を手に取れば、呼び出し人に上司の名前。やれやれ、昨日も出動したばかりなのになと思いつつ通話ボタンをタップする。泣き言は言っていられない。近頃はなかなか適性判定に合格する者がいなくて、死神の人手不足も深刻だから。

「Hello?」

『やあ、君。悪いけど今日も飛び込みの仕事だよ。場所は市内のアパートだ。住所はメールしておいたから、すみやかに確認するように』


最近、日本ではしきりに少子高齢化が叫ばれているけれど。

確かに近年、高齢者の看取り案件が劇的に増えている。

今日の看取り対象もまた然(しか)りだ。

木村青平(きむらしょうへい)。六十七歳、男性。彼は今、古くて小さなアパートの一室でひとり横になっている。ところどころささくれだった畳の上に、くたびれた布団をひと組敷いて。日はまだ高く、世界は春を謳歌(おうか)しているというのに、彼は間もなくいのちを閉じるさだめだ。部屋の向きが悪いのか、地上のすべてを祝福するように降り注ぐあのあざやかな春陽は今、この寝室にはさしていない。電気も消された薄暗い六畳間。

青平はその真ん中で、じっと窓を見つめていた。彼の視線の先にある腰高窓は曇りガラスになっていて、外の景色など不出来なモザイクのようにしか見えないのに。

「……しっかしまァ、おれの迎えさ来んのがこんだら若え外国人の兄ちゃんとはなァ。おらァてっきり、死んだ女房が迎えさ来てけるもんだと思ったのにさァ」

　ウグイスの歌が聞こえる薄闇の中、長い長い沈黙の果てに青平がぽつりと呟いた。喉に痰でも絡んでいるのか、ひどくざらついたしわがれた声だ。糊のきいたシャツに黒のベストという場違いな格好で、枕もとに正座した僕は粛々と頭を下げた。

「申し訳ありません。業務を円滑化するために、故人に化けて死者を誘導する死神もいるのですけどね。僕はあまり好きではないんです。ひとは生まれる場所や時代を選べない。だったら死ぬ瞬間くらいは自分の意思で決めてもいいと、そう思うので」

　上司によく無愛想と叱られる平板な口調でそう言えば、窓を向いていた青平の視線がついに僕の方を見た。彼の枕頭に座って以来、目が合ったのはこれがはじめてだ。

「んだら、おれが死にたくねえって言えば生かしてくれんだか？」

「いえ、残念ながらそれは……ひとの寿命というものは、我々の上司が管理するものですから。上司の決定には、僕のような下っ端は逆らえないのですよ」

「死神サンの上司ってえと、閻魔様かや？」

「日本人の中にはそう呼ぶ方もいらっしゃいますね。幾千もの名前をお持ちの方なので、我々はただ〝上司〟と、そう呼びますが」

　喋り方が無愛想に聞こえるなら表情でカバーするしかない。

　業務中の僕はそう心がけ、努めて笑顔をつくるようにしていた。

そんな僕の微笑(ほほえ)みを青平はつぶらな瞳で眺めている。彼はまだ六十代だというのに、髪が真っ白なせいでもう少し年がいっているように見えた。

「なにか未練があるならお聞きしますよ」

と、そこで僕は業務中の決まり文句を口にする。僕たち死神には、ひとの願いを叶える力はない。だからたとえ何らかの未練があるとしてもあくまで聞くだけなのだが、死にゆくひとというのはそれだけでいくらか安心する傾向があるのだ。ゆえに死を受け入れてもらうにはこの方法が一番だと、僕は長年の経験から確信している。もちろん例外がないわけではないけれど。

「……孫さ会いてえ」

ひとしきりウグイスの声を聞いたあと、青平はそう言った。

僕はちょっと首を傾げて、上司から届いた対象の身辺情報を思い出す。

そういえば青平には泰士(やすし)というひとり息子がいて、現在は結婚し、そこそこ有名な企業に就職していた。息子夫婦の間には子どもがふたり。

ただ転勤で数年前から遠方にいて、青平とは疎遠になっていた。

正月やお盆にわざわざ帰ってくるのも大変な距離だろうと、青平の方から遠慮したのだ。だから親子の交流は二、三年に一度。青平は昨年から足腰を悪くしていたが、余計な苦労をかけたくないからと息子夫婦には話していなかった。

そして今、周りの誰にも知られることなく、静かに息を引き取ろうとしている。

「……息子さんには虫の知らせを出しておきましたよ」

ゆえに僕は、気休めになるかどうかも分からない情報を彼に与えた。

こういう孤独死を看取る場合、僕たちは対象の近辺にいる人間に虫の知らせを出す。相手は対象の身内だったり、新聞配達員だったり、お隣さんだったり、まあ色々だ。

これをサボると弔いが遅れて、肉体とつながる魂の臍の緒がきちんと切れないことがある。すると魂は現世に引き戻されてさまようことになるから、杜撰な看取り業務は悪だ。たまにそういう死神がいることを、同じ死神として僕はひどく恥じている。

「死神サンはんなもん出せせんだか。つっても泰士もすぐには来ねべ？」

「そうですね……早くても明日以降になるでしょうね」

向こうは遠方に住んでいるわけだし、仕事だってある。虫の知らせはあくまで予感に過ぎないから、どの程度過敏に反応するかは受取人によって個人差があるのも問題だ。僕の答えを聞いた青平は深々と諦めのため息をついて、再び窓へ目をやった。

孤独な終焉を前にした彼の眼差しは、曇りガラスになにを描いているのだろう？

「……あん子らはよ。女巻の桜を知らねんだ」

「女巻、ですか？」

「おれの地元さ。んだけど地震のあと、津波でなんもねえ町さなっちまってなァ。生きてるうちに帰りたかったんだけども、叶わねがったなや……」

なるほど。どうりで彼はこのあたりではまず聞かない鄙びた訛りを話すわけだ。

今から十数年前、日本は未曾有の大天災に見舞われた。

当時僕は海外にいたから詳しいことは知らないが、戦争みたいな数の死傷者が出て、いくつもの町が甚大な被害を受けたらしい。

あの災害で住む家を失くしたひとは数知れず。彼らの中には避難先として遠方にいる親類を頼り、そのままそこを終の棲家としたひとも多いと聞いた。

おそらく木村青平もそういう被災者のひとりだったのだろう。

そしてふるさとから遠く離れたこの土地で、ひっそりと人生を閉じようとしている。

「……震災のことは、僕も死神仲間から聞いています。海沿いの町はどこも目も当てられないほどの凄惨な状況だったと。女巻もそういった町のひとつだったのですね」

「んだ。おらいの女房も家ごと流されちまって……ほんで仕方なく弟ば頼ってこの町さ来たんだっけ。どうしても息子ば大学さ入れてやりたくてなあ……」

「では息子さんの大学受験がなければ、女巻に留まりたかったということですか？」

「どうだべな……あんときはもう、女巻に住むなんて考えらんねがったけどもね。ただテレビやなんかで、今も女巻のためにがんばってる人たちば見っとさ。なんつうか、申し訳ねえ気がしてくるんだわ」

「申し訳ない……ですか？」

「んださ。おれだって女巻で生まれて、女巻に育ててもらったんだから。なのに結局、なんにも返せねがった」

「……ですが女巻へ戻れば、いやでも震災の記憶と向き合って生きなければならなかったはずです。なにより再び海の傍で暮らすということは、あの震災を経験した方にとっては恐怖でしかないでしょう。それでもあなたは帰りたかったのですか？」

そのとき僕は、純粋な疑問から青平にそう尋ねていた。僕は彼の半生について、上司から送られてきたデータ以上のことは知らない。けれども例の震災が被災者たちに植えつけた記憶は、きっと魂をも引き裂かんばかりの裂傷を生んだはずだ。

ある日突然己の、いのち以外、なにもかもを根こそぎ奪われた絶望。

行き場のない怒りや悲しみ。とても言葉では言い尽くせないほどの虚無感と無力感。そんな記憶を何度も思い起こさせる町で暮らすというのは、とても容易なことではないに決まっている。少なくとも僕の目には、自らの魂を故意に濁らせようとするひどい自傷行為のように見える。だのに彼にとっては己が心を守ることよりも、すべてを奪い去った海とともに生きることの方が大切だったとでもいうのだろうか？

そうだとしたら理解できない。永遠に消えない憎しみや悲しみの劫火の中で死ぬまで灼かれ続けるなんて、魂を持たない死神でさえ御免被りたいと願うのに。

「んだ。そんでもおれァ、女巻さ帰えりたかった」

ところが青平の乾き切った唇が紡いだ答えは、やはり僕の理解の外に落ちた。

「この町さ越してきたばっかの頃は、海なんて二度と見だぐもねえと思ってたんだけどもね。日が経つごとに、なんでかだんだん女巻が恋しくなってくんのよ。ここはおれの居場所じゃねえっつう、違和感っつうのかな……たぶんおれァ、あん町さ魂ば置いてきちまったんだべな」

「魂を……置いてきた？」

「んだっちゃ。だからこだにつれえんだ。今日、兄ちゃんが来てやっと分がった。おれァ女巻で生きて、女巻で死にたかったんだ」

「それは、つまり……奥さんと一緒に、という意味で？」

「そうじゃねえ。そりゃあ咲子と一緒に死ねればどんだけ良がったべと思ったこともあったけども、そうじゃねえんだ。女巻は、おれの人生そのものだったんだ。嬉しいこともつれえことも、全部女巻の中さあったたっけね。んだからおれァ、女巻さ帰えりたくて帰えりたくてたまんねがったんだべなや。自分の人生ば取り戻すために……」

　そう話す青平の声はほとんど吐息のような、囁きのような、ひどく掠れたものになっていた。それでも話さずにはいられなかったと言うように、青平の瞳がじっと僕を見据えてくる。おそらく彼が最後に語った言葉は、未練ではなく懺悔だった。

　他ならぬ、故郷から逃げてしまった自分への。

「なあ、死神サン。こだなおれでも、死んだら女巻に帰れっぺか？」

と、僕の瞳に映った自身を見つめて青平は言う。そこで僕はなぜだか返答に窮した。

——いいえ、あなたの魂はこのまま冥府へ送り届けるので、帰ることはできません。

そう真実を告げるのはとても簡単なことであるはずなのに。

というより、きっといつもの僕ならば、何の迷いもなくそう答えたはずなのに。

「……そうですね。思い出の中の女巻へなら」

やがて辛うじて紡ぎ出した答えは、嘘でも本当でもないものだった。

なにしろ青平はこれから走馬灯を見る。

無色の魂へと還るために、六十七年間の記憶を振り落としながら。

それが青平にとっての救いになるのかどうか、僕には分からない。

けれども答えを聞いた彼はまぶしそうに瞳を細めて、

「んだか」

と小さく頷いた。

そうして彼は、ようやく受け入れられたのだろう。長かった旅の終わりを。

「ちょうど、こんぐらいの時期さなっとね。町のあっちゃこっちゃに桜ァ咲いて、いぎなりきれいだったんだ。孫らにも見せてやりたかったなや。女巻の桜——」

その囁きが、木村青平の最期の言葉だった。

郷愁で潤んだ瞳に帳が下りて、彼は最期のひと息を吐き出した。弱々しい吐息はしかし、僕の視界で七色の輝きを帯びて、羽ばたくように広がっていく。

実に絢爛で、複雑で、色とりどりの——美しき魂。

僕は虹色の翼を吸い込んだ。

吸い込んで、呑み込み、僕という名の舟に乗せて冥府まで連れていく。

目を閉じれば、まぶたの裏を青平の一生が駆け巡った。たったひとり、死神に看取られて生を閉じた瞬間から、産声を上げてこの世に生まれたあの日まで、記憶の坂道を駆けくだる。けれど逆巻く極彩色の渦の中に、僕はあるものを見つけた。

――桜。ああ、そうか。女巻は桜の町だったのだ。

特に青平の家の近所には、いっとう古く美しい桜があった。

彼は春が巡ってくるたびにその桜を仰ぎ見て育った。桜の下で近所の子らと駆け回り、桜の下で愛を告げ、桜の下で老いた妻と手をつないで……。

「桜咲くまであとひと月ぐらいかや。また泰士たちば呼んでお花見すっちゃねえ」

そう言って彼が妻に笑いかけたのが、十数年前のあの日のこと。

僕は青平の一生をやりすごしたあと、涙を流した。

涙はやがて小さな結晶となり、色づきながら零(こぼ)れ落ちる。

受け取った代償がてのひらに収まるのを僕は見ていた。

木村青平の魂のかけらは、儚(はかな)げな桜の色をしていた。

†

その日、僕はアトリエに帰ると早速青平の魂のかけらを膠液(にかわえき)と水に溶き、桜色の絵の具に変えた。いつもは瓶に入れてしばらく飾り、眺め飽きた頃に絵の具にするのだけれど、今回は例外だった。

ただ、ただ、青平を冥府へ送り出す間際に見た桜の姿が目に焼きついて——あれを忘れてしまう前に、どうしてもこの世に留めたくて。

僕は青平の魂のかけらで、一心不乱に桜を描いた。

幹にはいっとうお気に入りのベテルギウスの赤を溶いた。

死を間近に控えた恒星と、もうすぐ散ってしまう春の花と。老人たちが愛したふたつのいのちで描いた絵は、ただの絵の具では決して描けない輝きを帯びている。

「……やれやれ。ひとの願いを叶えるのは天使の仕事なんだけどな」

やがて出来上がった絵を眺め、僕はひとり微笑んだ。

だってそれは僕が今まで描いた絵の中で、一番の傑作だったから。

†

父の葬儀が済んで、いくらか気持ちも落ち着いた頃。

妻の勧めで俺たちは父の遺品整理をすることになった。

父が暮らしていた小さなアパートの一室は、清掃業者に依頼してすでにクリーニングを済ませてある。ただ部屋にある遺品はまったく手つかずのまま、しばらくアパートに置かせてもらうことになっていた。

あまりにも突然のことで、父の死を受け入れるのに時間がかかったためだ。

葬儀のあと、俺はどうしても父の部屋に上がり込むことができなくて、大家と相談した結果、次の賃貸契約の更新日まで俺が家賃を支払うことで合意してもらった。

あれから一年。季節はまた春を迎え、世間は浮き足立っている。あちこちで桜が咲き乱れる中、薄桃色の景色を飛行機の窓から眺めつつ、第二の故郷に降り立った。

隣には妻と子どもたちもいて、俺を励ますようにそっと微笑みかけてくれる。

「あとひと月で契約が切れちゃうからね。片づけられるものは今のうちに片づけちゃわないと。いつまでもほったらかしじゃ大家さんも困るだろうし、なにより義父さんが浮かばれないわ」

なんて言いながら、アパートに到着するなり妻はちゃっちゃと玄関の鍵を開けた。ほんの少し建て付けの悪いドアが軋みながら俺たちを迎え、滑り出してきた壁紙のにおいに郷愁を覚える。去年の今頃、俺はここで父の遺体と対面した。

普段夢なんてまったく見ない俺が、もう何年も帰っていないふるさとの夢を見て、泣きながら目覚めた日から数日後のことだった。

夢の中で見た父は若くて、ご近所さんから「青ちゃん、青ちゃん」なんて慕われていたのに。現実の父はたったひとりで冷たい寝床に横たわり、動かなくなっていた。どんなときも気丈だった父を見て「親父なら大丈夫」なんて過信していた自分を俺は呪った。この一年、呪い続けた。「親父、ごめんな、ごめんな……」と泣きながら、遺体の傍にうずくまった日のことを思い出して立ち竦む。が、幼い子どもたちはそんな俺の胸中など露知らず、早速部屋に上がり込んではしゃいでいた。

「お父さん、お父さん！　さくらー！」

なんて、近所迷惑なくらい無邪気に飛び跳ねている。ところがそれを叱ろうと玄関を上がった妻が、親父の寝室の前でぎょっとしたように立ち竦んだ。どうしたのかと小首を傾げれば、しばらく固まっていた妻が必死に手招きし始める。俺は一瞬の逡巡のあと、意を決して家族に続いた。そうして父の寝室だった六畳間の前に立ち、

「あ――」

俺は唐突にあの日見た故郷の夢を思い出した。

親父が愛してやまなかった、生家の近所の桜の古木。

夢の中で、幼かった俺は死んだ親父やお袋と一緒にその桜の下で笑い合っていた。

同じように今、俺の子どもたちがあの桜の木の下ではしゃぎ合っている。

視界がみるみる滲むのを感じながら、俺は笑った。

壁を覆うほど大きなキャンバスの中で、今は亡きふるさとの桜が咲き誇っていた。

第二話

青年と蛍

日本の夏は、儚さで溢れている。

たとえば線香花火。この国では夏といえば花火を思い浮かべるひとが多くいて、中でも線香花火はいっとう儚い。あの小さな火花が精一杯輝き、やがてふっと闇へ落ちていくさまは、なんとも言えない感慨を引き起こす。

ああいうものを日本人は「侘び寂び」と称するのだろう。

それから窓の外でしきりに鳴いているアブラゼミ。彼らは幼虫の姿で何年も土の中を這いずり回ったあと、やっとの思いで翅を得て、陽の下での自由を謳歌する。

されど寿命はたったの一週間。彼らは子孫を遺すためにいのちを燃やして鳴き続け、使命をまっとうするや力尽き、短い生を終えるのだ。

まるでほんの束の間輝いて消える線香花火。

儚いものはいつの世も美しい。

僕は今日もセーフハウスのアトリエでせっせと絵を描いていた。

イーゼルに立てかけた真っ白なカンバスを青色で埋め尽くしていく。

パレットに載っている青は海の青。

昨年の夏、海を愛したダイバーから受け取った魂のかけらを膠液で溶いたものだ。

同じ青を塗り重ねながら、気まぐれに濃淡をつけていく。するとまっさらだったカンバスに次第に夜が降りてきて、チラチラと星がまたたき出した。

どうせ死神の時間は無限大だ。だから面倒がらずにひとつずつ、夜空に星を描いていく。極細の絵筆の先端で繰り返し点を打つのだ。ときに繊細に、ときに大胆に。

「天の川かい？」

やがてカンバスが無数の星で埋め尽くされた頃、それを眺める僕の背後から、からかうような声が聞こえた。今、この英国風セーフハウスにいるのは僕だけだ。

だから突然の闖入者（ちんにゅうしゃ）に一瞬おどろき、されどすぐに声の正体に思い当たった。

「おかえり、チャールズ。今回は長旅だったね」

誰の声だか分かってしまえば別段取り乱すことでもない。僕は右手にパレット、左手に筆、そしてドレスシャツの上には作業用のエプロンという格好で無防備にそう答えた。振り向いた先、開け放たれたままの入り口にちょこんと座った客人は黒猫だ。

彼の名前はチャールズ。

見た目は猫だが僕が英国にいた頃からの友人であり、優秀な使い魔でもある。

早い話が僕の補佐役（パートナー）だ。

僕が死神として目覚めたとき、上司から最初に与えられたのが彼だった。

彼はちょっとばかり気取り屋で、なにかにつけて皮肉を言う欠点があるけれど、そこさえ目を瞑（つぶ）れば頼りになるいい相棒だ。僕がまだ駆け出しの死神だった頃、チャールズはことあるごとに呆（あき）れながらも、あれこれと世話を焼いてくれた。

死神のＡＢＣは彼から学んだと言ってもいい。そして今も虫の知らせを届けたり居残り人を探したりと、死神業務には欠かせないサポートに徹してくれていた。

「ああ、まったくこの時期は毎日がパンケーキ・デイだよ。熱中症に台風に水難事故、とにもかくにも忙しすぎる。日本じゃこういうとき〝猫の手も借りたい〟と言うらしいけれどね。猫からすれば犬の手も借りたいよ。なんなら鼠の手でもいい」

「まあ、気持ちは分かるけど、これが僕らの仕事だ、仕方ない。今日の午後は非番だからお互いゆっくりしようじゃないか。ドールたちにご馳走を用意させるよ」

「ぜひそうしてくれると嬉しいね。腹ぺこで死にそうだ」

　とっくに死んだ身のくせに、という言葉を呑み込んで、僕はパチンと指を鳴らした。するとアトリエの隅で絵筆を洗っていたビスクドールたちがぱっと振り向き、作業を中断してキッチンへの行進を開始する。

　隊列を組んで進むのはケピ帽を被った赤服の兵隊。薄桃色のエプロンドレスを着込んだメイドたち。中にはヴィクトリア王朝期の貴族令嬢みたいな少女もいた。

　彼らは我が家の家事手伝いだ。僕が集めた魂のかけらを人形に埋め込んで、一時的に使役しているだけの存在だけど、これがなかなか役に立つ。

　僕が絵描きに没頭している間にも彼らは気をきかせて紅茶を淹れたり、家の中を掃除したり、チャールズのブラッシングをしたりしてくれるから。言葉を話せないという難点はあれど、身振り手振りである程度の意思疎通は図れるし。

「で？　君は君の使い魔が炎天下を走り回っている間、ひと足先に休日を楽しんでいたというわけだ。身の回りのことはドールに任せて、自分は優雅に宇宙旅行かい？」

「日本には七夕伝説と呼ばれるものがあると聞いてね。ほら、ついこの間、どこへ行っても笹の葉が飾られている奇妙な時期があったろう？　あれは天の川に願いをかける日本の風習らしいんだ。いや、もとは中国の神事だったかな？」

「それくらいは僕も知ってるよ。天の川を挟んで輝くこと座α星とわし座α星をロミオとジュリエットに見立てた夢見がちな話だろう？　確か日本じゃロミオはヒコボシ、ジュリエットはオリヒメとか呼ばれるんだったかな」

「シェイクスピアの戯曲ほど悲劇的ではないけれどね。引き裂かれた恋人たちの一年に一度の逢瀬を願う日なんて、素敵だと思わないかい？　もし織姫と彦星が実在するとしたら、彼らの魂は何色をしているんだろう」

「君の頭の中にはいつも虹の谷が横たわっているようだね」

　やれやれと言いたげに嘆息しながら、チャールズは尻尾を立てて僕の絵に歩み寄ってきた。そうしてカンバスの中の天の川を眺めたかと思えば、フンッと軽く鼻で笑い、得意気に踵を返す。

「まあ、相変わらずよく描けてはいるけれど、やはり君の絵にはなにか足りないな。絵の具の材料にしている魂の輝きに頼りすぎているんだよ。美しさと精巧さに関して言えば確かに評価に値する。だけどこの絵にあるのはそれだけだ」

「君の言いたいことは分かるよ。でもこればかりはどうしようもない。だって僕には魂がないのだから」

死神というのは総じてそういうものだ。心のゆりかごである魂がないために、起こった出来事や学習した知識などの事務的記憶は残っても、感情の記憶は残らない。ひと晩ぐっすり眠ってしまえば、眠る前まで覚えていた感情はすべて夢のかなた。これは死者の魂が持つ記憶の奔流に揺さぶられないための機能的措置だ。

僕らという名の黄泉比良坂を通って冥府へ至る、幾人もの死者の魂。

死神とはいわばあれらの濾過装置。呑み込んだ魂から不純物を取り除き、持ち主の本質だけを残して冥府へと送り届ける。そのときに見るのがいわゆる走馬灯——魂の持ち主が死んだ瞬間から、この世に生まれ落ちた日までの記憶の巻き戻し。

そこで見たものすべてを背負い込んでいたのでは、死神たちは早晩潰れてしまう。だから僕らは眠ることで、あらゆる感情の記憶を手放すようにつくられていた。

おかげで僕らはからっぽだ。

だからきっとこんなにも、人間が持つ魂の輝きに魅せられる。

色とりどりの魂のかけらを全部小瓶に閉じ込めているのは、あれらを美しいと感じたことくらいはせめて覚えていたいから。絵を描くのも同じ理由だ。

顧みたアトリエの書棚では、今日も色とりどりの魂が綺羅星のごとくまたたいている。さながらここは小さな天の川。もしやチャールズはそこまで考えて僕の道楽を〝宇宙旅行〟とたとえたのだろうか。だとしたら彼は皮肉の天才だ。

「だけど僕は、あの桜の絵は好きだったな」

「え？」

「今年の春、君が取り憑かれたように描いていた桜の絵だよ。何日も仕事をほっぽりだして、大きなカンバスに描き殴っていたじゃないか。僕はああいう絵が見たいね」

「ああ、確かにあの絵はこれまで僕が描いた絵の中でも一番の出来だったけれど……人間の中にはただの絵の具で、あれより美しいものを描くひとがたくさんいるよ」

「君は変なところで謙虚だね。いや、鈍感と言うべきか」

「どういう意味だい？」

「つまり、僕が見たいのはね——」

　呆れ顔のチャールズが僕にまたお小言をくれようとしたときだった。突然キッチンへ向かったはずのドールがまろぶように駆けてきて、ぴょんぴょんとなにか訴える。どうしたのかと目をやれば、彼女の腕の中で聞き慣れたマザーグースが鳴っていた。

『やあ、君。非番のところすまないのだが』

　一抹の予感とともにスマートフォンを受け取った途端、受話器の向こうから聞こえてきたのは、いやに朗らかな上司の声だった。

『ちょっと人手が足りなくなってね、応援を要請したいんだ。場所は先ほどメールしておいた。もちろん代休は後日取得してくれて構わない——だから四の五の言わずに、今すぐ急行してくれたまえ』

いやだ、休む、行きたくないとごねるチャールズを抱えて地下室の扉をくぐった。

扉の向こうは大勢の観光客で賑わう海水浴場。

どうやら砂浜に佇む海の家の勝手口とつながったらしい。

白い砂地に反射して、網膜を灼く夏の陽射しに手をかざした。これは思ったよりも強烈だ。外の気温も、浜辺を埋め尽くすひとびとの熱気も、うねる波の轟きも。

「あああ。こんなところにいたら僕、砂にまみれて白猫になっちゃうよ。陽の光もまぶしすぎる。おまけにこの乱痴気騒ぎ。まるで天の火に焼かれるソドムとゴモラだ」

膝の上でチャールズがなにかわめいているけれど、彼の声は当然僕以外には聞こえていない。他にも死神や使い魔がいれば話は別だが、人手不足を理由に派遣されたのだから、ここにいる同業者はおそらく僕ひとりだろう。

季節は夏真っ盛り。ゆるやかに湾曲して延びる広大な海水浴場は、夏休みを利用して遊びに来たと思しい若者や家族連れで溢れ返っている。海の家でパラソルとレジャーシートを借りて腰を下ろした僕の視界には、見渡す限りのひと、ひと、ひと。

水着姿の老若男女とパラソルが、波打ち際へ出るのも難儀するほど密集する光景は、まさによりどりみどりの色とりどりといった感じだった。

「ねえ、君！　のんびり日光浴を楽しんでる場合？　今回の看取り対象者を探すんだろ、だったらさっさと不可視化して……」

「砂浜じゃ姿を消しても足跡が残ってしまう。白昼堂々怪奇現象を起こして騒ぎにでもなったら困るからね。対象の死亡予定時刻は十六時から二十一時の間だ。十六時まであと一時間もない。君のひげが頼りだよ、チャールズ」

「こんなにうじゃうじゃいる人間の中からたったひとりの対象を探し出せなんて、相変わらず猫使いが荒いね、君は！　まったく、これだから夏は嫌いだよ……」

チャールズが不機嫌になる理由も分かるけれど、そこは僕に怒られても困る。

僕だって仕事を選べるものなら選びたい。だけどあの上司に逆らうなんて、過去へ飛んでキリストと握手するくらい不可能だ。やれやれと肩をすくめながら僕はいつもの仕事服——黒いベストのふところからスマートフォンを取り出した。

すばやくメールアプリを開き、上司から送られてきた対象者の情報を確認する。

十和田太洋。二十歳。大学生。

現住所はここから車で二時間ほど北上した先にある都市になっている。

ということは彼もまた、遠方から休暇を満喫しに来た観光客のひとりだろう。

メールには対象者の顔写真やアニマシグナルデータが添付されていて、僕たちはそれを頼りに今回の看取り対象者を探さなければならなかった。

後者は端末にダウンロードしたのち、専用アプリで開くと対象の魂が持つ波長——アニマシグナルを再現できるというものだ。まったく便利な世の中になった。

使い魔たちは指紋のようにそれぞれ違う人間のアニマシグナルを感知できる。

そうした能力を利用して、ひとごみから対象を見つけられるよう開発されたのがシグナル再現アプリだ。昔はこれ専用のトランシーバーみたいな無骨な端末があったのだけど、今はなんでもスマホひとつで解決してしまう。

大昔の死神たちが今の僕らを見たら、間違いなく切歯扼腕（せっしやくわん）することだろう。

「わあ、こんなところに猫⁉　超カワイイ～！」

ところがメールを確認する僕の頭上から、不意に黄色い声が降ってきた。なんだと思って顔を上げれば、いつの間にか目の前に水着姿の日本人女性がふたりいる。

年齢はどちらも二十歳くらい。かなり露出度の高いビキニを着て、小麦色に焼けた肌を大胆に晒（さら）していた。ひとりはくせのない黒髪で、もうひとりは明るい茶髪。

彼女たちがはしゃいで見下ろす先には、僕の膝の上で丸くなったチャールズがいる。

「お兄さんの猫ちゃんですかぁ？　外でもおとなしくしてるなんてお利口ですね～」

「ええ、まあ……よく言われます」

「名前はなんていうんですか？」

「チャールズです」

「チャールズ？　ってことは男の子なんだ」

「黒猫ってなんか不吉なイメージがあってニガテだったけど、この子はめっちゃカワイ～！　普通の猫より毛がフサフサですね～！」

「ヒマラヤンの血が入っていますので。それにイギリスでは、黒猫は幸運の運び手と言われています。黒猫が目の前を横切るといいことがあると信じられているんですよ」

「えっ、マジ⁉　そうなんだ〜、初耳〜！」

「あの、触ってもいいですか？　浜辺に猫がいるなんて珍しくて」

「どうぞ。愛想のない猫ですが」

　暑さとやかましさでぶすっとしているチャールズは、至極不愉快そうに尻尾で僕の脚を叩いた。撫でられながら蒼い瞳を半眼にして、無言で僕を睨んでいる。

　そんな顔をされても、向こうから話しかけてきたのだから仕方がない。

「ところで日本語お上手ですね。イギリスの方ですか？」

「ええ。ですが日本に来てもう長いので」

「今は日本に住んでるんですかぁ？　もしかして日本人の奥さんがいるとか⁉」

「ちょっとアキ、直球すぎ！」

　と、黒髪の女性の方が笑いながら茶髪の女性を肘で小突く。

　若い日本人女性特有の、間延びした口調で話す女性の方はアキというようだ。

　彼女は水着も蛍光色で派手なのに対し、もうひとりの女性は控えめで物腰も落ち着いている。一見噛み合わなそうに見えるふたり組。けれど顔を見合わせて無邪気に笑っているさまは、とても気の合う友人同士に見えた。

「おーい、ひより、アキ！　なに早速逆ナンしてんだ、置いてくぞ！」

　ところが刹那、ふたりの後ろから今度は男性の声がする。

彼女たちが振り返った拍子に、こちらへ向けて野次を飛ばす若者の集団が見えた。

いずれもハタチがらみの学生と思しき男女だ。

呼ばれたふたりはチャールズも顔負けの猫撫で声で「ごめ～ん！」と笑った。

すると突然、チャールズがすっくと立ち上がる。

どうしたのかと目をやれば、チャールズは弾かれたように駆け出した。毛皮が汚れるのも厭わず、白い砂を蹴立てて疾走し、集団の中のひとりを見上げて足を止める。かと思えばまるで猫みたいな鳴き声を上げて、相手の足にすり寄った。

「おい、なんだよ、太洋。おまえも来て早々モテモテじゃん」

ひときわ目立つ長身の青年が、チャールズにまとわりつかれた隣の青年の肩を叩く。からかわれたのは赤いサーフパンツに半袖のシャツを羽織った真面目そうな青年だった。みながどっと哄笑する中、困り顔で頭を掻いている。

そんな青年を一瞥したチャールズが、鼻を上げて衒うように振り向いた。

僕はもう一度スマホの画面を覗き込む。間違いない。

彼が今回の看取り対象者――間もなく死亡予定の十和田太洋だ。


この季節は日が長いとはいえ、十九時を回るとさすがに空のまぶたが降りてくる。あんなに盛況だった海水浴場も、十七時を過ぎたあたりから少しずつ客足が遠のき始め、すっかり物寂しくなった。

海の家は十八時で閉店。浜辺にはもうほとんど人影がない。しかし十和田太洋を含む九人の学生グループは、未だ海岸にたむろしていた。まばらに組まれた円陣の真ん中から、炭火にかけられた食材が奏でるアンサンブルが聞こえてくる。

「お肉焼けたよー。食べたいひと、取ってって！」

「ホタテまだ？　そろそろいいんじゃね？」

「誰かそこにあるタレ取って、タレ！　あと私にもお茶ちょーだい！」

バーベキューコンロの中で揺れる赤い光が、はしゃぐ若者たちをぼんやりと照らしていた。賑々しいやりとりが絶えず目の前を飛び交い、僕はもうずいぶん長いあいだ静けさとは無縁の時間を過ごしている。彼らはとある大学のサークル仲間。

夏休みの思い出づくりにと、二泊三日の小旅行へやってきたらしかった。

「しかしなかなか死なないね、彼。予定時刻は十六時から二十一時の間だっけ？」

「そうだね。もうすぐ二十時を回るから……そろそろじゃないかな」

「まったく、こっちはさっさと帰って休みたいっていうのに。学生は気楽でいいね」

「彼にとっては最後の晩餐だ。静かに見守ってあげようじゃないか」

彼らが貸し与えてくれたアウトドアチェアに腰かけながら、僕は膝の上のチャールズをたしなめる。彼は先ほどから文句ばかり並べるけれど、しきりに口の周りを舐めているあたり、実はまんざらでもなさそうだ。

僕たちは海岸での邂逅のあと、最初に話しかけてきたふたりの女性——ひよりとアキに誘われて、彼らの夕食に加えてもらうことになった。

はじめはさすがに遠慮したものの、十和田太洋の死を看取らなければならない手前、彼らと行動をともにできるのは都合がいい。

だから最終的には誘いを受けて、食事を馳走になっていた。

学生たちにちやほやされるのをいやがっていたチャールズも、刺身を与えられてからというものおとなしい。それまでは撫でられたり抱き上げられたりするたびに不機嫌な顔をしていたのに、食卓に刺身が出てくるや、途端に借りてきた猫になった。

「……ここからは天の川がよく見えるね」

学生たちの会話を流しっぱなしのラジオのように聞きながら、僕はひとり空を仰ぐ。頭上を漂う漆黒の世界には、満天とは言いがたいものの、少なくない数の星が瞬いていた。特に海から立ち上るように輝く天の川は筆舌に尽くしがたい美しさだ。

こうして見ると、まるで宇宙を目指して泳ぐ東洋の龍のよう。沖へと漕ぎ出し、あのたもとへ辿り着けたなら、一緒に天へ昇れるんじゃないかなんて思わず夢想したくなる。星の川に浮かんだ船は、僕を織姫と彦星に会わせてくれるだろうか。

星雲を挟んで輝くベガとアルタイル。

ふたつの恒星をじっと見上げて、僕は昼間に描き上げた贋物の天の川に思いを馳せた。やはりチャールズの言うとおり、僕の作品は本物に遠く及ばない。

だけどもし彼の言っていた「足りないもの」を描き足すことができたなら。

そのときは僕の贋作も少しはきらめきを放つだろうか？　そうしたらまた、あの桜の絵を描き上げたときの気持ちを思い出すことができるだろうか？

「あのー、良かったらビール、もう一本飲みます？」

と、ぼんやり思索にふけっていたら、唐突に声をかけられた。

高くもなければ低くもない男の声に導かれ、視線を地上へ引き下ろせば、赤い水着の青年が僕を覗き込んでいる。

「……十和田太洋君、だったね」

「あっ、はい。名前、覚えてくれたんスね。なんかスンマセン、うちの女どもが無理言って引っ張ってきちゃって……」

「いや、構わないよ。おかげで僕も有意義な時間を過ごせているからね」

「そ、そうスか？　なら良かった」

僕がひとり、学生たちの輪から離れていることを気にしたのだろうか。

太洋はほっとしたような、はにかんだような顔でへへっと笑った。

喋り方は砕けているけれど、彼が本質的に真面目で気遣いのできる人間であることは見ていれば分かる。彼の髪には一度も染められた形跡がないし、ネックレスやピアスといった派手な装飾品の類も身につけていない。

不仲というわけではないものの、どの友人のことも一歩引いたところで俯瞰的に眺めている。そんな言動をする青年だ。頭に手をやるのは困ったときや照れたときのくせのようで、今も僕の目の前で後ろ頭を掻いていた。

「えっと、隣、座ってもいいスか？」

「どうぞ」

「んじゃ失礼します。あ、そうだ、ビール持ってきたんスけど……」

「じゃあいただこうかな。申し訳ないね、なにからなにまでご馳走になってしまって」

「いや、俺らが招待したんでこれくらいは。逆にこんな安酒しかなくてスンマセン」

「僕はアルコールの種類にはこだわらないたちだから問題ないよ。それよりもせっかくの夏の思い出のお邪魔になっていなければいいけれど」

「あー、そこは大丈夫ッス！　むしろ外国人のイケメンが来てくれたって、あいつらしっかり盛り上がってますから。それにしても、本当に日本語ぺらぺらですよね。こっちに来てもう長いんスか？」

「うん。それにイギリスにいた頃から、日本には興味があってね」

息を吐くように当たり障りのない答えを吐けば、膝の上のチャールズがくしゃみに似た素振りをした。今のは鼻で笑ったのだ。実際、太洋にはただのくしゃみに見えたことだろう。死神は目覚めたときからあらゆる言語を話せるようつくられているし、僕が日本へ異動になったのは去年の暮れのことだから。

「へえ、そうだったんスね。じゃあ俺とおんなじだ」

「君と同じ？」

「はい。俺、逆に海外に興味があって。正直英語は全然なんスけど、漠然と留学したいなーとか考えてるんスよ。でもって留学先の候補には、実はイギリスも入ってて」

「留学か。それはずいぶんと意欲的だね。だけどどうして海外に？」

「んー……まあ、理由は色々あるんスけど。なんか俺、ああなりたいとかこうなりたいっていう、将来の夢、みたいなものがあんまりなくて。でも、このままなあなあに生きてなあなあに死ぬだけでいいのか？　っていう、焦りみたいなものも感じてて……だからもっと世界の色んなものを見て、自分が本当にやりたいと思えることを探したいんです。別に留学じゃなくても、休学してワーホリとか、バックパッカーとかでもいいかなとは思ってるんですけど。ま、そのためにはまずお金がないとどうにもならないんで、今は学業そっちのけで絶讃バイト中なんですけどね」

太洋はそう言ってまた頭を掻きながら、苦笑とともに自分の夢を話してくれた。

おそらく彼は世間や身の回りのことだけじゃない、自分の人生をも一歩引いたところから俯瞰して、そうすべきだという結論に達したのだろう。

僕は彼の笑顔を眺めながら、昼間上司から送られてきたメールの内容を思い出す。

十和田太洋、二十歳。学生。

両親は健在。上には兄、下には妹がいて、経済的に何ら不自由のない家庭で育ち、温かくも平凡な人生を歩んできた。少なくともあの資料から僕はそう読み取った。

そして彼の話を聞く限り、その予想は事実から大きくはずれてはいないのだろう。

けれど彼の人生はもうすぐ閉じる。

僕が取り出した懐中時計の文字盤は、いつの間にか二十時を指し示していた。

彼の死亡予定時刻終了まであと一時間。我らが上司の決定は絶対だ。たとえ天地が逆転し、大地が裂けて地獄が降ってこようとも、忽せにされることはない。

彼は死ぬのだ。いつか世界へ飛び出して夢見ることを夢見たまま。

「太洋、これ最後のお肉。そろそろあれ見に行くんでしょ？　急いで食べちゃって」

とそこへ黒いポニーテールを揺らした女性がやってきて、太洋に紙皿を差し出した。

昼間僕に声をかけてきた女性のひとり、東ひよりだ。日のあるうちは大胆に肌を露出していた彼女も、この時間となるとさすがに上着を羽織っていた。とはいえシャツの下から覗く脚は剥き出しのままで、すらりと引き締まった脚線美に目を奪われる。どう見ても日常的にスポーツをしている人間の脚だった。穏やかな物腰の中に溌剌とした印象を受けるのは、きっと本能的に体を動かすことを好む人物であるからだろう。

「お、悪い。もうそんな時間か。じゃ、食ったら移動しないとな」

「まだどこかへ行くのかい？」

「はい、実はちょっとしたサプライズを用意してて。こっから歩いて二十分くらいのところに夜しか見れないいいものがあるんですけど、よかったら一緒に行きます？」

ふたつ手渡された紙皿の一方を差し出しながら、屈託なく笑って太洋が言った。夜にしか見られないいいものとは何だろう、と僕が首を傾げれば、伸び上がったチャールズが紙皿に手を伸ばしてくる。どうやら串焼きにされた鶏肉が食べたいらしい。

「僕もご一緒して構わないのなら、ぜひ同行させてもらいたいところだけれど」

「じゃあ一緒に行きましょう。食べるのに夢中でゆっくりお話しできませんでしたし、イギリスのお話とか聞きたいです。外国の方とお話しするの、はじめてなので」

答えたのは太洋ではなくひよりの方だった。

太洋とは同い年だと聞いたが、はきはきと丁寧な日本語を話す女性だ。親の教育がしっかりしているのか、はたまた接客業に携わっているのか。僕はタレつきではなく塩胡椒が振られている方の鶏肉をチャールズの前にぶらさげながら考察した。人間を前にするとついプロファイリングまがいのことをしてしまう往年の悪いくせだ。人間観察を好む死神は多いけれど、僕の場合はいきすぎだと以前チャールズに叱られた。

「僕なんかの話でよければいくらでも。あまりおもしろい話は得意ではないけれど」

「あははっ、大丈夫ですよ。実はここにいる太洋が留学を考えてるらしいんです。なのでイギリスでの生活とか日本へいらしたいきさつとか、色々話してもらえると……」

「ひより。その話、俺もさっきした」

半分黒こげになったキャベツを頬張りながら、苦笑とともに太洋が言う。

するとひよりは「あっ、そうなの?」と軽くおどろき、次いで頬を赤らめた。

「じゃ、じゃあ早く食べて移動しよ。なにを見せてくれるのか、いい加減気になるし」

「ああ。荷物は一旦ここに置いていくから、あいつらにもそう言っといて」

太洋が告げるとひよりは頷き、身をひるがえして駆けていった。そんな彼女の一連の動作が僕にはなにかから逃げ出したように見えて、内心おや、と気づいてしまう。

「君と彼女は、いわゆる恋人同士というやつなのかな？」

思ったことを率直に尋ねれば、缶ビールを呷っていた太洋が突然むせた。口の中の液体を噴き出さんばかりの勢いに、鶏肉を堪能していたチャールズがびくりと跳ねる。

「ち、ちが……ちがい、ます」

「そうか。それは悪いことを訊いたね」

「いえ、まあ……そうなればいいなとは、思ってるんスけど……」

掠れた声で小さくそう言ってから、太洋はみるみる耳まで赤くなった。

自分の言葉に自分で照れたらしい。

彼はシャツの袖で口もとを拭うふりをして、僕から数瞬顔を背けた。

「……いや、初対面のひとになに言ってんだ、俺。スンマセン、忘れてください……」

「忘れろと言われれば忘れるけれどね。告白はしないのかい？」

「い、いや、だから……！」

「先ほどの反応を見る限り、彼女も君を慕っているんじゃないかな。少なくともまったく脈がないということはなさそうだ。あるいは僕をこの席に誘ったのも、イギリス人の僕と君を引き合わせるためだったのかも」

太洋は依然真っ赤な顔で反論したそうにしていたが、何度か閉じたり開いたりを繰り返した唇から言葉が紡ぎ出されることはついになかった。やがて観念した様子で額を押さえると、彼は長風呂でのぼせたみたいにうなだれてため息をつく。

「……なんか、さすがイギリス人っていうか。シャーロック・ホームズみたいッスね」

「僕はホームズほど華麗な推理を披露したつもりはないよ。昼間からの君たちの様子を見ていれば、おのずと察しがつくことだ」

「けど、俺……わりとマジで留学考えてるんで。そしたら日本を離れることになるから、今のままの関係でいるのが一番いいんじゃないか、とか考えちゃって……」

「……〝女に恋しながらなにかを為すのは困難だ〟だね」

おどろいた拍子に落とした鶏肉を睨みつけながら、チャールズが八つ当たりめいた皮肉を吐いた。砂浜に落ちた鶏肉はすっかり砂の衣をまとってしまい、さしものチャールズもあれには手を出せないようだ。

「それでも、打ち明けた方がいいんじゃないかな」

「え？」

あてつけに抜き出されたトルストイの言葉を聞き流して、僕は太洋にそう告げた。

「何も告げずに悔いを残すよりは。君の本当の望みに従うべきだと思う」

そのとき僕の記憶の底で、ひとりの老人の遠くを見つめる横顔が、散る花のようにひらりと揺れた。そんな僕を見つめる太洋の瞳は意外そうに見開かれている。

彼はこれから一時間のうちに、僕の真意を汲み取ってくれるだろうか。

寄せては返す波の音が、僕らの間に舞い落ちた沈黙の意味をさらってゆく。

学生たちがバーベキューに興じた地点から二十分ほど西へ歩くと、思い出したように砂浜が途切れた。そこから先は土地が少し隆起して、雑木林になっている。

松の木が目立つところを見ると、人工的につくられた防砂林だろうか。

目的地はその林を抜けた先にあるようで、幹事の太洋が先頭となって続く仲間を導いた。聞けば彼の隣を歩くひよりすら、これからなにを見せられるのかまったく知らないのだという。無知という名の幸福に浸る彼らの談笑を聞きながら、僕は再び懐中時計を取り出した。ロンドン時代からの愛用品を星明かりにかざしてみる。

二十時二十九分。

残すところ三十一分だ。歩く僕の心音が、秒針の音色と重なっていく。

「着いたぞ」

やがて林を抜けた頃、海鳴りが僕らの耳朶を打った。同時にわっと歓声が上がる。

林の先は砂浜ではなく岩礁になっていた。

闇の中に黒々と浮かぶ巨大な岩に波がぶつかっては砕けていく。

けれど注視すべきは、ともすれば僕らを呑み込まんとする波の咆吼ではなかった。

太洋が言っていたいいものとはおそらくその手前、浅瀬を舞う無数の——地上の星だ。

「すごい、これって……もしかして、蛍……⁉」

明滅しながら飛び回る光の群（むれ）。それはまさしく蛍だった。

潮騒の輪舞曲（ロンド）で舞い踊るように、かなりの数の蛍が夜の闇を彩っている。

彼らは大小の岩の狭間から伸びる灌木（かんぼく）にとまったり、飛び回って仲間と戯れたりしながら、夢のように幻想的な風景を織りなしていた。

一週間程度の儚いいのちを燃やして、限られた時間を、生を、謳歌するために。

「……おどろいたな。まさかこんな海辺に蛍が棲息しているなんて」

「でしょ？　ここ、バイト先の先輩が教えてくれたんスけど、実はあの辺、浅瀬じゃなくて川の河口なんスよ。だから蛍が集まるらしくて。びっくりですよねー」

言われてみれば、下が海水ならあんな風に草木が茂ったりはしない。

波音の狭間に聞こえる微（かす）かな水音は、潮騒ではなく小川のせせらぎということか。

見上げればそこには星雲をまとい、宇宙を目指す巨大な龍が泳いでいる。

その龍とともに天を彩る蛍たち。

僕は眼前に広がる景色を素直に美しいと思った。

ゆえにそのすべてを網膜に焼きつける。

細波（さざなみ）が生み出す泡の音色や、髪の一本一本を揺らす潮風のにおいさえ忘れたくない。

ひと晩眠れば、泡沫（うたかた）のように溶けて消えてしまう感情だと分かっていても。

「やば〜い！　ねえ、写メ撮ろう写メ！　インスタに上げたらバズるかも！」

「バズるかなあ。言ってもただの蛍だよ？」

なんて言いながら学生たちがはしゃいでいる。

彼らは岸から写真を撮ったり、蛍の群に飛び込んだりと大騒ぎだった。

僕はそれを岸辺に腰かけて眺める。一緒に写真に写ろうとせがまれたりもした。

けれどそんな賑やかさの中、ふと視線を走らせて、みなから少し離れた岩の上に並んで座る太洋とひよりの姿を認める。

「ほんときれいだね、蛍。私、蛍なんて見たの子どもの頃以来だよ」

「俺も昔じいちゃんちで見て以来かな。じいちゃんが死んでからはまったく」

「蛍を見れる場所自体減ってるって言うしね。ここ、来る前に下見とかしたの？」

「あー、うん……まあ、一応ね。先輩もしばらく見に行ってないって言ってたからさ」

「そっか。わざわざ下調べしてくれてたんだ。ありがとう、連れてきてくれて」

きっと一生の思い出になる。

そう言って微笑むひよりを見て、太洋が頭を掻くのが見えた。

僕はそこで彼らから視線をはずす。代わりに開いたままの懐中時計へ目を落とした。

――二十時四十二分。

「あ……あのさ、ひより」

そのときなにか決意したような、そして少し怯(おび)えているような彼の声が耳に届いた。

「いや、なんか……なんでいきなり？　って思われるかもしんないんだけどさ。別に酔った勢いとかじゃなくて……」

「うん」

「ずっと……言いたかったことがあって。急にこんなこと言うと、困らせるかもだけど……俺……俺さ。前から、ひよりのことが――」

直後、僕の聴覚が拾ったのは太洋の声ではなく、それを掻き消す盛大な水音だった。

出鼻を挫かれた太洋がぎょっとしたように音の原因を振り返る。

彼の視線の先で白く弾ける水飛沫が上がっていた。

近くの大岩に登った男子学生たちが、海への飛び込みを始めたのだ。ほどなく最初に飛び込んだ青年が浮上してきて、大きく息を吸うと同時に笑い出した。

「やべえ、マジ最高！　太洋、おまえもこっち来て飛べよ！」

旅行の楽しさを酒精が手伝って、一種の興奮状態に陥っているのだろう。

男子学生たちは危険も顧みず、次々と海へ飛び込み出した。

危ないよ、と警告する学生たちも本気で心配しているわけではないらしく、笑いながら写真を撮ったり囃し立てたりしている。

僕には彼らを止めることもできた。でも。

「太洋、やめた方がいいよ」

引き止めるひよりの声を振り切って、大丈夫、と笑った太洋が駆け出した。

石の上を跳ぶように渡り、友人たちに続いて大岩をよじ登っていく。

「あそこから飛べたら彼女に愛を告げるつもりかな？」

笑うような含みを持たせてチャールズが言った。

「……これを頼むよ」

僕は答えともつかない答えを返し、彼の首に懐中時計の鎖をかける。

「いってらっしゃい」

チャールズの蒼い瞳が閃いた、ような気がした。

同時に太洋が岩肌を蹴り、足から海へ飛び込んでいく。

けれど跳躍の瞬間、わずかに滑ったのだろうか。彼の体は空中で不安定に傾き、そして背中から海へ叩きつけられた。学生たちの笑い声が弾ける。

きっと飛び込みに失敗した太洋の姿が滑稽に見えたのだろう。

チャールズの首にかかった時計の針が時を刻む。太洋は浮かんでこない。

いち早く異変に気づいたひよりが腰を浮かせた。学生たちは太洋がふざけていると思っているのか、水面を叩いて茶化したり笑い合ったりしている。

「ねえ、太洋は……!?」

波打ち際まで走り寄ったひよりが悲鳴じみた声色で叫んだ。

他の学生たちのきょとんとした顔が、黒い波間に浮いている。

そんな彼らの隣を擦り抜けて、僕は冥府への階段をくだるみたいに海へ入った。

誰かの呼び止める声が聞こえた頃には僕もまた、液状化した闇の中。

†

今日は月が出ていない。

だから、絶好の蛍日和だと思った。蛍は月のない夜の方が活発に動くらしい。

そういうことならと、旅行の日取りもあえて月のない夜を選んだ。

結果、俺の選択は間違ってなかったってそう思えた。真っ黒な海に呑まれて、大量の水を飲んで、どっちが上でどっちが下か、それさえ分からなくなるまでは。

落ち方が悪くて海面に叩きつけられた背中が痛む。まさかこれほどの激痛に襲われるなんて思っていなかったから、沈んだ瞬間パニックになって水を飲んだ。

そしたら喉が引き攣って、息ができなくなって、もがけばもがくほど沈んでいく。

全然体が浮き上がらない。

もしかして俺は海底に向かって犬かきしているのだろうか？

月明かりがないから、どっちが水面なのか分からない。

(誰か、助けて)

口から泡を吐きながら必死で叫ぶ。みんなすぐそこにいるはずだ。いるはずなのに見えない。聞こえない。鼓膜を揺らすのは、憫笑みたいに揺れて消える気泡の音だけ。

気づけば俺は心の中でひよりの名を呼んでいた。

——ひより。俺さ、おまえのことが好きだったんだよ。

どんなに馬鹿なこと言っても絶対に怒らないし、くだらない話も真面目な話も、全部受け止めてくれてさ。笑うと太陽が昇ったみたいで、まぶしいなあって思ってた。

でも、おまえは俺の留学の夢も笑わずに応援してくれたから。

だから言い出せなくて。

伝えられないならせめて、最高の思い出をつくりたかったんだ。

それだけだったんだ。

なのにどうして。

なんだよ、これ——なんなんだよ。

「十和田太洋君」

次第に遠のいていく意識の中で、俺は誰かの声を聞いた気がした。

「残念だけれど、君はここで死ぬ」

ああ、この声は。

「僕は死神だ。君の魂を送り届けるために来た」

なにも見えない。

いや、なにも見えない、はずなのに。

そのとき俺の視界に、黒服の若い男がふわりと浮き上がってきた。溺れる俺の目の前で、そいつは優雅に水の中を漂っている。死にゆく俺に手を差し伸べることもなく。

「だから悔いを残さぬようにと言ったのだけどね」

水の中でどうやって喋っているのだろう。

黒い髪に白い肌。男は全身モノクロで。

だけど落日みたいに赤い眼だけが、やけに印象的だった。

ついにもがく力も失った俺は、ゆっくりと沈みながら口を開く。

「死にたくない」

声は出なかった、と思う。けれど唇の動きで察したのか、あるいは俺の心の中が読めるのか、死神は微かに眉をひそめた。

「まだ、死にたくない。俺、やりたいことが――留学、したいし、ひよりにだって」

人生最後の夢の中で、死神の指が頬を撫でた。

「来世がある」

意識が途切れる間際、彼が紡いだのは慰めの言葉、だったのだろうか。

「そこで君はもう一度、彼女に恋をするんだよ」

――なんだよ、それ。

最期の瞬間、俺は笑った。自分でもヘタクソな泣き笑いだったと思う。

だけど死神が言うのなら、信じてみてもいいのだろうか。一年に一度しか会えない織姫と彦星のように、俺もまた来世で一生に一度の恋をするのだと。

そう思った途端、体がふっと軽くなるような感じがして、俺は思った。

ああ、もう苦しくない、って。

†

つけっぱなしのテレビから、水難事故のニュースが流れている。

未来ある若者が海で溺れ、帰らぬひとになったというよくあるニュースだ。一緒に海に来ていた友人たちは、彼が溺れていることにしばらく気づかなかったのだという。

誰に手を差し伸べられることもなく彼は死んだ。たったひとり、真っ暗な夜の海で。

『男子大学生死亡　飲酒後、海へ飛び込みか』

僕はテレビから流れる音声を聞きながら、ティーカップを片手にパソコンの画面を操作する。センセーショナルな見出しが掲げられたネットニュースの記事にはたくさんのコメントがぶら下がり、僕の虹彩の上をゆっくりと流れていった。

『酒飲んで夜の海に飛び込むなんて馬鹿としか言いようがない』

『逆になぜそれで死なないと思ったのか謎。事故じゃなくて自殺だろ』

『たくさんのひとに迷惑かけて若気の至りじゃ済まされない。親の顔が見てみたい』

……なぜだろう。胸がモヤモヤした。

ロンドンスモッグが肺を満たしていくような感覚に、僕は知らず眉をひそめる。

この手のニュースは日常茶飯事だ。いつもならさしたる関心も感慨も抱かず、救急車のサイレンみたいにやりすごすものなのに。

「ねえ、君。おなかがすいたよ」

足もとから聞こえるチャールズの声を耳に入れながら、パソコンの電源を落とす。ついでにテレビの電源も切って、おもむろに席を立った。

食事をもらえると思ったらしいチャールズが、猫みたいな鳴き声を上げながらついてくる。けれども僕は彼を無視して踵を返した。背中に投げつけられる非難の声を聞くともなしに聞きながら、陽の当たるアトリエへ。

入り口をくぐってすぐのスイッチを押すと、南向きの窓にかかっていたカーテンが自動で開いた。暗室同然だった室内が陽の光で洗われる。

壁や床に飛び散る無数の色彩の中に、白い布を被ったイーゼルがあった。

僕はつかつかとそれに歩み寄り、秘密のベールを取り除く。

布の下から現れたのは天の川だった。昨日の僕が仕上げた絵。

そこには星の河へ吸い込まれるように昇ってゆく、無数の蛍の光がある。

「ねえ、君。おなかがすいたよ」

追いかけてきたチャールズが、すぐ後ろで同じ台詞を朗読していた。

僕が彼の抗議を聞き入れるまで、しつこく食い下がるつもりらしい。

けれど僕は、天を目指す蛍の群からなぜだか目が離せなかった。

昨晩、僕はどんな思いでこの絵を描いたのだっけ。どんな思いで十和田太洋から受け取った陽だまり色のかけらを溶かし、この絵を完成させたのだっけ。

思い出したいのに思い出せなかった。

ただ結晶化しない涙が頬を濡らして、僕は淡いおどろきとともに我に返る。

「……チャールズ。僕はなぜ泣いているのだろうね?」

滑り落ちてきた雫(しずく)を指先で掬(すく)い、僕は尋ねた。チャールズは答えない。

夏の陽射しを弾く雫は、文字どおり無色透明だった。

蝉(せみ)の声が、夏をどこかへ運んでいく。

第三話

女子高生と夕日

学校の屋上に入るのは、思いのほか簡単だった。

最近のインターネットというものは本当に便利だ。身の回りでは決して手に入らないであろう品々がクリックひとつで手に入り、あらゆる知識や技術の解説が動画で提供されている。私は何度も練習したピッキングで屋上へ続くドアを開け、悠然と一歩踏み出した。肌寒い秋の風がセーラー服のスカートを攫（さら）う。一緒に舞い上がろうとする黒髪を押さえて空を仰いだ。ここはどれくらい天国に近いのだろう。

そんな夢想にふける私の頭上を、きれいなV字を描いて雁（がん）の群が飛んでいく。彼らの行く手では死にかけの太陽が、刷毛で掃いたような薄雲を断末魔の朱（あか）で濡らしていた。血が滴るような赤い空。なんて美しいのだろう、と私は感嘆のため息をつく。

「初雁（はつかり）の、鳴きこそ渡れ、世の中の、ひとの心の秋し憂（う）ければ」

古今和歌集の中で一番好きな歌を口ずさみながら、私はひとり歩き出した。

誰も来ない屋上で忘れ去られたネットフェンスが、寂しげにひしゃげて空を見ている。まるで今の私みたい。飛躍した同情心とともに手を伸ばし、かつてはやさしい緑色をしていたのであろう網目にそっと指をかけた。

そうして見やった彼の向こうには、息を呑むような景色が広がっている。

遠い稜線のくぼみに沈みゆく夕日が、怨嗟（えんさ）のごとく世界を真っ赤に燃やしていた。

おかげで赤や黄色に色づいた山々がよりいっそうあざやかさを増し、まぶしいくらいに輝いている。私は我慢できなくなって、急いでフェンスを乗り越えた。

ひしゃげたフェンスは重そうにしながらも私の上履きを支えてくれて、ありがとう、とお礼を言いたくなる。やっとの想いで屋上の縁に降り立った。

秋の風を全身で感じる。清々しい気分だった。

こんなにも心が軽いのは、もしかすると生まれてはじめてのことかもしれない。


私はいわゆる「いらない子」だったそうだ。

母が嫁いだ先は伝統というものがひとり歩きして生まれた化け物、いわゆる名家というやつで、普通の会社で普通に父と出会い、普通の結婚をした母にはたいそう居心地の悪いところだった。

祖父母に乞われて同居を決めたはいいものの、日本昔話に出てくる妖怪みたいな祖母からはいちいちいびられ、親戚が集まる席では必ず家柄の差を笑われる。

いつの時代の話だと思うかもしれないが、世紀を跨ぎ、さまざまな自由が謳われるようになった現代でも、そういう馬鹿馬鹿しい優越感にすがりつくしかない憐れな生命体が、世の中にはまだ生存しているのだった。

ひとを見る目がなくて、そんな非知的生命体の巣へ嫁いでしまった母の結婚生活が、散々な幕開けで始まり散々な幕引きに終わったことは言うまでもない。待望の初孫が女であると知り、失望した祖父母は父に別の婚約者を用意して、慰謝料を請求した母を「金で出てってくれるなら安いもんだわ」と嗤いながら追い出した。おかげで私は物心つく前に、一般常識の欠落した父や祖父母とお別れすることができた。

その後、顔も知らない父親がどんな末路を辿ったのかは知らないし知りたくもない。身寄りがなかった母は私を育てるために誰にも頼らず一生懸命働いた。金狂いならぬ家柄狂いの連中に好き放題されて泣き寝入りするのが悔しかったのだろうと思う。

腹を痛めて生んだ子には決してみじめな思いをさせまいと、全身全霊の愛情を注ぎつつも厳しく育てた。どこに出しても恥ずかしくない娘にするために幼いうちから英才教育を施し、高価な靴や服を与え「将来有望な理想の娘」という型に我が子を押し込めようと躍起になった。私もそんな母の愛情に応えたくて、一生懸命理想の娘を演じ続けた――中学に上がるまでは。

私たち母子は何かがおかしい、と気がついたのは思春期に入ってからのことだ。あるときことあるごとに「お母さんが」「お母さんは」「お母さんと」と口走る私を見ていた友人が「楓の世界っていつもお母さんが中心だよね」と私を評した。

そう言われるまでそれが人類のごく普遍的な母子のあり方だと信じて疑っていなかった私は、友人たちとの価値観の差に愕然とした。彼女らは少なからず自分の母親を疎んじていたし、だからこそ母親にべったりな私のことを奇異の眼差しでもって眺めていた。私はそこではじめて、母と自分の関係がどこか歪んでいることを知った。

思春期の女子にはありがちなことだが、この時期の少女というのは、友人同士のグループからはずされることをことさら怖がる習性がある。

もちろん私も例に洩(も)れず、学校で孤立しないために彼女らの価値観に擦り寄った。

そのために母には精神的訣別(けつべつ)を告げ、反抗的な態度を取ることも厭わなくなった。

結果、母は心を病んだ。今まで従順で自分の意思を持たなかったはずの所有物が「自分は物ではなく人間である」と主張し始めたのだから当然だ。どこで教育を誤ったのかと悩みに悩んだ母は、やがて知人に紹介された怪しげな宗教にハマった。全智にして全能なる超常的存在ならば、娘をただの物に戻してくださると信じたのだ。

私はそんな母を心底軽蔑し、育ててもらった恩義も霞むほどに嫌悪した。

なぜ母の人生を満たすために私の人生をドブに捨てなければならないのか、と。

そしてなにより厄介だったのは、母への憎しみが次第に学友たちへ向かう妬(ねた)み嫉(そね)みへと姿を変えていったことだ。私は同い年の友人たちがうらやましかった。当たり前の家庭で当たり前に育ち、その当たり前を当たり前のように蔑(ないがし)ろにする友人たちが。

以来私は友人とも距離を置くようになり、完全に孤立した。

孤立をおそれて彼女らの草履取りとなり、いびつながらも調和を保っていた母との関係を断ち切ったというのに、滑稽な話だ。

そういう経緯があって、高校は私を知る者がいない隣県の私立高校を選んだ。

けれど私という人間は、とことんまで選択を誤らないと気が済まないらしい。

入学後も自ら孤立する道を選んだ私は、やがていじめの対象になった。

理不尽な暴力や暴言の理由は単純だ。私の言動がいちいち気取っていて、それが周りを見下しているように見えて気に食わないのだという。

前者については本だけが友人の身として否定しないが、後者については被害妄想もはなはだしい。気取った言動が鼻につくというのなら、私とは極力関わりを持たない方が精神的安寧を得られるだろうに、わざわざ自分から接点を築こうと奮闘する彼女たちはなぜこの学校に入学することができたのだろう？

まあ、とはいえこれ以上、互いにいやな思いをする必要はない。私が口を開くことで不愉快になるのなら黙っていよう。そう思って無言と無抵抗を貫いた。

なのにどういうわけだか彼女たちは日増しに激昂していく。

特にいじめグループのリーダーである小梨さんは、もはや私が存在していることさえもユダの裏切りと同等に許せないようだった。

「おまえマジでうぜえんだよ！　もう学校に来んな、死ね！」

およそ女子高生とは思えぬ恫喝。

けれども私はそう怒鳴られたとき、ふっと肩の荷が下りたような気がした。

ああ、私、死んでもいいんだって、そう思えたから。

どうして死ぬという選択が一度も脳裏をよぎらなかったのか、自分でも分からない。

今までだって、その答えに行き着く機会はいくらでもあった。たとえばテレビやスマホの液晶を通して「自殺」の文字を目にしたとき。たとえばあからさまないじめを担任含め、クラス全員に見て見ぬふりされたとき。たとえばいじめられていることを打ち明けた母に「ご本尊に祈りなさい」と、対話を拒絶されたとき。

　思えば私の苦しみや悲しみは、生まれてこの方ただの一度も理解されたためしがなかった。理解されないということは、私が世界に順応できない不要な存在だということで、そんなスープの灰汁(あく)みたいなものは最初から取り除かれて然るべきだったのだ。

　もっと早くこうしていればよかった。

　一抹の落胆とともに目を閉じれば、やがて足もとが騒然としていることに気づく。どうやら私が屋上に佇んでいるのを見つけて、ひとが集まってきたようだ。

　雁の鳴く声を聞きながらまぶたを開いた。私を見上げ、あるいは指差しながら何事か叫んでいる群衆の中にはいじめを無視したクラスメイトや、むしろ助長させた担任の姿もある。みんな顔面蒼白で、上から眺めているとなんだか無性に可笑(おか)しかった。

　誰も彼も、私が死んだところで痛くも痒(かゆ)くもないでしょうに。

　だから今日まで知らぬ存ぜぬを貫き通したのでしょう？

　なのにどうして今更慌てふためくのかしら。

「そんなに心配しなくても大丈夫。告発文(いしょ)なんて遺していかないから」

　地上四階の高さでは聞こえまいと知りながら私は呟き、微笑んだ。

　どうせ私がどんなに言葉を尽くそうと、いじめはなかったことになるのだから。

私の人生最後の時間を、そんな無駄なことに費やしたくはなかった。どれほど努力したって私は誰にも理解されない。必要とされない。これ以上生きる理由を持たない。だったらせめて、最期はこの美しい茜色の景色に溶けて死にたい。

私は太陽や山々と一緒に真っ赤に染まって、溶けて消えるの。薄井楓なんて人間ははじめから存在しなかった。結末はそれで充分。私は私をなかったことにしたい。だって、私が生まれてきたことに意味なんてなかったのだから。だから――

「薄井楓さん」

――さあ、飛び込もう。

そう思い、地上を覗き込んだ矢先に名前を呼ばれた。

真下からじゃない。私のすぐ後ろから。大人の男性の声。

ということは教師が駆けつけたのだろうか。感傷に浸っている場合じゃなかった。

力づくで地獄へ連れ戻される前に、早く、飛ばなくては、

「慌てなくていい。僕は君を止めに来たわけじゃない」

こわばった私の心臓を撫でるように、そのとき、涼やかな風が胸の中を吹き抜けた。

「僕は死神だ。君の魂を導きに来た。君の死の見届け人……とでも言い換えればいいかな。読書好きな君なら、そういう世界にも理解はあるだろう？」

思わずそう錯覚してしまうほどの、爽やかでいて冷たい声だった。冷たいといっても冷徹という意味ではなくて、抑揚が少なく玲瓏とでも表せばいいのだろうか。

私は後ろ手にフェンスを掴んだまま、ゆっくりと背後を振り向いた。そこには秋風に吹かれて佇むひとりの見知らぬ男性がいる。少なくともこの学校の教師ではないだろう。教師にしては若すぎるし、なにより目鼻立ちが日本人離れしているから。

流暢な日本語を話すけれど、肌の色は明らかに欧米人のそれ。中性的な顔立ちはフィクションの世界によくある「白皙（はくせき）の美青年」という表現が服を着て現れたかのよう。

こんな異性が教師として勤めていたら、浮（うわ）ついた女子たちが騒がないわけがない。だけど、なんてきれいなひと。それでいて両の眼窩（がんか）を飾るふたつの赤い眼だけが、ぞっとするほど異質な光を放っている。

「……誰？　あなた、今〝死神〟と言った？」

「ああ。上司からの命令で君の最期を看取りに来た。君はこれから死ぬのだよね？」

「……そのつもり、だけれど。あなた、誰の差し金？　まさか担任ってことは」

「僕は君の最期を看取りに来た、と言った。少なくとも君の自殺を思い留まらせるために派遣された交渉人ではないから安心するといい。君が三秒後に飛び降りるのだとしても、僕は止めないし非難しない。自殺の妨害は業務外だし、死の瞬間を自分で選べるひとは幸福だというのが僕の長年の持論だからね」

糊のきいた真っ白なシャツに真っ黒なベストとジャケットを着て、自称死神はわけが分かるような分からないようなことを言った。もしかしてこれは新手の交渉術だったりするのだろうか。あえて無関心を装うことで対象の気を引こうとするような。

「——薄井、ここを開けなさい！ 開けなさい！」

ところが俄然、校内から屋上へ続くドアが叩かれる音がして、私は肩を震わせた。

あまりの音量におどろき、身をこわばらせるも教師が屋上へ突入してくる気配はない。……あのドアの鍵、開いているはずなのになぜびくともしないのだろう。

私が知らぬ間に鍵をかけていたのだとしても、屋上の鍵は教員が管理しているはずだ。開けようと思えばいつでも開けられる。なのに誰も入ってこない。

「ああ、あの扉ならしばらくの間、君にしか開けられないよう細工しておいたよ。人生の選択権を他人に奪われるというのは、誰にとっても愉快なことではないだろう？」

死神というのはひとの心が読めるものなのだろうか。

私が胸中に抱いた疑問に対して、彼は独白のような答えを返してきた。

いや、私の視線の先を追えば、誰にでも推測できたことなのかもしれない。

けれどもそれを聞いた瞬間、確かに彼は死神なのだと、私はそう確信した。

冷静になって考えれば、あまりにも非現実的でナンセンスな話だと思い至ることができたはずだ。しかしこれから死のうとしている人間に冷静であれと諭す方が、どちらかといえばナンセンスだとも言える。私は一種の昂揚とともに彼の存在を受け入れ、そして久しく縁のなかったよろこびという名の感情が胸を満たしていくのを感じた。

「よかった。死神が現れたということは、私はちゃんと死ねるのね」

逢魔が刻を掬い取ったみたいに赤い瞳が、私の言葉を聞いて細められる。

その仕草はどこかまぶしそうで、けれど反面、なにか憐れんでいるようでもあった。

「私、死神ってもっとおそろしくて禍々しい存在なのだとばかり思っていたわ。たとえばジョセフ・ライトが描いた『老人と死』の中の死神のような」

「君は僕に薪を背負ってほしいのかな？」

「あら、博学なのね。あれがイソップ寓話を題材にしたものだと知ってるなんて」

「こう見えて絵画には少しうるさいんだ。ジョセフ・ライトとは同郷だしね」

死神にも同郷という概念が存在するのだと、私は少しおどろいた。

ということは、彼はイギリス生まれの死神なのだろうか。だとしたらなぜ今、こうして日本の田舎町に佇んでいるのか、尋ねてみたい気持ちはあるけれど。

「安心して。私は生きるために死神を呼んだりしないわ」

理知的で美しい死神との会話を愉しんでいる間にも日は沈む。

黄昏の終わりまであといくばくもない。だから。

「ねえ。私はこれから死ぬけれど、死ねばまたあなたに会えるのかしら？」

それだけ訊いておきたくて、可能な限り手短に尋ねた。

ここまでの軽妙なやりとりで、私は彼に少なくない関心を抱いたのだ。紳士的な仕草や口振りはどれも飽くなき鑑賞に耐え得るものだし、聡明で博識な物言いも浮世離れして好ましい。こんな死神がいるのなら、もっと早くに出会いたかったとさえ思う。

「まあ、会えないことはないけれどね。君がそう望むなら」

「本当？」

「上司が君に死神としての適性を見出(みい)だしたなら、きっと僕らはまた会えるだろう。実際、君にはすでに将来有望という評価が下っている。今から死ぬ人間に使う言葉としては、いささか不適切かもしれないけれど」

「つまり私もあなたと同じ、ひとではないものになれるということ？」

「可能性の話さ。未来は君の選択次第だ」

私は死神の言葉を真に受け、祝福だと受け取った。

もしかしたら私という人間の一生に対する最大級の皮肉だったのかもしれない、とは夢にも思わずに、翼を得たような気持ちで空宙(くうちゅう)へ踏み出していく。

「誕生日おめでとう、楓」

それが現世で聞いた最後の言葉だった。背徳的なまでの浮遊感が全身を包み込み、耳を嬲(なぶ)る風の音(ね)の心地好さに目を閉じる。けれども世界を燃やす夕日の赤はまぶたの裏まで浸透し、私をそっと抱きしめてくれた。

ああ、嬉しい。これでやっと自由になれる。

†

彼女が通っていた高校は、校門の傍にイロハモミジが植えられている。

樹齢五十年は優にこえているだろうと思われる、立派な紅葉だ。枝葉は燃え上がるように広がり、灰色のブロック塀を跨いで、通学路にまで垂れている。

僕はその紅葉の下に立ち、塀を背にしてさざめく赤を眺めていた。

しばらくすると仲間の群からはぐれた落ち葉が一枚、音もなく舞い落ちてくる。

風に吹かれるままあらがうこともできずに落ちる葉を、僕はてのひらで受け止めた。

「恋しくは、見てもしのばむもみぢ葉を、吹きな散らしそ、山おろしの風」

不意に日本に来てから読んだ古い詩集の詩(うた)を思い出し、ぽつりと口ずさんでみる。

僕の手に収まった赤い葉はまだこんなにも瑞々(みずみず)しいのに、枝を離れた時点で死んでしまったのだと思うと、この詩を詠(うた)った詩人の気持ちも少しは分かるような気がした。

晩秋の夕間暮れ。薄井楓の死から数日が経ち、彼女が通っていた高校はいつもの日常を取り戻している。もっともそれは傍目から見た印象であって、校内の様子や生徒たちの胸中までは分からない。少なくとも彼女の死は多くの生徒に衝撃を与え、今後の人生を左右するほどの烙印(らくいん)として刻み込まれたことだろう。

「ねえ、あのひと……」

鳴り響くチャイムの音(ね)に送られながら、制服をまとった少年少女が次々と校門を抜けてくる。時刻はすでに放課後。家路に就く学生たちは思い思いの方角へ歩き出し、友人と談笑する声や別れの挨拶を交わす声があちこちから上がっていた。

そんな中、校門脇に佇む僕を見て、女子高生たちが顔を見合わせる。

まるで名前を呼んではいけないあのひとの話をする魔法使いみたいにひそひそと囁き、黄色い声を上げながら、彼女らは当たり前で平凡な日々へと帰っていった。

僕はそうした人波の中に、とある人物を探し求める。

薄井楓と同じ制服を着たショートヘアの、すらりと背の高い女の子。

「小梨綾香さん」

誰と連れ合うわけでもなく、ひとりで校門を出てきたその少女を僕は静かに呼び止めた。いきなり名前を呼ばれた彼女は目を丸くして振り返り、僕と視線が合うや否やぱっと日焼けした頬を染める。

「小梨綾香さんだね？」

「えっ……は、はい、そうですけど……」

今日は取り巻きと一緒ではないのだろうか。直前までスマホ片手に歩いていた彼女は、右手のそれを急いで背中に隠しながら上擦った声で答えた。僕は先ほど受け止めた落ち葉をそっとふところへ収めながら、塀に預けていた背中を起こす。

「はじめまして。実は少し君と話がしてみたくてね。初対面で不躾な申し出であることは重々承知しているけれども、どうしても君に訊いておきたいことがあるんだ」

「え、えっと……誰ですか？」

「名乗る名前がないから、怪しい者ではないとだけ言っておくよ。君は今から駅へ向かうのだよね。その道中だけで構わないから、話をさせてもらえないかな」

校門から溢れる生徒の波に呑まれながら、綾香はしばらく困惑していた。人間の目から見れば僕はどうしたって怪しく見えるだろうし、今日日、見知らぬ相手からいきなり話をさせてくれと言われて快諾できるほど浅慮な人物もなかなかいまい。

しかし綾香は悩みに悩んだ末、目を泳がせながら「駅までなら」と了承してくれた。

電車を使って通学する生徒が多いのか、最寄り駅へ向かう道にはまばらながらも学生の列ができている。たとえば僕が怪しい者だったとしても、これだけ人目があれば安全だと考えたのだろう。僕は彼女と肩を並べて歩き出した。

「すまないね。急に現れた上に無理な注文をして」

「い、いや、別にいいけど……日本人、じゃないですよね？　もしかしてハーフ？」

「いや。生まれはイギリス、育ちもイギリス……だと思うよ、たぶん」

「たぶん？」

「実を言うと、今の職業に就く前の記憶がなくてね。自分がどこの誰だったのか、未だによく知らないんだ」

「え……もしかして記憶喪失ってやつ？　やば、リアルでそういうことあるんですね」

「まあ、あるだろうね。君の常識や物差しでは計れないものが、世の中にはたくさん」

閑静な住宅街を抜ける道を歩きながら、僕は再び頭上を仰いだ。

民家の庭先に佇む柿の木が、真っ赤に熟れた実をつけている。

もうすぐ自重で落ちて潰れそうだ。子孫を残すための落実はしかし、種が根を下ろせないアスファルトの地面に叩きつけられ、無惨に腐り、朽ちるだけ。

「ところで、今日はいつも一緒にいる子たちの姿が見えないようだけれど、彼女たちとはいつも登下校は別々なのかい？」

と、その柿の木の下を通り過ぎた頃に僕がふと尋ねれば、綾香の横顔がたちまちこわばった。どうして彼女の交友関係について知っているのか、問われれば答える用意もあったのだけど、予想していた質問は一向に飛んでこない。

どうやら綾香にとっては都合の悪い話題だったようだ。

彼女はきつく唇を結んだのち、顔を上げずに早口で言った。

「あ、あの……それよりあたしに話って何ですか？」

「ああ、うん。時間もないことだし単刀直入に訊こう。――君はどうして薄井楓に死んでほしかったのかな？」

前後を歩く学生たちの行進の中。

まるでひとりだけ空間から切り取られたみたいに、綾香がぴたりと足を止めた。

直前までほのかに赤らんでいた頬は瞬時に色を失い、蒼白を通り過ぎて土気色になる。制服に重ね着された秋物のコートが、彼女の心を代弁するように風で暴れた。

「なんで……そんなこと、あたしに訊くの」

「君が命じたからだよ。楓に死ねと」

僕が事実のみ摘み上げて答えれば、綾香の唇がわななないた。かと思えば彼女は戦慄とも忿怒とも取れる形相で顔を歪めて、濃紺のプリーツスカートをひるがえす。

「逃げるということは、罪の意識を感じているということかい？」

だから僕は、今日も上司に無愛想と叱られる口調と言葉で彼女の背中を追いかけた。

「よかったよ。最近の加害者の中には、被害者が死ぬとよろこぶものもいるから」

僕は皮肉でもなんでもなく正直な気持ちでそう告げた。すると綾香の足が再び止まり、憎悪と呼ばれるものがひとの姿を借りたような顔で僕を睨む。

「はあ？　あたしが殺したみたいに言うんじゃねえよ。校長もテレビでいじめはなかったって言ってたじゃん。つまりあいつは勝手に死んだだけ、あたしは関係ない！」

「ならどうしてそう声を荒らげるのかな。ああ、もしも今回の件で恫喝すればなんでも思いどおりになると学習してしまったのなら、残念ながらそれは大きな間違いだよ」

「てめえ、いきなり出てきて何なんだよ？　警察呼ぶぞ！」

「そうだね。僕と一緒に事情聴取を受けたいのなら、呼ぶといい」

何気なく返したひと言が、期せずして綾香を怯ませる凶器になった。

学校側は体面を保つため、必死にいじめの存在を否定したものの、真実を知る生徒は少なからずいるだろう。ひとの口に戸は立てられない。

ここで警察に目をつけられたら、いじめの真相が世に広まったとき、自分の身が危ない――と考えられる程度の冷静さは、綾香にもまだ残されているようだった。

周囲では様子がおかしいことに気づいた学生たちが、向かい合う僕らに無遠慮な視線を投げかけながら通り過ぎていく。一方、立ち止まったままの綾香は過呼吸気味に肩を上下させ、ぐっしょりと汗にまみれていた。

ひとの人生は平気で台無しにできるのに、自分の人生が壊されるのは怖いらしい。こう言うとなにやら大きな矛盾を感じるものの、まあ、人間には間々あることだ。

「それで、僕の質問に対する答えはいつもらえるのかな？」

「あァ⁉」

「君が薄井楓の死を望んだ理由だよ。僕はそこに興味がある」

齢たった十六歳の少女が、ひとりの人間に死を迫るほどの憎悪。

その根源は果たしてどこにあるのだろう？

薄井楓は世界を憎んでいた。彼女はひどくからっぽで、そんな自分を生んだ母親を、母親を狂わせた父親を、父親を産み落とした名も知らぬ祖父母を、彼らの存在を容認するこの世界を憎んでいた。けれども楓はそんな世界に復讐することもあらがうこともせず、たったひとりで消えてしまった。

孤独と諦念と悟りという名の、澄んだ静寂を抱きしめて。

ならば彼女に死という選択肢を与えた小梨綾香はどうなのだろう。彼女はどうしてあれほど苛烈に楓を憎み、自らの人生を棒に振る危険を冒してまで他者をいたぶり続けたのだろう。僕はその理由が知りたかった——いや、なぜだか知らなければならないような気がしたのだ。

「答えてもらえないのなら、僕の推論を並べてみようと思うのだけど。たとえば楓になにか危害を加えられた。君が楓にしたように理由なく殴られたり、蹴られたり、あるいは所有物を壊す、奪う、隠すなどの理不尽な扱いを受けた」

「……」

「違うとすれば……楓に親兄弟や親しい間柄の誰かを殺された、もしくは傷つけられた。いわれのない誹謗中傷を受けたり、一方的に価値観を否定されたり、精神的な苦痛を与えられたという可能性もあるかな。宗教観の違いとか、差別を受けたとか、弱みを握られて隷属を強要されたとか……または借金を踏み倒されたとか」

「……」

「君の沈黙はすべて否定であると仮定すると、あとは特筆すべき理由もなく、ただ単に楓の存在が気に食わなかった？」

「……」

「なんだ、本当にそれだけなのか。――つまらないな」

彼女の最後の沈黙だけ、僕は肯定と受け取った。なぜなら正面から僕を睨めつけていた眼差しが、その一瞬だけ足もとへ逃げたからだ。率直に言って僕は落胆した。

僕が薄井楓の記憶を引き取ったとき、何度も何度も繰り返し現れた醜婆のような顔の少女。小梨綾香は薄井楓に当たるときだけ、そんな別人の形相へと変わるのだ。

あれほどの豹変ぶりを見せられたら、きっとなにかよほどの理由があるに違いないと期待するのが人情というものだろう。

もっとも感情を持たない僕が人情を説いたところで、説得力はないのだけれど。

「人間は時折、憎しみという感情さえも魔法のように美しく見せることがある。楓がそうであったようにね。だから君の理由にも触れてみたかったのだけど……残念だよ」

そう言い置いて僕は立ち去る決意をした。あまり注目を浴びすぎると今後の業務に支障が出るし、知りたかったことも知れた今、ここに留まる理由がない。

僕は少しも後ろ髪を引かれることなく踵を返した。

けれどもその背に、金切り声とがなり声の中間みたいな声が降ってくる。

「ムカついたんだよ、お高くとまってるあの女が！　金持ちで成績がよくて、ちょっと見た目もいいからってさ！　いつもずっとひとりでいたのも、頭の悪い連中には混ざりたくないですって見下してたんだろ？　いいよね、家が裕福で何の苦労もなく育った女は。あたしみたいな底辺とは違ってさ！　ニートの兄貴もいなければ、毎晩警察に通報されるまでギャーギャー喧嘩してるクソ親もいない。でもそれってなんか不公平じゃん？　だから引きずり下ろしてやったんだよ、人類みな平等らしいしさあ！　アハハッ、にしてもあの女、ずっと痩せ我慢して涼しい顔してたくせに、死ねって言われてほんとに死ぬとか最後の最後でバカじゃねーの？　てめえが見下してたやつらなんかの言いなりになってんじゃねーっつーの！　アハハハハハハハ！」

激情のあまり、自分でもなにを言っているのか分からなくなっているのだろう。

綾香は突然、僕が楓の記憶の中で見た醜婆の顔になると、狂ったように笑い出した。

そこで僕はカシャリ、と、取り出したスマートフォンで笑い続ける綾香の写真を撮ってみる。撮影された画像をプレビューした。

背を反らして抱腹している綾香の頭上に『61.30』という白い数字が浮かび上がる。

撮影した人間の寿命が数値で分かる死神専用のカメラアプリだ。

頭上の数字は彼女の寿命があと六十一年とちょっとあることを示している。

そんなに寿命が残っているのなら、むしろ伝えておくべきだろう。

「おい、てめえ！　なに勝手に撮ってんだよ、マジで警察呼ぶぞ！」

「その前に、薄井楓が裕福で何不自由なく育った子だと、誰がそう言ったんだい？」

「んなもんあいつの服とか見れば分かるっつーの！　わざわざイヤミったらしくブランドものの靴だのコートだの学校に着てきてさあ、見せつけてんじゃねーよ！」

「あれは彼女の母親が一方的に与えたものだ。楓が好きで身につけていたわけじゃない。彼女が好きだと言ったものは大抵、母親に否定されて叱られたからね」

「はあ⁉」

「……故人の情報はあまり洩らすべきではないのだけれど、薄井楓は母子家庭だ。父親は生まれたばかりの楓を〝娘は要らない、息子がほしい〟と言って捨てた。おかげで母親は精神を病み、ゆくゆくは娘を玉の輿に乗せて夫に復讐してやろうと楓を育てた。だから楓には常に従順で聡明で見目麗しくあることを強要したんだ。つまるところ彼女は母親を慰めるための道具であり、きせかえ人形だったのさ。それを恵まれているると受け取るか、囚人のようだと受け取るかはひとそれぞれだろうけれどね」

綾香のわめき声がようやくやんだ。

まばたきを忘れた瞳が今、なにを映しているのかは分からない。

「けれど少なくとも楓は母親が信じた幸福よりも、そこから解放されることを望んだ。そうしてあの校舎から飛び降りることが彼女にとって、生まれてはじめて自分で選べた未来だったのさ。心の底では誰かにすがりついて、救われたいと願いながら……それでも彼女は、そんな自身の願いからも自由になることを選んだ。君たちが真に欲していたものは、互いの目の前にあったというのにね」

今度こそ最後の言葉だった。

僕は脱け殻みたいに立ち尽くす綾香を残して身をひるがえす。

もと来た道を引き返したら、先ほどの民家の柿の木から案の定実が落ちていた。

誰かが誤って踏んだのだろうか。

熟しすぎた実は歩道の上で、赤い果肉にまみれている。

「やあ、君。今日はずいぶんと感情的だね」

学校の手前でひとけのない路地に入ったら、頭上から声が降ってきた。

「滅多なことでは他人に興味を示さない君が、あんな風に怒るだなんて珍しい。まさか古典的な大和撫子タイプの女性が好みだったとは、存じ上げなかったよ」

「相手がどんな人物でも、死者への冒涜は禁じられているはずだよ、チャールズ」

「別に冒涜なんてしてないさ。ただ昨今まれに見るほど盲目的で倒錯的なあの女の子が、そんなにお気に召したのかと思ってね」

僕の忠告をものともせずに、彼は二度も飄々と上司の言いつけを破ってみせた。

呆れて声のする方を仰ぎ見れば、そこには民家の塀に登り、悠々と夕日浴する黒猫の姿がある。

「誤解に尾ひれをつけるような発言は慎んでもらえるかな。僕だって上司に叱られることを承知でここへ来たんだ。これ以上お小言の種が増えるのは好ましくない」

「おっと失敬。死神は天使と同じで、特定の人間に肩入れしてはいけないのだったね」

大根役者もおどろきの白々しさでそう言うや、起き上がったチャールズはあくびとともに伸びをした。細い路地の先から夕闇が侵蝕を始めている。

楓が愛した真っ赤な太陽は、今日もひとりで死ぬのだろう。

「で？　なんだって君は咎められると分かっていてこんな愚を犯したんだい？　まさか僕の知らないところで、折檻されるよろこびに目覚めたなんて言わないだろうね？」

「今日はいつにも増して皮肉が冴え渡っているね、チャールズ。そんなに僕のしたことが許せないのかい？」

「そう見えるのなら、君もまだまだということさ」

伸びたあとは塀の上に座り込んで、チャールズは蒼色の眼を細めた。こうやって僕をからかう、あるいはなにかに文句をつけて回るのが彼の日課だ。気難しい相棒のからかいに辟易しながら、僕は再びスマートフォンを取り出した。ホーム画面にある肉体透化ツールをタップして、迫る夕闇に溶けるようにすうっと姿を消しておく。

「……別に彼女を錯乱させるつもりはなかったんだ。ただ、小梨綾香が薄井楓を目の敵にしていた理由が知りたくてね。楓は僕に魔法を見せてくれた。同じものをもう一度見られるかもしれないと思ったんだ」

「なるほど。いじめを苦にした自殺なんて今に始まったことじゃないのに、なぜ君が彼女に執着するのか不思議だったんだ。楓の記憶はよほど君の心を打ったようだね」

「いや……あるいは安い同情かもしれない。魂を持たない僕は、からっぽのまま生きるということがどういうことかよく知っている。だけど彼女には魂があった。なのに死ぬまでからっぽだなんて、悲しいじゃないか。彼女の前にだって、無限の可能性が広がっていたはずなのに」

言いながら僕はふところに手を入れた。

赤い落ち葉の感触のあと、無機質な冷たさが指先に伝わる。

僕はそれを取り出した。チリンと小さな音がして、小瓶の中のかけらが揺れる。

楓から受け取った魂のかけらだった。彼女の魂は唐紅（からくれない）と呼ばれる色をしている。

あの日楓が屋上で眺めていた、死にゆく夕日の色だった。

彼女の魂の中で、唯一色づいていた部分と言ってもいい。

死んだ楓の肉体から解き放たれた魂は、ほとんどが黒や灰色で埋め尽くされていた。

あんな澱んだ色の魂は、長年この仕事を続けている僕でさえ見たことがなくて、いま思い返してみてもおどろきが心を占める。

楓は生きながらに死んでいた。心はなにを見ても動かず、凍った石のようだった。

そんな彼女が唯一美しいと感じたものが、死ぬ間際に見た落日の輝き。

彼女の人生にはこれ以外、心動かされたものがひとつもなかったのかと思うと、僕はひどく感傷的な気分になった。

魂を持たず、生のよろこびを覚えていられない僕らと、魂を持ちながら生のよろこびを感じられなかった彼女とでは、どちらがより悲しい生き物だったのだろう。

「……現実から逃げ出す方法なんて、他にいくらでもあったはずだ。人間の寿命は生まれたときから定められているけれど、生き方は自分で決められる。なにもかも失う覚悟を決めてあの家を飛び出していれば、楓はもっと幸福な死を迎えられたかもしれない。けれど彼女は諦めてしまった。自分の人生も、この世界も」

僕にはそれが無性に悲しかった。彼女のことを思い出すたび、忘れたはずの感情がどこからかよみがえってくる。はじめて覚える感覚だった。

僕は爛れた空に彼女の魂のかけらをかざしてみる。

血のように赤い水晶片が陽の光を透かして、とても美しい。

「ねえ、チャールズ。どうしてひとは醜いものばかり熱心に見つめてしまうのだろうね。少し顔を上げれば、世界はこんなにも美しいのに」

誰もいない夕方の路地裏で、僕は自分の使い魔に尋ねてみた。

すると使い魔ははたりとふくよかな尾を揺らし、いつもと変わらぬ声色で言う。

「人間はみんな近眼なのさ。遠くを見せたければ眼鏡をかけてあげなきゃいけない。まあ、中には時折君みたいに、遠くばかり見ている困ったやつもいるけれどね」

それは僕の近くにはなにもないからだ。すべては僕の手の届かないところで生まれて、光り輝いている。しかしだからこそ僕はあれらを美しいと思う。遠い昔からそうだった。僕には死神になる前の記憶はないけれど、たぶんずっとそうだったのだ。

チャールズの言うとおり、僕はもう長いこと、決して手に入らないものばかり追いかけて……楓のように諦め、綾香のように求めていたような……そんな気がする。

何の確証もありはしないのに、楓の魂の向こうに見えるこの既視感は何だろう？

「もう少しだね、ジョン」

そのとき、小瓶の中にまぼろしの走馬灯を見ていた僕には、チャールズの呼びかけが聞こえなかった。もしかすると僕はなにか大切なことを思い出そうとしているのかもしれない。けれど日が落ちて、答えは今日も闇の中。

すべてが無に巻き戻る、死神の夜がやってくる。

第四話

死神とエメラルド

ラッセル・スクウェアにある邸宅の一室で、新聞を開いた僕はふむ、と小さく息をついた。いつも愛読しているタイムズの一面には『ジャック・ザ・リッパー、再び』の見出しがでかでかと躍っている。

今朝、身を切るような真冬の寒さをやりすごしながら足を向けた新聞販売店では、右を見ても左を見てもまったく同じ話題がちりばめられていた。店頭に並んでいる新聞すべて、同じ社が発刊したものなのかと錯覚しそうになったほどだ。

「切り裂きジャック、ね……」

いい加減この話題には嫌気がさすなと眉をひそめながらも、僕は気に入りのロッキングチェアに沈んで新聞を眺めた。足もとで丸くなった黒猫のチャールズが、興味ないねとでも言いたげに自分の前脚を舐めている。

彼の無関心はある意味当然かもしれない。なにせ来年にも大きな戦争が始まる可能性が示唆されている時期に、紙面を賑わせているのが深刻な外交問題ではなく猟奇的連続殺人犯の話題というのはなんとも皮肉だ。

いざ戦争が始まれば、尊い人命を奪い続ける殺人鬼への強い非難は、敵を殺戮する兵士たちへの讃美に塗り変わるのだろうから。

「だけど切り裂きジャックは二十年以上も前に死んだって噂が立っていたじゃないか。なのにどうして今頃地獄から里帰りする気になったのだろうね、ハドソン夫人？」

「ですから私はハドソン夫人じゃありません。その呼び方、いい加減やめてくださいませんか？」

「こうやって勧めれば、君も僕のお気に入りの小説を読んでみたくなるかもと思ってね。第一、中流階級との結婚を夢見ているのなら、活字嫌いは矯正すべきだろう？」

「余計なお世話です！　だいたいそれのどこが〝お勧め〟なんですか、いやがらせにしか思えませんよ！　なにを言われたって私は推理小説なんて読みませんから！」

「やれやれ。君の食わず嫌いはいっそ尊敬に値するね」

実りのない会話は終わりだと告げる代わりに、僕は新聞をさらに広げて、紅茶を運んできてくれた彼女――エリー・ターナーの視線を遮った。

当のエリーはその新聞を貫きそうなほど鋭利な眼差しで僕を睨みつけていたものの、やがて嘆息するやトレーを小脇に抱え直す。長いまつげに縁取られた、アイルランドの血の証明であるグリーンアイが、万感の呆れを込めて僕を見ていた。

「だいたいハドソン夫人って下宿の女主人なのですよね。でしたらしがない家政婦の私とは身分もまったく違います。むしろ立場的には旦那様の方が夫人に近いのでは？」

「ふむ。なるほど、一理ある。では君、この家に下宿するかい？」

「え!?」

「最近じゃ住み込みで働く使用人がどんどん減っているという話だけれどね。あえてそんな時代の流れに逆行してみるのも一興かもしれないよ。なにせ今のロンドンでは、忘れられたはずの過去がよみがえって跳梁跋扈（ちょうりょうばっこ）しているわけだから」

「……もしかして旦那様、私のことを心配してくださっているんですか？」

「心配？　僕が？　何を？」

「切り裂きジャックですよ。二十世紀の切り裂きジャックは十九世紀の切り裂きジャックと違って、誰でも襲うと聞きました。ロンドン警視庁（スコットランドヤード）の発表によれば犯行時刻もバラバラで、亡くなった被害者にも共通点が浮かんでこないとか。だから通いで来ている私を心配して……」

「エリー。君は永遠のアン・シャーリーだね」

「……誰ですか、それ？」

「知りたければもっと本を読むといい。おめでた女と言われて首を傾げているようじゃ、君の夢が叶う頃には始まったばかりの二十世紀が終わっているかもしれないよ」

　なにを言われているのか理解するまで、エリーはたっぷり十秒ほどの時間を要した。

　そして最後は顔を真っ赤にしながら憤慨し、大地を割らんばかりの足音を立てて書斎から退出する。

「買い物に行ってきます！」

　鉛の雨が降る戦場でもよく通りそうなくらい大きな声でそう言うや、彼女は嵐のごとく外出した。おそらくは昼食の買い出しに行ったのだろう。ようやく静かになった小さな城で、僕はエリーが淹れてくれたダージリンを存分に味わった。

彼女は利かん気が強くて怒りっぽい性格に目を瞑れば、働き者の優秀な家政婦だ。僕の家にいる使用人は彼女ひとりだけ。名だたる大貴族すら領地運営に苦心惨憺(くしんさんたん)し、多くの土地や使用人を手放しているこの時代、郷紳(ジェントリ)の三男坊ということになっている僕にはこれくらいの慎ましやかな生活が相応だった。

別に本物の郷紳のように社交界へ出るわけでもなし、ならば身の回りの世話は彼女ひとりでこと足りる。いや、なんなら使用人なんて雇わなくても充分暮らしは回せるのだが、いかんせん僕はものを片づけるのが苦手だ。

放っておくと書斎はあっという間に古今東西の本で埋もれ、キッチンも地獄の調理場みたいなありさまになる。だから求人の広告を出して彼女を雇った。

エリー・ターナー。イーストエンド在住、二十二歳。

そろそろ未来の伴侶を見つけてもいい年頃だけど、彼女の前に白馬の王子様が現れる気配は未だない。やはり気が強すぎるのがいけないのだろうか。

あまり長い年月一緒にいると、僕が不老の存在であることが露見してしまうから、ほどよいところで攫っていってほしいのだけど。

「まあ、からかい甲斐のあるレディだから一緒にいると退屈しないのはありがたいのだけれどね。君もそう思うだろう、チャールズ？」

僕の問いかけをまるっと無視して、チャールズは眠る体勢に入った。話し相手のいなくなった僕はやれやれと肩を竦め、再び新聞とにらめっこすることにする。

ジャック・ザ・リッパー。

昨年から巷(ちまた)を賑わせているこの殺人鬼には死神(ぼくら)も頭を痛めていた。なにせ彼は神出鬼没で、僕らが上司からの電報を受けて駆けつける頃には、すでに看取り対象者を殺害してしまっているのだ。おかげで死神界でもリッパーの正体を知る者はなし。

死にもっとも近い場所にいるはずの僕らが、死の芸術家の顔も知らないとは滑稽な話だ。これではどちらが死神なのやら、我がことながら情けない。

「電報では情報が届くまでに時間がかかりすぎるんだ。いい加減電話も普及してきたことだし、あれをうまく使えれば……」

なんてひとりごちつつ、僕は新聞を睨んで考える。

切り裂きジャックの再来は確かに脅威だった。

彼が現れてからというもの、死神の現場到着が遅れ、寄る辺を失くした死者の魂がどこかへ消えてしまうという事案がロンドンのあちこちで発生している。

そうなると僕らは、見失った魂を探して街中を走り回らなければならない。死者の魂――特にまともでない死に方をした者の魂は、放っておくと悪霊化して、生きている人間に害を及ぼすことがあるためだ。これがいわゆる「居残り人」というやつで、僕ら死神の仕事には、冥府に渡れずさまよう魂を探し出すことも含まれている。が、それを死神側の過失でなく、人間の手によって量産されている現状が腹立たしい。

「まったく、この上また戦争なんて始まろうものなら、ロンドン中の死神が過労死してしまうよ。そうなる前になんとか彼を見つけて警察へ突き出さないと……」

今のところ犯人の目撃証言はゼロ。共通しているのは被害者が全員同じ凶器でめった刺しにされているということだけだ。ゆえに新聞の一面には、似顔絵師の想像で描かれたゴブリンみたいな男の顔が載せられている。もしもリッパーの正体が、こんな目を背けたくなるほどの醜男(ぶおとこ)ならば、直接対決はご遠慮したいところだけれど——

「……彼の瞳は、果たして何色をしているのだろうね」

僕は犯人の名前や出自よりもそちらの方が気になった。

新聞の中の殺人鬼は落ち窪んだ暗い瞳で、じっと虚空を見つめている。

†

私が旦那様のお宅で働き始めてから、もう少しで三年が経とうとしていた。

旦那様は上流階級のご出身でありながら、身分の差を鼻にかけることもないよいひとだ。ただの使用人である私にも気さくに声をかけてくださるし、私からも対等な立場で接してよいとお許しをくださっている。ただ博識で弁が立ちすぎるのが玉に瑕(きず)。

旦那様にあまりお友だちがいらっしゃらないのは、きっと聡明すぎていちいち高みからケチをつけたり、揶揄(やゆ)してしまう悪癖のせいだろう。

いや、理由はそれだけじゃない。

これは私の勝手な、邪推と呼んで差し支えない憶測だけれど、旦那様のひとづきあいが狭いのは、あの特異な眼のせいではなかろうかと思われた。

大英帝国のあちらこちらに土地を持つ大地主のご子息でありながら、未だ目立った縁談もなく、しかもおひとりで暮らしておられるのもあの眼が原因であると、はじめてお会いしたときに一度だけ旦那様が話してくださったことがある。

あれは暗に「家のことは詮索してくれるな」と言われたのだと思っているから、以来ご家族の話は一度もしたことがなかった。

とはいえせっかく才色兼備という言葉が服を着て歩いているようなお方なのに、そのせいで言動がひねくれてしまっているのがもったいない。私も最初にあの眼を目にしたときは足が竦んだ手前、偉そうなことは言えないのだけれど、いざお仕えしてみると、出会った当初に抱いた感情は黄水仙の季節を迎えた根雪のように氷解した。

それどころか今は……と思いを馳せて、私は己の不遜さにほの白い嘆息をつく。

コヴェント・ガーデンからの帰り道。私は厚手のコートに襟巻き、手袋、そして深めの帽子といういでたちで旦那様のお宅への帰路に就いていた。

右手に提げた買い物籠には、ケジャリーをつくるために買い込んだパセリや卵、小鱈の燻製が詰め込まれている。旦那様は午後からお出かけのご予定だから、少しでも体が温まるようにとレンズ豆のスープの材料も買い揃えた。

なにしろ今年のロンドンは珍しく雪が多い。うっすらと雪化粧した街並みは今日も重苦しい曇天に蓋をされ、なんだか憂鬱そうに見えた。コートの襟や襟巻きに顎をうずめてうつむきがちに歩くひとびとの足取りは、処刑台へ向かう死刑囚のよう。

　ふと目をやった石畳の通りには、出来の悪い幾何学模様が幾重にも連なっている。往来を行き来する辻馬車、いや、あるいは自動車が描いたものだろう。

　時折目隠しをつけられた馬が蹄（ひづめ）を鳴らしながらすぐ横を通り過ぎ、私は慣れているはずの馬糞のにおいに顔をしかめた。今日のロンドンは一段と霧が濃いのもあって、襟巻きに半分顔をうずめていないと、あまりの悪臭に咳（せ）き込みそうだ。

「やっぱり冬のロンドンはいやね。息苦しいったらありゃしないわ」

と、アメリカ訛りの英語が耳もとを掠めていく。

渡英してきたどこかの家の使用人だろうか。

すれ違ったふたりのご婦人の世間話に、私は内心大きく頷いた。

ラッセル・スクウェアは中流階級のお歴々が暮らす地域だからまだ幾分マシだけれど、私が暮らす下町（イーストエンド）の環境はもっと悪い。少なくとも先ほど旦那様が口にされた「この家に下宿するかい？」という冗談に、一瞬本気でときめいてしまう程度には。

　黙々と歩きながら、今朝の旦那様との会話を回想する。

　私の悪いくせで、旦那様のからかいについ強めの口答えをしてしまったけれど、あれはいつまで経っても私の気持ちに気づいてくださらないあの方への、遠回しでささやかな抗議でもあった。いや、あるいは旦那様も本当は気がついていて、されど気づかないふりをしているだけなのだろうか。

いつも世の中というものに対して慧眼を光らせているお方が、一介の使用人が抱いている分不相応な感情を見抜けずにいるとは考えにくい。だとすれば私の想いは届いてはいるけれども、今なお無視され続けている。そう思うと胸の奥がちくりと痛んだ。

しかし頭の片隅には「当然だ」と納得している自分もいる。

旦那様は曲がりなりにも郷紳のご子息で、私はただの使用人。

私たちを隔てる身分という名の壁は高く、翼を与えられたとしても容易には越えられない。旦那様はそうした現実をきちんとわきまえておられるだけだ。

生まれながらにすべてを手にしている上流階級の男性が、なにも持たない労働者階級の娘に惹かれるなんてありえない。要するに私は、分け隔てない旦那様のやさしさに酔っているだけなのだ。一体いつまで不毛な夢を見ているのだろう。

いい加減目を覚まさなければいけないと分かっているのに――

「エリー。君は永遠のアン・シャーリーだね」

そのとき、先刻の旦那様のお言葉がふと脳裏によみがえって足を止めた。

通りの真ん中に立ち尽くし、見やった先には小洒落た緑色のドア。

軒先にぶら下がった看板を見る限り、貸本屋だった。

私には生涯縁のない場所だと、頭から決めつけてかかっていた拷問部屋。

そう、私にとって本を読むという行為は拷問に等しかった。昔からページを埋め尽くす文字の羅列を見ていると、めまいを通り越して頭痛がする。けれども今朝、旦那様をしておめでた女と言わしめたアン・シャーリーとは何者だろう。

　私はそこに興味が湧いた。なんという物語に登場するどんな人物なのかは分からない。唯一名前から女性だろうということが分かるだけ。

　たったこれだけの情報で目当ての本を見つけ出せるとは思えないけれど、叶うのならば旦那様が私をアン・シャーリーにたとえた理由を知りたい。場合によっては落ち込むことも覚悟の上で意を決し、私は貸本屋の入り口に手をかけた。

　ドアノブをひねると同時に涼やかなベルの音が響く。

　途端にむっと押し寄せる古書のにおい。店内は思ったよりも狭くて、いくつも並んだ書架には大量の本がぎゅうぎゅうに押し込められている。

　見渡す限りの本、本、本。私は私を包囲する色とりどりの背表紙に圧倒され、身動きが取れなかった。勢い込んで入店したはいいものの、貸本屋に入ったのははじめてで、なにをどう探したらいいのやら見当もつかない。

「なにかお探しですか？」

　買い物籠を片手に己の無鉄砲さを悔いていると、不意に声をかけられた。

　おどろいて肩を竦めれば、並んだ書架の間からすらりと背の高い男性が現れる。

　なにか答えなければと思いながら、しかし私は虚を衝かれ、唇を開けたり閉じたりすることしかできなかった。

なぜって奥から現れた男性はまだ若く、息を呑むほど見目麗しい紳士だったから。

イーストエンドではまずお目にかかれないであろう美青年の登場に、私はすっかり度を失った。もしかしたらどこかの貴族のご令息かもしれない。

とんでもない方がご来店しているところに来てしまった——私は自分の間の悪さを呪いながら、慌てて紳士に頭(こうべ)を垂れた。

「お、お邪魔して申し訳ございません。私、その、本を探しておりまして……」

「どのようなご本でしょう。私でよければお手伝いしますが」

「い、いえっ、貴族様のお手を煩わせるわけには……！」

貴族と決まったわけではないのに、狼狽のあまり余計なことを言ってしまった。すると黒いコートに身を包んだ青年はきょとんとしたあと、山高帽を下ろして笑い出す。

「ご安心を。私もしがない労働者です。誤解させたのでしたら謝罪しますが」

「えっ……あ、い、いえ、ごめんなさい、私ったら早とちりして……！」

また旦那様に笑われる話の種が増えてしまった。私は羞恥のあまり赤面しながら、しどろもどろになって謝罪した。でも本当に貴族の家の嫡男だと言われても疑う余地がないくらい、目の前の彼は端正な顔立ちをしているのだ。

特に印象に残るブルーヘーゼルの瞳は、できすぎた硝子(ガラス)細工のようで見る者の心を奪う。目鼻立ちははっきりしていて、どことなくロシアの血を感じさせた。

しかし言葉に訛りはなく、丁寧なブリティッシュ・イングリッシュを話している。

アイルランド人の両親の影響で、未だにアイルランド訛りが抜けない私とは大違い。夜闇で染めたかのような髪はただ黒いだけなのに美しくて、ブロンドが錆びたらきっとこんな具合だろうと思われる自分の髪が、なんだか無性に恥ずかしくなった。

「ほ、本当にごめんなさい。身なりがとても紳士然とされているものですから、てっきり良家のご出身かと……」

「畏れ入ります。一応バスカヴィル伯爵家のお屋敷で第一下僕（ファースト・フットマン）を務めております。下僕（フットマン）というのはいわば歩く鑑賞物ですから、身なりには気を配っておりまして」

「まあ、そうでしたの」

私は青年の肩書きを知って大いに納得すると同時におどろいた。

第一下僕と言えば、執事の次にお屋敷で権力を持つ使用人のことだ。

そもそも下僕というのは背が高くて見目がよい男性でなければなれない職業だから、それだけで彼が貴族のお墨つきをもらえるほどの人物であることが窺（うかが）い知れた。

「実は私も以前、ダラム子爵のお屋敷でメイドをしていたことがありますの。と言っても見習いで、一人前と認めていただく前に解雇されてしまったのですけれど」

「おや、そうでしたか。ダラム子爵といえば数年前、投資詐欺に遭われた方ですね」

「ええ、そのせいで使用人が大勢解雇されましたわ。でもバスカヴィル伯爵はまだ下僕を雇うほどの財力をお持ちですのね。きっと他の貴族様方の羨望の的でしょう」

「いえ、ここだけの話、当家も明日は我が身です。ダラム子爵がついに屋敷を売りに出されたと伺ったときには、さしもの伯爵も青ざめた顔をしておられましたよ。昨今は領地経営が立ち行かなくなる貴族が多いそうですから、案外このあたりで医者や弁護士のお手伝いをした方が、将来安泰なのかもしれません」

冗談なのか本気なのか判然としない表情で、彼は滅相もないことを口走った。

他の客がいたらと思うとぞっとするけれど、幸い店内にいるのは私たちだけらしい。

「あら、ですがあなたはお屋敷の使用人でいらっしゃいますのよね。お店の方は？」

「ああ、店主なら所用で裏に引っ込んでいますよ。私はここの常連なので、彼が留守のあいだ店番をしているよう言いつかりまして」

「まあ。お客様に店番をさせるだなんて変わったお店ですこと」

「ええ。ですがおかげで、美しい女性を接客する僥倖に恵まれました」

青年が顔色も変えず、世間話の続きでもするみたいにそんなことを言い出すものだから、私はまたしても赤面した。お屋敷を訪ねてくる客人をもてなすのも下僕の仕事だ、彼にしてみれば出会い頭の女性を褒めちぎるなんて日常茶飯事なのだろうけれど、分かっていても耳が熱くなる。馬鹿ね、エリー。あんなのはただの社交辞令なのに。

「それで、なにか本をお探しとのことでしたが」

「えっ、あ、そうでしたわ。ですが、その、実は探している本の題名が分からなくて」

「ほう。では内容は覚えていらっしゃる？」

「いいえ、知っているのはアン・シャーリーという女性が登場する本だということだけですの」

「アン・シャーリー？　ああ、『赤毛のアン』ですか」

私は一体何度彼におどろかされたことだろう。青年は登場人物の名前を聞いただけで本の題名を導き出すと、再び書架の間に消えた。かと思えばすぐにアイスグリーンの装丁の、表に女性の横顔が描かれた本を持ってきて、私にすっと手渡してくる。

「最近カナダから入荷した長編小説ですよ。借りていかれますか？」

「えっ……あの……この本にアン・シャーリーが出てくるんですか？」

「ええ。本の題名にもなっているとおり、アンは物語の主人公です。私も先日読みましたが、なかなかに興味深い内容でした」

どうやら彼も旦那様に似て読書家らしい。私はカナダから遥々海を渡ってきたという本を手に固まってしまった。まさかこんなに早く目当ての本が見つかるとは思っていなかったから、頭が事態についていかなかったのだ。

「お探しの本ではありませんでしたか？」

黙りこくった私の反応を怪訝に思ったのか、しばしの静寂のあと青年が首を傾げて尋ねてきた。そこで我に返った私ははっとして「いえ、この本です！」と上擦りそうな声で肯定する。

「あ、ありがとうございます。まさか本当に見つかるとは思っていなかったものですから、呆気に取られてしまって……助かりましたわ」

「いえ、お役に立てたのでしたら光栄です。しかしなぜ『赤毛のアン』を?」

「え、えっと……友人に勧められたんです。すばらしい本だからぜひ読んでみてと」

「そうですか。ですが肝心の題名を伝え忘れるとは、少々お茶目なご友人ですね」

そう言って笑う青年を見て、私は見栄から出た嘘があえなく見破られたことを知った。だけど主人に馬鹿にされた腹いせに借りに来たとは言えず、再び赤面するばかり。

「では貸出の手続きをしましょう。続編の『アンの青春』も借りていかれますか?」

「い、いえ、まずは最初の一冊だけお借りしますわ。実は私、読書があまり得意ではなくて……私のような者でも読みきれる本でしょうか」

「そうですね。主人公のアンは十代の少女ですから、読みこなすのはそう難しくないと思いますよ。それに――〝私の経験から言うと、物事は楽しもうと思えば、どんな時でも愉しめるものよ。もちろん、楽しもうと固く決心することが大事よ〟」

「え?」

「作中に出てくるアンの言葉です。この物語を楽しもうと固く決心して読み始めればきっと、アンがあなたを物語の終わりまで導いてくれると思います」

私の頬は未だ熱かった。

穏やかにそう言って微笑みかけてきた青年の瞳が、あまりにもやさしげだったから。

私ははじめてお人形を買ってもらえた少女みたいに『赤毛のアン』を抱きしめると、貸出の手続きを受けた。すると途中で本物の店主が戻り、青年は臨時の店番をお役御免になったので、私を旦那様のお宅まで送ってくれると言い出した。

　もちろん最初は遠慮したのだけれど、私の右手の買い物籠を見た彼が、そこに本まで入れたら重たいだろうと荷物持ちを申し出てくれたのだ。

　私は彼の紳士的な話術にすっかり言いくるめられ、仕方なくお言葉に甘えることにした。仕方なく、とは言いつつも、本当は彼のような美青年と肩を並べて街を歩けることが、少しだけ気恥ずかしくて誇らしい気持ちだったのだけど。

「そういえばまだ名乗っていませんでしたね」

　やがて旦那様のお宅に到着すると、青年は山高帽をひょいと上げ、口を開いた。

「私はジェイムズ・オストログ。休日はよくロンドンに足を運んでいます。伯爵のお供として来ることも多いので、次の機会があればぜひお茶でもいかがですか？」

「願ってもみないお誘いですわ。私はエリー・ターナー。エリーとお呼びください」

「では私のこともジェイムズと。また会える日を心待ちにしているよ、エリー」

　ジェイムズと名乗った彼は蠱惑的な瞳でそう言うと、流れるような動作で私の手を取りキスをした。心のどこかでそうされることを望んでいたためだろうか。今度は赤面することなく、私も満たされたような気持ちでジェイムズのキスを受け入れる。

　久しぶりに胸が高鳴っていた。

　送迎を終えて帰路に就く彼の背中を、つい穴が開きそうなほど見つめてしまう。

「ジェイムズ……」

遠のいていく彼の名前を、熱に浮かされたような気分で呟いた。

次はいつ彼と会えるのかしら。明日でもいい。

たったいま別れたばかりなのに、もう彼と会いたくてたまらない。

†

「ふむ。ようやく君にも白馬の王子様が現れたということかもね」

僕が食後酒の赤ワインを片手に呟けば、グラスとデカンタを運び終えたエリーが「え?」と、見るからに浮ついた様子で首を傾げた。

「そのオストログ君という青年のことだよ。君の見立てでは年齢もそう離れてはいないんだろう? 恋人が次期執事だなんて将来安泰じゃないか」

「い、いやですわ、旦那様。彼とは今日会ったばかりなんですよ。それに次期執事だなんて、使用人を雇わない家が増えているご時世に……」

「だけど下僕はともかくとしても、今や貴族たちは執事のいない生活なんて考えられないだろうからね。仮にバスカヴィル家が傾いて解雇される憂き目に遭ったとしても、第一下僕を勤め上げた彼の実績は必ず評価されるはずさ。まともな紹介状さえ得られれば、他の家で執事として雇われる可能性は充分にあるだろう。しかしまあ、街角でたまたま肩がぶつかったというだけで、お詫びに荷物持ちを申し出てくれるとはなかなかの紳士だ。この好機を逃す手はないと思うけれどね」

「そっ、それとこれとはまた別のお話ですわ」

　上擦りかけた声でそう言って、エリーは逃げるように地下の厨房へ姿を消した。

あの慌てぶり、単に恥ずかしがっているというよりはなにか隠しているような気がするのだけれど、まあ、彼女が嘘をつきとおせるとも思えない。

　答えはじきに分かるだろう。僕は最近手に入れたプルーストの新作を読みながら食後酒を堪能し、物語のきりがいいところで懐中時計を取り出した。

　時刻は二十時を回ろうとしている。エリーはそろそろ帰る時間だ。

　僕はいつもテーブルの隅を特等席にしている呼び鈴を鳴らした。

　普段よりほんの少し時間をかけて、エリーが厨房から顔を出す。

「そろそろ二階に戻るよ」

　頷いたエリーがグラスを片づけるのを後目に食堂をあとにした。書斎に行って適当なところに本を置き、二階の衣装室へ足を向ける。夕食の後片づけを終えたエリーが地下から上がってくる頃合いを見計らい、一階へ下りてコートを羽織った。同じく帰り支度を整えて現れた彼女は、玄関に佇む僕を見るやぎょっと目を見開いている。

「旦那様、お出かけですか？」

「ああ。ちょっとキングス・クロス駅の方に用があってね」

「ですがもう遅い時間ですよ。また雪が降り出しましたし、明日になさった方が」

「ひとを待たせているからそうもいかないのさ。ものついでだ、駅まで送ろう。切符代は僕が持つから、今夜は地下鉄で帰るといい」

「よろしいんですか？」

「今日の僕は機嫌がいいからね。主人の好意には甘えるものだよ」

エリーは束の間逡巡していたけれど、やがて礼を言うと手にしていたコートを羽織った。普段は地下の勝手口から出入りする彼女のために玄関を開け、外へと促す。

ちらちらと小雪舞うロンドンの街並みを、霧をまとったガス灯がぼんやり照らしていた。僕とエリーは公園の方まで歩いていって、客待ちしている辻馬車を見つけるとキングス・クロス駅まで同乗する。車窓から見える景色は閑散としていた。

雪が降っていて寒いからというのも理由としてもちろんあるのだろうが、それにしたところでひとけがなさすぎる。どんなに耳を澄ましても、聞こえるのは僕らを乗せた馬車の車輪と蹄の音、そして馬の息遣いだけ。

「……静かですね」

同じことを考えていたのか、反対側の窓から街を眺めたエリーがぽつりと言った。

「今はロンドン中のひとびとがおそれおののいているからね。十九世紀の怪物に」

僕が何の気もなしに答えると、エリーが隣で微か身震いしたような気がした。

「事件は今回も迷宮入りしてしまうのでしょうか」

「さてね。警察も今度の捜査には威信をかけているだろうから、果たしてどちらが勝つのやら。すでに七人も殺されている時点で警察の負けのような気もするけれど」

「おそろしいですわ。産業革命が起こって、時代は大きくうつろったはずなのに、一体いつになったら世の中からひと殺しというものがなくなるのでしょう」

「それはこれから外国と殺し合いをしようとしている祖国への皮肉かな？」

「そう取っていただいて構いませんわ。だって戦争が始まってしまったら、旦那様も軍からお声がかかるかもしれないでしょう？」

「そうだね。そしてたぶんオストログ君にも召集令状が届くだろうね」

「どうしてそこで彼が出てくるんです？」

「答えは僕より君の胸に訊いた方が早いんじゃないかな？」

「……旦那様はひとが悪いです」

「ありがとう。よく言われるよ」

エリーは子どもみたいに唇を尖らせ、ぷいっと僕から顔を背けた。

会話の絶えた僕らに代わり、馬車だけが饒舌に夜道を行く。

ガス灯からガス灯へ渡り歩き、馬車はついに駅へと到着した。

僕は馭者に少しだけ待っているよう声をかけると馬車を下り、エリーへ手を差し伸べる。エリーはほんの一瞬戸惑ったあと、おずおずと僕の手を取った。

彼女の靴が慎重にタラップを降りてくるのを見届けて、抱えていた杖を持ち直す。

「ちょうど列車が来るところのようだね。ホームまで送ろう」

「いえ、そこまでは。お気遣いは嬉しいですけれど、ひとを待たせているのでは？」

「そういえばそんなことを言ったかもしれないね」

「え？」

「いや、ちょっとくらい構わないさ。あんなやついくらでも待たせておけばいい」

エリーは怪訝そうにしながらも、それ以上は追及してこなかった。

駅へ入り、改札をくぐった僕は、到着したばかりの列車に彼女が乗り込んだのを確認すると、挨拶代わりにひょいと中折れ帽を持ち上げる。

「じゃ、僕はここで失礼するよ。帰り道に気をつけて」

「ええ。旦那様、わざわざありがとうございました」

座席の窓を押し上げて、エリーは律儀に礼を言った。僕はついいつもの当てこすりを返しそうになったものの、今夜くらいはやめておこうとすんでのところで口を噤む。

だってこれは今日、新たな門出を迎えるかもしれない彼女へのささやかな祝福なのだ。僕はジェイムズ・オストログという男の顔も人柄も知らないけれど、エリーの心を動かしたということは、きっと彼女を託すに値する好青年に違いない。

ならばエリーから自信を奪うようなことはもうやめて、彼女を送り出さなければ。

エリーは言動にやや険があるところを除けばまっとうな人間だ。ならばまっとうな異性と恋に落ち、まっとうな余生を送ってほしい。間違っても郷紳の息子を騙って人間界に潜伏する死神なんかに人生を狂わされていい女性ではないのだから。

「ではまた明日。よい夢を」

僕は持ち上げた帽子を被り直すと、それだけ告げて踵を返した。

「あの、旦那様！」

ところが改札を目指して歩き出した僕の背を、呼び声が追いかけてくる。

どうしたのかと振り向けば、車窓から身を乗り出したエリーの姿が目に入った。

「旦那様、私……私は――」

その一瞬、エリーはひどい熱病に浮かされているみたいに見えた。潤んだ瞳から注がれるすがるような眼差しは、僕になにかを求め、訴え、夢を見ている。

だから僕はあえて彼女の切望に応えなかった。

ただ帽子の鍔（つば）を下ろし、じっと言葉の続きを待つ。

警笛がエリーを夢から呼び覚ました。産業革命がもたらした巨大な鉄の百足（むかで）が、嘆息に似た音（ね）を吐き出して、今にも動き出そうとしている。

「あの――旦那様もお気をつけて。あまり遅くならないうちにお帰りくださいね」

「ああ。善処するよ」

「それからお友だちは大切になさった方がよろしいかと。礼節を欠いたお振る舞いばかりされていると、愛想を尽かされてしまいますよ」

「……そっちも善処するとするよ」

可能な範囲でね、と付け足せば、エリーはちょっと困ったような、呆れたような、泣き出しそうな顔で笑った。彼女を乗せた百足はやがて僕の前を通り過ぎ、ロンドンの夜に吸い込まれていく。列車が走り去ったのを見届けて、僕はやれやれと肩を竦めた。今度こそ踵を返して馬車へ戻り、寒空の下待たせてしまったことを馭者に詫びながら、自邸へ帰る旨を伝えて席に着く。

ひとり分ぽっかり空いた隣の席をそのままに、僕は頬杖をつきながら帰邸した。

邸の玄関をくぐる頃には柱時計が二十二時を告げようとしている。僕は適当にコートを脱いで書斎へ赴くと、気晴らしに書斎机の前に立った。部屋の隅にはチャールズがいる。一脚だけ置かれた椅子の上に座り込んで、彼は物言いたげに僕を見ていた。

「……なにか言いたいことがあるならどうぞ？」

彼の視線に耐えかねた僕はあえて沈黙を破ってみる。するとチャールズは半眼になり、ぺろっと鼻先を舐めたのち、椅子を下りてどこかへ行ってしまった。

……まったく愛想のない猫だ。

僕はため息をつきながら机の四隅を操作して天板をはずした。

この世で僕と上司しか存在を知らない宝箱。そこに収められた無数のガラス瓶の中から特に気に入りのものを取り出した。頭上で皓々と光り輝く電気照明に瓶をかざし、未だ衰えぬ瑞々しい色彩に、思わず恍惚として目を細める。

「……ねえ、エリー。僕が君を雇ったのは、君の瞳にひと目惚れしたからだと言ったなら、君はどんな顔をするのだろうね？」

彼女は可笑しいと言って笑うだろうか。できればそうであってくれると嬉しい。

だって自分でも可笑しいのだ。僕ら死神はひと晩眠るごとに、大事に抱えていたはずのありとあらゆる感情をどこかへ落としてきてしまう。

だからいつもからっぽの朝を迎えて、そして毎朝君の瞳に恋をするんだ。

ねえ、エリー。こんなのって、下手な喜劇よりよっぽど喜劇だと思わないかい？

†

「君はいつも旦那様の話ばかりしているね」

ジェイムズの口から突然そんな言葉が滑り出したのは、年が明けてひと月が経とうかという頃のことだった。ロンドンの冬は長い。

今日も今日とて窓の外は鉛色の雲に覆われている。空の色ってもとからあんなだったかしら、と思い始めてしまうくらいには、もうずいぶん長いこと晴れ間を見ていないような気がした。道行くひとびとは今日もみな下を向いて歩く死刑囚だ。

「え……あ、ご、ごめんなさい、そうだったかしら？」

リヴァプール・ストリート駅の近くに佇むティーハウス。私はそこで三週間ぶりに会うジェイムズと向かい合って座りながら、記憶を失って目覚めたみたいに困惑した。

彼と会うとつい舞い上がってとりとめもない話ばかりしてしまうのは事実だけれど、

自分はそんなに旦那様のことばかり話していただろうかと思い返して赤面する。

ジェイムズと出会って二ヶ月あまりが過ぎたある日の昼下がり。

旦那様のご厚意で半日のお休みを頂戴した私は、同じく休暇をもらってやってきたジェイムズとふたりきりの時間を過ごしていた。

お互い使用人の身の上だから、あまり頻繁に会うことはできない。それでも私たちはあれから手紙のやりとりを重ね、すっかり親密な関係を築いていた。読書家のジェイムズが綴る手紙は高名な詩人が詠んだ詩歌のようで、思い出すだけで面映ゆくなる。

彼は出会った当初から少なくない好意を寄せてくれていた。こんな私のどこがいいのか、自分では見当もつかないけれど、私も彼に惹かれつつある……と思う。

ジェイムズはいつ会っても落ち着いていて理知的で、賢くてしかも美しかった。

私が生来持ち合わせなかったすべてのものを持って生まれたようなひとだ。

そういう意味では少し旦那様に似ているとも言える。

どうやら私は自分が持っていないものを持つひとに惹かれる傾向があるらしかった。けれど果たしてこれは世間が恋と呼ぶものなのか、はたまた単なる憧れなのか、自分でもよく分からない。ジェイムズはしきりに愛の言葉を囁いてくれるけれど、私はまだはっきりと彼の好意に応えることができずにいた。そんな矢先のことである。

いつも旦那様の話ばかりと指摘され、私は大いに狼狽した。

もちろん意図的にそうしていたわけじゃない。しかし私の無神経な振る舞いが、知らぬ間に彼を傷つけていたのかもしれないと思うと足もとから震えがきた。だってせっかく意中のひととわずかな時間を抉じ開けて逢瀬を重ねているというのに、そのたびに自分ではない女性の話題を並べられたなら、果たして私は耐えられるだろうか。

今、小さなテーブルを挟んで向かい合う彼を旦那様に置き換えて想像してみる。

途端にずきりと痛んだ胸を押さえながら、今も目の前の彼ではなく旦那様のことばかり考えている自分に気がついて愕然とした。

「ほ、本当にごめんなさい、ジェイムズ。別に他意があるわけじゃないのよ。ただ私、他にあまり話題がなくて……つまらない女よね、自分でもそう思うわ」

「いや、そうは思わない。むしろ旦那様の話をしている君は、いつもより瞳が輝いてとてもきれいだ。黙っていても素敵だけれど、きらめいている君の方が僕は好きだな」

「え？」

「恋をしているんだね、旦那様に」

組んだ両手にかたちのいい顎を乗せ、なにかたくらむような、あるいはためすような口振りでジェイムズが言った。瞬間、私は血の気が引いていたはずの全身にぽっと火がともるのを自覚する。気づけば耳まで赤くなり、彼を正視できなくなった。

「い、いいえ、あの、私は……旦那様とは、別になにも……」

「隠さなくてもいいよ。君が誰かに恋をしていることは、最初から分かっていたから」

「だっ、だから本当にそういうのじゃなくて……！」

「君の一方的な片想いだ、と言いたいのかな？　まあ、確かにそれはそうだろう。上流階級の男性と使用人の恋物語なんて、所詮は小説(フィクション)の中にしか存在しない」

　抑揚もなく紡がれた彼の言葉に、ぴしゃりと頬を打たれた気がした。

　動揺で火照った体が急速に冷えていくのを感じながら、私は手もとのティーカップに意味もなく視線を落とす。

「だから君が新しい恋に踏み出そうとしていることも分かってる。悩める恋路に都合よく現れた僕を使って、現実と折り合いをつけようとしているのだよね。ああ、でも、勘違いしないでほしい。別に怒っているわけじゃないんだ。君の心のうちにあるもの、そのすべてを理解した上で僕は君に求愛している。君が僕でない誰かに恋をしたままでもいいから、君をほしいと思っているんだよ」

　静止したアールグレイの水面(みなも)から顔を上げ、私はジェイムズを見た。

　彼は依然いつもと変わらぬ微笑みを湛(たた)えて、包み込むように私を見つめている。

「だけどそんなのは僕の一方的なわがままだということも理解している。だからそろそろ君の答えを聞きたいと思ってね」

「私の答え……？」

「ああ。現実を受け入れて僕と平凡な人生を送るのか、はたまた旦那様への想いを大事にしまって、それを糧に生きていくのか。君自身に選んでほしい——これを」

私の戸惑いをやりすごして、ジェイムズがふところからなにか取り出した。テーブルに置かれたのは一通の白い封筒。彼はその封筒を滑らせるように差し出してくる。

「実は昨年の暮れに、バスカヴィル伯爵のご長女の婚約が決まってね。来月ロンドンで両家の顔合わせがある。僕も同行させていただく予定だ」

「そ、そうなの……とてもおめでたい話ね」

「確かにめでたいけれど苦労したよ。長女のマーガレット様は財産目当てで、十四歳も年の離れたアメリカの富豪と結婚させられそうになっていてね。だけどご本人は貧乏子爵のジョーンズ卿と想い合っていて、僕も伯爵の説得を手伝う羽目になった。おかげで無事にお嬢様とジョーンズ卿の縁談がまとまって、これはお嬢様がお礼にと用意してくださったものだ」

伯爵家の生々しいスキャンダルを聞かされて、動悸が駆け足になるのを感じながら私は封筒を受け取った。中身を確かめてもよいものか、視線だけで尋ねるとジェイムズも無言で頷いてみせる。私はおそるおそる封を切った。

中に入っていたのは、流麗な筆跡で綴られた一枚のメモとチケットのようなもの。

「二月六日十七時開演、ソーホー区ウエスト・ストリート、アンバサダーズ劇場？」

「ああ。その日、アンバサダーズ劇場でウィリアム・シェイクスピアの『ヴェニスの商人』が上演される。六日の夜はロンドンに同行する使用人全員、伯爵からお休みをいただけることになっていてね。お嬢様が席を取ってくださったんだ。君の答えがイエスならそこへ来てほしい」

「ジェイムズ」

「僕は君の答えがどんなものでも受け入れるつもりだ。だけどもし来てくれるのなら約束するよ。今後なにがあろうとも、永遠に君を愛すると」

私は茫然と座っていることしかできなかった。ジェイムズからの言葉が嬉しいのか悲しいのか、自分の感情なのに名前をつけることができない。浮ついているのに堕ちていくような得体の知れないこの感覚を、なんと呼べばいいのだろう?

公演まであと十日。私はその間にジェイムズとの関係をどうしたいのか、答えを見つけなければならないということだった。

今日まで旦那様への想いをうやむやにしてきたように、ジェイムズへ向かう気持ちも曖昧にしたまま……なんていつまでも甘えてはいられないのだ。

彼には彼の人生があって、私にも私の人生がある。それが交わるのか、別れるのか。道の先が見えなければ、誰だって足が竦んで進めない。そんな状況でいつまでも待っていてくれと言えるほど私もうぬぼれてはいないし、ジェイムズにも失礼だ。

彼はこうして誠心誠意、私という人間と向き合ってくれているのだから。

私は受け取ったメモとチケットを封筒へ戻し、そっと口を閉じた。

そうしてしばし沈黙の海に潜ったのち、意を決して浮上する。

「……分かったわ。少しだけ考える時間をちょうだい。あなたの気持ち、嬉しいと思ってる。こんな私だけど、それだけは信じて」

　哀願するようにそう言えば、ジェイムズは笑って頷いてくれた。細いながらも男性らしさをまとう彼の手が伸びてきて、封筒の上に置かれた私の手と重なり合う。

　ほどなく私たちはティーハウスをあとにして、ささやかな買い物を楽しんだのち家路に就いた。ジェイムズは今日も私を送ってくれると言い、オールド・ストリート方面にあるアパートまで肩を並べて歩いていく。

「汽車の時間は大丈夫？」

「ああ、君の家に寄ってからでも充分間に合うよ、心配ない。そういえば結局、あれから『アンの青春』は読んだのかい？　前に会ったときは続きを読むべきかどうか迷っていると言っていたけれど」

「いいえ……実はまだ読んでないの。『赤毛のアン』はとてもおもしろかったのだけど、グリーンゲイブルズに戻ったあとのアンの人生を追いかける勇気がまだなくて」

　いつの間にか日も暮れて、雪を踏み締める私たちの足音だけが響く中。

　私はほうっと白い息を吐き、重苦しい夜空を見上げた。

「物語の最後、アンは大学へ行く夢を諦めて養母（マリラ）のもとへ帰るでしょう？　育ての親を支えたいと願ったアンの気持ちは立派だし、正しい選択をしたと思うの。だけど正しさのために夢を捨てたとき、アンはどんな気持ちだったのだろうと思うと……」

　仕事の合間合間に時間を見つけ、ひと月以上かけて読んだ物語を回想しながら、私はぽつぽつと感想を呟いた。夢見がちでおしゃべりで気が強くて、なのにどうしたって憎めない女の子、アン・シャーリー。

あの物語を読み終えたあと、どうして旦那様が私を彼女にたとえたのか思わずあれこれ考えた。ただの夢想家と私をお笑いになったのかもしれないし、遠回しに気の強さを咎めたのかもしれないし、特に深い意味はなかったのかもしれない。だけどもし私が読後、アンという少女を心から愛しいと感じたように、旦那様もまたそんな気持ちを一片でも私に覚えてくださったのだと、うぬぼれてもいいのなら……。

「ねえ、ジェイムズ。グリーンゲイブルズに戻ったあともアンはしあわせ？」

私が空を見上げたままそう尋ねると、ひと呼吸の間を置いてジェイムズが答えた。

「それは君が自分で確かめないと。アンも言っていただろう？　〝これから発見することがたくさんあるって、素敵だと思わない？　もし何もかも知っていることばかりだったら、半分もおもしろくないわ〟って」

私は目を丸くしてジェイムズを振り向いたあと微笑んだ。「確かにそうね」と呟いて、雪の上にくっきり残る自分の足跡を目に焼きつける。やがてアパートに着くと、私たちは互いに別れを惜しみながら絡めていた腕をほどいた。

「来月、待っているから」

彼は最後にそう言って、いつものように私の右手へキスを落とす。腕に残った体温が遠のいていくのを感じつつ、私は駅へ向かうジェイムズの背中を見送った。

やがて彼の姿がガス灯の狭間に見えなくなると、知らず小さなため息が洩れる。

「私が自分で確かめないと、か……」

ジェイムズから贈られた言葉を反芻しながら、十日後の未来に思いを馳せた。

きちんとした劇場に演劇を観に行くなんて、私にとっては生まれてはじめての経験だ。私みたいな学のない人間が観てもちゃんと理解できるものだろうか。

いや、それ以前の問題として、ジェイムズの申し出を受けるなら、富裕層がひしめく客席でも見劣りしないドレスを用意しなくちゃ……。

「せっかく誘ってくれたジェイムズに恥をかかせるわけにはいかないものね」

なんてひとりごちながら、私はようやく踵を返した。

アパートの入り口へ至る階段を上がり、扉へ手をかけたところではたと気づく。

それは視線だった。

誰かの視界という名の檻にじっと囚われている感覚、とでも言えばいいのだろうか。

とっさに後ろを振り向き、ガス灯の朧気な明かりの中に視線の主を探そうとする。

けれど私の目が届く範囲に怪しい人影は見当たらなかった。雪明かりに照らされた通りは怖いくらい静かで、知らぬ間に街が死んでしまったかのようだ。

――ジャック・ザ・リッパー。

刹那、頭の中に響いた囁き声が私の心臓を凍らせた。

そうだ。十九世紀からよみがえった過去の怪物。

あの事件は未だ解決を見ていない。昨年末にも新たにひとり殺され、今年に入って九人目の被害者が出たところだ。とすれば記念すべき十人目は私かもしれない。

そんな恐怖が不意に頭をもたげ、戦慄した。瞬間、頭上で物音が聞こえ、私は声にならない悲鳴を上げる。左右でも後ろでもない、真上からだ。唇をわななかせながら喉を反らした。顎を上げ、三階建ての建物の天辺に目を凝らしてみる。

そこでなにか蠢いた。全身黒ずくめで、凶器に似た嘴を生やしたあれは、

「カア」

突如響いた鳴き声に、私はびくりと身震いした。

間違いない。鴉だ。けれどあの大きさはどうしたことだろう。

鳴き声を聞かなければ、鷹か鷲がいると勘違いしたかもしれない。

それくらい大きな鴉だった。子どもの頃、おとぎ話で聞いたアーサー王伝説の中に、王が魔法で大鴉に姿を変えられてしまうという逸話があったけれど、もしやあれこそがかのアーサー・ペンドラゴンかと思ってしまう程度には威風堂々としている。

彼はドーマー窓の頂にとまり、なぜだか私を見下ろしていた。

「まさかロンドン塔の鴉……じゃないわよね？」

テムズ川のほとりに佇むロンドン塔には英国を守護する鴉がいる。

そこで大切に飼われている鴉は王室の象徴であり、いなくなると国が滅ぶという言い伝えがあった。全部で何羽飼われているのかは知らないけれど、もしも塔の鴉なら

……と不吉な想像をしそうになって、大慌てで首を振る。

やれ殺人鬼だ戦争だと、近頃ロンドンは不穏な言葉で溢れている。だからつい物騒な発想に至ってしまうのだと自分を叱咤して、ようやくアパートの入り口をくぐった。

吹き込む寒風を追い出すように扉を閉めれば、外でまた「カア」と声がする。

なんだか私を呼んでいるみたい、なんて一瞬でも思ってしまった私は、やっぱりアン・シャーリーなのだろうか。

「……とりあえず今夜はもう寝ましょう」

きっと舞い上がりすぎて疲れたのだろう。ため息混じりにそう言い聞かせ、部屋へ向かった。三度目の鳴き声が聞こえたような気がしたけれど、もう気にしない。

その晩、私は温かいミルクを飲んだあと、ジェイムズからもらった封筒を枕の下に置いて眠りに就いた。更けていく夜の真ん中で大鴉が鳴いている。

まるでなにかの始まりを告げる、古寂びた鐘のように。

†

今日はもう電報が届かないといいな、なんて思いながら、窓辺でぼんやり頬杖をついていた。ビッグ・ベンの鐘の音が聞こえる。

今、何時だろう。暗い窓の外を眺めたまま、手探りで懐中時計を取り出した。

二十時ちょうど。劇はもう終わった頃か。

「ジェイムズから観劇に誘われたんです」

頬を赤らめたエリーからそう告げられたのは四日前。金曜日の今日、彼女は午後から半日の暇がほしいと言ってきて、僕は快く了承した。

「だけど劇場って、どんな服を着ていけばいいんでしょうか。手持ちの服はどれもみすぼらしくて、どうしようかと考え始めると夜も眠れなくって……」

と思い悩んでいる彼女をハロッズへ連れていき、ちょっとオリエンタルな風合いのドレスとファーつきのコートを一着ずつ買い与えたことを、僕は後悔していない。

「時間があれば既成品じゃなくて、いちから仕立てたものを用意したのだけれどね」

ついでに買ったエメラルドの首飾りを差し出しながらそう言えば、エリーは口もとを覆って宝石と同じ色の瞳を潤ませていた。

「君は日頃からよく働いてくれている。これはその正当な対価だよ。それとも君は、僕がこの首飾りをして夜会へ行く姿を見たいのかな？」

固辞する彼女にそう言って首飾りを押しつけたのは、少々やりすぎだっただろうか。だけど僕も餞別くらい贈りたかった。新しい人生へ進むことを決めた彼女に。

「似合っていますか？」

劇場へ向かう間際、着替えを終えて不安そうに尋ねてきた彼女のうなじの後れ毛を思い出す。正装をして唇に紅を引いたエリーは、ちゃんと良家の子女らしく見えた。

「もっと早くこうしていれば、君の夢も二十世紀が終わる前に叶ったかもしれないね」

なんてひねくれた答えしか返してあげられなかったけれど、僕と彼女の関係はこれでいいのだと思っている。

「旦那様、本当にありがとうございました。——いってきます」

出かける直前、わざわざ挨拶に来たエリーはとてもしあわせそうだった。

首もとのエメラルドと一緒にまたたいた、彼女の瞳を思い返して目を閉じる。

「O Lord our God, Be Thou our guide, That by thy help, No foot may slide……」

『ウェストミンスターの鐘』を口ずさみながら、僕は鳴り続ける鐘と暖炉で爆ぜる薪の音を聞いていた。エリーのいない夜は静かだ。

彼女だって働いている間は四六時中僕の傍にいるわけじゃない。それでも、静かだ。

そろそろ新しい家政婦を探さなければいけないなと思いながら、僕は何気なくチャールズの姿を探した。彼もこの書斎がお気に入りで、夜はよく暖炉の前で丸くなっているのだけれど、今夜はどこか別の部屋へ行っているみたいだ。

夕方エリーが出かけるや否や、彼女を引き止めろと言わんばかりにまとわりついてきたのをすげなくあしらったのが気に食わなかったのだろうか。

チャールズは毎日餌をくれるエリーには従順なのに、飼い主である僕に対してはちょっとでも気に食わないことがあるとすぐに臍を曲げてみせた。

そうして僕が譲歩するか彼が譲歩するまで、延々と冷戦を続けるわけだ。

まったく、長生きしすぎると偏屈になるのは猫もひとと同じらしい。あの日母猫に見捨てられ、路地裏で凍えていた彼を助けてやったのは誰だと思っているのやら……。

「君もひとり?」

今日みたいな冬の寒い夜。僕は狭い路地裏で真っ黒な仔猫を見つけて声をかけた。

「奇遇だね。僕もずっとひとりなんだ」

寒さと飢えで今にも力尽きそうな仔猫が、蒼い瞳で僕を見上げてミャアと鳴いたのを覚えている。掠れて弱々しくて、消え入りそうな声で鳴く仔猫を抱いて、僕は執事もいない家に帰った。死にかけの仔猫に寄り添う夜は、僕を「悪魔の子」と呼んで捨てた母の記憶をいやでも思い出させた。それでも祖父が憐れみから遺してくれた遺産のおかげで、僕はたったひとりでもなんとか生きていくことができた。

むしろ家の経営がどうとか社交界がどうとか、そんなくだらない世界に煩わされずに生きていくことを許されたのだ。だったらいっそこの眼に生まれたことを幸運に思うべきじゃないか——と回想したところで、僕ははたと我に返った。

……待て。今のは一体誰の記憶だ? 以前看取った誰かの記憶?

いや、違う。だって回想の中には仔猫だった頃のチャールズがいた。

だったら……今の記憶はなんだ?

まさか僕が死神になる前の記憶だとでも?

いや、だけど僕はチャールズが仔猫だった頃のことなんて知らないはずだ。だってムギンに案内されてここへやってきたとき、チャールズはすでにいた。若く凛々しい成猫で、彼も使い魔なのかと尋ねたら、ムギンは「違う」と短く答えた。じゃあなんでここにいるのさ、という僕の問いに彼は……ムギンはなんと答えたのだっけ？

明らかな記憶の混濁に、僕は柄にもなく狼狽した。

落ち着け。これはたぶん、そう、日頃回収している魂の記憶と自分の記憶が混線してわけが分からなくなっているだけだ。死神にも時々そういうことがある。自分ではない誰かの人生を看取り続ける仕事だ、こうならない方がおかしいと言ってもいい。

今夜はもう休もう。大丈夫だ。

寝て起きればまたいつものように、からっぽの朝が僕を待っている。

すべての感情は淘汰され、こんな風に混乱することも、たったひとりの人間に執着を覚えることもなくなるのだ。そうだ。眠ろう。僕はなにも思い出したくない……。

けれど寝室へ向かう僕の行く手を阻むように、そのとき玄関のベルが鳴った。

「電報でーす」

次いで聞こえる配達夫の声。僕は深々と嘆息したあと、苛立ちながら踵を返した。

玄関まで行き、やや乱暴にドアを開ければ顔見知りの配達夫がぎょっとした様子で肩を竦ませている。彼の手には小さな封筒がふたつあった。

「それ、どっちも僕宛て？」

不躾に尋ねれば、配達夫は急に喋れなくなったみたいにこくこくと頷いてみせる。

僕はすぐに封筒をひったくり「どうも」と心にもないお礼を言って扉を閉めた。

「僕らの上司ってさ。時々〝わざとなんじゃないか？〟と思うくらい間が悪いよね」

誰にともなく悪態をつきながら、廊下でさっさと封を切る。こんな時間に急な仕事が二件も舞い込んでくるなんて最悪だ。一件目の看取り対象者は二十四歳、男性。死に場所はオールド・ストリート沿いの路地。そして、もう一件は——

「……は？」

僕は間抜けな疑問符を吐き出したあと、すぐさま脇にかけてあった黒のコートを引ったくった。そうしてろくに身支度もせず家を飛び出し、怒鳴るように辻馬車を呼び止める。面食らっている馭者に行き先を告げて、できる限り急ぐよう命じた。

「嘘だ」

二通の電報を握り締め、揺れる馬車の中で思わず呻く。

今夜、僕が看取るべきもうひとりの名は、エリー・ターナー。

見間違いようがなかった。

それは、僕が愛してしまったひとの名だった。

†

地下鉄を降り、慣れ親しんだイーストエンドの地に立つと、ソーホーの賑わいはみんな夢だったのではないかと思えた。

　それくらいロンドンのこちら側はうらぶれていて、霧にまとわりつかれたガス灯も、閉め切られた民家の窓も、足もとに積もった雪でさえ、なにもかもが塞ぎ込んでいるように見える。

　ついさっきまで、なんて静かな街なのだろう。白い息を吐きながらそう思った。

　ついさっきまで、私たちは無数の音楽と喝采と着飾ったひとびとの衣装のきらめきに包まれていたはずなのに。できればずっとあの輝かしい夢の中にいたかった。

　けれどこれこそが現実であり、私という人間の正体なのだ。

　夢に溺れるのはもう終わり。私は暗くて寒い現実の中で唯一の光を見つけた。

　その光はとてもやさしくて美しくて、上品なウールのコートを着ている。

　触れるとそっと包み込んでくれて温かい。

　だから私は、彼とともに歩いていくことを決めた。

「劇はおもしろかった？」

「ええ、とっても。裁判のシーンはちょっと怖かったけれど、最後はずっと笑いっぱなし。シェイクスピアってああいうお話も書くひとだったのね」

「シェイクスピア作品は確かに悲劇の方が有名だけれど、僕は彼の書く喜劇も好きだよ。中でも『ヴェニスの商人』は個人的にいっとう好きでね。〝輝くものすべて金にあらず〟――いい言葉だと思わないかい？　今夜の席を用意してくださったお嬢様には感謝しないと」

そうして他愛もない話をしながらふたり、肩を並べて家路を歩いた。

ジェイムズも今夜はロンドンに泊まるそうだから、いつもみたいに急がなくていい。

パブやミュージックホールが軒を連ねるソーホーとは違い、夜のイーストエンドは閑散としていた。金曜の夜だというのに家々の明かりはすでに落とされ、街そのものが眠りに就こうとしている。

おかげで私はジェイムズの足音や衣擦れの音、抑揚の少ない話し声まで、すべてを独占することができた。今夜は彼の靴が雪を踏み締める音さえも愛おしい。

「エリー。今日は来てくれてありがとう」

「お礼を言うのは私の方よ。あんな素敵な劇に、私なんかを誘ってくれて……後悔してない？」

「どうして？　世界の裏側まで探しても、僕より君を求めている男がいるとは思えない。だのになにを後悔することがあるだろう。こうして君のきらめきを手に入れる権利を得た夜に」

普段は平淡な声色で話すジェイムズが、不意にとろけるような口調で言った。

彼の眼差しは大袈裟なくらい陶然とこちらを見つめていて、思わず気恥ずかしくなる。彼がこんなに私を求めてくれていたなんて知らなかった。

否、どこかで気づいてはいたけれど、認めて受け入れるのが怖かっただけだ。

――右手でよろこびを掴もうとしたら、左手の宝物を取り落とす。

人生ってそういうものよと母は言った。

私は左手の宝物を失うことがおそろしかった。だから守り抜きたかった……。

でも右手で新しいよろこびを掴んだ今は、これでよかったのだと胸を張って言える。

左手は当分空けておこう。欲を出してまた右手を伸ばしてしまわぬように。

「エリー。君は本当にまぶしいよ」

胸の中で小さな誓いを立てた私に、ジェイムズはなおも熱っぽく言った。

「僕は昔から君みたいにきらきらしたものに目がなくてね。どうしようもなく惹きつけられるんだ。憧れ、とでも形容すればいいのかな。僕には生涯縁のないものだから」

「あら、どうして？」

「僕はね、エリー。今でこそきらびやかな貴族のお屋敷に仕えているけれど、もとはこのイーストエンドのスラムで暮らす孤児だった。来る日も来る日も自分がなぜ生きているのか分からないまま、ゴミを集めたり盗みを働いたり……金を稼ぐために、テムズ川に浮かんだ死体のふところをあさったこともあったよ」

歩きながら紡がれた突然の告白に、私はひゅっと息を吸い込んだ。

今の彼からは到底想像もできない壮絶な過去を聞き、思わず目を見張って振り返る。

「スラムの孤児？　あなたが？　本当に？」

「ああ……今まで話していなかったけれどね。だって滑稽な話だと思わないかい？

自分が生きる理由も見出だせず、この世は生きるに値しないと何度も唾を吐きながら、そのくせひとの死臭にまみれてまで生きながらえようとしていたんだよ、僕は。もちろん、冬が来るたびテムズ川へ身を投げることを考えたりもしたけれど……あらがう術（すべ）も持たぬまま時代に殺される自分があまりに哀れで、憤ろしくて、結局思い留まってしまった。だけどそんな暮らしを何年も続けているとね、ひとの心なんてものはいともたやすく壊れてしまう。そして僕も壊れた。今もここに穴が開いていて、なにかを大切にしまい込もうとしても、水洩れするみたいに流れていってしまうんだ」

　黒い手袋をはめたジェイムズの手が、音もなく胸を押さえた。まるで本当に穴が開いていて、心臓の脈動とともに溢れ出すなにかを堰（せ）き止めようとしているみたいに。

「だ、だけど……だけど、あなたは今も生きているわ」

「ああ、そうだ。僕は生きてる。暗闇をさまよった末に、ひと筋の光を見つけたから」

「光？」

「そう、光だ。その光はほんの一瞬、ふっと暗闇を照らすだけですぐに消えてしまうのだけどね。それでもぱっと弾けたときのあの美しさったらないんだ。何度だって見たくなる。だから僕は生きている。より美しいきらめきをこの目に焼きつけるために」

　珍しく昂揚した様子で、彼は彼を生かしている光のすばらしさを滔々（とうとう）と説いてくれた。私には彼の言う光というのが何なのか、見当もつかなかったけれど、これからともに生きてゆく男性（ひと）の心のうちを少しでも知りたくて、懸命に耳を傾ける。

「ときにエリー、君は魂の存在を信じるかい？」

「魂？　そうね……具体的にどんなものかと言われたら、受け売りの答えしか返せないけれど……でも、魂はあると思うわ。旦那様が以前おっしゃっていたの。魂とはひとの心の器をさす言葉だ、って。魂が存在しなければ、心というものは水のように流れてしまって胸の中に留まらない。よろこびも悲しみも、楽しみも苦しみも、どれひとつ欠けることなく大切にしまっておけるのは、主が魂という名の宝箱を授けてくださるから……だからひとはひとで在れるんだって、そうおっしゃっていたわ」

「へえ……魂という名の宝箱、か。さすがは君の旦那様、とても詩的で的確な表現をされるのだね。だけど、そうか、宝箱か。ああ、なんて素敵な響きだろう！」

言うが早いか、ジェイムズはぴたりと足を止め、突然私の手を取った。

こちらがおどろきで目を白黒させている間にも、彼は恍惚とした口振りで、酒精に似た甘い言葉を吐き続ける。

「そう、まさしく宝箱だよ、エリー。魂という名の箱の中には色とりどりの宝石が秘められている。それがあるときぱっと弾けて、花火のようにきらめくんだ。誰もがみんな、そんなものは見えやしないし存在しないと言うのだけれどね。僕には見える。確かに見えるんだ。あれを魂と呼ばずして、なにを魂と呼べというのだろう？」

「じ、ジェイムズ……？」

「だけど魂の輝きはひとによってまったく色合いが違うんだ。中にはちっとも美しくない、濁った魂の人間もいる。イーストエンドで暮らすひとびとの魂はそういうのばかりでね。君のようにきらきらした魂の持ち主はなかなかお目にかかれない。だから僕は君に惹かれた。叶わぬ恋に身を焦がしながら、なおも愛に燃える君のきらめきに」

「あ、あの、ジェイムズ……？」

「そして今夜、僕はそのきらめきを手に入れた。今まで手に入れたきらめきの中でも君のは一番だ。特に今夜のきらめきはいっとう美しい。僕はもう我慢できない。今すぐにでも君の魂の輝きを見せてほしい」

「ジェイムズ、あなた、さっきからなにを言って……」

それはあまりにも唐突だった。

唐突に、私はジェイムズの話す言葉が理解できなくなった。

確かに同じ母国語で話しているはずなのに、異国の言語で捲し立てられているかのような錯覚。混乱。そして恐怖。私の手を掴むジェイムズの目は爛々と輝き、闇の中で異様に白い結膜が、みずから光り輝いているようでおそろしかった。

とっさに掴まれた手を振り払おうとしたものの振り払えない。

とんでもない力だ。一体どうしてしまったというのだろう。

慄然としながら彼を見やり、次の瞬間、私はさらにおののいた。

なぜならジェイムズの左手にはいつの間にか、ぞっとするほど磨き込まれた、ひと振りのナイフが握られていたから。

「もう一度言うよ、エリー。今日は来てくれてありがとう。僕はずっとこの日を待ってたんだ」

「じ、ジェイムズ、」

「ああ、最後にひとつだけ教えておこう。僕には昔から名前がない。残念だけど、ジェイムズ・オストログなんて男は、世界のどこにも存在しないよ」

そう言って彼が左右の口角を吊り上げたとき、私はようやく理解した。

名前がないという彼の、本当の名前——ジャック・ザ・リッパー。おめでた女と呼ばれた頭脳がやっとのことでその答えに行き着いたとき、私は裂帛の叫びを上げた。

衝動的に目の前の怪物を突き飛ばし、すぐ先に見えた横道へと駆け込んでいく。

古くて狭い路地だった。

どこへ続くかも知らない裏路地を、ドレスの裾をたくしあげ、私は馳せた。

背後には私を呼び止めようとする彼の足音が迫っている。

エリー、エリー、と繰り返される呼び声に焦りや怒りの響きはない。

あるのはただ、背筋も凍るような愉悦だけ。

どうして私は今の今まで彼の正体に気づかなかったのだろう？

どうして、どうして、どうして——

「どうして……！」

喉が張り裂けんばかりに叫んだ。助けを求めたいのにどこまで行けども人影はない。

やっと手に入れたと思った。私の人生。私の未来。私の幸福。

だのに左手の宝物を投げ捨てて手に入れた結末がこんなだなんて。

ああ、下手な喜劇よりよっぽど喜劇だわ。

胸もとでコートを飛び出したエメラルドが揺れている。この選択を祝福し、送り出してくれたあのひとになんてお詫びをすればいいのだろう？

そんな現実逃避にも似た思考が脳裏をよぎった、直後だった。

ズッと背中に冷たい感触があって、コートと肌の内側に異物が滑り込んでくる。

痛みや絶望を感じるより先に涙が溢れた。

私の意思とはまったくの無関係に力が抜けて、凍てついた地面に倒れ込む。

そこから先はなにも言葉にならなかった。私の体から溢れる温かくてかけがえのないものが雪を溶かしてゆくのを感じながら、月もない夜空に閃く切っ先を見た。

腕を掴まれ、あらがえないほどの力で仰向けにされたかと思えば、狂喜の笑みとともに二度目の刃が降ってくる。熱い。凍えるほど寒いはずなのに、氷でできているのかと訝るほど冷たい刃が皮膚を破ると、とても熱い。

――旦那様。

生きながら地獄に堕ちていくような光景の中で、私はひたすらに想い続けた。

旦那様。私、あなたを愛していました。どうせお別れするのなら、せめて嘘偽りのないこの気持ちだけ、あなたに預けていくのだった。報われない恋だとしても、ここにあなたを愛した人間がいたことをちゃんと、ちゃんと――

「カア！」

そのとき、今にも閉じようとしていた私の意識の緞帳(どんちょう)を鋭い鳴き声が引き裂いた。

終劇にはまだ早いと言わんばかりの鳴き声は羽音とともに舞い降りて、猛然と切り裂きジャック(リッパー)へ襲いかかる。

鴉、と、すでに声も出ない唇で私は小さく囁いた。漆黒の空から現れた漆黒の鳥が、けたたましく鳴きながら羽ばたきでリッパーの邪魔をする。

もしかして、あの鴉は……。

十日前の晩、帰宅した私を見下ろしていた巨大な鴉を思い出した。

今、果敢にも殺人鬼へ挑みかかる大鴉は、先日の晩に見た彼ではなかろうか。

天からの急襲に虚を衝かれたリッパーの手からナイフが落ちた。

彼は地面を転がる得物をとっさに拾い上げようとしたようだけれど、それよりも一瞬早く、黒い把手(はしゅ)を掴んだ手袋がある。

「礼を言うよ、ムギン」

ああ、今のは幻聴だろうか。

私が最期に聞きたくてたまらなかった声が耳朶を打ち、そして、血が飛沫いた。

†

それは遥か、遥か昔からの決まりごとだ。

僕らの上司が下す決定は絶対で、たとえ天地が逆転し、大地が裂けて地獄が降ってこようとも、忽せにされることはない。

そんなこと、長い長い死神生活の中でとっくに学んだつもりだったのに。

ひどく寒い冬の夜。僕は血だまりに横たわるエリーの傍らへ跪き、世界を呪った。

「だ……だんな、さま……」

言葉を覚えたての子どもみたいに、色を失ったエリーの唇がたどたどしく僕を呼ぶ。

僕は返す言葉を持たなくて、血と涙で濡れた彼女の頬にてのひらでそっと触れた。

「だ……な、さま……ごめ……なさ……わた、し……せっかく……だんなさま、に……おくり……だ……て……いただいた……のに……」

「……もういいんだよ、エリー。もういいんだ」

うつろに僕を見つめるエリーの瞳からは、とめどなく涙が溢れていた。

潤んだエリーの瞳はこんなときだというのにきれいで——とてもきれいで、笑い出したくなってくる。涙に洗われた彼女のエメラルドは、胸もとで輝く本物のエメラルドよりよほど美しかった。だから僕は彼女を愛した。愛してしまった。

これはその罰なのだろうか。

エリーは僕と出会わなければ、もっと幸福な死を迎えられたのだろうか。それとも僕と出会ったせいで、なんてうぬぼれた考えは、さすがに傲り（おご）がすぎるだろうか。

無力でからっぽな僕を嗤うように、ビッグ・ベンが鳴っている。

「だんな……さま……わたし……さい、ごに……おつた……したい、ことが……」

「何だい？」

「わた……し……わたし……ずっと……だんなさまの、ことが――」

静かな夜だった。

薄く降り積もった雪が世界に蓋をしてしまったかのような、静かな夜だった。

聞こえるのは鐘の音と、彼女が紡ぐ掠れた最期の言葉だけ。

だから僕は微笑んで答えた。

「〝その瞳に見られて、わたしの心はふたつに裂かれてしまった。半分はあなたのもの、残りの半分もあなたのもの〟」

結局そんなひねくれた答えしか返してあげられなかったけれど、僕と彼女の関係は、これでいいのだと思っている。

「……終わったか」

エリーの頬を最後のひと雫が伝い、僕が彼女の魂を冥府へ送り終えた頃、背後から低い老爺の声がした。僕は大切に温めていた彼女の右手をそっと放し、立ち上がる。

顧みた先には、真白い地面に降り立った真っ黒な鴉がいた。

さらに後ろでは両眼を押さえた殺人鬼が、今も地面に転がり呻いている。

僕は彼から奪ったナイフでヒュッと冬の風を切り、刃先に滴る血を払った。

「ムギン、どいてくれるかな」

「退けと言われれば退くまでだが」

と、殺人鬼の前に立ち塞がる僕の使い魔が嘴を開く。

「おまえも知っているだろう、猫目。死神が人間に手を上げることは許されぬ。足もとを見よ。その境界を跨げば最後、おまえは死神ではいられなくなる」

鴉の姿をした使い魔は、終始無愛想な声色で死神のルールを説いた。促され、僕が冷然と見下ろした雪の上では、先ほど払ったナイフの血が赤い境界線を描いている。

けれども僕はわずかの迷いもなく、あの世とこの世の境を踏み越えた。

「構うもんか。どのみち僕はもう戻れない」

「なぜ？」

「思い出したからだよ、ムギン。僕の本当の名前も、死神になる前のこともすべてね」

ロンドン塔の鴉よりひと回りもふた回りも大きい僕の使い魔は、何も言わずに目を細めた。そこにあったのは諦念か憐れみか。

そのどちらでもなかったことを僕が知るのは、もう少し先の話なのだけれど。

「そうか。ならば往くがよい」

大袈裟な羽音を立てて、大鴉は飛び立った。それが僕を死神として育ててくれた彼との今生の別れだとなんとなく気がついて、ほんの束の間天を仰ぐ。

「う……うぅ、う……エリー……エリーは……？」

彼の羽音が遠ざかり、漆黒の空に漆黒の翼が溶けた頃。

僕は足もとで呻く殺人鬼を見下ろして、すべての感情を無に還した。

死神でなくなった今、感情を失うことはもはや不可能のはずなのに、不思議と目の前の男には何の感慨も湧いてこなかった。

ただ僕のナイフの一閃に両眼を裂かれ、視界を失って蠢く肉塊をほんの少し憐れんだだけだ。僕にとってこいつはひとのかたちをした汚物にすぎない。

汚物として生まれ、汚物として死ぬ者——ああ、なんてくそったれな夜だろう。よりにもよって最後に看取る人間が、こんなにも自分とそっくりな殺人鬼なんて。

「エリーはもうどこにもいないよ、ジャック・ザ・リッパー」

呻きながら左手をさまよわせていた殺人鬼が、僕の声に反応した。

「いや、ジョン・メイブリックと呼んだ方がいいのかな？　おどろいたよ、まさかひとの身でありながら魂を視る力を持つ者がいるなんてね」

「……君は誰だ？　僕はジョン・メイブリックなんて名前じゃない……」

「殺し屋がつけてくれた名前だろう？　親と名前は大切にしなくちゃあ、ねえ？」

自分のことは完全に棚に上げ、僕は殺人鬼を蹴りのけた。顔中を血まみれにして倒れた彼の胸に足を乗せ、雪のベッドの感触を存分に堪能させてやる。

「うぅ、エリー……！　放せ……僕はエリーのきらめきを見届けるんだ……！」

「残念だけどそれは無理だな。彼女の魂は僕がいただいた。長年この仕事をしている僕でさえ見たことがないほど美しい魂だったよ。だけど君にはかけらだって見せてやらない。彼女の魂のきらめきは、永遠に僕だけのものだ」

「あ、あぁ、あぁぁぁぁぁ……！」

彼女の魂がもうここにはないことを知ったからか、彼は苦悶(くもん)の声を上げてもがき始めた。ひっくり返った甲虫みたいに手足をばたつかせ、喚(わめ)くばかりの殺人鬼を、壊れかけの退屈な玩具みたいに見下ろして僕は言う。

「ああ……そういえば君の目玉ももらっていくつもりだったのに、とっさのことで潰しちゃったな。実に惜しいことをした。噂の殺人鬼は一体どんな眼をしているのか、確かめておきたかったのに」

暴れる彼を踏みつけたまま、体に染みついた動作でくるりと手の中のナイフを回した。そうして黒い把手を握り直し、かつて殺人鬼だった頃の記憶に身を委ねる。

「まあ、いいか。目玉集めもこれで最後だ。僕が最後に手にするのは他の誰のものでもない、エリーのエメラルドがいい――」

じゃあね、と無慈悲に吐き捨てて、僕は殺人鬼の胸に刃を突き立てた。

二十世紀の怪物は心臓で刃を受け止めて、そして死んだ。

看取り業務完了(ミッション・コンプリート)。僕が最後に送った魂は真っ黒で澱んでいて救いようがなくて、悲しいくらいからっぽだった。

†

その日、天使サリエルはひとりの死神をとある邸宅へ導いた。

目覚めたばかりの死神はひどくからっぽでまっさらで、身につけている黒いベストと白いシャツ以外、名前も記憶も目玉さえも持たなかった。

天使に手を引かれて歩きながら、彼は時折左手を宙にさまよわせる。まるで底のない穴を泳ぐような感覚に、彼は生まれてはじめての戸惑いを感じていた。

「……あの、天使サリエル。やはり杖がほしいのですが」

盲(めし)いた眼を閉ざしたまま、死神は眉を曇らせそう告げた。上級職(てんし)にものをねだるなんて不遜だとは知りつつも、このままではひとりで歩くこともままならない。ところが天使は古い壁紙のにおいの真ん中で立ち止まり、静かに微笑(わら)うばかりだった。

「大丈夫。あと少しの辛抱ですよ」

男性とも女性ともつかない声がやわらかく鼓膜を震わせる。ほどなく蝶番(ちょうつがい)の軋む音がして、死神は己の靴が毛足の長い絨毯を踏み締めるのを感じた。

季節はすでに春だというのに、朝一番の新雪にそっと足跡をつけたような錯覚が、なぜだか胸裏に細波を生む。瞬間、なにかの映像の断片がまぶたの裏をよぎりかけ、しかしそれを遮る声があった。

「いらっしゃい」

まったく知らない男の声。淡いおどろきとともに立ち止まれば、右手を預けていたはずの手袋の感触がするりと逃げる。

おかげで死神は唐突に、ひと雫の光もない闇の中で立ち尽くす羽目になった。

口を噤んで次なる沙汰を待ってみるも、沈黙が降り積もるばかりで変化がない。

「天使サリエル？」

虚空へ向けて放った呼びかけに、天使はもう答えなかった。

「僕はサリエルではないよ」

代わりに返ってきたのは、先ほど闇を震わせたのと同じ男の声だった。

「……あなたは？」

「そうだね。今はチャールズとでも名乗っておこうか」

堂々と偽名であることを宣言しながら、声の主はけろりと答えた。

ほんの一瞬、その声に聞き覚えがあるような気がしたものの、死神となった彼の感情や記憶の揺らぎはすべて、生まれた傍から目の前の闇に食べられてしまう。

「新米くん。今日からここは君の家だ。そして僕は君の使い魔。君を一人前の死神に育て、あの世とこの世の調律を託す者……なんて言えたらかっこいいんだけど、実のところはただの咎人さ。おかげでこんな窮屈な肉体に入れられてしまった。チャールズにはいいけど、いまの僕と比べたらフランケンシュタインの方がしあわせだろうね」

滴るほどの皮肉を湛えて彼は言い、やがてどこからか降り立った。

響いた足音の異様な軽さに、死神は耳をそばだてる。

「ところで、君。なんでも君は目玉がないそうだね。盲目のままでは死神の仕事は務まらない。だから君に目を与えるようにと、上司からお達しを受けている」

チャールズの声は、今度はずっと低い位置から聞こえた。けれどからっぽの死神は返すべき言葉の持ち合わせがなく、行儀のいい人形のように佇むばかり。

「……僕は、君に目を与えるべきではないと言ったのだけどね。かつて僕にそうしたように、君にもチャンスを与えるべきだと上司は言った。あのひとは不条理を好むくせに、変なところで公平だからね。そしてさらに幸いなことに、目玉ならここに腐るほどある。この中から特別君に似合いそうなのを、僕が見繕ってあげよう」

硝子と硝子が触れ合う儚げな音がした。

どうもチャールズが品定めをしているらしい。やがて彼は数ある硝子瓶の中からたったひとつ咥え上げると、それを死神の眼前へ差し出した。

「ではこれを。僕の宝物ほどではないけれど、とっておきの逸品だ」

死神はまたも左手をさまよわせた。指先に玻璃の冷たさが触れる。

「君にはとてもお似合いだよ。そう、とてもお似合いだ」

微かに揺れた瓶の中で、ふたつの落日が彼を見た。

「さあ、早く鏡を覗いてごらん。果たして君はその赤を、何の赤だと呼ぶのだろうね」

幕間　黒猫とワルツ

「やあ、エリー。久しぶり。ここへ戻ってくるのはいつぶりだろうね？　しばらく掃除をサボってたからずいぶん埃っぽいよ。あとで彼を呼んできて掃除させないと。いつまたロンドンにとんぼ返りさせられるか分かったものじゃないからね。だけど僕たち、日本に赴任して今日で一年になるんだ。あの国はなんというか、おもしろいよ、うん。同じ島国だし、なんとなく英国に似ているんじゃないだろうか、なんて行く前には思っていたけれど。全然違ったね。全然違うよ。特に僕らとの宗教観の違いにはおどろいた。だって日本では、僕らの上司の呼び方が八百万通りもあるっていうんだよ？　あんなのさすがの僕でも覚えきれる気がしないね。まあ、日本でも百年働けって言われたら話は別だけどさ。だけど、百年――そう、百年だよ。僕たちがハロッズで一緒に買い物をしたあの日からもう百年も経つんだ。信じられる？　僕は君の笑った顔も、淹れてくれた紅茶の味も、無器用なアイルランド訛りだって昨日のことのように覚えているのに。シェイクスピアは『マクベス』の中で〝どんな嵐の日にも時間は経つものだ〟と謳ったけれどね。どんなにときが流れても去らぬ嵐もあるのだと、僕は最近そう思い始めているよ。いや、あるいは僕が引き止めてしまっているのかな。嵐よ、去らないでくれってね。君は今頃どこかで真新しい人生を謳歌しているだろうに、こんなところでいつまでも嵐に吹かれている僕をバカだと笑うかい？　だけどしょうがないじゃないか。だって彼がいつまで経っても目覚めないんだ。僕でさえ二十年かそこらで目が覚めたのにだよ？　まあ、彼という人間はそれだけ世界に対して心を閉ざしていたのだろうと、一応の理解は示しているのだけれどね。いや、あるいは僕が悪いのだろうか？　思えばムギンはときどき腹が立つくらい要領がよかったから。あいつも今頃どこかで生まれ変わっているのかな。僕もそろそろそちら側へ行けるといいのだけれど。だけど彼の魂は無事によみがえるだろうか。君は彼のことなんて考えたくないかもしれないね。僕も百年前はそうだった。だけど今はどちらかというと興味の方が勝っているんだ。薄情だ、なんて怒らないでおくれよ？　僕だっておどろいているんだから。さっきはああ言ったけど、彼、日本に行ってから少しずつ変わり始めているんだ。もしかしたら僕らの再会は存外近いところにあるのかもしれないね。また会える日を楽しみにしているよ、エリー。そのときはどうか僕と一曲踊っておくれ。情けないことに、レディを舞踏に誘うのはこれがはじめてなんだけどさ。君とならとびきりのワルツを踊れそうな気がするんだ。だからいつか迎えにいくよ。それまではもうしばらく、この嵐と一緒に踊ろうじゃないか。だってせっかく魂があるのだから。ああ、何度朝を迎えても悲しみが色褪せないってすばらしいね、エリー。願わくば最期の瞬間、僕の視界を彩る魂が、君の瞳と同じ色でありますように」

第五話

夢追い人と悪魔

春雨だろうか。

遮光カーテンが引かれた薄暗い室内に、ドレスの裾が床を滑るような音色が響いていた。限りなく静寂に近い雨音が耳に心地よい。

あれがもしドレスの立てる衣擦れの音ならば、きっと冥府から舞い戻ったペルセポネがあちこちの野を巡り、世界に雪解けを促して回っているのだろう。

明け方、うとうとしながらそんな夢とも空想ともつかないものに溺れていると、不意に耳もとでスマートフォンが鳴り出した。断続的に続く無機質な電子音。

いつものマザーグースじゃない。

僕は未だまどろもうとするまぶたを押し上げて、手探りで端末を掴んだ。そうして画面を点灯すれば、通知領域に新着メールを知らせるアイコンが光っている。

『悪魔注意報』

開いたメールの件名は実に簡潔で明快だった。

悪魔の二字が、寝起き特有の思考の靄(もや)をゆっくりと晴らしていく。

「……チャールズ」

シングルベッドから体を剥がし、相棒の名を呼んでみた。

しかしゆりかごを模したいつもの寝床にチャールズの姿はない。

まだ夜明け前だというのに、どこへ行ってしまったのだろうか。

僕は仕方なく使い魔との情報共有をあと回しにし、着替えを済ませて寝室を出た。ドレスシャツのボタンを留めつつリビングへ向かえば、ダマスク柄のソファに並んで行儀よく腰かけていたドールたちが一斉に僕を見る。途端に彼らは大慌てでソファから飛び降りた。主がこんなに早く起き出してくるとは思っていなかったらしい。

「おはよう、みんな。チャールズを見なかったかな？」

ようやく首もとのボタンまで留め終えてそう尋ねれば、足もとに整列したドールたちが互いに顔を見合わせた。表情こそ変わらないものの、不思議そうに首を傾げているさまは、彼らが彼を見ていないことを物語っている。

「そうか。見ていないならいいんだ。ああ、朝食はいつもの時間で構わないよ。それより君たち、今日からしばらく家の外へは出ないように。昨日僕の管轄区に悪魔が出たらしい。彼らはひとの魂を糧としているからね。君たちを動かしているのも、かけらとはいえ人間の魂だ。狙われる可能性は充分にある」

僕が主人然として警告すれば、ドールたちが揃って震え上がった。

令嬢姿のドールは驚愕のあまり口もとを覆い、メイド姿のドールたちは互いに抱き合い、兵隊姿のドールも銃剣を担いだまま戦慄している。

彼らは庭にある小さな菜園も管理してくれているから、時折野菜やハーブの収穫のために戸外へ出ることがあるのだった。もちろん彼らの体内に収まる魂は極小だし、普通の悪魔なら食指を動かしたりはしない。

けれど悪魔の中には飢えのあまり、自我も理性も見境も失っているものがいる。そういう手合いにはたったひと粒のインゲン豆も、きっとご馳走に見えることだろう。

「一応悪魔除けをしておくから、家の中なら安全だけど。問題はチャールズだな……」

使い魔という存在が、動物の亡骸に人間の魂を入れたものだということは僕も先刻承知している。魂を持たない死神は悪魔の標的にされることはないけれど、ひとの魂を持つ使い魔たちは話が別だ。僕はいつも本物の猫みたいに気まぐれな相棒の身を案じつつ、ひとまず先に悪魔除けの儀式を済ませてしまうことにした。

朝日が顔を出す前のヘヴンリーブルーに満たされた室内で、祈りの言葉を捧げながら聖水を撒いていく。玄関には銀の十字架を下げ、それ以外の出入り口――キッチン脇の勝手口や、大開口の格子窓――の近くではホワイトセージの香を焚いた。

僕のセーフハウスにはドールたちが宿す魂の他にも、絵の具にするべく集めたたくさんの魂のかけらがある。悪魔にあれらのにおいを嗅ぎつけられたら一大事だ。だから幾重にも念入りに、僕は僕の城を守るための結界を張り巡らせた。

すべての儀式が完了する頃にはすっかり日が高くなっている。

今なお窓を叩く小雨の音を聞きながら、汗を拭って空を仰いだ。

アトリエの窓から見える空は曇っているのにまぶしくて、冬の曇天とは趣が違う。

「日本は春が早いな……」

誰にともなく呟いて、僕はしばし立ち尽くした。桜の季節にはまだいくばくか早いものの、気温はすでに温暖で、日中には汗ばむことも増えている。

と、不意に視界の端に映ったイーゼルに自然と意識が移ろった。

行き場を失くし、長いあいだ部屋の隅に放置されたそのイーゼルは、今日も今日とてハロウィンの亡霊みたいな白い布を被っている。

僕はもはや日課となった何気ない動作で布をはずした。

今日こそはこの絵に色を塗れるんじゃないか、なんて淡い期待を胸に宿して。

けれども木炭で薄く描かれたデッサンを見るなり、得も言われぬ感情に息が詰まる。

たぶん忘れているだけで昨日の僕もこうだったのだ。付け加えるなら一昨日の僕も、一昨々日の僕も、その前の僕も、その前の前の僕も……。

そうして去年の秋からずっと放置されている一枚の絵が目の前にある。

あの日、高校の屋上から飛び降りた薄井楓が最後に見たであろう景色。

彼女の魂を引き取った僕は、即日この絵を完成させようと筆を執った。

死の間際、彼女が屋上から眺めた血色(ちいろ)の世界を——彼女が人生で唯一美しいと感じた情景を、絵として残そうとそう思った。

されど素描を終えて色を載せようとしたら、どういうわけだか筆が止まってしまったのだ。楓が遺した夕焼け色のかけらで真っ赤に熟れた落日を描こうと思ったのに、彼女の魂を磨り潰すことさえためらわれた。

僕の中のなにがそうさせたのかは今も知れない。

だけどこの絵にはどうしても色を載せられなくて――載せたら僕の中のなにかが変わってしまうような気がして――最終的にイーゼルごと封印する道を選んだ。

そして時折こうして思い出しては、やはり今日もだめだと肩を落とすのだ。描けないと思うのならさっさと倉庫にしまい込んで、忘れてしまった方が気が楽なのに。

真っ白な太陽を眺めてしばし立ち尽くしたのち、僕は呼び鈴の音色で我に返った。ドールたちが食事の支度を終えたときに鳴らす鈴の音だ。

僕は釈然としない気持ちを抱えたまま、再びイーゼルを布で覆うと、セージのにおいに満ちたダイニングへ引き返した。ところがそうして戻ってみれば、いつの間にかチャールズの姿がある。彼は食卓の傍に置かれた器の前に屈み込んで、わざわざ英国から取り寄せているグレインフリーのキャットフードをおいしそうに咀嚼していた。

「やあ、君。朝からずいぶんとひどいにおいのものを焚いているね。まさかとは思うけど、悪魔でも出たのかな？」

「ああ、そのまさかだよ。明け方に上から緊急連絡があったんだ。こんなときに君はどこへ行っていたんだい？」

「ちょっと近所の社交場に。今朝は集会があったから……」

「集会？」

「猫の世界にも色々あるんだよ。今の時期は特にね」

突き放すようにそう言って、チャールズは餌の器に顔をうずめた。

猫の世界の事情とやらはよく分からないが、どうやら彼はこのあたりで暮らす猫の一員として、近所の猫たちと交流していたらしい。

「じゃあもしかして、君が時折ふらりと出かけていたのは、その集会とやらに顔を出すためだったのかい？　君が本物の猫とたわむれるなんて意外だね」

「うるさいな。情報交換だよ、情報交換。日本のケット・シーはおどろくほど優秀なんだ。だから顔つなぎに行ってるだけで、別に馴れ合ってるわけじゃない」

「日本にもケット・シーがいるなんて初耳だな」

「この国では〝ネコマタ〟と呼ぶらしいけれどね。彼らの情報網は確かだよ。どうやら日本の猫にはひとには見えないものが見えているらしい。というわけで仕事をひとつもらってきたんだけど、君ももちろん行くだろうね」

　妙に断定的な言い方をされて、僕は彼が言うところの「仕事」に関して拒否権を持たないことを察した。今日の予定は通常の看取り業務が三件あるだけで、スクランブルがなければ時間にはそこそこゆとりがある。

　しかし猫から仕事を寄越されるなんてことがあるのだろうか。不審が顔に出ていたのか、席に着いた僕を見上げると、チャールズは不機嫌に鼻を鳴らした。

「〝One picture is worth a thousand words（百聞は一見に如かず）〟だ。とにかく君もさっさとその胃にもたれそうなエッグベネディクトをたいらげるといいよ。本当に悪魔が出たなら時間もないことだしね。今日の最初の仕事へ向かう前に現場を確認しに行こうじゃないか」

どうやら猫の集会に行っていたことを知られて機嫌が悪いらしい。いちいち棘のあるチャールズの言葉に肩を竦めながら、僕も朝食をいただくことにした。

ドールに頼んでつけてもらったリビングのテレビから朝のニュースが流れている。

起きて最初に目にするニュースが、非行少年の無免許運転による死亡事故と知って眉をひそめた僕の手もとで、割れたポーチドエッグからどろりと黄身が溢れ出した。

悪魔と呼ばれる存在は、いわば人間の負の感情の集合体だ。

それも死者の魂から悪い部分だけが寄り集まって、やがて自我を得たものをそう呼ぶ。死神にきちんと導かれなかった魂は、長いあいだ放置されると生前の未練や生きている人間への羨望、あるいは敵意によって悪霊へと身を落としていくことがあるのだ。そんな魂がいくつも惹かれ合って、ある日忽然と生まれ落ちるのが、悪魔。

そうして一個の人格を得た悪霊たちの集合体は、現世への執着から来る飢えと渇きに苦しみ始める。彼らを苛(さいな)む飢餓感は普通の食べ物では癒やされない。

悪魔の苦しみをほんの一時(いっとき)やわらげてくれるのは、瑞々しい人間の魂だけ。

だから彼らはひとの魂を抉(えぐ)り出して食べる。

されど魂というものは往々にして肉体と固い絆で結ばれているものだ。

これを肉体から引きずり出して食べるというのは、実は存外難しい。

だから悪魔はひとをたぶらかす。

加護という名の鳥籠（かご）から魂の小鳥を誘い出し、ぱくりと食べてしまうために。

けれど乱暴な者になってくると、もっと手っ取り早い方法で魂を掠め取ろうとする。

すなわち人間を殺害して、魂が肉体から離れたところを丸呑みにするのだ。

もちろん死が差し迫った人間のところへは死神（ぼくら）が順次派遣されるから、ひとを殺して食べるという行為には大いなるリスクが伴う。

次の看取り対象者の居場所が手紙や電報で知らされていた時代ならいざ知らず、電話ひとつで死神が現場に急行してくる現代において、そんなリスクを冒してまで魂を欲するのはよほど追い詰められた悪魔だけだろう。

だから彼らは死者が好きだ。

悪魔たちは何らかの理由で死神に導かれず、現世に留まった死者の魂をよく狙う。

すでに肉体を失い、剥き出しの状態でさまよう魂ならば、死神に見咎められることなく食べることができるからだ。悪魔に食われた魂は彼らの一部として取り込まれ、個を喪失し、永遠に繰り返される飢えと渇きのループに囚われひとを襲う。

ゆえに僕たち死神は今まさに死のうとしている人間の魂だけでなく、現世をさまよう死者の魂をも探し出して冥府へ導く必要がある。僕らはこれを「送り業務」なんて呼んでいるけれど、この送り業務に上司からの指示はない。あるのは月のノルマだけ。

おかげで死神たちは数字に追われ、看取り業務の合間を縫ってはさまよえる魂を探し出す。真面目に成果を出さなければ、より業務が多忙で過酷な地域へ左遷されることを誰もが承知しているからだ。

「アケロン川の対岸のことは死神たちの自主性に任せる」なんて言いながら結局は手綱を握って離さないあたり、僕らの上司は本当に有能だなとため息をつきたくなった。

「いたよ。彼だ」

朝食のあとチャールズが僕を導いたのは、市内にあるとある大きな公園だ。

この街に住んでいる者なら知らない者はいない城址公園で、広大な敷地には緑が多い。ふと見渡せばあちらにもこちらにもたくさんの蕾をつけた桜の木があって、もう少し季節が進めばきっと大勢の花見客で賑わうであろうことが容易に想像できた。

蕾が開くのを促すように降る雨はやさしく、まさに「催花雨」という日本語がぴったりだ。日本人は自然の営みに情緒ある名前をつけるのがとてもうまい。

僕がそんなことを考えながら振り向いた先に、問題の男性はいた。

年は三十代後半くらい。年齢のわりにややラフな格好をして、園内の遊歩道に設置されたベンチに腰を下ろしている。無精ひげをちょっと整えたような見てくれの顎ひげ以外には、特にこれといって特徴のない男性だった。

ただひとつ奇妙な点を上げるとすれば、彼がいささか季節感に欠ける格好をしていることだ。上にはキャラメル色のダウンジャケット。下にはデニムの裾を収めるかたちでスノーブーツをはき、ご丁寧にマフラーまで巻いている。

いくら雨天で肌寒い気温とはいえ、あの装いはいささかやりすぎだ。

まるで彼だけが真冬に取り残されたかのよう。

さらにもうひとつ彼には不思議な点がある。雨の中、わざわざ濡れたベンチに腰を下ろして、傘もささずにずっとスマホをいじり続けていることだ。

いくら小雨とはいえ未明から雨が降り続いているというのに、傘を携えてすらいないというのはどうにもおかしい。あれほど熱心にスマホを覗き込んでいるなら、液晶が雨粒だらけになるのを避けたいと考えるのが普通だろう。

「……確かに彼は居残り人のようだね」

僕はそのふたつの違和感の答えをそう結論づけてチャールズに伝えた。

——居残り人。

それこそがなんらかの理由で現世に留まってしまったさまよえる魂の通称だ。

彼らの姿は常人の目には映らないが、魂を視ることが仕事の一環である僕たちには当然視認できる。ついでに言うと、セーフハウスの近所に住まう猫たちの中にも居残り人の姿が見えるものがいるようで、チャールズは彼らから男性の情報を得てきたと言った。ひとの身を借りている僕としては、にわかには信じがたい話だけれど。

「どう？　これで少しは僕の話を信じる気になったかい？」

そんな僕の心中を見透かしたように、ツンと鼻を上げてチャールズが言う。

得意満面の彼を一瞥した僕は適当に相槌を打ちながら男性に視線を戻した。

見たところ彼はまだ生前の姿を保っているようだし、悪霊特有の混沌とした気配もまとっていない。ということは死んでからまださほど時間が経っていないか、あるいは自分が死んだことに気づいていないか。

考えられる可能性があるとすればこのふたつだ。正解がどちらであるにせよ、居残り人というのは往々にして日々の日課や死の直前の行動を繰り返す傾向がある。

姿かたちは死亡した当時のまま、周りの時間が流れていることに気づかずに、ただ生前の行動を忠実になぞるのに没頭するのだ。

彼はおそらくああしてあのベンチに腰かけ、スマホを眺めるのが大切な日課だったのだろう。もしくはあそこでスマホを眺めている最中に何らかの理由で死亡した？

僕は考え得る可能性を絞るため、彼を真似て自分のスマホを取り出した。

ブラウザアプリを開き、公園の名前に「事故」や「事件」といった単語をつけ加えて検索をかけてみる。が、上がってきた検索結果の中にめぼしい情報は見当たらない。

とすれば、彼が亡くなったのは別の場所の可能性が高いということだろう。

「……チャールズ。彼はどうして今も現世に留まっているんだと思う？」

「さあね。どこかの死神が仕事をサボったか、はたまた強い未練があって魂の臍の緒がちゃんと切れなかったか……ただ彼はああして日がな一日スマホを眺めているだけで、どこかへ移動したり、他の行動を取ったりすることはないみたいだよ」

「だけど、もし理由が後者だとしたら」

「うん。まずは未練を断ってあげないことには冥府送りは難しいだろうね。あるいは彼がすでに死亡していることを強制的に自覚させて一旦悪霊に堕とすかい？　そうすればあとは鎌でバッサリ斬るだけだ。冥府送りよりはそっちの方が遥かに簡単だけど」

「チャールズ。救済の見込みがある魂を故意に悪霊へ堕とすのは重罪だよ」

「故意じゃなければいいんだろ。悪魔の件があるから急いで対処しようとしたら、対象が取り乱して悪霊化してしまったということにすればいいじゃないか」

「そんな杜撰な嘘があの上司に通用すると思うのかい？」

「いいや、まったく思わないね。だから言ってみたんだ」

ひねくれた使い魔の言動に、僕は二度目の嘆息をついた。

けれどチャールズの言うことにも一理ある。

彼のような居残り人にとって悪魔の存在は脅威だ。昨日このあたりに出没したという悪魔が彼を食糧として発見すれば、事態は最悪の結末を迎える。

それを未然に防ぐためには、可及的すみやかに彼を冥府へ送らなければならない。

けれどももし彼が強い未練によって現世へ舞い戻ってきた魂ならば厄介だ。

そういった魂は原因となった未練を解消し、魂と現世とをつなぐ臍の緒を切らなければ、何度冥府へ送っても現世へ戻ってきてしまう。

だから僕たち死神は死ぬ寸前の人間が未練を残さぬように振る舞うのだけれど、彼を看取った死神はそのあたりのケアをおざなりに済ませたか、そもそも臨終に立ち会うことをしなかったらしい。迷惑な話だ。

「とにかく本人に話を聞いてみようか。〝make hay while the sun shines〟だ」

「今日はあいにくの雨だけれどね」

チャールズの皮肉は聞かなかったことにして、僕は木陰から一歩踏み出した。

セーフハウスを出たときよりも少しだけ、雨脚が強まったような気がする。


「こんにちは」

彼が腰を下ろしたベンチは、広場のはずれにぽつんと佇む楠の下にあった。

ひとりがけの小さな木の椅子が、三つ連結されたかたちのベンチ。

彼はそのベンチの左端に座っていて、僕は右端に腰を下ろす。

お気に入りのジャケットと同じくらい真っ黒な傘をさしながら。

けれども僕らが隣り合って座った席の周りには、他にも同じ型のベンチがふたつ、楠を囲むように置かれている。

だというのになぜわざわざ先客のいるベンチを選んで座ったのか。

そんな疑念をありありと映した眼差しで、問題の彼は僕を見ていた。しかし僕はあえてなんてことない態度と口調を装い、以前からの知り合いのように言葉を続ける。

「花冷えですすね」

「……え？　あ、はあ、まあ……そッスね」

と、僕の予想より半音ほど低い声で彼は答えた。

　曇り空のせいで黒髪に見えたベリーショートの髪は、近くで見ると実はうっすら茶色がかっているのが分かる。眉やひげが真っ黒なところを見ると地毛ではなさそうだけれど、染めたにしてはかなり自然な色だ。漆黒の瞳はひとえでやや細め。唇は薄く半開きで、ともすると眠たそうな顔にも見える。身長は立てば僕より高いだろうか。

　至近距離からまずそんな観察をしていると、相手も得体の知れない外国人からじろじろ見られることに気まずさを覚えたのか、僕からふっと目を逸らした。

「不躾にすみません。いつもこちらにいらっしゃいますね。失礼ですがお名前は？」

　再びスマートフォンの液晶に落ちかけていた彼の視線が、ちらりと僕を盗み見る。

　その横顔は警戒、そして不審という二色の絵の具で描き出されたようだったけれども、このあと本日最初の看取り業務が控えている兼ね合いで、僕は堅実さよりも効率を優先した。当然、いきなり氏名を尋ねられた彼は露骨に眉をひそめたものの、

「……桃坂(とうさか)です」

　と日本人らしい寛大さで答えてくれる。口調はまるきりぶっきらぼうだったけれど。

「トウサカさん、ですか。漢字はどんな字を書かれるんですか？」

「いや……果物の〝桃〟に坂道の〝坂〟で桃坂ですけど」

「ああ、桜梅桃李の〝桃(トウ)〟ですか。素敵な苗字ですね」

「……あんた、日本人？　桜梅桃李なんて言葉、よく知ってるな」

「生まれはイギリスですが、日本に来て長いもので」

この一年、出会い看取ったひとびとと何度も繰り返してきたお決まりのやりとり。

それを演じ慣れた芝居の台詞みたいに口にして、僕はほんの少しの間、雨と傘の伴奏に耳を傾けた。僕らの頭上に広がる楠の枝が新芽の先に雫を蓄え、大きく育ててからぽたりと落とす。その雫が時折傘に当たって弾ける音が、なぜだか妙に気に入った。

「桃坂さんはいつもこちらで何を？　僕はよく散歩に来るのですが」

「まあ……俺も似たようなもんで。仕事帰りにいつもここを通るんスよ。で、ちょっと休憩してから家に帰る、みたいな」

「確かにここは緑が多くて心休まりますよね。ご自宅は公園から近いんですか？」

「あー……そッスね。家と職場が、ちょうど公園を挟むような位置にあるんで」

「そうなんですか。こんな素敵な公園の近所にお住まいなんて、うらやましいです」

桃坂と名乗った彼の警戒心を逆撫でしないよう細心の注意を払いつつ、僕は必要な情報を少しずつ引き出した。

名前とおおよその住所が分かっただけでも収穫としてはまずまずだ。下の名前が分からずとも、苗字と住所さえ判明すれば、冥界のデータベースから対象を絞り込める。

「ところで、先ほどから熱心にスマホを眺めていらしたようですが」

と僕がさらに切り込めば、桃坂ははっとした様子ですぐさまスマホの電源を落とした。いや、ボタンを押し込んだ時間の長さからして、電源を切ったわけではなく画面をスリープさせたのか。しかし端末が浅い眠りに就く直前、無礼とは知りつつも僕は見た。メール作成画面と思しき白背景に、無数の文字がびっしりと躍っていたのを。

「もしかして、動画かなにかご覧になっていたのですか？　実は僕も最近、よくスマホでおもしろそうな動画を探したり、音楽を聴いたりしてるんです。ただどれも母国のものばかりで、日本のクリエイターにはまだ疎いので、おすすめの曲や動画があればぜひ教えていただきたいのですが」

　されど僕はしらばっくれて、まったく見当違いの話題を振った。

　あからさまに画面を覗いていたことが知れれば、いくら親切心溢れる民族と名高い日本人でも、さすがに気分を害すだろうから。

「あー、いや……俺も暇潰しに動画は見る方だけど、外国の人にも勧められそうなやつってなるとあんまり……音楽だったら、多少はおすすめできるのもあるかもだけど」

「おや。ということは、普段は音楽動画を中心にご覧になっているのですか？」

「まあ……そッスね。俺もちょっとだけ音楽齧ってるんで、最近はどういう曲が流行ってんのかなとか、たまに気になって見る程度ですけど」

「へえ、音楽をやられているんですか。ではひょっとして楽器も弾けたり？」

「あー、うん……一応、ギターとベースくらいは」

「ギターを弾けるなんてかっこいいですね。それをお仕事にされているんですか？」

「ああ、いや……昔はギターで食ってくことも考えてたけど、今は全然違う仕事ッスね。音楽にはあんまり興味なくなっちゃって」

「そうなんですか？　せっかく演奏の技術をお持ちなのにもったいない」

「まあ、ギターくらいなら弾けるやつなんてどこにでもいるし、他にやりたいこともなくてだらだら続けてただけなんで。なにより今は、別の仕事目指してるから……」

「別の仕事、ですか？」

僕が首を傾げて尋ねると、桃坂は曖昧に笑って言葉を濁した。ここまでは順調に答えてくれていたのに、今現在熱中していることに関してはあまり話したくないらしい。

「そう言うそちらさんは、なんか仕事してんスか？　平日の朝からこんなところにいるって珍しいと思うけど」

話を切り上げるためだろう、今度は桃坂の方からそう尋ねてきて、僕は即座に確信した。彼は未練があってあの世から戻ってきた魂ではない。己の死を未だ自覚していない魂だ、と。なぜなら今、桃坂は現在の日時を「平日の朝」と表した。

彼の記憶では今日が何月何日ということになっているのか定かでないが、少なくとも平日ではない。日本では世間一般的に休日とされている土曜日だ。

さらに桃坂は先刻、公園にずっと居座っている理由について、いつも仕事帰りに通るからと言った。つまり彼はこの場所から一切動いていないにもかかわらず、仕事に行って帰る途中にここへ寄った気でいるのだ。

そんな彼の発言の矛盾が意味するものは——ループ。

桃坂はおそらく彼が死んだ日、あるいはその前後の数日間をループしている。

それも仕事帰りの日課となっていた、ここでの休息だけを抜き取ったいびつなループ。前後の記憶は都合よく改竄(かいざん)され、太陽と月の運行は意識の外へ弾き出される。

早い話が時間の概念の喪失だ。今の桃坂は頭上を太陽が行き過ぎ、夜の帳が下りてきても、時間の経過を認識しない奇異な存在となっていた。

己の死を自覚していない魂は、人生の終わりから目を背けるためにそうやって自分を騙すのだ。けれどおかげでほしい情報はおおよそ揃った。彼を冥府へ導くために必要なものはなにか——答えは彼に真実を思い出させるための、死の証明だ。

「僕は……いわゆる案内人のような仕事をしています。あるべきものをあるべき場所へ還す仕事です。口で説明するのは難しくて、なかなか理解してもらえないのですが」

そう答えると、僕は静かに腰を上げた。

実体を持たぬ存在となった彼とは違い、僕のスラックスは濡れたベンチに座ったことで少々湿ってしまったけれど、情報の代償と思えば安いものだ。

「桃坂さん。また近々こちらにお邪魔しても構いませんか？」

「へ？　ああ、まあ、俺も毎日ここにいるわけじゃないけど……それでもよければ」

「ありがとうございます。どうしてもあなたにお話ししたいことがあるのですが、今日は都合が悪いので日を改めます。ただひとつだけお願いが」

「お願い？」

「はい。とてもシンプルなお願いです。次にお会いするときまで、このロザリオを預かっていてほしいのですよ」

　そう言って僕がふところから取り出したのは、数珠つなぎになった黒曜石の間に銀の鎖と十字架が垂れた、古めかしいロザリオだった。これは僕が駆け出しの死神だった頃、使い魔(チャールズ)とともに上から支給された死神七つ道具のひとつだ。

　僕が日本生まれの死神だったなら、きっとロザリオではなく数珠や守袋(おまもり)を渡されていたのだろうけれど、どんなかたちのものであれ、冥界支給のアミュレットには特別な加護が宿っている。悪霊の類を遠ざけ、持ち主を守る退魔の力だ。

　魂を持たない死神(ぼくたち)には必要ないものの、悪魔に狙われやすい使い魔や居残り人を保護するためには欠かせない聖道具。僕はそれをジャック・ルイ・ダヴィッドが描いた戴冠式の日のナポレオンのように厳かに桃坂の頭上へと捧げた。

　生者の瞳のごとく輝く黒曜石が、ゆっくりと桃坂の首から垂れる。彼はもともと半開きだった口をぽかんと開けて、まったくわけが分からないと言いたげに僕を見た。

　けれど真実を打ち明けるのは、彼が己の正体を思い出すときでいい。

「日本の方にはあまり馴染みのないものかもしれませんが、秘密情報部(M16)や秘密結社(フリーメイソン)と結びつく品ではないのでご安心を。ちょっとした幸運のお守りみたいなものです」

「はあ……」

「今は僕よりもあなたが持っていた方がよさそうなので、預けていきます。もう一度お会いするときまで、なにがあっても決して手放さないでください。理由はそのときにお話しします。ではまた——よい一日を」

呆気に取られている彼に微笑み、僕はようよう歩き出した。呼び止める声はない。

代わりにまた楠の枝から雫が滴り、頭上でパタリと音を立てた。

傘の上で踊るその音色が、やけに耳に残るのはなぜだろう。

†

桃坂菫也。三十七歳。フリーター。

それが今の俺の肩書きだ。

フリーターと言えばまだ聞こえはいいが、実態はただのコンビニ店員。

夜勤だからある程度の収入はあるものの、四十路を目前に控えておきながらこの肩書きはどうなんだ、と自分で思わないこともない。

一体どうしてこうなったのか。苦い自問が時折ふっと浮かんでは、答えを求めたところで詮方ないと消えていく。だが少なくとも二十年前の俺が思い描いていた未来予想図と現実の間には、あまりにも深い溝が横たわっていた。

若かりし日の俺は漠然と、将来的にはそこそこ名の知れたギタリストかベーシストになって、そこそこのバンドに招かれ、そこそこの収入を得て音楽で食っていくのだろうと、未来をそんな風に予測していたのだ。

けれど現実とは非情なもので、俺はそこそこの夢も叶えられぬまま音楽の世界からリタイアした。もとはといえば高校のとき、特に入りたい部活もなく、ぶらぶらしていたところを友人に誘われて軽音楽部に入ったのが音楽を始めたきっかけだったから、最初からプロになろうと技術を磨いてきた連中に敵わなかったのは無理もない。

ただ他にやりたいこともなかったし、当時のバンドメンバーが卒業しても活動を続けると言い張ったから、俺も流れに身を任せた。

そうしてずるずると音楽活動を続け、ようやく見切りをつけたのが二十六歳のとき。趣味人に毛が生えた程度の腕しかなかった俺たちは、うだつの上がらない日常に次第に倦んで、最後は花火みたいに散り散りになった。

いずれはバンドで食っていけるようになるのだろう、という甘い見通しでいた俺の人生が転落を始めたのはその頃からだ。

音楽活動を続けるため、大学卒業後も定職に就くことを拒んだ俺は、異国の地に手ぶらで放り出されたみたいに裸一貫から始めなければならなかった。

けれども雀の涙程度しかなかった貯金はすぐに底をつき、たちまち終わりの見えない綱渡りの日々が幕を開けたことは言うまでもない。そんな生活が数年続いて、どうやってもまっとうな人生が手に入らない現実に容赦なく打ちのめされた頃、痩せ細った心身が求めたのは「音楽で食っていく」という過去の夢。

遠い昔に置いてきたはずの熱に再び炙られ、とうとう尻に火がついた俺は、休日になるとギターケースを片手に街へと繰り出し、聴き手なんてほとんどいない十八番を歌う生活を始めた。とはいえ俺はそもそもベーシストで、バンド時代もボーカルは他にいたから歌は言うほど得意じゃない。

　案の定ささやかな路上ライブの成果は一向に振るわず、それでも起死回生を狙って、色んなバンドのメンバー募集に片っ端から手を挙げたりもした。

　が、結局いつも人間関係で躓いたり、バンドの集客が思うようにいかなかったりで、脱退と空中分解の繰り返し。かくて時間は空転し続け、俺は二度目の挫折を味わった。

　やがて我に返ってみれば、手もとに残ったのはギターを売り払って工面したほんのひと握りのはした金と、三十年以上生きてきて、未だ家庭も定職も持ち合わせていないという現実だけ。余計な苦労や衝突を嫌い、ただひたすらに流れに身を任せて生きてきたツケは、気づけば海岸に打ち上げられた鯨の死骸みたいに膨れ上がっていた。

　そしてまたアルバイトを掛け持ちするだけの綱渡りの日々が始まったわけだ。

　俺はやりたいこともなければ目標もない、空疎で退屈な時間を漂う羽目になった。

　もちろん家庭を持とうと考えたことも一再ではない。

　異性との出会いがまったくなかったわけでもない。

　だが今の俺の収入で所帯を持つのはかなり厳しく、かといって定職に就こうにも、この年齢と経歴ではまともな職にありつけるとは思えなかった。

　要するに俺はすでに社会から弾き出された負け組で、敗者はどれだけ足掻いても這い上がることすら許されないのが世のルールだ。俺は世界の理不尽さと、いつまでも明けない不景気という名の夜に唾を吐きつつ、自堕落な毎日を繰り返した。

そんなときだ。ある日、俺の目の前に天啓が降りてきたのは。

「〝話題沸騰のウェブ小説、ついに映画化〟……？」

いや、思えばそれは天啓と呼ぶにはあまりにちゃちで馬鹿馬鹿しく、笑ってしまうようなことなのだが、その日バイト先で暇を持て余していた俺は、店頭の書棚から適当な雑誌を抜き取り、退屈しのぎに眺めていた。

するとそこには素人がネット上で無料公開していたとある小説が、出版社の推薦で紙の本となるやいきなりベストセラーを叩き出し、晴れて実写映画化されるというシンデレラストーリーが綴られていたのだ。気づけば俺はその紙面を食い入るように凝視し、客のいない店内に響き渡る声で「これだ！」と叫んでいた。

正直に白状すれば、俺は小説なんて書いたこともなければまともに読んだこともない。だがバンドを組んでいた頃には何曲か作詞を手がけたこともあるし、文章を書くだけならばパソコンとキーボード――いや、なんならスマホさえあれば始められる。

代わり映えしない日常に嫌気がさしていた俺は躊躇しなかった。

バイトを終えるやすぐさま書店へ飛んでいき、小説を書くためのハウツー本を数冊と、くだんのシンデレラを買って自宅へ走った。以来、俺はシンデレラがシンデレラたる所以となったウェブサイトで小説の連載を続けている。

始めたばかりの頃は小説とも呼べない、小学生の作文みたいな稚拙さで飾り立てられていた俺の文章も、今ではずいぶんマシになった。

暇さえあればスマホに齧りついていた甲斐あって、読者を増やすための営業方法がなんとなく分かってきたというのも大きい。ＳＮＳや匿名掲示板を利用した宣伝に、トップを走る作品の完璧な模倣、利害関係が一致する作家を募ってのおだて合い。

成功している人間を必死で真似て、なりふり構わず数字を追いかけ続けたおかげで、俺の作品も近頃は少なくない読者からそこそこ評価されるようになっていた。

あとは作品を公開しているウェブサイトを通じて、出版社からお声がかかるのをじっと待つのみ……なのだが、今のところはまだ何の音沙汰もない。

読者数や評価の数字は胸を張って中堅以上と言える水準に達しているのに、本格的な執筆活動に乗り出してから二年が経過した今も、ガラスの靴を携えた王子が訪ねてくる気配はない。同じサイトを通じて知り合った顔も知らぬ仲間たちは次々とプロの称号を獲得しつつあるのに、なぜ俺だけ芽が出ない？

俺の作品も巣立っていったあいつらの作品には劣らないはず。

いや、むしろ凌駕（りょうが）しているはずだ。なのになぜ認められない？

俺が、俺だけが……。

今日もまたお馴染みの焦りと苛立ちに苛まれながら、俺はダウンジャケットのポケットに常備してある煙草を取り出す。

常識のかけらもない学生どもが昼夜を問わず騒いでいる安アパートへ帰る前に、一文字でも多くの文章を綴らなければならないことは分かっていた。

だが近頃はすっかりモチベーションが涸渇して、連載の続きを書くのが困難になりつつある。書けども書けども分厚い灰の中から抜け出せない日々は、鬱屈という名の血栓となって脳に宿り、やる気もネタも文章も、すべてを堰き止めてしまった。

「はあ……やっぱ向いてねえのかな、俺」

なんて、これまたお決まりの愚痴を垂れながら苦い煙を吐き出す。早朝の公園はひと通りも少なく、浮き世離れして静かだった。多少ひとりごとを洩らしたところで、聞いているのは野良猫か鳩か鴉くらい。ならば何を憚ることがあるだろう。

「自分ではそこそこイケてると思うんだがなあ……編集者も見る目ねえな」

などとベンチの背凭れにしどけなく上体を預けながら、投げやりに自分を慰めてみた。途端に自嘲が込み上げてきたものの、半分はまぎれもない本心だ。

「俺ってなんで貧乏籤ばっか引くんだろうなあ……」

職にも恵まれず、理解者にも恵まれず、運にも恵まれず。俺は一体あと何回こんな虚しさをやり過ごせば済むのだろうと思うと、紫煙混じりのため息が出た。

いや、別に小説じゃなくたって構わないんだ。

なにかひとつ、ひとつだけでいい。世界のあちこちで輝いているミュージシャンやアスリートみたいに、俺にも誇れるものがほしい。それだけなんだ。

だってこのまま所帯も名誉も、生まれた意味さえ手に入れられずに老いさらばえていくなんて、そんなのはあまりにみじめだった。

ああ、すでにルーチンと化しつつある自己嫌悪に、今日も今日とて気が滅入る。

俺は進捗の思わしくないスマホの執筆画面を閉じて、気分転換にとブラウザアプリを立ち上げた。ブックマークからウェブ小説関連の掲示板へ飛び、どこかに俺の作品を讃美する言葉が落ちていないか書き込みをチェックしようとする。が、直後、

「あのぅ」

と突然隣から声がして、俺はおどろきのあまりスマホを落としそうになった。てのひらの上で踊るそれを慌てて握り直し、ほっと息をついてから声のした方を顧みる。

「い、いきなりすいません……！　び、びっくりさせちゃいましたよね？」

視線を向けた先には、まったく知らない女がいた。

年齢は二十五、六と思しいがひどく小柄で、俺のダウンジャケットと同じキャラメル色のセミロングをふんわりと波打たせた見知らぬ女が。

この公園に通うようになってから、知らない相手に声をかけられたのはこれで二度目だ。一度目はやけに整った顔の真ん中に、義眼(つくりもの)かと見まがう赤い眼を嵌(は)め込んだイギリス人だった。あれからまだほとんど時間も経っていないというのに今度は女か。

今回はどうやら日本人のようだけど。

「え、えっと、ひと違いだったらごめんなさい。でも、あの、もしかして——十年く

らい前、駅前でよくギター弾いてた方じゃありませんか……？」

ところがグロスで艶めく女の唇から零れたのは、まったく予想外の言葉だった。

これで自分は御役御免だとでも言うように、そのときスマホがまぶたを閉じる。

†

この数日で必要な情報はすべて揃った。

桃坂菫也。享年三十七歳。死因は事故死。どうやら彼は仕事からの帰り道、赤信号の横断歩道へ進入し、トラックに撥ねられたらしい。

信号無視の理由は歩きスマホ。彼は端末の操作に熱中するあまり、横断歩道へ進入する直前に信号が赤へ変わったことに気づかず車に轢かれた。

運転手の方も脇見運転をしていたそうで、双方の不運と不注意が重なったがゆえの事故だったと言えるだろう。

「ねえ、君。そろそろ動き出さないとまずいんじゃないのかい？」

と、今日も今日とてパソコンの画面を睨む僕の足もとで、チャールズがしきりに顔を拭いながら言う。そういえば午後の天気予報は雨だった。

リビングとダイニングの境目に佇む柱時計へ目をやれば、時刻はもうすぐ昼の十二時を回ろうとしている。いつの間にこんな時間になっていたのか、僕はドールたちが淹れてくれたセイロンティーがすっかり冷めていることに気がついて、金彩が賑やかなティーカップを持て余した。

「分かっているよ、チャールズ。だけどもう少しだけ待ってほしい。あと二人ほど候補がいるんだ。どちらも菫也が以前在籍していたバンドのメンバーなのだけど……」

「そう言って先週も片っ端から声をかけて、アポロンもかくやというくらいフラれまくっていたじゃないか。まさかとは思うけれども、実は君には隠し子がいて、その子に死者蘇生の術を授けてくれるケイローンを探しているわけじゃないだろうね？」

「だとしたら君が黒猫になってしまったのは、もとは白猫だったのを、僕が怒りに任せて黒く塗り変えてしまったせいかな？」

「へえ。君に僕を黒猫に変えるほど強い怒りの感情があるなら興味深いね。だってそうだろう？　ロンドンで暮らしていた頃の君はいつ、なにが起きたって、小説の中の出来事でも眺めるみたいに澄ました傍観者を気取ってたんだから。なのにそんな君が、今はどうして居残り人の救い方になんかこだわるのさ。日本へやってくる前の君なら、ミダス王の耳をロバの耳に変えたときのように躊躇なく、黄金の矢で彼を冥府へ送っていると思うけれどね」

「……まるで僕がパーンの葦笛を嘲弄したかのように言うのはやめてほしいな」

「だけど実際、君は〝斜め上の君〟だから。今になって双子の姉か妹がいると言われても、僕はおどろかないよ」

ああ言えばこう言うという日本語は、まさに彼のためにある言葉だった。

今日のチャールズはなにがなんでも、僕の言動のすべてをアポロンの醜聞と結びつけなければ気が済まないらしい。けれども僕は、彼の入念な皮肉の内にたたまれた、あるひとつの指摘に図らずも胸を衝かれて黙り込んだ。

射られた相手を苦痛なく即死させることができると伝説に語られるアポロンの矢。

確かに僕の手にはそれがある。

居残り人となった菫也を冥府へ送り届けることは、実はそう困難ではないのだ。

彼に自身の死を理解させるべく必要な情報は、すでに充分集まった。彼が世を去った日時も、死因も、事故現場も、すべてが1ピースの抜けもなく完璧に揃っている。あとはこれを一枚の絵画に仕上げ、冥府までの道として彼の足もとに敷いてやるだけ。だというのに僕はもう何日もその機会を見送り、今も時間を空費し続けていた。

いくら魔除けのロザリオを預けてきたとはいえ、菫也がなにかの拍子に自身の死を悟り、自ら悪霊化してしまう危険を思えば、チャールズが容赦のない皮肉の槍で僕をつつき回すのも無理からぬことだ。しかし僕はためらっている。

果たして菫也を今までのように淡々と冥府へ送ってしまってもよいものか、と。

なにしろ菫也には、彼の死を悼んでくれる者がひとりもいない。

これは僕が百年かけて導き出した持論だけれど、死を自覚していない居残り人を円滑に冥府へ送るには、対象と生前縁（えにし）の深かった相手に協力を仰ぐのがもっとも効果的だ。見も知らぬ死神がいきなり眼前に現れて「あなたは死にました」と説くよりも、家族や友人知人から涙ながらに贈られる言葉の方が、死者の心に届くのは当然といえば当然だろう。ゆえに僕は今回も、生前の菫也と関わりのあったひとびとを当たって協力を取りつけようと考えた。

ところが彼の家族、友人、同僚、元恋人——誰のもとを訪ねても菫也の死を心から嘆く相手と出会えず、おかげで僕はこうして使い魔に厭味を言われている。

どうやら菫也は他者との間に明確な国境を引き、滅多なことでは自国の領土へ踏み入ることを許さない人物であったようだった。彼が生涯貫き続けたナショナリズムの原因はおそらく、彼の育った環境にあったのだろうと思う。

菫也は優秀な教育者だった母親と、頑固で職人気質な父親の下に生まれた。

上には姉がひとりいて、その姉もまた学業、私生活ともに特筆すべき欠点を持たない優等生であったらしい。一方、菫也はあまり勉強が得意ではなく、かといって他になにか秀でたものを持っているわけでもなかった。

それを平凡の二文字で片づけてしまえばよかったものを、周囲はことあるごとに教師である母親や、高名な職人である父親、才色兼備な姉と比較して、立派な劣等感のかたまりに育て上げたのだ。おかげで菫也はなんの取り柄もないちっぽけな自分を、人前に晒すことを極端におそれるようになった。

ありのままの自分を嗤われ、傷つけられることに嫌気がさしたのだろうと思う。

結果、彼はそういう自分をつくり上げた家族にも反発し、特に家業を継がせようとする父親と激しくぶつかった。そうして当てつけのように両親が望む道とは真逆の方角へひた走り、最後には家を飛び出したそうだ。

以来もう何年も連絡を取り合っておらず、どこで何をしているのかも知らなかった。事故の連絡を受ける前から、息子はもう死んだものだと思って生きてきたから、訃報を聞いてもおどろかなかった。そう話してくれたのは、他ならぬ菫也の母親だった。

つい先週、僕が菫也の旧友のふりをして弔問した先でのことだ。

他に訪ねたかつての友人や元恋人の反応も似たり寄ったりだった。彼らは菫也の名前を告げられると「ああ、そんなひともいたっけ」と、何年も存在を忘れていた衣服が、虫食いだらけになってクローゼットの奥から出てきたときのような感想を述べた。

菫也が亡くなった事実を知れば、みな一様におどろいた素振りこそ見せるものの、泣いたり嘆き悲しんだりといった哀悼の意を表する者はひとりもなく。

彼らは僕と別れるや、途端に何の変哲もない日常へ笑いながら帰っていった。

という経緯があって今、僕は途方に暮れている。

かくなる上は死の証人を用意することは諦めて、僕が自分で彼を納得させる他ないのは理解していた。先刻チャールズへの言い訳に使った残りの候補者たちだって、菫也と特別仲のよかった人物というわけではない。むしろ今日までに接触を試みたひとびとに比べれば、菫也との関係値はより低い相手と言わざるを得ないだろう。

とすればこれ以上の証人探しは徒労だ。僕は死者を正しく導く者として、菫也の悪霊化を防ぐことを最優先に考えなければならない。頭ではそう分かっている。

分かっているのに、今日もあの公園へ足が向かないのはなぜだろう。

「チリリリリン」

と、パソコンの画面に映し出された冥府のデータベース——ここには直近十年間の死者の情報が蓄積されている——を見つめ、沈黙した僕の耳に、ドールたちが鳴らすベルの音が滑り込んできた。昼食の用意ができた合図だ。

キッチンの上で食欲をそそるにおいを上げているのは、グリーンピースの彩りがあざやかなバンガーズ&マッシュだった。

僕が礼を述べて受け取りに行くと、隣にはホイップクリームと真っ赤なベリーで飾られたベルギーワッフルまで添えてある。食後のデザートまで完璧に準備してくれるとは、我が家のドールたちは相も変わらず優秀だ。けれども僕は、純白のクリームの上で宝石のごとく輝くベリーを見た途端、急に胸が悪くなった。

焼きたてのワッフルから立ち上る甘い香りが、思わず立ち竦んだ僕を幻惑する。

真っ白なカンバスの上で、今も唐紅を待つ夕日の残像。

それが不意に僕の脳裏をちらついた。

そういえば僕はどうして今日もまだ、あの絵に色を塗れずにいるのだろう？

甘いばかりで胃もたれしそうなベルギーワッフルをたいらげたあと。

チャールズの機関銃じみた小言にいよいよ観念した僕は、午後の看取り業務へ向かう前に厄介な仕事を片づけてしまおうと、ついに意を決して地下室の扉をくぐった。

しかし問題の公園の名を告げてノブを回せば、意外なことに扉はどこかのビルの中へとつながる。どうやら公園の真向かいにある県庁の一階に通じたようだ。

思えば今日は休日で、昼時をやや過ぎた時間帯ともなれば、公園内にはそこそこの人目がある。よって誰にも見咎められることなく目的地付近へ出られる場所がここしかなかったということだろう。

「チャールズ」

と、事情を察した僕はともに扉を抜けてきたチャールズを抱え上げ、正面出口からそそくさとビルをあとにする。このビルは最上階に麓の町並みを一望できる展望台があり、ゆえに祝日でも一般向けに開放されているのだった。

とはいえ曲がりなりにも県庁附属の建物だから、当然出入り口にはしかつめらしい制服で身を固めた警備員が立っている。彼は左腕に猫を抱き、なに食わぬ顔でビルを出ていこうとする僕の姿を認めるや、片眉を上げてなんとも形容し難い表情をした。

が、慌てて呼び止めてこなかったのは、ひとえに僕が日本の常識にとらわれない、自由気ままな外国人に見えたためだろう。おかげで僕は生まれてはじめて、自分に与えられた肉体が英国人のそれであることに感謝した。

警備員の物言いたげな眼差しに気づいたチャールズが、常にないほどの愛想を振り撒きながら「ニャアオ」と猫撫で声を上げたときには、さすがに肝が冷えたけれども。

「チャールズ」

「やれやれ、どうしてそう睨むかな。僕はただ、休日も市民の安全のためにと健気に働くあの紳士の勤勉さを、ちょっとばかりねぎらっただけじゃないか」

「君は近頃どうしてそうご機嫌なんだい。僕が業務遂行のために苦心惨憺するさまを眺めるのがそんなに愉快だとでも？」

「まあ、ある意味そうとも言えるかな。で、ついにここまで来たからには、居残り人の彼を説得する算段はついているのだろうね？」

「……やれるだけのことはやってみるつもりだよ。だけどいざというときには、不本意ながら君が頼りだ。事態がどう転んでもいいように、しっかり彼の見張りを頼むよ」

「はいはい。要は〝Look before you leap〟（念には念を）ってことだろう？　お安い御用さ。僕はこの窮屈な首輪さえさっさとはずしてもらえるのなら、なんだって構わないしね」

……菫也の命を奪った事故の記録を見たあとで、よくもそんな皮肉を吐けるものだ。

これにはさすがに呆れ果て、やれやれと肩を竦めた僕の腕の中で、チャールズは黒い毛皮に隠れた黒い首輪を親の仇のように後ろ脚で何度も蹴り上げた。

おかげで換毛期を迎えつつある彼の冬毛が無軌道に散乱し、僕のジャケットに付着する。その点はまだ我慢できるとしても、彼に預けた首輪はＧＰＳ発信器を内蔵した精密機械なのだから、ぞんざいに扱うのはやめてほしい。

この備品については僕が自前で用意したものなので、故障したりしたらまたふところを痛めて新品を取り寄せなければならないのだ。

無論、チャールズもそれを承知でやっているのだろうけれど。

どうやらこれ以上は何を言っても彼をよろこばせるだけらしいと判じた僕は、県庁を出てすぐのところに横たわる道路を渡り、その先にある二の丸橋へと視線を転じた。

武士(サムライ)の時代と現代とを隔てる深い城濠(じょうごう)に架かった石の橋は広く、今も公園に出入りする人の往来が盛んにある。橋から左右に伸びる石垣の先を見やれば、そこには漆喰の壁に瓦葺きの屋根を戴(いただ)いた巽櫓(たつみやぐら)と坤櫓(ひつじさる)が、厳(いかめ)しい門番のごとく鎮座していた。

おそらく多くの外国人が、日本の城と言われて真っ先に思い浮かべるのがあれだろう。もっともここの櫓は二階建ての小さなもので、有名な天守閣などと比べると、いささか見劣りしてしまうのだけど。

「……今日は不死山(フジヤマ)は見えそうにないな」

と、ふたりの門番に睥睨(へいげい)されながら橋を渡り、いよいよ公園の敷地に入ったところで空を仰ぐ。雨雲が薄く垂れ込めた空模様は、今朝テレビで流れていた天気予報の正確さを物語るかのように、いつ雨が降り出してもおかしくない様相を呈していた。

「残念だけど、今日は物見遊山をしに来たわけじゃないだろ。なにより僕らはこれから死者に死を突きつけに行くんだから、こんな日くらい、不死の山には隠れていてもらった方が都合がいいさ」

「……確かに、そうかもしれないね」

「じゃ、あとは言われたとおり近くで待機しておくから。できれば僕の出番はない方が有り難いのだけどね」

猫のくせに器用に肩を竦めて言うが早いか、チャールズはひらりと僕の腕の中から飛び降りて、草木の生い茂る方角へと歩いていった。

万が一の事態に備えて、目立たない場所に身を潜めていようという算段なのだろう。

彼の背中を見送りながら、僕もようやく覚悟を決めた。やや丈の長いジャケットのポケットに何気なく手を入れて、広場の隅にぽつねんと佇む楠の大樹を顧みる。

その立派な幹の麓に、やはり今日も彼はいた。


「桃坂菫也さん」

今にも空から滴り落ちそうな雨の気配に急かされながら、僕はそう呼びかける。

すると火のついた煙草を咥えたまま、顎を反らしてぼんやりと頭上の枝を眺めていた菫也が、不意に夢から覚めたような顔で僕を見た。

「……あ。あんた」

と、煙草が転げ落ちるのではないかと心配になるほどぽかんと口を開け、菫也が眠たそうなまぶたを見開く。ゆえに僕も立ったまま会釈を返した――だけど、妙だな。

今日の彼はスマホを手に持っていない。チャールズからはほとんど一日中、食い入るようにスマホの画面を睨み続けることが彼の日課だと聞いていたのに。

「先日は不躾に失礼しました。今日もこちらにいらしたんですね」

「ああ……まあ、たまたまだけど。ほんとに来たんスね……」

「もちろん、お約束しましたから。今、お時間よろしいですか？」

「はあ……そういやなにか、俺に話があるとか言ってましたっけ？」

「はい。もしご迷惑でなければ、少し歩きたいのですが。お話ししがてら、あなたにお見せしたいものがあるんです」

二度目の対面となる菫也は今日もまた、怪訝そうな気配を隠そうともしなかった。が、幸い僕を信用してくれたのか、はたまた代わり映えのない日常(ループ)にひと筋の新鮮さを求めたのか、やがて軽い返事とともに了承するや、口に咥えた吸いさしを携帯灰皿へ放り込みながら立ち上がる。

「あ。そういえば、これ。言われたとおり持って歩いてたんスけど、返した方がいいッスよね」

ところがそうして歩き出すが早いか、僕の隣に立った菫也ははたと思い出した様子でダウンジャケットのポケットに手を突っ込んだ。そこから無造作に引きずり出されたのは他でもない、あの日、僕が預けていった冥界製のロザリオだ。

けれども僕は菫也がそれを手渡そうとするのを、とっさに片手を挙げて制した。

なにしろ今から真実を知る彼が急速に悪霊化する事態を防ぐためにも、ロザリオは持っていてもらった方が都合がいいから。

「すみません。そちらはまだもう少しだけ、あなたが持っていていただけますか」

「え？　まあ、持ってるだけなら別にいいッスけど……これ、一体何なんです？」

「前にもお話ししたとおり、ただの幸運のお守りですよ。ですが今はまだ、僕よりもあなたの方が必要としていそうなので」

「……あの、前からちょっと思ってたんスけど、もしも霊感商法とか、宗教勧誘のために声をかけてきたんなら……」

「いえ。あいにく僕は怪しげな壺なんて持ち歩いていませんし、こう見えて無宗教なので、あなたを高次元の世界へ誘おうなどとは思っていませんよ。ただ誤解をおそれずに言うならば、この世に魂と呼ばれるものが存在することだけは確信しています」

「魂？」

「はい。桃坂さんは、魂の存在を信じますか？」

大小さまざまな樹木が植えられた庭園の小道を歩きながら、僕は可能な限り何気ない口調を装ってそう尋ねてみた。

が、横目で盗み見た菫也は案の定、詐欺にでも遭ったような表情をしている。

まあ、英国人だと名乗った僕が無宗教というのはどう考えても不自然だし、日本人はことに宗教嫌いな民族として知られているから、魂の有無などという霊感的な話題を出されると、途端に拒絶反応が起こるのも無理からぬことだろう。

「あー、そッスね……前にテレビかなんかで、魂の存在を証明しようとした科学者がいたって話は聞いたことあるけど。確かひとが死ぬと決まって数グラムだけ体重が減ることをつきとめて、そいつが魂の重さだと主張した、とかいう話だったような……」

「ああ、ダンカン・マクドゥーガルの21グラム説ですね。現代においては否定された学説ですが、僕は大変おもしろい試みだったと思います。彼は人間でありながら魂の存在を観測しようとした。マクドゥーガルの実験はある意味とても先鋭的なものでした。僕たちのような存在に言わせれば」

前を向いたまま平板な声色で話す僕に、すれちがう通行人が不審そうな一瞥をくれるのが分かった。彼らには僕の隣を歩く董也の姿が見えていないのだから無理もない。

されどこんなこともあろうかと、僕はジャケットのふところに忍ばせたスマホからイヤホンを伸ばし、片耳にだけ嵌め込んでいた。

こうしておけば大抵の現代人は、このイヤホンを通して誰かと電話しているのだと誤解してくれる。いわゆるハンズフリー通話というやつだ。

人類があのような革新的技術を発明してくれたおかげで、死者や使い魔と会話する僕らが不審者として通報されるリスクは以前よりずっと低くなった。

そういう意味でも、科学者というのはやはり偉大な存在だ。

「桃坂さん。前に職業について尋ねられたとき、僕は案内人のような仕事をしている、と言いましたよね」

「あ、ああ……確かそんなこと言ってたような……」

「はい。そして僕は今日、あなたをある場所へ案内するためにここへ来ました」

「……はい？」

「失礼とは知りつつも、あなたの身の上を色々と調べさせていただいたのですよ。桃坂菫也さん、三十七歳。県西部の出身で、以前は熱心に音楽活動をされていた。複数のロックバンドに所属していた遍歴があり、界隈ではそこそこ顔が広い。特に学生時代、友人とともにつくり上げたバンドでの活動が人生でもっとも長かった。機会さえあれば、十代の頃から磨き抜かれたあなたのベーシストとしての腕前を、僕もぜひ拝見したかったものです」

　なおも淡々と僕が言葉を重ねれば、途端に菫也の顔色が変わった。

　驚愕を通り越してサッと土気色になったその顔を、ようやく死人らしくなったと形容するのはいささか残酷すぎるだろうか。

　されど一拍ののち、次に菫也の顔面を染め上げたのは剥き出しの警戒心だった。

　どうやら僕が彼の国境へ歩み寄る速度は、いささか拙速がすぎたらしい。

「……おい。あんた、もしかして探偵か？　だとしても、誰が何のために俺を」

「いいえ、僕はシャーロック・ホームズではありませんよ。ですからあなたの素性も経歴もひと目では見抜けず、わざわざ数日を費やして情報を集め回る他なかった。ですがおかげで過去のあなたを知るひとびとと貴重な時間を持つことができましてね。特にご両親からは色々と興味深いお話を伺えました」

「はあ……⁉　あ、あんたまさか、俺の実家に……⁉」

「ええ。あいにくお姉さんは他県に嫁がれたとのことでお会いできませんでしたが、ご両親は至ってお元気で、別段生活に困っておられる様子もありませんでしたよ」

「い、いや、俺が訊きたいのはそういうことじゃなくて――」

「ただ、何年も音信不通で行方が分からなかったあなたのことは、ご両親も気にかけておいでだったようです。特にお母様の方は不躾な訪問だったにもかかわらず、あなたの旧友を騙って現れた僕の話を黙って聞いてくださいましたから。これまでの経緯が経緯ですので、決して口には出されませんでしたが……本心ではひと目あなたにお会いしたいと、そう思っておいでなのではないかと思いましたね」

僕は終始足を動かすことに専念しながら、今度は隣の菫也を見ずにそう告げた。

無論、彼の両親が本当に我が子との離別を悔やんでいると確信できたなら、僕は彼らをこの場に呼んで、どうか菫也の死の証人として証言台に立ってほしいと嘆願したことだろう。けれどどう考察してもやはりその確信を得られなかったことを、菫也にだけは知られてはならないような気がしていた。

ゆえに客観的事実と希望的推測の狭間というきわどい隘路（あいろ）を選んだわけだが、どうやら僕の心ばかりの脚色は、菫也の目にはまた違った色合いに映り込んだらしい。

「ああ……なるほど、そういうことか。あんた、さてはうちの親に雇われて来たんだな？　ハッ、ったく、今頃になってまた家を継げとかなんとか騒ぎ出すつもりかよ。冗談じゃねえ」

「いえ、僕は誰に雇われたわけでも、あなたに家族愛の教えを説くべく遣わされたわけでもありませんよ。ただ……ことの本題に入る前に、あなたが背負われた問題を少しでも軽くできればと思いまして」

「だったらあいつらに伝えといてくれよ。俺は二度と実家に帰るつもりはねえし、今更くだらない家族ごっこに付き合う気もねえ。あいつらに台無しにされた人生を、これ以上掻き回されてたまるかってんだ」

「……ではご両親と和解されるつもりはないと？」

「ああ、ないね。仮に本気で息子に詫びる気があるなら、一生放っておいてくれ。それが俺にとっちゃ一番有り難いんでね」

「ですがこうは考えられませんか？　あなたはあのご両親の下に生まれたからこそ音楽と出会えた、と」

「……はあ？」

「発想の転換というやつですよ。たとえば生まれや時代、災害といった、自分ではどうにもできないものに人生を支配されるというのは、ひどく不快で受け入れ難いことでしょう。けれど、だからといって怒りや憎しみにばかり目を向けていたのでは、ままならない現実に直面するたび苦しみは増すばかりです。だったら無理矢理にでも物事を前向きに捉えた方が、過去との折り合いもつけやすくなるのではないか、と」

「そうやって親を許して、ちったあまともな人間らしく感謝を捧げてみろって？」

「いえ、そうではなく……なにか少しでも、あなたがあなた自身の人生を肯定するための足がかりになれば、と思いまして」

「ハ、肯定？　肯定ねえ……」

菫也は自嘲とも冷笑とも取れる薄ら笑いを浮かべて、不意にキャラメル色のポケットへ手を突っ込んだ。かと思えばそこからくしゃくしゃになった煙草のソフトケースを引っ張り出し、歩きながら器用に咥えて火をつける。

僕が彼を導きたい地点まであと少し。ふと目線を向けた先には、二の丸御門からまっすぐに目指してきた北御門の姿が見え始めている。

つまり僕は菫也を連れて、広大な公園の敷地を縦断してきたということだ。

このままなんとか会話をつないで、あの門をくぐらなければ。間違っても菫也の機嫌を損ね、途中で引き返されるような失態があってはならない。ゆえに僕は慎重に言葉を選び、より望ましい方角へ彼を誘導できるよう試みた——つもり、だった。

「なあ。あんた、その口振りだと俺の親だけじゃなくて、昔のバンド仲間にも会ってきたんだろ。で、どうだった？　あいつらの中に俺が今どこでなにしてんのかなんて、本気で気にしてるやつはいたか？」

「それは」

「いねえよな。ま、いるはずねえわ。結局俺はどこに行っても馬鹿にされる笑い者で、よくても空気みたいな扱いだった。そりゃ確かに学生時代、気ままにバンドやってた頃は人生で一番楽しかったけどさ。所詮はガキのお遊戯止まりだ。成功しなきゃ意味ねえんだよ、音楽なんて。誰にも必要とされない音を必死でガチャガチャ鳴らしてたところで、そんなもん、みじめったらしくてダセえだけだ」

僕の答えを待たずして、菫也は今度こそ本物の自嘲とともに吐き捨てた。苦味に身悶えするように立ち上る煙草の煙が、彼の人生を代弁しては風に吹かれて消えてゆく。

誰にも必要とされない音。菫也が突き放すように告げたひと言は、冷たいナイフの刃先のように、すっと僕の心臓にも入り込んだ。

どれだけ必死に鳴らそうと、決して誰の耳にも届かぬ音色。そんなものに価値はないと言い切る彼の持論を正とするならば、たとえば僕が僕のためだけに磨り潰しているあの絵の具たちは、カンバスの上で何の意味を持つのだろう？

「……桃坂さんは、音楽そのものが好きでベースを弾いていたわけではないのですか。あなたにとっての音楽とは、他者に認められるための手段でしかなかったと？」

「……」

「だとすれば、音楽活動が苦痛になってしまわれたのにも納得です。しかしそういえば以前お話ししたときに、今は別の仕事を目指されているとおっしゃっていましたよね。そちらの具合はいかがですか？　ご自身が望んだものに、手は届きましたか？」

黙り込んだ菫也にそう問いかけたとき、僕はついに北御門を抜けて内濠を渡り、かつて三の丸と呼ばれていた区画に出た。そこから公共の体育館と小学校に挟まれた道を抜け、まっすぐ北へ向かえば目的地だ。

城跡の外濠に架かった一本の橋。それを越えた先に横たわる大きな交差点を目指す。ところがいよいよ橋が目前に迫ったところで、不意に菫也が足を止めた。

つられて僕も立ち止まり、数歩先から振り向けば、石垣が落とす影の中、立ち竦んだ彼が血の気の失せた顔色で両の眼を見開いている。

「桃坂さん？」

「……行きたくない」

と彼は言った。

交差点を行き交う車の音に、呆気なく吹き散らされてしまうほど掠れた声で。

「なぜですか？　あなたの帰るべき場所は、この橋の先だというのに」

だから僕も、答えなどはじめから分かり切っている質問をあえて投げかけてみた。擬宝珠（ぎぼし）の載った橋の欄干を示しながら、彼が今日まで懸命にはぐらかそうとしていたものを眼前へ引きずり出すために。

「桃坂さん。ここで足を止めるということは、やはりあなたも本当は覚えていらっしゃるのですね」

「お……覚えてる、って、なにを？」

「去年の暮れ、あの交差点で、あなたが体験した出来事を、ですよ」

僕がジャケットのポケットに手を入れたまま、ついに核心を告げた刹那。

まるでこのときを見計らっていたかのようなタイミングで、一台の大型トラック
が橋の向こうを横切った。途端に菫也の顔面からますます生気が滴り落ちる。

色を失った彼の唇が震え、言葉の体を成さない声が洩れた。

それを確かに聞きながら、一拍の空白を置いて、僕は言う。

「桃坂菫也さん。僕は死神です」

先刻、彼が僕の心臓にそっと突き刺していったナイフがたちまち砕けて、なぜだか
喉につかえるのを感じながら。

「思い出していただけましたか。あなたが何者で、あの朝、ここで何があったのか」

「あ……」

「ちなみに今は、間もなく桜前線がこの町にも上ってくる頃です。つまりあなたが亡
くなったのは、もう三ヶ月以上も前だということになりますね」

「うそだ」

「残念ながら本当です。僕の言葉に偽りがないことは、あなた自身が一番よく分かっ
ているはずだ。僕はこれから、あなたを冥府へお連れしなければなりません。死せる
魂の案内人として」

果たして僕の紡いだ言葉は、どこまで彼に届いただろうか。

たとえ大海の一滴ほどでも構わないから届いていてくれればいいと願いながら、僕は菫也へ歩み寄る。彼が自分の死をようやく理解したらしいことは、もはやホームズほどの推理力がなくとも瞭然だった。

こうなってしまえば、あとは迷える魂を無事に冥府へ送るだけだ。可能な限り未練を残さず、故人が現世での生の終わりをすとんと受け入れられるように――

「ち……違う……俺は……死んでなんか……違う……！」

ところが僕の抱いたささやかな願いは、上司に聞き届けられなかったことがすぐに知れた。なぜなら真実を拒絶した菫也が髪を掻き毟り、すさまじい形相で叫ぶや否や身をひるがえして駆け出したからだ。

まるでヘラクレスに追われたケリュネイアの雌鹿のような勢いだった。

僕はすぐさまあとを追おうとしたものの、菫也がもと来た道を引き返し、再び北御門を目指して道路へ飛び出したところで急停止する。

すでに肉体を持たない菫也は何台の車と接触しようと擦り抜けていくのに対し、血と肉とを併せ持つ僕は、車道へ身を投げ出すわけにはいかなかったからだ。

「チャールズ！」

ゆえにやむを得ず彼を頼った。けれども僕が名前を呼ぶよりも早く、公園へ駆け込む菫也のあとを黒い影が追っていく。ロビン・フッドが放った矢のごとく門の向こうへ消えたあれは、まぎれもなくチャールズだった。いかにも熟練の使い魔らしい彼の機転に感謝しながら、素早く端末を取り出し操作する。ＧＰＳの信号追跡アプリに映し出された黒き矢は、まっすぐ公園の中心へと向かっていた。

群からはぐれた楠が、ぽつねんと佇むあの方角へ。

†

——ふざけるな。

さっきから同じ言葉がずっと頭の中でループしていた。

思考が漂白されてまともにものを考えられない。

俺は走って、とにかく走って、追ってくるなにかから逃れようとしていた。

全力で走るのなんていつぶりだろうか。

もしかしたら大学、いや、高校で受けた陸上の授業以来かもしれない。

だけどそれにしては体が軽い。全然疲れないし、息も上がらない。どうしてだろう。

いや、今はそんなことを考えてる場合じゃない。考えなくていい。考えるべきじゃない。俺はあらゆる雑念と沸々と湧いてくる違和感、そして恐怖を引き剥がすために走った。行き先は決めていない。というよりどこへ行けばいいのか分からない。

ただ逃げたい。どこでもいいから。

俺を追いかけてくるものが見えなくなるところまで。

「ふざけやがって」

焦燥に精神を灼かれながら、誰にともなく悪態を垂れる。瞬間、すれちがったカップルらしきふたり組が、ひとりごちながら疾走する俺に見向きもしないことにまた苛立った。まったくどいつもこいつも、俺に何の恨みがあるっていうんだ。

他人と呼ばれる人種はいつだってそうだった。

決まって俺を馬鹿にするか、見向きもしないか、そのどちらかでしかない。

家族もかつての友人も、むかし付き合っていた女でさえも。

つまらない男。みんながみんなそうやって好き勝手にレッテルを貼りやがる。

人の苦労も葛藤も知らないで、表に見える部分ばかりを指さして。

――ちくしょう。

俺はなにもかもめちゃくちゃにぶち壊してやりたい衝動に駆られながら走った。

正直、どこをどう走ったのかも分からない。気づけば目の前にはやたらと恰幅のいい偉人の銅像があって、俺はその真ん前で両膝に手を置きうなだれていた。

息も切れてないし暑くもないのに、額からだらだらと汗が流れては滴っていく。

「何なんだよ、くそ……」

聞く者のいない悪態をつきながら途方に暮れた。

見上げた先では鷹だか鳶だかよく分からない鳥を左手に乗せたご隠居が公園の真ん

中を陣取って、俺ではないどこかを見据えている。

「なあ。俺って何なんだよ」

自分でも滑稽だと思いながら、他に寄る辺もなく銅像に尋ねた。

もちろん答えを期待したわけじゃない。ただ尋ねずにはいられなかった。

俺って結局何なんだ？　何だったんだ？

あの怪しいイギリス人の言葉が事実なら――いや、ありえない。

俺がとっくの昔に死んでるって？

じゃあ今、ここでこうして銅像に話しかけてる俺は何なんだよ？

俺は生きてる。そう口に出して確かめようとしたところで、脳裏にちらつく赤いフラッシュバック。甲高いブレーキの音。視界を埋め尽くしたトラックの……。

「あれ？　菫也さん？」

刹那、背後から聞こえた女の声に、俺はぶるりと身を震わせた。

「あーっ、やっぱり菫也さんだ！　どうしたんですか、こんなところで？」

おそるおそる振り向いた先には見覚えのある女。少し前、どこからともなく現れて
「駅前でよくギター弾いてた方じゃありませんか？」と尋ねてきたあの女だ。

女の名は出門（でもん）といった。生まれも育ちもこの街で、十年前、ギター片手に夢を追いかけていた頃の俺をよく見かけていたらしい。

しかもずいぶん物好きなことに、出門は当時の俺の歌がとても好きだったと言った。

なにがいいのか分からないのに、なぜだかとても惹きつけられる歌だったと。

だから俺の顔をよく覚えていて、思わず声をかけたのだそうだ。ある日を境にぱったりと姿を見なくなってしまったが、もう音楽はやっていないのか、と。

「あたしね。当時思春期真っ只中で、色々くだらないことで悩んでたんですけどね。菫也さんの歌を聴いてたらなんかそういうの、全部どうでもよくなっちゃったんですよ。で、素敵な歌をうたうひとだなあって、いつからか気になるようになっちゃって」

気恥ずかしそうに笑いながらそう話してくれた出門は、最初の再会のあとも頻繁に俺の前へ現れては当時の話をしたがった。俺にとっては蒸し返されたくない黒歴史だというのに、そんなことはお構いなしに。それどころか、

「菫也さん、もう音楽やらないんですか？　菫也さんの歌、また聴きたいんですけど」

なんてことあるごとにせがんでくる。俺はもう何年もギターを弾いていないし、今は他にやりたいことがあるんだと説き伏せても決して折れることなく。

「じゃああたし、明日もまたお願いしに来まーす。逃げちゃだめですよ？」

と悪戯っぽくえくぼを見せる出門を見ていたら、俺も次第に悪い気はしなくなった。

もう一度歌ってくれとしつこくせがまれるのは困りものだが、誰にも見つけてもらえなかった俺の音を、歌を、今も好きだと言ってもらえるのは単純に嬉しかったから。

出門、とここ数日ですっかり親しくなった女の名を呼び俺は立ち尽くす。

口に含んだらキャラメルみたいに甘いんだろうか、なんて夢想したくなる色の髪を

揺らして、呼ばれた出門は無邪気に笑った。

「ちょうどよかった！　これから菫也さんに会いに行こうとしてたんですよ。でも珍しいですね、いつもはベンチのとこにいるのに……あ、もしかしてあたしに会いに来てくれたとか？」

茶目っ気豊かに言いながら、出門はピンクのグロスが塗られた唇で三日月を描く。

こいつがこういう冗談を恥ずかしげもなく口走る女であることは先刻承知だ。でも。

「出門、おまえ……俺が見えるのか？」

思わず茫然と尋ねたら「は？」と間の抜けた返事を寄越された。出門はただでさえでかい両目をまんまるに見開いて、適量のマスカラが乗ったまつげを上下させる。

「見えるのか、って、逆に見えてなかったら声のかけようがないと思いますけど？」

「い、いや……そう、か。そう……だよな、はは……ははは、なに言ってんだ、俺」

当たり前にもほどがある出門の答えを聞いて、俺はつい笑ってしまった。全身から力が抜けるのを感じながら前髪を掻き上げて、可笑しさのあまり笑い続ける。

そうだ。俺は何を動転していたのだろう。死神？

そんなやつが現実にいるわけないじゃないか。

地獄を塗り込めたようなあの赤い眼に気圧されて、すっかりどうかしていた。

いくら物書きの真似事をしてるからって、フィクションの世界に毒されすぎだ。現に目の前には俺を視認して、俺と喋って、俺に毎日ギターを弾けとせがむ女がいる。

おかげで俺はここ最近、もう一度音楽と向き合ってみるべきかと真剣に悩んでいたほどだ。書いても書いても灰を被ったままの小説と違って、歌とギターなら求めてくれる人間がいる。たったひとりだけだとしても、今、やっと目の前に。

今更音楽の世界へ出戻ることへの、羞恥やためらいの気持ちはもちろんある。どれだけ弦を掻き鳴らそうと、誰にも届かないあの侘しさを味わうなんて二度とごめんだ。ギターを手放すことを決めた日、俺はそう心に誓った。

けれど今度は、今度こそはもしかしたら、と。

「菫也さん、もしかして疲れてる？　もしくは透明人間ごっこの最中だったとか？」

「いや、悪い。ここに来る前、妙なことを言うやつに会って……けどもう大丈夫だよ」

「ほんとに？　だけど妙なことって、なに言われたの？」

「俺はもう死んでるとか、自分は死神だとか、そういう馬鹿みたいな話だよ。日本人じゃなかったみたいだし、どっかの宗教の勧誘かなんかじゃないか、たぶん」

「へえ……それは危ないにおいがしますね」

「だろ？　いやマジで変な男だったよ、ほんと」

俺は出門の声色が不意に一音下がったことにも気づかずに、未だ居座る動揺を笑い飛ばすのに躍起になった。ついさっき俺の身に降りかかった出来事は、どう考えてもまともじゃない。忘れるべきだ。追いつかれてはいけない、と。

「ねえ、ところで菫也さん。あたし、今日はギター持ってきたんですよ。ほら！」

が、そうして脳裏にちらつく赤い点滅を振り払っていると、桃色の三日月を浮かべたままの出門が仕切り直すような口調で言った。彼女が半身を拈って見せた背中には、確かに黒いギターケースが背負われていて、俺はさすがに面食らう。

「おまえ、ギター持ってたの？」

「はい！　と言ってもほとんど弾けないんですけど。むかし菫也さんに憧れてた頃に自分でも弾いてみたくなって買ったんです。でも独学じゃ全然弾けなくて、すぐに押し入れに放り込んじゃって。だけど今日、久しぶりに引っ張り出してきました！」

おどけた調子でそう言って、出門は意味もなくその場で一回転してみせる。

途端に春色のスプリングコートの裾が宙を舞い、ふわりと視界を華やがせた。

「でもって今日が最後のお願いです。これ以上はさすがにウザいと思うんで、だめならもう諦めます。別に無理強いしたいわけじゃないし……しつこい女は嫌われるから」

「出門、」

「ね、菫也さん。あたし、ほんとに菫也さんの歌が好きだったんです。だからどうしてももう一度歌ってほしくて。迷惑だったらごめんなさい。でも、もし……もしそうじゃないのなら——そのポケットの中にあるものを捨てて、代わりにこれを受け取ってもらえませんか？」

出門の薄い肩から、ギターケースのストラップがするりと落ちた。

それを大事そうに抱えた両手が俺の前に差し出される。

熱に浮かされたような出門の瞳が、じっと俺を見つめていた。中学生みたいに小柄な出門は、上背のある俺のために白いパンプスの踵を浮かせて唇を引き結んでいる。

こんなにまっすぐ想いをぶつけられたのは、生まれてはじめてかもしれなかった。

ここまでされてなお出門の好意を無下にする理由が、今の俺にあるだろうか。

どんどん灰に埋もれていく小説もどきなんかより、明らかにまぶしくて価値のあるものが今、目の前にある。俺はもう迷わなかった。

たぶんこれが、俺の人生最後の転機でありチャンスだ。

ここで出門の手を取らなければ俺は一生笑い者のまま、誰にも必要とされないまま。

だったら、俺は——

「手放しちゃだめだ！」

そのとき、誰かの叫び声が聞こえた気がした。

けれどもすっかり出門に熱を伝染された俺は、言われるがまま上着のポケットへ手を突っ込み、あの忌々しい黒のロザリオを引きずり出す。

——なにが幸運のお守りだ。

そんな冷笑に酔いしれて、出門がなぜこれの存在を知っているのかなんて、俺は考えもしなかった。そうしてロザリオを放り出した右手を伸ばし、捨てたはずの過去を掴もうとする。瞬間、ギターを包むナイロンが指の下でどろりと溶けた。

突如現れた真っ赤な舌が、いびつな三日月を舐めていく。

†

先行したチャールズに追いついたときには、もう手遅れだった。

全身の毛を逆立てたチャールズが背を弓なりにして威嚇する先に、赤黒く長い何本もの腕に搦め捕られた菫也がいる。

彼の頭部は、真っ赤に裂けた巨大な口に首までかぶりつかれていた。

唾液に溶かされた魂がたちまち原形を失っていく。体のかたちも、衣服と肌の境目も曖昧になった菫也の姿は、色んな絵の具を無秩序に垂らしたかのごとく液状化し——最後はつるりと、黄ばんだ乱杭歯の間に呑まれてしまった。

「あぁああ、オイシイ、オイシイなあ！」

ゲラゲラと耳障りな哄笑が僕のうなじを逆撫でする。まるでひとのかたちをしていない、取れたての巨人の内臓を思わせるかたまり。それが悪霊としての意思を持ち、不気味に裂けた大口を天へと向けて、世の理を嘲笑うように叫んでいた。

「あぁ、やっぱり悪霊化してない魂は最高ね！　夢も信念も信仰もない時代——現代はニンゲン食べ放題！　まったくイイ時代だあ！」

「チャールズ！」

耳が穢れてしまいそうな悪魔の絶笑を聞きながら、僕は僕の使い魔を呼んだ。両手の爪がギリとてのひらに突き立つ痛みで辛うじて沸騰しそうになる感情を抑え込む。

——どうして。

たった今、忽然と世界から消えてしまった彼に向かってそう叫びたかった。

どうして手放してしまったんだ。

彼をこの世につなぎとめていたはずの、最後の希望を。

「君、来るよ！」

けれどもほんの束の間、僕の思考を塗り潰した不毛な感傷(ノイズ)をチャールズの声が蹴散らした。地面を蹴り、高く跳躍した彼を見て、僕も条件反射でジャケットの袖を捲り上げる。そこへチャールズが牙を立てた。いつまで経ってもこの国に馴染まない色の肌に、ずぶりと異物が食い込む感触がして血が流れる。

冥界へのエスコート。死神の間でそう呼ばれる儀式の直後、チャールズの体はにわかに輪郭を失い、炸裂し、巨大な鎌の形へ収束した。

僕の身の丈ほどもある、黒く燃えているかのごとき死神の鎌。

絵画の中の死神が得てして鎌を持ったイメージで描かれる所以はこれにある。

死神(ぼくら)は使い魔に血を吸わせることで、彼らを断魂の鎌として使役するのだ。

悪霊に堕ちた魂を浄化するために。

されど浄化とは救済ではない。死神の鎌で魂を斬るということは、人間であったものを細切れにして自我を奪い、知性を奪い、再びひととして生まれる権利さえも奪ってより小さき生き物――たとえば鳥や獣や魚や昆虫――の世界へ送るということだ。そうして長い長い……途方もなく長い時間、自然界を巡り巡った魂だけが、再びひとの世界へ戻ってくることができる。

個々の人格の核となる魂の本質や重ねた善業、悪業、生前愛したひととの絆。本来なら転生したのちも継承されるはずのそれらを、すべてリセットされた状態で。

「あぁ、してやった、してやった、死神よりも早く魂を喰らってやった！　惜しかったねェ、死神サン。だけどどっちが先に魂をいただくか、スリル満点で楽しかったヨ」

しかし果たしてこの悪魔は、どれほど多くの魂を呑み込んできたというのだろう。いびつな球形を描く体の表面には老若男女、数え切れないほどのひとの顔が浮かんでいて、その下に裂けるひとつの口から吐き出される不気味な声は、何人もの人声が重なって響くかのようだった。

ここまで肥大化した悪魔と対峙するのは、僕もはじめてかもしれない。

巨体を構成するいくつもの人面は醜く爛れ、実体を持たない存在でありながら、ひどい腐臭を放つまでに育っていた。つまりこのまま放っておけば、物質界に干渉できるほどの力を持つかもしれない危険な悪魔だ。

ぎょろぎょろと無秩序に動き回る無数の目玉はこちらが動くのを待っているのか、はたまた悪魔ごときに出し抜かれた死神を嗤っているのか。

結合した人面の狭間から節足動物のように生える何本もの生足が、逃げる隙を窺ってじりじりと地面を躙るさまを注視しながら、僕は言った。

「悪魔。死神が近くにいると知りながら、死者の魂に手を出したのが運の尽きだ。おまえにはここで斬られてもらう」

「……？　あれ、あれ、あれェ？　アナタ、死神？　死神よね？」

「……この鎌を見ても相手が誰だか分からないほど意識が混濁しているのかな」

「あまい、あまい……あまいにおい。死神のくせに、とってもイイにおいがするねェ。食べちゃいたいくらいイイにおいだ……！」

「残念だけど――僕はベルギーワッフルじゃない」

昼食のときの胸焼けを思い出しながら、僕はついに踏み込んだ。

悪魔の譫言になどいちいち付き合ってはいられない。やつ――否、今回に限ってはやつらと言うべきか――はすでに自我を失った意識の集合体だ。

まともに相手をするだけ時間の無駄だということを、僕は経験から知っている。

ゆえにさっさと終わらせてしまおうと思った。

あの熟れて腐ったような魂を、これ以上見ていたくない。

死者の魂とは本来もっと美しいものだ。菫也の魂だってきっと冥府の坂を下れば、たとえわずかな光でも、彼だけの輝きを放ったはずだった。それを、この悪魔は、

『君、やつの後ろ！』

ところがいざ悪魔のふところへと滑り込み、思いきり鎌を振り抜こうとしたところ

で、脳裏にチャールズの警告が弾けた。直後、僕が急制動すると同時に悪魔の巨体がぐんっと沈み、次の瞬間、人智を超えた高さへ跳び上がる。

あれが質量を持たぬ存在であることを、なによりも雄弁に物語る光景だった。

が、僕が息を呑んだのは、六フィート近い僕の身長をも軽々と越えるやつの跳躍力に驚嘆したためではない。僕が鎌を振るう寸前、大きく跳びのいたやつの真後ろに、無邪気に笑って駆けてくる人間の子どもがいたためだ。

チャールズの警告があと半瞬遅ければ、悪魔に躱(かわ)された鎌の切っ先は間違いなく、彼らの魂を真っ二つに斬り裂いていた。菫也を追って公園へ戻る途中、僕はスマホの肉体透化ツールを起動してひとの目には映らない存在になっていたから、なにも知らない子どもたちが無防備に走り寄ってきたのも無理からぬことだ。

けれどもおかげで、僕は悪魔を取り逃がした。

こちらの意識が子どもたちへ向いた数瞬のうちに、肉の毬のごとく飛び跳ねた悪魔はすでに二十ヤード以上も先へ退散してしまっている。

「アハハハハッ！　また遊ぼうネ、おいしそうな死神サン！」

……してやられた。

立ち尽くす自分のすぐ横を、例の子どもたちがはしゃぎながら通り過ぎてゆく足音を聞きながら、僕は植え込みの向こうへ消える悪魔の影を見送った。あんなに距離を離されてしまっては、今から追ったところで到底追いつけそうもない。僕がそう観念した頃合いを見計らったかのように、そのとき不意に鎌がかたちを失った。

かと思えば黒い炎は音もなく滴る液体となり、やがてチャールズの姿に凝固する。

黒猫に戻った彼は植え込みの間に前脚を揃えて座りながら、胸いっぱいに吸い込んだ遺憾の意を吐き出した。

「あーあ、まんまと逃げられた。〝Even Homer sometimes nods〟（弘法にも筆の誤り）とはまさにこのことだね。悪魔狩りに懸けては誰より経験豊富な君が、ずいぶんとお粗末な仕事ぶりじゃないか」

「……今日に限っては弁明のしようもないよ。どうやら所詮は悪魔だと、相手を見くびりすぎたらしい」

「というよりは、珍しく功を焦ったんじゃないのかい。あの悪魔がかなりのやり手だったことを差し引いても、君が我も忘れて僕を振り回そうとするなんてらしくもない。普段の君なら、すぐそこに子どもがいることくらい自分で気づいて、適切に対処できたはずだろう？」

「……」

「はあ……だけどまさかケイローンを探し歩いているうちに、悪魔に先を越されるとはね。とにかく一度報告に戻ろう。きっと僕らの骨折りが無駄に終わったことを知れば、上司が心のこもったお小言をたんまり贈って慰めてくれるはずだから」

チャールズはそう言って立ち上がるが早いか、尻尾の先を揺らして歩き出した。

彼が鼻を向けた先には、危うく生きながら魂を斬られるところだった子どもたちの姿がある。

「あっ。おねえちゃん、あそこになにかある！」

と、ふたりのうち弟らしい少年の方が、野花が小さな蕾をつけた草むらの中を指差した。呼ばれた少女がそろそろとそこへ近づき、弟が示したなにかを拾い上げようとする。ところが彼女の指が触れるよりも早く、サッと駆け寄ったチャールズが音もなくそれを咥え上げた。そうして走り去っていく彼の口もとで揺れているのは、聖なる十字架をぶら下げたロザリオだ。

せっかく見つけた宝物を見知らぬ黒猫に横取りされた姉弟の、残念そうな声がまったく同じ旋律を奏でた。けれどもとっさにチャールズを追いかけようとした子らを、少し離れたところから両親が呼ぶ声がする。

「ふたりとも、雨が降りそうだからそろそろ帰るよ！」

雨、という言葉を聞いて、僕はふと空を見上げた。

頭上の雨雲は僕らが県庁を出た頃よりも厚みを増して、低いうなりを上げている。奈落の底に閉じ込められたキュクロープスの怨嗟のような遠雷だった。

本格的に降り出す前に、僕もチャールズを追わなくては。頭はそう言っているはずなのに、なぜだか僕の両足は、影を縫われてしまったかのように動かない。

両親の腕の中へ飛び込んでゆく子らを見送る僕の頬へ、ついに雫が降ってきた。

そして春を遠ざける、冷たい雨がやってくる。

今年の春はずいぶんと雨が多い。

おかげで桜の開花が例年より一週間程度ずれ込む見込みらしい。

けれど僕の眼前では、ひと足早く桜が咲き乱れていた。

気晴らしに描き始めた不死山(フジヤマ)と桜の絵だ。ここ数日ご無沙汰な青空に、白い雪を被った日本一の名山と、この国の春を象徴する花が明暗をつけて重なり合っている。昨年、日本で過ごす最初の春に見た景色の複製。どれくらい精巧にできたか確かめに行きたいところだけれど、答え合わせができるのはもう少し先の話になりそうだった。

今日も小雨が窓を叩いている。

僕は右手にパレットを載せたまま、イーゼルから一歩距離を取ってみた。

そして微かな違和感に首を傾げる。

……何だろう。空の色との差別化を図るために、山を暗くしすぎたのだろうか。

だけどあいにく本日分の白と青は使いきってしまった。ざっと書棚を見渡してみても、あるのは僕の理想より遥かに濃いか、あるいは薄すぎる青ばかり。

だったらいっそ手前の桜の幹の色をあえて明るくしてみようか。

そんな思いつきで目についた赤へ手を伸ばした。

そうして小瓶を掴みかけ、寸前で気づき、手を止める。

何度見てもほれぼれするような唐紅が、指の先で誘うように瞬いていた。しかしその閃きを見た途端、言いようのない物憂さが胸の中に立ち込めて手を下ろす。一瞥したアトリエの片隅には、未だハロウィンの衣装をまとったままのお化けがいた。

……僕は一体なにをしているのだろう。今日は久しぶりの休日だ。

悪魔を無事取り逃がしたご褒美として、上司に休みを取り上げられた僕たちはしばし安息日とは無縁の日々を過ごし、やっとのことで一日限りの許しを与えられた。

こんな日こそ、あの真っ白なハロウィンのお化けに色をつけてやるべきだ。

この機を逃せば次はいつ休みをもらえるか分かったものではない。

だのに僕は、今日もあの絵に背を向けている。

そう思ってからもう一度目の前のイーゼルを眺めたら、今の今まで自分が描いていたものが急に陳腐で滑稽に思えてきた。おそらく日本でもっとも儚い花と、不死の名を持つ山が身を寄せ合ってそこに在るさまは、安い皮肉がききすぎている。

ため息をついた僕は作業台にパレットを置き、エプロンもはずした。

描きかけの絵には手も触れず、ホワイトセージの香るリビングへと引き返す。

「少し出かけてくるよ」

午後の紅茶の準備をしていたドールたちがおどろいたように顔を上げた。

ただひとり、ダマスク柄のソファでくつろぐチャールズだけが素っ気なく「いってらっしゃい」と口にする。僕はいつものベストに黒のジャケットを羽織って地下へと下りた。玄関から取ってきた傘を手に、短く行き先を告げる。

扉を抜けると、あの日菫也と歩いた公園に出た。

僕はセーフハウスとつながった公衆トイレを出て傘をさし、歩き出す。

平日の午後、雨天。ふたつの憂鬱が重なった公園にひとの姿はまったくなかった。

まるで世界に僕だけが取り残されたかのような静寂の中、雨に煙(けぶ)る無人のベンチを横目に芝生広場へ足を運ぶ。そうして去年、はじめて不死山(フジヤマ)を見た場所に佇んでみた。

当然ながら雨のベールに阻まれてかの山の偉容は見えやしない。頭上に伸びる桜の枝も未だ花を咲かせぬまま。見上げた先には雨の冷たさに耐えるように、じっと身を固めた蕾がいくつもあるばかり。その蕾から雫が落ちて、パタリと小さく音を立てた。

傘の上で弾けたそれを聞き、そうか、と僕は呟く。

「……この音、いのちが弾ける音に似ている」

ひとの魂がもっとも美しく輝くときの音。僕はそんな音を一瞬でも愛しいと思ったのか。立ち尽くす僕の頭上で、いのちの音は踊り続けた。

聞いていたくないと思うのに、今日も足が動かない。

「〝The rain falls on the just and the unjust〟」

小さく呟いた言葉が、雫とともに弾けて消えた。

春はまだ、少し遠い。

第六話
ツバメと花火

ウグイスの鳴く季節が過ぎて、街の空をツバメが飛び交うようになった。

抜けるような青空からひゅうるりと舞い降りてきた一羽のツバメが、僕の眼前を横切って古いビルの軒先へと滑り込む。賑やかな鳴き声にふと目を上げれば、ガラス張りのドアの真上にツバメの巣がかかっていた。

タイル張りの狭い車道が伸びる駅前の繁華街。僕は現在その表通りから横道に入ったところにいる。次の仕事まで中途半端に時間が空いてしまったから、お決まりの暇潰しだ。こんな風に時間を持て余すと、僕はいつもここに足を向ける。

繁華街の裏道にひっそりと佇む古寂びた雑居ビル。周囲の建物に比べてひょろりとした印象の外観は、何度来ても頼りなげに見えた。建物と建物の隙間に押し込められているせいで、どうしても肩身が狭そうに見えてしまうのだ。

扉を入ってすぐのエレベーターホールはとても狭かった。表に看板はなく、入居しているテナントを知りたければ奥に見える非常階段手前の案内板を見るしかない。入っているのは実態があるのかないのか定かでない財団のオフィスと隠れ家的なスナック・バー、患者の姿を見たことがない鍼灸院に、とても小さな民間画廊だ。

僕はビルに入ると迷わずエレベーターへ乗り込み、四階へ向かった。

稼働中、ガタガタと不安な音を立てる機械仕掛けの箱に揺られながら、右手に提げた紙袋の中身を確認する。老舗和菓子店の箱が傾いたり崩れたりしていないのを入念に確かめたところで、時代を感じる音色がチンと頭上から降ってきた。

顔を上げれば、途端に視界へ飛び込んでくるのは一面の緑。

この時期の木々がまとうまぶしいばかりの新緑ではない。

ホビットたちが暮らす闇の森を彷彿とさせる、深く落ち着いたテールグリーンだ。

「いらっしゃい……おや、誰かと思えば君か」

エレベーターの到着音を聞きつけたのだろう。深緑の壁紙が続く通路の奥からひとが現れ、僕を見るなり年代物の丸眼鏡をわずかに上げた。

僕も彼に向き直って黙礼し、いつものように微笑みかける。

「お邪魔します、栄一さん。少しご無沙汰をしておりました」

「確かにここしばらく姿を見なかったね。病気でもしとったのかい？」

「いえ。ただしばらく多忙にしてまして……最近ようやく落ち着いたものですから」

「おや、そりゃあご苦労さん。まあ、とにかくお上がんなさい」

物静かな口調でそう言って、奥へと促してくれた彼は画廊のオーナーである牧野栄一さん。僕が日本へ来てはじめて親しくなったひとだ。栄一さんは長年この街で画商をしているご老人で、知るひとぞ知る中堅画家の絵を好んで取り扱っていた。

彼が契約しているのは写実的な絵を得意とする日本人画家ばかり。奥の事務所へと伸びる細い通路には、精緻を極めた風景画や静物画が大切に展示されている。

日本に赴任してきてまだ間もない頃、僕は暇さえあれば画廊や美術館を探して街を歩き回っていた。そんなときに出会ったのが『ギャラリー・マキノ』だ。

必要最低限の照明と絵の具のにおいの他は、窓ひとつない秘密の展示室。『ギャラリー・マキノ』にはそういう特別な空気があって、狭い通路に飾るべく厳選された絵画たちも、いちいち僕の心を奪った。

以来こうして足しげく絵を見に通っているというわけだ。

画廊をひとりで切り盛りしている栄一さんは、毎度絵を眺めるばかりで買いもしない僕に不審の眼差しを注ぎつつも、最初の数回は黙って放っておいてくれた。

場所が場所なら冷やかしは帰れと言わんばかりに睨まれるのに、彼は玳瑁の眼鏡の向こうから時折こちらを覗くだけで、あとは事務所を出てこようともしなかったのだ。

今にして思えば、あまりにも外国人然とした客を前に言葉の壁を感じていたのかもしれないけれど、とにかく栄一さんは寛容だった。朝を迎えるたびにここでの感動を忘れ、時間を見つけてはそれを確かめに来る僕を、彼は新聞を読んだり帳簿をつけたりしながら見守ってくれた。けれど、忘れもしない去年の今頃。

いつものようにここで絵を眺めていた僕に、彼ははじめて声をかけてくれたのだ。

「あんた、最近よく来るね。何度来たって同じ絵しか飾っとらんのに、ずいぶん熱心に見に来るもんで。なんか気になる絵でもあるのかい」

と。そこで僕も趣味で絵を描いていることを伝えると、栄一さんは英国人が紡ぐ流暢な日本語におどろいたあと、あれこれ話を聞いてくれた。

聞けば栄一さんもかつては画家を志し、自ら筆を執っていた時期があったのだという。しかし夢破れて画商へと転向し、苦労の末この画廊を開いた。

そんな彼の来歴を聞いた僕は、ただ絵を鑑賞するためだけにここを訪れていたことを申し訳なく感じて、売りものを買い取ろうとした。それまでそうしなかったのは、端的に言ってお金がなかったからだが――何せ僕は看取り業務の代償に、金銭ではなく魂のかけらを要求してしまう――栄一さんが『ギャラリー・マキノ』に懸ける想いを知った以上「今後もタダで絵を見せてください」とはとても言えない。

だから毎日の紅茶を少し安いものに替え、チャールズにも当分日本製のキャットフードで我慢してもらおうと決意して口を開いたところ、栄一さんは「お金はいいから、今度来るとき君の絵を持ってきなさい」と言った。

言われたとおり僕が後日自分の絵を持参して訪ねると、彼はいくつかの作品をためつすがめつ眺めたあと、商品として買い取ってくれた。もちろん買ってもらえたとは言っても、ついた値は無名の新人にふさわしいものだったけれど、それでも「見どころがある」と言って栄一さんは僕の絵に投資してくれたのだ。

以来僕はこうして絵の売れた売れないにかかわらず、時折彼を訪ねては感謝の贈り物を届けるようにしている。彼がいなければ今頃セーフハウスの地下倉庫は、行き場を失った絵画たちで足の踏み場もなかったろうから。

「これ、いつものですが」

と言って僕が菓子折りの袋を差し出せば、栄一さんは目尻の皺をほころばせて「おお、悪いね」と受け取ってくれる。上司からたびたび業務時の態度を叱られている僕が言うのも失礼な話だけれど、栄一さんは決して愛想がいい方ではない。

普段は寡黙だし、面と向かって話していても表情豊かとはいえないひとだ。けれど彼は決まった店の決まったどら焼きを前にしたときだけあからさまに相好を崩す。だから僕もここへ来るときは、大抵同じ店の同じどら焼きを持参するようにしていた。ほどなく栄一さんはいつものように、狭い通路の先の狭い事務所で日本のお茶を淹れてくれる。もともとは少し広めの給湯室だったのではないかと思われるその部屋は『ギャラリー・マキノ』の応接室も兼ねていて、栄一さんの事務机とミニキッチンが同居する奇妙な景観を楽しめた。ただし定員はせいぜいふたりまで。

机と書棚、そして小さな冷蔵庫が場所を取っているせいで、ここにはキャスターつきの事務椅子がふたつ並べられる程度の余白しかないのだった。

「んで、調子はどうだね。忙しくしとったということは、絵の方も休んでたのかい」

「ええ……ここ二ヶ月ほど新作はなにも描いていなくて。描きかけのまま手をつけていない作品ならあるんですが」

「そうかい、そりゃあ残念だ。前に君の絵を買っていったお客さんからね、新作があればぜひ譲ってほしいと言われとるんだよ。あの蛍の絵をえらい気に入ったみたいでね。作者の名前を教えてくれと、ずいぶん食い下がられたわ」

橄欖石（ペリドット）をお湯に溶いたような澄んだ緑色のお茶を口に運びながら、微苦笑とともに栄一さんは言った。僕はあくまで死神で、画家になりたいわけではないから作品に銘を入れていない。ならばいっそ名も伏せようということで、栄一さんには文字どおり無名の新人の作として絵を取り扱ってもらっていた。

「……実は今日は、その件でご相談がありまして」

と、わずか開いたスイング窓の隙間から外を眺めて僕は言う。初夏の喧騒を乗せた風が鼻先を通り過ぎ、まっさらなカンバスみたいに白い栄一さんの髪を撫でた。

「せっかく僕の絵を気に入ってくださった方がいるのに、申し訳ないのですが。少し思うところあって、しばらく絵を描くのを休もうと思うんです」

「おや。そりゃなんでまた？」

「僕自身うまく説明ができないのですが……自分の描くものに幻滅したというか、自信を失くしてしまったというか。おかげでこのところ、絵を描きたいという気持ちがどこか遠くへ行ってしまったようなんです。描き残したいものは無数にあるのに、筆を持つのがためらわれて……だったらいっそ、絵を描くのをやめてしまおうかと」

真円を描くレンズの向こうで、ややまぶたの垂れた栄一さんの瞳が静けさをたたえて僕を見ていた。実を言うと僕が二ヶ月近くもここに寄りつかなかった理由がそれだ。

春先に悪魔と遭遇したあの事件以来、僕はまったく絵が描けなくなってしまった。

絵の具集めは相変わらず続けているし、僕の手に収まる魂のかけらたちは今も変わらず美しい。けれど僕の作品には、あの魂の輝きにふさわしい価値がない。

ある日ふとそう思った瞬間から、僕は筆を執ることをやめた。

こんなことは魂のかけらで絵を描き始めてからはじめてのことだ。

僕は一人前の死神として働けるようになってからずっと、時間にすれば優に百年近くこの趣味を続けてきた。しかし菫也を救えなかったあの日から、僕の心にはずっと憂鬱という名の蜘蛛の巣が張っている。それが思考を搦め捕り、視界を塞いで、じわじわと僕の内側を支配していく……そんな感覚が拭えなかった。

朝、眠りから目覚めても心臓のあたりになにかが引っかかっているような感じがして、正直僕はこの感覚を持て余している。毎朝部屋のカーテンを開け、降り注ぐ朝日を見上げるたびに胸を満たした新鮮なおどろきやよろこびも今はない。

これは一体何なのだろう。チャールズに相談したら「君もついに人間みたいなことを言うようになったね」なんて冗談めかして言われたけれど。

「そうかい。まあ、君が自分でそうすると決めたんなら、ぼくにはどうこう言えんよ。君は職業画家じゃあないんだし、やめたいと思うならすっぱりやめたらいい。ただね、君の絵には器があるよ」

「器……ですか？」

「ああ。描き手の魂みたいなもんを受け止める器さね。最近の君の絵にはそういうもんが見え隠れしとったもんで、本音を言やぁ残念だけども。君はまだ若いんだし、また描きたいって気持ちが戻ってきてからでも遅かないさ。あんまし焦らず、気長にやることだね」

いつもどおり表情少なに、されどツバメ舞う今日の日和のような口調で栄一さんはそう言ってくれた。彼もまさか目の前に座る英国人が、今年七十四歳になる自分より長い歳月を生きているとは夢にも思っていないのだろう。

けれどどこまでも穏やかな彼の声は、惑い疲れていた僕の心に沁み入った。

僕の描く絵には魂を受け止める器がある、という栄一さんの言葉が、記憶のかけらに似た輝きをまとって、蜘蛛の巣だらけの胸中を照らしてくれる。

英国にいた頃も、要らなくなった作品は売りに出したり引き取ってもらったりしていたけれど、それをこんな風に評されたのははじめてだった。

僕が人間たちの描き出す世界に惹かれてやまないのは、彼らの作品にはまさしく魂が宿っていて、生きている、、、、と感じるからだ。そういうすばらしい作品たちに、僕の絵も少しは近づくことができたのだろうか。いや、あるいは栄一さんが言っているのは、膠液と水に溶けた人間たちの魂のことかもしれないけれど。

「ところで話は変わるがね。君、前に英語の家庭教師をしとると言ってたろ」

「……はい？　ああ、ええ……一応そういうことになっていますが」

「そしたらひとつ、頼みたいことがあるんだ。聞いてもらえるかい？」

いかにも画壇のひとらしい個性的なネクタイをくつろげて、ときに栄一さんが話題を変えた。こんな風に改まって頼みごととは何だろう。

僕はこの一年の付き合いで栄一さんの口からはじめて聞く言葉に目を見開き、されどやがて頷いた。彼には日頃から本当にお世話になっている。だから恩返しも兼ねて僕に手伝えることがあるのなら、ぜひそうしたいという意思を込めて。

すると途端に栄一さんが意味深な笑みを浮かべた。まるでたまたま立ち寄った骨董屋で、掘り出しものの絵画でも見つけたときみたいに。

「実はぼくには中学生の孫がおってね。その孫が近頃、英語が分からんとぐずっとるんだ。だもんで、なんとかしてやりたいんだが——君、ちょっくら手ぇ貸してくれんかね？」

嘘も百回言えば真実になる、という言葉がある。それを正とするならば、僕の重ねた小さな嘘は、いつの間にか記念すべき百回目の佳節を迎えていたらしい。

「はじめまして、卯野浜世愛です。よろしくお願いします」

と、彼女に折り目正しく頭を下げられたとき、僕はどうしてあの嘘を九十九回目で止めておかなかったのかと後悔した。だって僕はあくまで死神で、英語の教師の真似事なんて未だかつてしたことがなかったから。

「母の波絵です。このたびは父が無理を言って申し訳ありません。どうぞよろしくお願いします」

ついには隣に座ったご婦人にまでそう言って頭を下げられてしまい、僕はどうやら自分のついた嘘からは逃れられないらしいと観念した。

逃げるもなにも、栄一さんの娘さん夫妻が暮らすお宅の玄関をくぐった時点で、逃げ道なんてものはとっくに閉ざされていたのだけれど。

そこは市の中心地からほんのわずか東へ逸れた閑静な住宅街。

栄一さんの実の娘、卯野浜波絵さんがご主人とお子さんの三人で暮らす一軒家は、そんな住宅街の一角にあった。広い前庭と切妻屋根が特徴的な北欧風の瀟洒な家だ。建てられてからまだあまり時間は経っていないようで、洒落たアイアンワークの小窓がついた玄関をくぐると、さわやかな木材の香りが鼻孔をくすぐった。

内装にも細かな気配りとこだわりが垣間見えて、さすがは栄一さんのご息女のお宅だと内心舌を巻いたほどだ。

『ギャラリー・マキノ』で唐突に家庭教師の依頼を受けた翌週。

栄一さんの前で一度は引き受ける意思を見せてしまった手前、引くに引けなくなった僕は仕方なく、教師に扮して教えられた住所を訪問した。

教師に扮して、とは言っても、格好はいつものドレスシャツと黒いベストのまま。手荷物はなにを持参すればよいやらよく分からなかったので、古本屋で見つけた古い和英辞書を一冊と気に入りの万年筆、そしていつもふところに入れている手帳だけだ。わざわざ使い込まれた辞書を買ったのは、よそでも家庭教師をしているという設定なのに、ピカピカの辞書なんて持っていたら怪しまれそうな気がしたから。

けれどいざ栄一さんのお孫さんと対面してみると、そんな偽装工作はまったくの無意味だったことに気づかされた。

卯野浜世愛、十四歳。中学二年生。

そう自己紹介してくれた彼女は、飴色（あめいろ）のテーブルの向こうで母親に寄り添われたまま目を開けない。つまり彼女は目が見えないのだ。波絵さんの話によれば、世愛は先天性の全盲で、今はこの家からほど近い視覚支援学校に通っているのだという。

ところがふたりの挨拶を受けて僕が口を開こうとした矢先、激しい鳴き声に出鼻を挫かれた。目をやればワックスのきいたフローリングの上で四つ足を突っ張り、威嚇の感情をあらわにした柴犬がいる。くるりと巻かれた尻尾が特徴的な赤毛の成犬だった。首には赤い首輪がついていて、整った毛並みや汚れていない四肢の様子から、室内飼いされているのだろうとひと目で分かる。

彼——または彼女——は自分の縄張りに突如現れた冥府の使いが許せないのか、先ほどからことあるごとに僕を睨んでは吠え立てた。

「こら、ベッキー！　あなた、今日はどうしたの？　さっきからずっと興奮しっぱなしで……すみません、先生。いつもはあまり吠えたりしない子なんですけど」

「いえ、構いませんよ。犬は鼻のきく生き物ですからね。僕も猫を飼っているので、もしかするとそのにおいに反応しているのかもしれません」

「まあ、そうだったんですか。本当にすみません。少しお待ちくださいね」

　黒くてまっすぐなセミロングの髪を揺らした波絵さんは、何度も謝りながらベッキーと呼んだ犬を抱えてリビングを出ていった。隅々まで手入れの行き届いた家の様子を見ても分かるとおり、しっかり者の奥さんなのだろう。面立ちはあまり栄一さんに似ていないが、ちょっとした仕草や表情に父親の血を感じる。

　色とりどりの花が咲き乱れる庭も見事だったし、家のあちこちに飾られている小物や絵画のセンスもいい。彼女の研ぎ澄まされた美的感覚もきっと栄一さん譲りなのだろうなと思いながら、僕はテーブルに載った湯飲みへ手をかけた。

　家の内装はどう見ても洋風なのに出てきたお茶は日本茶。しかもこれは栄一さんがいつもご馳走してくれるあのお茶だなと推理しつつ、舌触りのよいまろやかな甘味と渋味を味わう。少しぬるめのお湯で淹れられているところまで栄一さん譲りだ。

　この地方が日本でも有数の茶の名産地だからか、栄一さんはことのほか緑茶にはうるさい。おそらくは波絵さんも、そんな栄一さんから厳格な教育を受けて育ったのだろう……などと得意のプロファイリングを胸中で並べながら、僕はふと斜向かいの席に座るひとりの少女へ目をやった。母親が中座し、見知らぬ外国人といきなりふたりきりにされたものだから、緊張しているのだろうか。

　世愛という西洋風の名を名乗った少女は顔を伏せ、華奢な肩をこわばらせていた。ともすると眠っているようにも見える彼女の顔は、まぶたが閉ざされていることを除けば健常者と変わりない。僕の第一印象としては、どこにでもいる普通の女の子だ。

ただこれは欧米人から見たアジア人全般に言えることだけれど、十四歳にしては少々面差しが幼い気がした。彼女の場合、小顔でまろみを帯びた鼻はやや低く、唇も幼子のようにふっくらとしているから、余計にそういった印象を抱きやすい。

けれど全体的に見れば、とても愛らしい顔立ちをしていると言って差し支えなかった。ほんの少し色素が薄いショートヘアも、ご両親が選んで着せてあげているのだろうプルオーバーのブラウスと並んで、清楚で落ち着いた印象を演出しているし。

「『小公女』？」

しかし今日から教師と生徒という関係を築いていくのに、ファーストコンタクトが気まずいだけというのも困りものだ。ゆえに僕の方からそう切り出せば、顔を上げた世愛が「え？」と不思議そうに小首を傾げた。

「フランシス・ホジソン・バーネットの『小公女』。あの作品の主人公の名前も確か〝セイラ〟だったね。飼い犬の名前はそこから取ったのかな？」

質問の意味をはかりかねたらしい彼女に続けてそう尋ねれば、途端にぱっと世愛の頬が上気した。まるで春陽を浴びた蕾が開いたようなその反応を少し意外に思っていると、世愛は軽く身を乗り出し、ひどく弾んだ声を紡ぐ。

「すごい……！　先生、『小公女セーラ』を知ってるんですか？　ベッキーの名前の由来を言い当てられたの、はじめてです！」

「ああ……バーネットはアメリカの小説家として有名だけど、生まれは僕と同じイギリスだからね。ついでに僕の家の猫とネーミングが似ていたからピンときたんだ」

「先生のおうちの猫ちゃんは、お名前なんていうんですか？」

「チャールズだよ。『長靴をはいた猫』のシャルル・ペローから取った名前なんだ」

「シャルル……？　シャルルなのに〝チャールズ〟なんですか？」

「シャルルというのはフランス語の名前でね。英語で読むとチャールズになる」

「へえ……！　同じ名前でも英語とフランス語で読み方が違うんですね。わたし、はじめて知りました」

自分の分の湯飲みを手探りで引き寄せながら、緊張が解けたのか世愛ははにかんでそう言った。そうして器用に湯飲みを持ち上げ、両手で包み込むようにしながら緑茶をそっと口へ運ぶ。僕は彼女の細い指が織りなす一連の動作にわけもなく見惚れた。

彼女の所作には、全盲であるがゆえのぎこちなさを一切感じない。

それだけ長い間――この世に生まれ落ちた瞬間からずっと、色も光もない世界での生活が彼女にとっては当たり前だったということだろう。

「あ、ところで先生の名前、まだ聞いてないですね。何先生って呼べばいいですか？」

と、彼女を縁取る陽光の輪郭に目を奪われていたところで、不意に現実へ引き戻された。そういえば僕の自己紹介は忠犬ベッキーに遮られたのだったなと思い出し、束の間の逡巡の末に答える。

「そうだね……では君に与える最初の課題として、僕の呼び方を決めてほしい」

「え？　呼び方、って……名前じゃだめなんですか？」

「実は僕の本名は、どうも日本人には発音が難しいらしくてね。だから君に呼びやすい名前を決めてもらった方が、なにかと都合がいいかと思って」

と、僕は百回目の嘘を悔いたばかりにもかかわらず、またしても死神の習性として息を吸うように嘘を吐いた。というのも僕たち死神には名前がない。

まったくの無名だと同業者同士で呼び合うときに難儀するから、場合によっては通り名を持つこともあるけれど、この世ならざる身の上の僕たちは、基本的に個々の氏名など持たずとも大して困りはしないのだ。なにしろ僕らの存在は戸籍にも記録されなければ、会社に勤めるわけでもない。家庭を持つこともまずないし、むしろ人間に個としての存在を強く認識されてしまうと、業務に差し支えるおそれすらある。

ゆえに僕らは普段から、生きた人間の記憶には最低限の痕跡しか残さないよう心がけて行動し、必要とあればひとびとの記憶から自分を消して回るのだ。

以前はいちいち専門の部署へ依頼しなければならなかった記憶の抹消も、今はスマホひとつで手軽に解決できてしまうし。

「ううん、そっか……名前が英語だとそういうこともあるんですね。だけど呼び方かあ……先生、日本語がすごく上手だから、なんだか日本人と話してるみたいで、つい日本人っぽいあだ名になっちゃいそうですね」

「ああ、そういえば以前、栄一さんにもおどろかれたよ。見た目は欧米人なのに、中身はまるきり日本人だって」

「先生のお顔って、日本人とそんなに違うんですか？」

「そうだね……一番大きく違うのは、肌の色と顔の骨格かな。それから、これは人種の違いから来るものではないけれど、眼が赤いのも珍しいと思う」

「赤色の眼って珍しいんですか？　どんな色だろう……」

「たとえば血の色、柘榴の色……あとは落日の色だと言われたこともあったかな」

「落日？」

「ああ。僕の瞳は沈みゆく太陽の色をしていると」

「へえ……！　なんだか素敵ですね！　太陽とおんなじ色かあ」

　再び湯飲みを掴もうとした僕の手が止まった。

　太陽の色と聞いて、その色がどんな色なのか無邪気に夢想する世愛の笑顔が、すっと胸の隙間から入り込んでくる。不思議な感覚だった。なぜなら死神として生まれたとき、眼球を失っていた僕にこの眼をくれたチャールズが言っていたのだ。

　——君にはとても似合いの色だ。

　失われゆくいのちの色、かつて人肉の代わりとされた果実の色、あるいは死にゆく太陽の色。いかにも死神にふさわしい滅びの色じゃないか。それは先天性色素欠乏症と呼ばれる稀少な人種から譲り受けた目玉だから大切にするように、と。

同業者の大半も彼と同じ意見だった。

死を運ぶ死神には黒の次にぴったりな色だと、誰もが口を揃えて言った。

だから僕もいつしか、赤とは死と滅びを意味する色だと思っていたのに。

色を知らずに育った世愛は、髪型と同じくらいふうわりとした口調で言う。

「でもお日さまの色ってことは、きっとあったかい色なんでしょうね。いいなあ、わたしもいつか見てみたいなあ」

瞬間、僕を襲った感覚をなんと形容すればよかったのだろう。

視覚的にたとえるならば、蜘蛛の巣だらけの胸中にぱっと陽が照ったような。

そうして陽の光を浴びたそれはあたかも天蚕糸(テグス)のアートのように、またたきながら僕の内側を満たしていく。蜘蛛の巣がこんなにも美しいだなんて知らなかった。

これが僕と卯野浜世愛の、三ヶ月にわたる交流の始まりだ。


かくして僕の二重生活は始まった。

こういう言い方をすると、なにかひどく背徳的なことをしている気分になるけれど、実際、僕のしていることは倫理にもとる行為だと思う。教師としての資格も経験も持たない死神が、経歴と正体を偽って人間の教育というものに携わっているのだから。

果たして死神である僕に、未来ある人間の子どもを導く資格などあるのだろうか。

毎週土曜日、決まった時間に世愛の家へ通う生活が始まると、同じ疑問がたびたび僕の脳裏を掠めた。栄一さんの頼みと思えば足は自然と卯野浜家へ向くけれど、彼女の無垢な笑顔を前にすると、針のような後ろめたさがちくりと胸を刺すことがある。

世愛は目が見えないのに前向きで、賑やかというほどではないが利発な少女だった。英語と数学が極端に苦手ということを除けば、他の教科の成績は軒並み平均以上らしい。ほんの少しひと見知りだけれど、がんばり屋で勉強好きな女の子。

授業を重ねるうち、僕が世愛に対して抱く印象はそんな風に変わっていった。世愛はとても好奇心旺盛で、学力よりもさまざまな知識をほしがる子だ。

ゆえに教科書に点字で綴られた例文や文法ではなく、実際に英語圏で暮らしているひとびとの日常と紐づいた英語を知りたがる。

彼女は教科書の例文を読み上げて「これは死んだ英語だ」と言い、僕が英国での生活を振り返りながら話す英語を「生きた英語」と呼んだ。

言われてみれば確かに、彼女の教科書に記された例文にはどんな場面で使うことを想定しているのだろう、と首を傾げたくなるものがちらほらと散見されるから。

「わたしたちって、ほら、目が見えないっていうだけで、見えるひとの何倍も知らないことがあるじゃないですか。わたしは太陽を見たことがないし、空の色も知らないし、流れ星がどんなのかも分からないからお祈りもできない。だからその分、目が見えなくても理解できることをもっといっぱい、いっぱい、いーっぱい知りたいんです。見えるひとが十のことを知ってるなら、わたしは百のことを知りたい。そうすれば自分は不幸だなんて思わなくて済むし、見えるひとたちの前でも胸を張っていられるんじゃないかなって。こういうこと言うと、おじいちゃんには〝世愛は負けず嫌いだなあ〟って笑われるんですけどね」

世愛はそんな風に自分の障害や境遇について笑って話す。生まれつき目が見えないことを嘆いたり、悔しがったり、卑屈になったりすることを知らない。

それが単なる強がりならば僕も彼女に同情し、美しく着飾ったいたわりの言葉をかけただろう。だけど世愛の笑顔はつくりものなどではない。

確かに彼女は本物の太陽を知らないかもしれないけれど、真っ暗な世界の真ん中に彼女だけの沈まぬ太陽を抱いているのだ。

その太陽の輝きの、なんとまばゆくあたたかなことか――

「やあ、君。そろそろ授業の時間じゃないのかい？」

――果たして世愛の太陽は、どんな色をしているのだろう。

手の中で瞬く落日を見つめながら、そんな想像を巡らせていた僕の鼓膜をチャールズの呼び声が震わせた。そこでふと我に返り、入り口に座ったチャールズへ一瞥を向けてから、十二時を告げる柱時計のチャイムに気づく。

僕が毎週土曜日だけの家庭教師となって四週目。今日は早朝から二件の看取り業務と一件のスクランブルをこなし、帰宅したら少し眠ろうと思っていたはずなのに、いつの間にやら時刻は正午を迎えていたらしかった。世愛との約束の時間は十三時。

チャールズの言うとおり、そろそろ授業へ向かう準備をして出かけなければならない。死神業と家庭教師の兼業は、思った以上に大変だった。

卯野浜家に滞在している間はどうしても業務をこなせないから、同僚に頼んで仕事を交換してもらったり、チャールズを先にやって看取り対象者の動向を見張ってもらったりと、あれこれ手を尽くす必要がある。

加えて今日のように授業前の睡眠が取れなかった日は最悪だ。

僕は午前中に看取った三人の記憶を抱えたまま卯野浜家を訪問し、普段と変わらぬ僕を演じなければならない。先週の土曜日にそれをやらかし、次からは必ず睡眠を取って授業へ赴こうと決意したはずなのに、果たして僕はなにをしていたのだろう。

……いや、特別なにかをしていたわけじゃない。

ただ午前中の業務で引き取った魂のかけらをアトリエに飾りに来て、以降一時間あまり、棚を彩る無数のきらめきをぼんやりと眺めていただけだ。

僕は自分の学習能力のなさに失望しながら、しかしその落胆を使い魔にぶつけることで気持ちに折り合いをつけようとした。

「……チャールズ。僕のスケジュールを親切に管理してくれるのは有り難いのだけれどね。どうせなら睡眠を取る必要性も考慮して、もう少し早めに声をかけてもらえると助かったかな」

「やあ、これは失敬。てっきり君のことだから、激務の間を縫ってまた絵を描いているのだろうと思ってね。邪魔しないよう配慮したつもりだったんだ……っと、そういえば君はしばらく筆を休めることにしたのだっけ。ごめんごめん。僕としたことが、すっかり失念していたよ」

扉のない入り口に前脚を揃えて座りながら、チャールズは愉快そうに左右の白いひげを開いた。理由は分からないものの、近頃彼はやけに上機嫌だ。

もっとも研ぎ澄まされた皮肉のセンスは健在で、僕には依然手厳しいのだけれど。

一時の気の迷いに任せて自己管理を怠ったことを遠回しに責められた僕は、ため息とともに手の中の小瓶を棚へと戻した。かつて薄井楓という少女から受け取った真っ赤な魂のかけらはいつも棚の最前列、ひと目で分かるところに置いておく。この唐紅を見つめていると胸の内側がざわめいて、なにか思い出せそうな気がするからだ。

とてもなつかしく、甘美で、優美で、心をズタズタに引き裂くようななにかを……。

「だけどまさか、あれほど絵の具づくりに入れ込んでいた君が絵描きをやめて教師に転向するとはね。ミレーを目指すのはもうやめにするのかい？」

「……僕は別に、ミレーのようになりたくて絵を描き始めたわけではないよ。絵描きを始めたきっかけが彼の作品であることはまぎれもない事実だけれど」

「そういえば君は最近、すっかり国立美術館(テート・ブリテン)にも行かなくなったよね。筆を休める前は、暇さえあれば地下室の扉をくぐって里帰りするほど彼女に熱を上げていたのに」

「ああ……そもそも僕が絵を描き続けてきたのは、彼女を美しいと思ったことを忘れないためだったからね。けれどそれをやめてしまった今となっては、彼女に会わせる顔がないというか……」

と僕はまるで不貞でも咎められているような気持ちで、書棚を埋め尽くす魂の輝きへ目をやった。無論ここでいう「彼女」とは、この世に実在する女性のことではない。僕が百年前から愛してやまない、ジョン・エヴァレット・ミレー作の絵画『オフィーリア』のことだ。

シェイクスピアの戯曲『ハムレット』に登場する、主人公の恋人オフィーリア。彼女は次々とひとが死んでゆく『ハムレット』の劇中にあって、特に悲劇的な死を遂げる。愛する恋人とすれちがったあげく、その恋人に父を殺されてしまい、悲しみのあまり正気を失って歌いながら川へと沈んでゆくのだ。

ミレーはそんなオフィーリアの死の場面をはじめて描いた画家だった。

劇中では決して演じられることなく、台詞の中でだけ語られる彼女の死にざまを、あまりにも精緻な絵画として世に送り出したのだ。

第一次世界大戦が終結して何年か経った頃、仕事のついでに立ち寄ったナショナル・ギャラリーの分館でこの作品と出会った僕は、以来彼女の虜となった。

水中に沈みゆくオフィーリアの、狂気と恍惚の狭間の表情。

死という概念を描いた作品でありながら、全体を包み込む透明感。

花びらの一枚一枚まで緻密に描かれた、悲劇の舞台の美しさ……。

それらに魅了された僕は、全身を強く打たれたようなあの出会いの感動をどうしても忘れたくなくて、その日、急いで画材を買いに走った。

僕自身も絵を描くことで、翌日まっさらになって目覚める自分に「もう一度オフィーリアに会いに行け」と伝えたかったのだ。

果たして次の日、いくつもの絵の具が無秩序に塗りたくられたカンバスと、洗われもせず放置された筆やパレットを見た僕は、昨日の自分はなぜこのような狂態を演じたのだったかと首を傾げて、再びギャラリーへ足を運んだ。

そんな日課を飽きずに百年繰り返した結果、今の僕がここにいる。いつしか絵を描くことは生活の一部となり、僕はオフィーリアの美しさをつなぎとめようとしたあの日と同じ心理で、自らが美しいと感じた情景をカンバスに留めるようになった。

けれども今また死にゆくオフィーリアの前に佇んでみても、あの日の感動が再び全身を打つことはない。いつだって僕を突き動かし、何度も筆を執らせた滾るような憧憬も、すっかり燃え尽きて戻ってこない。本当に僕はどうしてしまったというのだろう。まるでいつか誰かに刺された胸の傷から、僕をかたちづくっていたものがすべて零れて、心臓がからっぽになってしまったみたいだ。

「ふうん。百年の恋も冷めるとはまさにこのことかもね。しかし君があれほど恋い焦がれていた彼女に背を向ける日が来ようとは、まったく〝人生はチョコレートの箱〟とはよく言ったものだよ」

「……つまり君は、チョコレートの箱は開けずにおくべきだったと言いたいのかな？」

「いいや、ただ君が死神を辞めて大学教授を志したりしたら困るからね。念のため釘をさしているだけさ。例の悪魔もまだこのあたりをうろついているらしいし、死神の人手不足が今以上に深刻化するのは、あまりよろこばしい事態とは言えないだろう？」

刹那、チャールズの口から紡がれた「悪魔」という言葉が僕の肺腑を抉るように衝き上げた。心臓が悲鳴に似た音を奏で、あの日見たおぞましい百面相が脳裏をよぎる。

「上からの情報はまだだと思うよ。ついさっきよその使い魔から聞いた話だから」

まさか通達を見逃したのか。そう思い、僕がふところのスマートフォンへ手を伸ばしかけたところで、チャールズがなにもかも見透かしたように補足した。

「……ひょっとして、他の死神もあれと遭遇したのかい？」

「そのようだね。結局逃げられてしまったみたいだけれど。聞いた話によると、今回は悪魔の方から死神に寄ってきたんだってさ。悪魔が死神を避けないなんて聞いたことがないけれど――あの悪魔、まるでなにかを探しているようだったと言ってたよ」

「悪魔が探しもの……？」

燃えるような飢餓感のかたまりである悪魔が、作為的になにかを探すなんて話は僕も聞いたことがなかった。単に食べやすそうな魂を求めてさまよっていた、というだけなら理解できるものの、わざわざ天敵である死神に向かってきたというのはさすがに妙だ。幸い同僚に怪我はなかったようだけれど、上も事態を無視できず、重い腰を上げるかもしれないとチャールズは言った。

「まあ、とにかくそういうわけだから先生ごっこもほどほどにね。いざというとき寝不足でまともに戦えなかったなんてことになったら、僕が監督不行き届きで責められるんだから。しかし君、今日はいつにも増してぼんやりしているね。そんな状態で本当に授業へ行くつもりかい？」

「ああ……大丈夫だよ。ただちょっと、午前中に引き取った自殺者の記憶に引きずられているだけさ。別のことに集中すればきっと落ち着く……と思う」

「へえ、自殺者ね。今度はどんな女子高生だったんだい？」

「チャールズ」

「おっと失敬。最近のジェンダー問題はナイーブだからね。男子高生もちゃんと候補に入れるべきだったかな？」

「どちらも違うよ。今日魂を引き取ってきたのは四十代の男性さ。お子さんのいない家庭で、奥さんに逃げられてひとりきりで……そんな生活を苦にして彼は今朝首を吊った。僕が現れたところで顔色ひとつ変えなかったよ。ただひと言、もっと早くこうしていればよかった、と……」

今から二時間ほど前の記憶。それが不快なノイズを伴って僕の思考を攪拌していた。

僕自身が自殺者と対面した記憶と、自殺者が僕と対面した記憶。

双方が脳裏で入り混じり、輪郭を失って、ただ彼が人生の最期に抱いた感情だけが僕という空疎な器に反響する――おれの人生って結局何だったんだ、と。

「ふうん。だけど今までだって似たような自殺者を何人も看取ってきたじゃないか。なのに今回だけ特別引きずるなんて、なにか気にかかることでもあったのかい？」

「……特筆すべきことはなにも。ただ彼は職場ではそこそこの役職に就いていて、出世も順調でお金にも困っていなかった。もちろん五体満足で、大病を患っていたわけでもない。そして彼が奥さんを失ってから自殺という結論に至るまで、二年だ。二年もの猶予が彼にはあった。けれど彼はその二年を抜け殻のように過ごして、結局二度と立ち直ることができなかった。彼が無為に過ごした二年間を振り返れば、やり直すチャンスはそこらじゅうに転がっていたのに。なのに彼はどうしてそれを無視して、拾い上げることとすらしなかったんだと思う？」

目の前でまたたく天色のかけらを見つめながら、僕は問うた。

小瓶の中できらめく小さな蒼穹は、自殺した彼が幼い頃に憧れた空の色だった。

このアトリエには他にも彼と同じように、未来に希望を見出だせず、自らいのちを絶ったひとびとの魂の輝きがいくつもある。これまで僕はただ事務的に、そんなひとびとの魂から一番きれいなところを切り取って、ガラスの小瓶に収めてきた。本人の選んだ道ならばと死者の選択に納得し、祝福し、よろこんで冥府へ送り出した。

自らの人生を自らの手で選べるというのは、とても幸福なことだと信じてきたから。

だけど果たして彼らの――いや、僕の選択は本当に正しかったのか？　僕は彼らが選んだ結末を祝福するのではなく、悲しむべきだったのではないか？　生のよろこびを忘れてしまった彼らの空虚な終わりに、心を痛めるべきだったのではないか？

だって、世界は――

「〝わたしたちは落胆しない。たといわたしたちの外なる人は滅びても、内なる人は日ごとに新しくされていく。なぜなら、このしばらくの軽い患難は働いて、永遠の重い栄光を、あふれるばかりにわたしたちに得させるからである〟」

刹那、知らず拳を握った僕の耳朶を、チャールズの滔々たる暗誦が打った。

「〝わたしたちは、見えるものにではなく、見えないものに目を注ぐ。見えるものは一時的であり、見えないものは永遠に続くのである〟……と、『コリントの信徒への手紙』にはあるけれどね。人間というのはどうしたって目に見えるものに縛られてしまう。そういう悲しい生き物なのさ。前にも言ったろ、ひとはみな近眼だって」

「……要するに彼には哀れな自分自身しか見えていなかった、と？」

「いや、あるいは自分すら見失っていたのかも。近眼というよりは盲目だね。持つ者も持たざる者も、誰もがちょっとしたことで簡単に盲いてしまう。それが人間の性ってやつさ――と、僕の口からわざわざ語らずとも、君なら百も承知だろうけれどね」

なぜだか最後はそっぽを向いて、意味深長にチャールズは言った。

僕なら百も承知とは一体どういう意味だろう？　あからさまに含みのあるチャールズの態度に、僕は疑念と訝りをもって眉をひそめた。ところが彼の真意を尋ねるよりも早く、ダイニングからドールたちの鳴らす呼び鈴の音が聞こえてくる。

「おや、そんな話をしていたら昼食ができたみたいだね。君も急ぎなよ。大したわけもなく教師が遅刻するなんて教え子に示しがつかないだろ？　ねえ、ルウ先生？」

尻尾の先を妖しく揺らめかせながら言い置いて、チャールズはご機嫌にアトリエを出ていった。彼が去り際に残した最大級の厭味に頭痛が増すのを感じながら、僕は本日何度目とも知れないため息をつく。

そして一抹の諦念とともに、物寂しいほど片づいたアトリエを見渡した。

その片隅には今もなお、忘れられたあの日の夕日が佇んでいる。


そう、とにかくそういうわけで、僕は晴れて「ルウ」の名を授かった。

名づけ親は言わずもがな世愛だ。というより正確には、僕と彼女の折衷案、あるいは合作と言うべきかもしれない。この「ルウ」というのは、僕がかつて暮らしていた英国にゆかりあるケルト神話、そこに登場する太陽神の名前だった。

どちらかといえば冥府神（ケルヌンノス）の眷属とでも言うべき僕が、どうして対極の存在である太陽神のご尊名などもらい受けることになったのかといえば、僕の目の色を知った世愛が「太陽にまつわる名前はどうか」と言い出したのがきっかけだ。

それなら単に英語でSunと呼べばいいものを、世愛は妙なこだわりを発揮して、

「〝サン〟だとなんだか響きが日本語っぽいです」

と、頑なに拒否する姿勢を示したのだった。

ならば英語ではなく他の言語に置き換えて、ラテン語やヘブライ語、もしくはギリシャ語なんてどうだろうと、今度は僕からそう提案してしまったのがすべての元凶だ。世愛はそれを聞いて突然はっと手を合わせると、僕の発言から着想を得たと思われるギリシャ神話を引っ張ってきて、よりにもよってアポロンの名を授けようとした。

そう、古代ギリシャの太陽神にして、いつかチャールズが僕の陋態を小突き回すために笑い者にしたあのアポロンだ。世愛はちょうど僕と出会う数日前から、日本の年少者向けに書かれたギリシャ神話の関連本——正確には星座の伝説について書かれた本であったらしい——を読んでいたとかで、

「わたし、からす座のお話に出てくるアポロンさまがすごく印象に残ってるんです。オリオン座の神話のときはとっても残酷だったのに、からす座のお話ではお嫁さんを死なせちゃったことをすごく後悔してて、人間みたいに怖い一面とやさしい一面を両方持ってるんだなあって……でも〝アポロン〟だとちょっと呼びにくいから、略して〝ロン先生〟とかどうですか？」

と仕入れたての知識を無邪気に披露してみせた。しかしその名で呼ばれると、否が応でもあの日の苦い記憶が呼び覚まされる病を患う僕は、ケルト神話に出てくる太陽神の名前ならもっと呼びやすい、という話題を振ることでどうにか難を逃れたわけだ。

神話に触れたのは例の星座の本がはじめてだという世愛は、ケルト神話の知識にま

では明るくなかったものの、幸いこの「ルウ」の名をいたく気に入ってくれた。

「それじゃあ今度、ケルト神話の本も探してみます！」

と、頬を染めて張り切ってみせる程度には。

しかし実を言えば、急場しのぎでとっさに提案した名前だったにもかかわらず、僕も存外この名前を気に入っている。なぜならルウという名の響きは、ヘンルーダの花の英語名であるRueに通じるためだ。

自分で言うのもなんだけれど、この花ほど僕にふさわしい花はない。なぜならヘンルーダは『ハムレット』の劇中で、オフィーリアが自らの象徴とした花なのだから。

もちろん話を聞いたチャールズには、

「すばらしい。彼女に〝尼寺へゆけ！〟と言ったも同然の今の君には、ふたつとなくぴったりな名前だね」

と、最高級の皮肉でもって賞讃されたけれども。

まったく、こういうチャールズの教育的指導には困ったものだが、しかし今日は収穫もあった。彼が僕との会話で聖書を引用してくれたおかげで、世愛との授業に使えそうな新しいテキストを見つけることができたのだ。

正直僕はこの四週間、世愛に英語を教えるに当たって最適な教材は何かと頭を悩ませていた。学校で使用されている教科書はどうやらお気に召さないらしいので、もう少し彼女の学習意欲に沿った教材を用意できないかと考えていたのだ。

そして僕は先ほどのチャールズとの会話をヒントに、新約聖書へと行きついた。

これほど英国人の生活に根ざした書物は他にないし、英語の聖書にも色々な種類があって、比較的やさしい英語で綴られたものを用意することが可能だったからだ。

僕は卯野浜家を目指す前に、地下倉庫の扉をくぐってロンドン時代のセーフハウスへ赴き、書斎に並んだ聖書の中からもっとも平易な英語で書かれたものを選び取ってきた。新約聖書のごく一部だけが抜き出された、A5サイズの薄いペーパーバックだ。

これならばきっと世愛も小難しそうな先入観に悩まされることなく、気軽にページをめくることができるだろう……などと考えながら僕が路地を曲がったところで、突然けたたましい吠え声を浴びせられた。

おどろいて目をやれば、すぐ足もとに見覚えのある柴犬がいる。僕を見るなり険しい表情をして、威嚇の意思を剥き出しにしている彼女は――ベッキーだった。

「やあ、ベッキー。こんなところでなにをしてるんだい？　ひとりとは珍しいね」

と友好的な挨拶を試みつつ、僕は彼女の首輪から垂れた赤いリードの先を辿る。しかしそこに人影はなく、ただ持ち手のいない紐が地面に投げ出されているだけだった。

まさか遠方から僕のにおいを嗅ぎつけて、遥々脱走してきたとでもいうのだろうか。

いや、卯野浜家で大切に飼われているときの彼女はいつも首輪だけで、リードはつけていなかったから、散歩中に逃げ出してきたと考えるのが妥当だろう。

しかし僕もとことん嫌われたものだ。

ベッキーは僕がはじめて卯野浜家を訪ねたあの日から、ずっとこの調子だった。僕の姿を見ると途端に怒り狂って、主人に近づくなと言わんばかりに吠え立てる。動物の多くは死神を人外の存在と見抜いているから、ベッキーはたぶん、僕を世愛に忍び寄る不吉の象徴だと思っているのだろう。

「そんなに警戒しなくても大丈夫だよ、ベッキー。僕は世愛の魂を奪うために近づいているわけじゃないから……」

「――ベッキー！　どこ？　置いていかないで……ベッキー！」

動物に嫌われるのはいつものことだからいいとしても、卯野浜家を訪ねるたびにこうも吠え立てられたのではさすがの僕も気が滅入る。ゆえに不毛とは知りつつも、どうにか和解できないものかと語りかけていたら、どこからともなく彼女を呼ぶ声が聞こえてきた。ずいぶんと弱々しく、今にも泣き出してしまいそうな涙声だ。

さらに情報を付け足すとすれば、僕はこの声の主を知っている。

視線を上げると案の定、道の先にはベッキーの愛すべき主人がいた。

空梅雨が騒がれている夏の陽射しの下、世愛はコンクリートの地面を白杖（はくじょう）で何度も叩きながら、懸命に愛犬の姿を探している。

僕はあざやかすぎる陽光に手をかざし、目を細めてそんな彼女の姿を眺めた。陽の下で見る世愛はセーラー服に似た白いワンピースを着ているおかげで、いつも以上にまぶしく感じる。顔が見えなくなるほど深く大きなキャスケット帽は日よけだろうか。

僕はベッキーに噛まれないよう細心の注意を払ってリードを拾い上げると、可能な限り気配を消しながら世愛へと歩み寄った。

「ねえ、ベッキー……！　そろそろ帰らないと、ルウ先生が来ちゃうから――」

「僕ならここにいるよ、世愛」

「へ？」

と、それまで泣きべそをかいていた世愛が、間の抜けた声とともに顔を上げる。

そうしたところで彼女には僕の顔が見えないだろうに、声のした方向からだいたいの位置と高さを割り出すや、まっすぐ僕を向いて愕然とした。

「えっ……先生⁉　ルウ先生ですか……⁉」

「ああ、そうだよ。これから君のお宅へ伺うところだったのだけどね。どうも待ちきれなかったのか、ベッキーがひと足早く迎えに来てくれたみたいだ」

五メートルほど先から僕に引きずられてきたベッキーは、地面に腰をつきながらも決して屈すまいと前脚を突っ張り、露骨な拒絶の態度を示していた。

そのせいで首輪が顔を圧迫し、どう見ても苦しそうなのに、迫り上がった頬の間から彼女はなおも僕を睨めつけている。このままではベッキーの愛らしい顔が変形してしまうおそれがあったので、僕は世愛の手を取り赤いリードを握らせた。

そこでようやく愛犬の帰還を理解できたのだろう、世愛は「ベッキー！」と叫ぶや否や、心底安堵した様子で毛むくじゃらの妹を抱きしめる。

「ああ、よかった……！　もう、急に置いていかれてすっごく心細かったんだからね」

目が見えない世愛にとって、愛犬に置き去りにされるという体験はよほどの恐怖だったのだろう。彼女はそうしてしばらくの間、ベッキーを放そうとしなかった。

おかげでベッキーも主人を置いて独断に走ったことを反省したようだ。

彼女は頬を擦りつけて鼻鳴きすると、謝るように世愛のやわらかな頬を舐めた。

「だけどびっくりしました、まさか先生がベッキーを連れてきてくれるなんて。どうもありがとうございます、おかげで助かりました」

「お役に立てたならよかったよ。ひとりでベッキーの散歩をしていたのかい？」

「はい。中学部に上がったときから、ベッキーの散歩はいつもわたしがしてるんです。少しでもひとりで外を歩くのに慣れようと思って」

「でもベッキーは盲導犬じゃないだろう？　ご両親は承知してるのかい？」

「最初の頃はお母さんに反対されましたけど、今はもうだいじょぶですよ。ベッキーもいつもはいい子なんです。あんな風に突然いなくなったのも今日がはじめてで、普段はむしろわたしのこと、守ろうとしてくれるんですよ。なにがあっても絶対傍を離れないし、自転車が来るときとか、横断歩道を渡るときとか、ちゃんと吠えて教えてくれるんですから」

未だベッキーを抱きかかえたままそう言って、世愛は屈託なく笑った。

なんでもふたりは世愛が小学三年生の頃から片時も離れずにいるらしく、世愛はべッキーに、ベッキーは世愛に全幅の信頼を置いている。

特にベッキーは世愛が盲目であることを理解していて、普段から彼女を守ろうとする素振りを見せた。僕を嫌って世愛に近づけまいとするのも、死を司る存在から彼女を守らなければという強い使命感によるものなのだろう。

「そうか。君とベッキーの絆は、ジョンとラッシーの絆にも勝るというわけだね」

「あっ、ジョンとラッシーって『名犬ラッシー』のことですか？　わたしもあのお話、小さい頃から大好きなんです。でもルウ先生って本当に色んな本を知ってますよね」

「昔から本を読むのが趣味だからね。フィクションでもノンフィクションでも、読書は自分では決して体験できない人生を体験させてくれるし、人間観察の役にも立つ」

「人間観察、ですか？」

「うん。ひとは生い立ちや価値観の違いによって、同じ出来事に遭遇しても感じ方や考え方が変わってくるだろう？　だから、どういうひとがなにに対してどのような感情を抱き、どう行動するのか、それを学べるのはとても……」

と言いかけて、僕は不意に口を噤んだ。理由は自分でも分からない。

ただ突如脳裏にノイズが走って、見えるはずのないものが見えた気がした。

見覚えのない古代神殿風（パラディアンスタイル）のカントリーハウス。使用人服をまとったひとびとが行き交う地下厨房。黒煙を吐きながら走る巨大な機関車。

古いロンドンの街並み。小窓つきの緑の扉。書架に圧迫された狭苦しい店内。

カラフルな背表紙が並ぶ本棚から抜き取られた、アイスグリーンの――

「先生？」

……思えば僕は、いつから読書好きになったのだっけ？

一昨年まで暮らしていたロンドンのセーフハウスが本だらけの家だったから、気づけば自然と書物を手に取るようになっていた？

いや、違う。僕が本好きだったのはもっと昔からだ。

頭の片隅で誰かがそう囁いている。でも一体誰が？

だいたい僕はあのセーフハウスでチャールズと出会うまで、目玉がなく盲目だった。

だからそもそも読書なんてしたくてもできなかったはずだ。

だったら今、走馬灯のように僕の脳裏を流れた映像は、

「ルウ先生！」

次の瞬間、体に走ったわずかな振動で僕ははっと我に返った。夢から覚めたような気分で見下ろせば、そこには僕の胸にすがりついた日本人の少女がいる。

「先生、だいじょぶですか⁉」

「あ……ああ、うん、ごめん。暑くなってきたせいかな、ちょっと立ちくらみがして」

「ええっ⁉　ほ、ほんとにだいじょぶですか……⁉　じゃあ無理に動かない方が……」

「いや、もう大丈夫。ほんの軽いめまいだったみたいだから」

「本当ですか？　わたしも最近貧血気味で、よくめまいを起こすんですけど、そのせ

いでこないだ転んで頭を打って、たんこぶつくっちゃったんです。だから先生も無理しないでください」

「ありがとう。じゃあ、君の家に着くまでこうしていてもいいかな。これなら僕が転んでも君が転んでも安全だから」

僕はそう言って、ベッキーのリードを握る世愛の右手を取った。彼女の愛犬の首輪とつながった赤い紐をふたりで持つように、互いの手を重ね合わせる。唐突に触れられた世愛ははじめ「えっ⁉」とおどろき、次いでしどろもどろになった。彼女があまりに心配そうな顔をするから、こうすれば少しは安心してもらえるだろうと思ってのことだったのだけれど、世愛はなぜかうつむいて耳まで真っ赤になっている。

「せ、先生……意外と大胆なんですね」

「大胆？　なにがだい？」

「な、なにがって……イギリスだとこういうのって当たり前なのかな……？」

この至近距離でも聞き取れないほどの声量で、世愛はなにかごにょごにょと言っていたものの、結局手をつないで歩くことには反対されなかった。

僕たちはそこから歩いて五分ほどの卯野浜家に向かって歩き出す。

白杖で地面を叩きながら歩く世愛の歩調に合わせた歩みは、ここがロンドンの街中ではなく、日本の住宅街だということを改めて僕に教えてくれた。

見渡せばそこには塀で囲まれた家々があり、淡く色づいた紫陽花が咲き乱れ、儚げな風鈴の音色が聞こえる。先刻僕の視界を埋め尽くしたあの映像は、死神が時折起こす記憶の混濁が織りなした白昼夢にすぎなかったのだ。僕は自分にそう言い聞かせる。

すべては、そう、ここへ来る前にきちんと睡眠を取らなかったことが原因であって、未だ潮騒のごとく胸を掻き乱す不可解なざわめきは、明日の朝には消えてしまう泡沫（うたかた）のまぼろしでしかないのだと。

「あっ、ツバメがいますね」

ところが不吉の泡を割るので忙しい僕の耳に、何気ない世愛の言葉が滑り込んでくる。僕もそれに促され、梅雨を忘れてしまった空を見た。

すると雲ひとつない青の中を、一羽のツバメがひゅうるりと優雅に飛び去っていく。

「……世愛。どうして分かったんだい？」

「え？　ツバメですか？　だって鳴き声が聞こえたから」

「鳴き声だけで何の鳥がいるのか分かるのかい？」

「分かりますよ。昔、お父さんがネットで色んな鳥の鳴き声を聞けるサイトを見つけてきて、どれがどんな鳥の声なのか教えてくれたんです。中でもわたし、ツバメが一番好きで、この時期になるといつもツバメを探すの。今年も帰ってきてくれたんだなあ、って思うと嬉しくて」

「でもどうしてツバメが一番なんだい？」

「ルウ先生ならたぶん知ってるんじゃないかな、『幸福の王子』っていうお話」

「心やさしい王子の像と、彼に寄り添ったツバメの話？」

「そう、それです！　何年か前、わたしがすごく落ち込んでたときに、おじいちゃんが読み聞かせてくれて……わたし、王子の願いを叶えるために死ぬまで飛び回ったツバメがかわいそうでかわいそうで泣いたんです。でも最後は王子もツバメも天国でしあわせになって、よかったねって……誰かを大切に思う心を持てば、今がどんなに苦しくたって、悲しくたって、ちゃんと天国に行けるんだって、そう思いました」

だからツバメが好きなんです、とはにかみながらそう言って、世愛はなおも白杖でアスファルトを叩いた。規則正しいリズムで鳴るその音を、僕の右脳がなぜだか「秒読みのようだ」と形容する。

「あ、でもそういえば『幸福の王子』って『小公女セーラ』と同じでイギリスのひとが書いたお話ですよね？　もしかしてわたし、イギリスと縁があるのかな。そう考えるとイギリス人の先生が家庭教師に来てくれたのも、なんだか運命みたいですね！」

ついに秒読みがゼロになった。波絵さんが丹誠込めて育て上げた、色とりどりの花が咲き香る卯野浜家の庭先で、世愛の頬にもぱっと可憐な花が咲く。

不吉を奏でていた泡沫は、おかげでみんな割れてしまった。

そんな僕らの頭の上を、夏が来るぞと歌いながら、またもツバメが飛んでゆく。

僕が七十八ページしかない聖書（ペーパーバック）を世愛の教科書として選んだのにはわけがある。

それはこの派手な原色のペーパーバックが、新約聖書から『ヨハネによる福音書』のみを抜き出した英国生まれの聖書だからだ。

その日から僕は授業のたびに二章ずつ、世愛に聖書を読み聞かせた。

貧しく学のないひとでも聖書に親しめるように、と訳された平易な英文を一文ずつ読み上げて、世愛にも理解しやすいよう、解説を交えながら日本語にしていく。

まったく馴染みのない文化の、まったく馴染みのない価値観で綴られたテキストであるにもかかわらず、世愛は授業を熱心に聞いた。

僕の朗読を波絵さんに頼んでわざわざ全部録音し、翌週卯野浜家を訪ねると、前の週に読み上げた章のすべての節は点字に打ち直されていた。

そうして僕と世愛の聖書学習が始まってから五週目。日本の雨季が天に忘れ去られたまま過ぎ去り、無事に巣立ったツバメの子らが南の海を渡る頃、僕はこの聖書を彼女のために選んだ一番の理由をついに明かすことになった。

「While Jesus was walking along, he saw a certain man. This man had been blind since he was born. Jesus, disciples asked him, 'Teacher, why was this man blind when he was born? Was it because he himself did something wrong? Or was it because his parents did something wrong?'……」

ヨハネによる福音書、九章一節から十二節。世愛が英語の聞き取りにだいぶ慣れてきたことを感じ取っていた僕は、いつものように一文ずつ英文を訳すのではなく、はじめてひとかたまりの文章をまとめて読むという手法を取った。

「They asked him, 'Where is this man?' He replied, 'I do not know.' ……さて、九章の冒頭はここまでだ。どんな内容が書かれていたのか聞き取れたかな？」

と、最後の一節を読み終えた僕はまず世愛に尋ねてみる。

やさしい色調でまとめられた世愛の部屋で、僕と彼女は向き合っていた。

壁に背中を預けたタモ材の勉強机には、波絵さんが運んできてくれた冷たいお茶がふたつと、小型のボイスレコーダーがひとつ。日本茶のあざやかな緑を引き立てるウインターブルーのグラスはびっしりと汗をかいているけれど、蝉が鳴き始めた窓の外とは打って変わって、世愛の部屋は暑くも寒くもない適温に保たれていた。

それもこれも僕らの頭上で健気に働くエアコンのおかげだ。彼の口から吐き出される早春の朝風に似た冷風は、机と同じ色のフローリングを舐めるように吹いている。

そしてその風を直接浴びられるところに寝転がったベッキーが、至福の表情で寝息を立てているのが聞こえた。

「……先生。〝blind man〟って〝目が見えないひと〟って意味ですよね？」

「ああ、そうだね」

「今日のお話は……イエスさまが生まれつき目が見えないひとの目を見えるようにした話。イエスさまが自分で薬みたいなものをつくって、見えないひとの目に塗った？」

「正解。イエスはご自分の唾で土を捏ね、盲人のまぶたに塗って〝シロアムの池で洗

いなさい〟とおっしゃった。盲人が言いつけに従うと、たちまち目が見えるようにな
った。ひとびとはイエスの奇跡を知ってどよめき、そのひとは今どこにいるのかと尋
ね回った……というお話さ」
　僕が十二節までの内容を簡潔に要約するのを、世愛はいつもに増して神妙な面持ち
で聞いていた。彼女のような視覚障害者は、晴眼者のように授業を聞きながらノート
を取るということができない。
　だから世愛は授業の間中、全神経を集中して僕の言葉に耳を傾けるのだ。
「細かい単語や文法についての説明はあとにするとして、九章で大切なのは二節と三
節だ。イエスの弟子たちは盲人を前にするとこう言った。〝先生、この人が生まれつ
き盲目なのは誰が罪を犯したためですか。本人ですか、それとも両親ですか〟と。当
時は彼のように目が見えなかったり、耳が聞こえなかったり、口がきけなかったりと
いう身体的障害は、何らかの罪の報いであるという考え方が一般的だったんだ。だか
らイエスの弟子たちも、彼の目が見えないのは彼か彼の両親が重い罪を犯したがゆえ
の天罰なのだと考えた」
「……」
「けれどイエスはこうお答えになった。〝違う〟と。そしてこうも付け加えた。〝彼が
盲目に生まれてきたのは、罪のためではなく祝福を受けるためである〟と」
「……祝福？」

「そう、祝福だ。イエスは言った。〝彼は私を遣わしたお方の御業を世に知らしめるために生まれたのだ〟と。そしてひとびとの目の前で奇跡を起こし、盲人をお救いになった。つまりイエスは彼の盲目を癒やしただけでなく、障害を持つ者は罪人であるという世間の思い込みを否定したんだ。このあとの節ではそれを認められないひとびとが、イエスを異端だと言って責め立てる様子が描かれているのだけれど……果たして本当に罪深く盲目なのは、誰なのだろうね」

僕は椅子の上で組んだ足にテキストを載せながら、冷茶のグラスに手を伸ばした。透明なウィンターブルーの真ん中でカランと氷が音を立て、喉だけでなく耳をも潤してくれる。水に合うよう渋味が少なく、すっきりとした飲み口の茶葉を選んで淹れられた緑茶を有り難く頂戴しながら、しかし僕はそこで小さな異変に気がついた。

いつもなら僕の解説が途切れるなりあれこれ質問を投げかけてくる世愛が、好奇心をどこに置き忘れてきたのか膝の上で手を握り、じっと黙りこくっているのだ。

「世愛、君はどう思う？」

だから今日は僕の方から促すように尋ねてみた。

「本当の盲目とは何だろう。君のように生まれつき目が見えないこと？　はたまた自ら目を閉ざし、耳を塞ぎ、世界を拒絶して自分だけを愛すること？」

「わたしは……」

やがて世愛が絞り出すように呟き、まぶたを縁取る黒いまつげが微かに揺れた。

「わたしは、目が見えません。そのせいですごく悲しい思いをしたことがあります。悔しい思いをしたことも、怖い思いをしたこともあります」

「うん」

「でも……わたしは不幸じゃない。目が見えないことを時々〝かわいそうだね〟って言うひとがいますけど、わたしはそう思わない。わたしは全然かわいそうじゃない。だってわたしには耳があって、口があって、体があって、お母さんとお父さんがいて、おじいちゃんがいて、ベッキーがいて、住む家もあって、学校にだって行けて……毎日がすごく、すごく楽しいです」

「うん」

「だから、わたしは……わたしの目が見えないのがもしもなにかの罰なんだとしたら、こんなしあわせなはずないですよね。もっともっと不幸でなくちゃおかしいですよね」

「そうだね」

「だったらわたしは、イエスさまのお言葉を信じます。わたしは祝福されるために――しあわせになるために生まれてきたんだって、信じたいです」

答えた世愛の声は震えていた。いつも明るくて屈託のない世愛が、これほど弱々しくうつむいて話すところを僕は見たことがない。

けれど僕にはこうなることが分かっていたし、理由もとうに知っていた。

だから一度膝の上の聖書を閉じ、僕の言葉で、僕は言う。

「世愛」

「……はい」

「素敵な名前だ。君の名前にはふたつの願いが込められているそうだね。世界が君を愛してくれますようにという願いと、君が世界を愛せる子になるようにという願いが」

はっと顔を上げた世愛と目が合った。

いや、彼女の両目は依然として閉ざされたままで、目が合うわけがないのだけれど。

けれどその瞬間、僕と世愛は確かに見つめ合っていた。

だから見えないなんて決めつけないで、僕はそっと微笑みかける。

「君の家庭教師になって、ひと月が経つか経たないかという頃にね。栄一さんが教えてくれたんだ。君が明るくてがんばり屋で、負けず嫌いなのにはちょっとした理由があるんだってね」

そう、あれは僕が卯野浜家に出入りするようになってまだ間もない頃のこと。

その日、僕は世愛との授業の様子を報告するために『ギャラリー・マキノ』を訪ね、栄一さんから思いがけない話を聞いた。

「世愛は今でこそああだけども、昔はずいぶん内気でなあ。自分の目が見えんせいで、波絵たちにえらい苦労をかけとると思い込んどったんだ。親戚同士の集まりなんかでもずーっと下向いて、ほとんど喋らん子だったたよ」

と、栄一さんがなつかしそうに目を細めて話してくれたのは、世愛がまだ小学二年生だった頃の話。当時、世愛はここではない別の町の視覚支援学校に通っていて、登下校にはいつも波絵さんが付き添っていたそうだ。

ところがある日、波絵さんがわけあっていつもの下校時間に世愛を迎えに行けなかった。迎えに行くのが遅れると学校には事前に連絡を入れていたらしいのだが、世愛は担任から知らせを受けるや、波絵さんを待たずに自力で帰る選択をした。

通っていた学校から自宅までは徒歩十五分ほどの道のりで、毎日波絵さんに手を引かれて歩いている道だから、自分ひとりでもきっと帰れると思ったという。

いや、それ以前に世愛には、自分の存在が両親の負担になっているという負い目があったのかもしれない。だから少しでも自立してみせなければと——両親の手を借りずとも、自分のことは自分でできると証明したかった。他の誰でもない、彼女自身に。

ところがその日の下校中に事件は起きた。

白杖で慎重に足もとを確かめながら家路を辿っていた世愛に、同じく下校中だった子どもたちが目をつけた。彼らは近所の小学校に通う健常な児童だったそうだ。

波絵さんに付き添われて登下校する世愛の姿をたびたび目撃していた彼らは、彼女の目が見えないことを察していた。ゆえに魔がさしたのだろう。彼らはあの頃の子どもも特有の、無邪気な嗜虐性を発揮して、足音を殺しながら世愛へと忍び寄った。

そしてわっとおどかしたのだ。

彼女の暗闇の向こうから、突然野獣のような声を上げて。

おどろいた世愛は恐怖のあまり取り乱し、逃げ惑って、あらぬ方向へ踏み出した。

そこはフェンスもガードレールもない用水路で、世愛はわけも分からぬまま高さ一メートルほどの擁壁から転げ落ち、そして溺れた。栄一さんの話によれば、世愛が落下した用水路は水深二十センチにも満たない、非常に浅い水路だったそうだ。

けれど目の見えない世愛にとっては、底なしにも思えるほど深い深い水の底だった。パニックに陥った彼女は水中でうつぶせになったままもがき、やがて動かなくなった。

彼女の様子を水に投げ入れた昆虫でも観察するように眺めていた子どもたちも、その段になってようやくまずいと悟ったのだろう。

ことの重大さに気づいた彼らは慌てて近所の大人に助けを求め、のどかな住宅街の平和は裂帛の悲鳴によって引き裂かれた。

水路から引き上げられた世愛はすぐに救急車で運ばれ、どうにか一命を取り留めたものの、問題は病院で意識を取り戻したあとのことだったという。

「世愛を突き落とした子らはね、最初は事故だと言っとったんだ。世愛が道を間違えて、自分で水路に落ちたとね。だけどもいざ目を覚ました世愛に話を聞いてみたら、知らない子らにおどかされて水路に転げ落ちたと言うもんで、親同士で揉めに揉めてなあ。結局最後は、先方の親御さん方が病院代を肩代わりすることになったんだけども、それに腹を立てた母親のひとりが世愛に言ったんだわ。目が見えんだけで周りにちやほやされていいね、被害者面ができていいね、と」

僕は耳を疑った。疑わざるを得ないほどの暴言を、くだんの母親は幼い世愛に浴びせていった。曰く、眼病というものは業が深い者がなる病である。そんなものを患って生まれた世愛は、前世でよほど手酷く弱者を虐げたのだろう。だから今度はおまえが虐げられる側として生まれてきたのだと、罪人は罪人らしく罰を受けろと、思い上がるなと彼女は言った。そうして吐きかけられた呪いの言葉は、例の事件でひび割れていた世愛の心を粉々にした。

世愛が自らの意思でまぶたを閉ざすようになったのはそのときらしい。

数日後、事情を聞いて見舞いに赴いた栄一さんに彼女は泣きながら尋ねたそうだ。

おじいちゃん、わたしは生まれてきちゃいけなかったの？　と。

「世愛は、波絵たちには訊けなかったんだね。自分の親に〝うん〟と肯定されるのがおっかなくてさ。だもんで、ぼくとふたりきりのときに尋ねてきたんだよ。ぼくは、胸が潰れるかと思った」

いつもと変わらない穏やかな口調で栄一さんは言った。けれど彼の瞳は僕ではなく、数年前のとある夏の日、小さな肩を震わせて泣いていた孫娘を見つめていた。

「たとえ他人の子でも、自分の子でもね。子どもにそんなことを言わせる人間は、親になる資格がないとぼくは思う」

「……では、その母親に抗議を？」

「いんや、抗議はせんかったよ。ただ、ちぃとばかし灸を据えただけさね」

「灸を据える……というと？」

僕が思わずそう尋ねると、栄一さんは声もなく笑った。

どんな方法で灸を据えたのかは結局教えてくれないまま、悪戯に成功した悪ガキみたいな、ひどく小僧っ子めいた顔で。

「君たちがこの街に越してきたのは、事件があった翌年のことだったそうだね。僕はてっきりずっとここに住んでいるものだと思っていたから、話を聞いておどろいたけれど……もしかしてその頃だったのかな。栄一さんが君に『幸福の王子』の話を聞かせてくれたのは」

「……はい。それから引っ越しのお祝いにって、ベッキーをプレゼントしてくれたのもおじいちゃんです。もしまたあんなことがあっても、次はベッキーが守ってくれるようにって」

五年前の出来事をなつかしむような、淡い微笑を浮かべて世愛は言った。

すると熟睡していると思われていたベッキーが、極楽に身を浸したまま耳だけをこちらへ向けてくる。僕はそんなベッキーの現金さが可笑しくて、つい笑ってしまった。

世愛にはなぜ僕が笑ったのか分からなかっただろうけど、つられるように笑い出す。

「可笑しいですよね。わたし、あの事件のあと、今まで以上にお母さんたちに迷惑かけました。わたしが安心して勉強できるようにって、わざわざ学校を変えてくれて、新しい家まで建ててくれて、ベッキーも連れてきてくれて……でも、おかげで分かったんです。わたしがお母さんやお父さんやおじいちゃんにどんなに愛されてるのか。自分が今、どんなにしあわせか」

「だから負けず嫌いになった？」

「はい。わたしは今こんなにしあわせなのに、目が見えないっていうだけで、かわいそうだね、不幸だね、って言われるのが悔しくて。だから負けたくないんです。あ、でも、かわいそうって言ってくるひとたちに勝って見下したいっていう意味じゃなくて……わたしは、ツバメになりたいです」

　アイルランド人の劇作家、オスカー・ワイルドが書き遺した童話『幸福の王子』。かの物語の中で、一羽のツバメは黄金の王子の像に寄り添い続ける。

　冬が来れば自分のいのちが潰えてしまうことを知りながら、ひとびとを救いたいと願う王子の想いを翼に乗せて。

　世愛がなりたいと望んでいるのは、言わずもがなあのツバメだ。

　盲目となった王子に代わり、自由に空を飛翔して、いくつもの幸福を届けるツバメ。

　ひとはそんな彼女の夢を、夢想が過ぎると笑うだろうか。

　けれど僕は知っている。これまで星の数ほどの人生を看取ってきたからこそ。

　たったの十四歳で、彼女ほど明確な夢や目標を持っている人間というのはごく稀だ。

　多くのひとはあてどなく広がる未来という名の海原を前に立ち竦み、自分はどこへ行くべきかと長い時間考えあぐねる。その答えを見つけるためにとりあえず漕ぎ出してみる者もいれば、なにも見つけられずに諦める者、潮の流れにただ身を委ねる者もいる。けれど世愛はそうではない。

彼女の手にはすでに、灯台のありかを指し示す羅針盤が握られている。だから僕は彼女をまぶしいと思った。もっと別の言葉で言い換えるなら、うらやましい、とさえ。

「先生、ありがとうございます。わたしがツバメなら、先生は幸福の王子さまですね」

「僕が?」

「だって先生がこの聖書を教科書に選んでくれたのは、おじいちゃんから昔の話を聞いたからですよね。だから教えてくれたんですよね、イエスさまのお言葉を」

「まあ、そこは間違っていないけれど。でも僕はあいにくサファイアの瞳は持っていないし、肌も純金で覆われていたりしないよ」

「ふふっ、だいじょぶですよ。代わりに先生の眼は、王子の剣にあったのと同じルビーでできてるでしょ? 〝赤〟はルビーと同じ色だって、お母さんが言ってましたよ」

「……ということは君は、僕の眼を抉り出して、売れない劇作家とマッチ売りの少女にあげてしまうつもりなのかな?」

「うーん。原作の真似をするならそうですけど、それじゃ先生がかわいそうだから、代わりに先生からもらったしあわせを他のひとに分けてあげることにしますっ」

弾んだ声でそう言って、世愛は笑った。

そこにはもう先ほどまでの、ひどく怯えて弱々しいかつての彼女はいなかった。

かくしてその日の授業も終わり、僕は波絵さんに暇を告げて卯野浜家をあとにする。

「では、先生。今日もありがとうございました」

「いえ、こちらこそ。また来週、いつもの時間にお邪魔させていただきますので」

ほんのわずかな手荷物を片手に、僕は玄関先で波絵さんに一礼した。

隣には一緒に見送りに来てくれた世愛の姿もあって、彼女の傍らでは睡眠をたっぷり取ったベッキーが、元気いっぱいに僕を睨んでうなっている。

「じゃあ世愛、また来週。今日の話で分からなかったところは次の授業までに――」

「――あっ……あのっ、ルウ先生！」

と、いつもの別れの挨拶をして踵を返そうとした僕の背に、勢い込んだ世愛の呼び声が投げかけられた。どうしたのかと振り向けば、彼女はなにやら一大決心でもするみたいに、花柄のエプロンワンピースをぎゅうっと握り締めながら、言う。

「え、えっと……ま、前におじいちゃんから聞いたんですけど、先生って読書の他にも、絵を描くのが趣味なんですよね？」

「ああ……うん。そう、だね。ときどき手慰みに筆を執ることはあるよ」

「じっ、じゃあ、あのっ……わたし、来週から夏休みで……！　だ、だから、土曜日以外でも会えるので……も、もし先生さえよければ、先生が絵を描くところ、見に行きたいですっ！」

出会った頃に比べて少しばかり伸びた髪を生きものみたいに膨らませ、世愛は言った。その瞬間、僕は桁はずれに長い死神人生の中でも、一、二を争うくらい間の抜けた顔をしていたんじゃないかと思う。

なにしろ世愛の告白は予想外すぎて、頭がついていかなかった。

けれど隣の波絵さんは「あらあら」と笑うばかりで、おどろいている様子がない。

「突然ごめんなさい、先生。だけど世愛ったら、絵のお話を聞いて以来ずっとこうなんです。父も先生の描かれた絵をとても褒めていたものですから……不躾なお願いで恐縮ですけれど、先生のご都合さえよろしければ、ご検討願えませんか？」

よほど我が子にせがまれたのだろう。波絵さんはいつもの穏やかな物腰に微苦笑を織り交ぜながらそう言った。彼女の隣では世愛が頬を上気させながら──そして足もとではベッキーが依然牙を剝きながら──僕の答えを待っている。

しばしの沈黙ののち、僕はため息を零したいのをどうにかこらえ、頷いた。

やれやれ、これは断れないなと、一抹の諦念を抱きつつ。


思えば僕が日本に来てから、セーフハウスにひとを上げるのははじめてのことだった。百年過ごした英国でだって、誰かを家に招いたことは指折り数えるほどしかない。

不老の存在である死神は基本的に、特定の人間と深い親交を持つことを避けるからだ。僕らと人間の友情は長く続いてもほんの数年。もちろんこちらの正体は明かせないし、それ以上一緒にいようとすればまず上から転勤を命じられる。世界の均衡を保つために存在する僕たちが、一部の人間に肩入れしすぎれば、現世と冥界を支える天秤がどうなってしまうかは、明日の天気よりも明確に分かり切っていることだから。

「お、お邪魔しますっ……！」

僕が世愛の家庭教師になって九週間が経過した月曜日。この日、先日のスクランブル出勤の代休として久しぶりの休日を勝ち取った僕は、世愛と彼女の母親である波絵さんを我が家へ招待した。ステンドグラスの小窓がついた玄関から、波絵さんに手を引かれてリビングまでやってきた世愛はやけに緊張している。

波絵さんの方は建物の外観から内装、インテリアまで、すべてを近代英国風に統一してあるセーフハウスのしつらえに興味津々といった様子だった。

いつもであれば昼間はせっせと家中の掃除に勤しんでいるビスクドールたちも、今日は行儀よく窓辺に並んで人形のふりに徹している。問題は彼らの列にさりげなく紛れ込んでいるチャールズだ。彼はベルジェールハットを被った令嬢風のドールの隣でぬいぐるみのふりをしながら、ふん、ふん、と微かに鼻をひくつかせた。

「ううっ、犬臭い。家中悪魔除け（ホワイトセージ）を焚いてる最中で助かったよ。だけどまさか本当に教え子を招くとはね。どうも君は日本のティーンエイジャーに弱いらしい。百歳近くも年が離れた女の子にばかり興味を示すって、犬の臭いよりもひどい犯罪臭がするけれど、まあ日本には〝蓼（たで）食う虫も好き好き〟という諺（ことわざ）があるそうだから、僕も個人の趣味についてとやかくは言わないよ」

などと窓辺でひとり喋り続けているチャールズを五感から閉め出して、僕は世愛と波絵さんにマホガニー製のダイニングチェアを勧める。

チャールズの大きすぎるひとりごとは僕以外には聞こえていないから、完璧に無視することとさえできれば問題はないはずだ。

今日はお茶淹れをドールたちには任せられないので、僕が手ずからアールグレイをカップに注いだ。ただの容器としてだけでなく、鑑賞物としての価値も高いアンティークカップに揃いのソーサーとティースプーンを添えて差し出せば、波絵さんは感嘆のため息をついて、カップの装飾をためつすがめつ眺め出した。

「まあ、素敵……普段の身だしなみやお手回りの品からなんとなく察してはいましたけれど、先生は本当に審美眼が鋭くていらっしゃるんですね。まるでイギリスに迷い込んだみたいです」

「いえ、恐縮です。未だに国もとでの暮らしが染みついていて、使い慣れたものを手放せないというだけですよ。世愛、紅茶は飲めるかな？」

「は、はいっ……！　で、でも先生のおうち、なんだか不思議なにおいがしますね」

「今日は特別にハーブを焚いてるんだ。家があんまり猫臭いと、君たちまでベッキーに吠えられるんじゃないかと思ってね」

「あっ、そうだ、先生のおうちって猫ちゃんがいるんですよね！　近くにいますか？」

「ああ、いるよ。チャールズ、おいで」

　僕がドールたちの並ぶ出窓を顧みて声をかければ、途端にチャールズの毛が逆立った。まさか自分がご指名を受けるとは思ってもみなかったのだろう、彼は露骨にいやそうな顔をするや、ぷいっとそっぽを向いてみせる。

　けれど今日の僕が一方的に言われっぱなしだと思ったら大間違いだ。僕は仕方なく席を立つと自らチャールズに歩み寄り、気づいて逃げようとする彼を抱き上げた。

「はい。これがチャールズだよ」

「わあ……！　だ、だっこしてもいいですか⁉」

「ああ。ひとなつっこい猫だから、なんなら一日抱いていてくれても構わないよ」

「構うよ、それは！」

　とチャールズがなにやら抗議しているけれど、残念なことに人間のお客様の前では彼と会話できない。僕は世愛の腕の中に黒い毛玉を押し込んだ。

　すると世愛は嬉しそうな声を上げて、本物のぬいぐるみを抱きしめるみたいにチャールズを抱く。彼女の腕の中から「ぐぇ」と苦しそうなうめき声が聞こえた気がしたけれど、僕は知らないふりをした。

「ここが僕のアトリエです」

　そうしてしばらく他愛もない世間話に興じたあと、僕はふたりをリビングの奥にあるアトリエへと案内する。セージの香りが充満するリビングから一変、絵の具のにおいが漂う真っ白な空間へ招き入れると、世愛も空気が変わったことを察したのか小さくおどろきの声を上げた。もちろん仏頂面のチャールズを抱いたまま。

「すごい……先生のアトリエ、結構大きいんですね」

「分かるのかい?」

「はい。音の反響の仕方で、なんとなくですけど。普通のおうちの中にこんな大きなアトリエがあるなんて、先生、ほんとに絵を描くのが好きなんですね」

「好き……というのとは、少し違うかもしれないけれどね。イギリスにいた頃からずっと続けてきたことだから、気づいたときには絵を描くことが日常の一部になっていたんだ。食べたり、眠ったり、息をしたりするのと同じようにね」

言いながら、僕は魂のかけらを並べている書棚へ手を伸ばした。

いつもは目隠しなんてつけていないのだけれど、今日は世愛たちが来るからと、書棚の全面を覆う白いカーテンで小瓶の群を隠している。でないと目が見えない世愛はともかく、栄一さんの影響で多少なりとも絵の知識がある波絵さんは、ここにあるのがただの顔料でないことに気づいてしまうと思ったからだ。

そのため僕は、あらかじめ乳鉢で粉末になるまで磨り潰しておいた魂の小瓶を取り出して、アトリエの隅の作業台に並べた。

こうして粉状にさえしてしまえば、さすがに通常の顔料とも見分けがつかない。

「世愛は自分で絵の具をつくったことはあるかい?」

「えっ……絵の具を、ですか?」

「僕は普段から絵の具を自作していてね。よかったら一緒につくってみようか」

「え、絵の具って自分でつくれるんですか……⁉」

「手間はかかるけれど、つくれるよ。簡単なものなら君でもできる」

僕がそう言って促すと、世愛は波絵さんの袖を引っ張った。

すると波絵さんは微笑んで「やってみたら？」と声をかける。背中を押された世愛は頬を紅潮させながら、そっとしゃがんでチャールズを床に下ろした。ようやく彼女の腕から抜け出たチャールズは、アトリエの隅まで無言で移動し座り込む。そうして自分の毛皮に鼻を突っ込むや「犬のにおいがする……」と呟いて肩を落とした。

「これは膠液。動物の骨や皮からつくられる接着剤みたいなものだよ。絵の具の粘り気はこの膠液を混ぜることでつくり出すんだ。絵の具の種類によっては、膠液の代わりに樹脂や蜜蝋を混ぜることもあるけれどね」

ほどなく僕は過ごし慣れたアトリエで、世愛を相手に美術の課外授業を始めた。

粉末になった魂のかけらを瓶から取り出し、絵皿の上で膠液と混ぜる。

混ぜると言っても特別な道具は使わない。僕は世愛の手を取ると、彼女の指先をそっと絵の具に触れさせて、指の腹で膠液に溶いていく感触を教えた。

白い生地に色とりどりの絵の具が飛んだ作業用エプロンを着た世愛は、真剣な顔つきで絵皿の表面を撫でている。彼女がゆっくりと指を動かすたび、真っ白だった絵皿があざやかなひまわり色に染まっていった。

顔料がある程度膠液に馴染んだら、最後に少量の水を加える。

そこからさらに指を使って混ぜていき、ざらつきを感じなくなったら完成だった。

「わあ……わたし、おじいちゃんに筆を持たせてもらって絵の具を塗ってみたことはあるんですけど、絵の具をつくったのははじめてです。思ったより簡単でびっくりしました。でも、なんていうか……絵の具って変わったにおいがするんですね」

「ああ、膠のにおいだね。特に今の時期はつくった絵の具を放っておくと、よく膠が腐って大変なことになるんだ。さっきも言ったように、膠の原料は動物の骨や皮だからね。だけどせっかく世愛がつくってくれた絵の具を腐らせてしまうのももったいないし、今からなにか描いてみるかい？　自分でつくった絵の具の塗り心地をためしてみるのも、なかなか楽しいと思うよ」

「うーん……それもいいんですけど、わたし、先生が絵を描いてるところを見てみたいです！　わたしがつくった絵の具でなにか描いてみてくれませんか？」

ぶかぶかの作業用エプロンを着たままで、世愛は無邪気に笑ってみせた。途端にチャールズがくしゃみと見せかけた失笑を零したのは、僕のもくろみが呆気なく潰えたことを知ったからだ。なにを隠そう、僕はもう四ヶ月もの間まったく絵を描いていない。だから今日も僕の絵を描く姿を見たいとは言われていたけれど、世愛に絵の具づくりや色塗りを体験させることで、なんとかお茶を濁そうと思っていたのだ。

でも不条理と呼ばれるやつは、僕らの上司と同じで休日や安息日なんて顧慮してくれない。僕は逃れられない現実がすぐそこでベッキーみたいになっているのを感じながら、しばし返答に困り、そして諦めた。

「……分かったよ。じゃあ、なにか描いてほしいものはある？」

と、僕はリクエストをもらったところで描けるかどうかも分からないまま、世愛からできたての絵の具を受け取る。今のところ使えるのは世愛が膠に溶いてくれたひまわり畑の黄色だけだ。この黄色を使って描けるものを、と条件をつけたら、世愛はしばらく悩んだ末に「あっ！」となにかひらめいた様子で手を叩いた。

「先生、再来週の日曜日に、港の方で花火大会があるの知ってますか？　あの花火大会、うちは毎年家族で見に行くんです。もちろん私は見えないんですけど、でも音を聞いてるだけでも楽しくて……あんな音を立てながら空から降ってくる花火って、すごくきれいなんだろうなーって思ってて。だから先生に描いてみてほしいです！　花火っていろんな色のがあるから、黄色も使いますよね？」

「花火、か……」

確かに色とりどりの火花が夜空に大輪を描く花火なら、世愛がつくってくれた黄色もふんだんに使える。

僕はこの街の花火大会というものを見たことがないから、想像で描くことになってしまうけれど――今までのような自己満足のためではなく、世愛（だれか）のためなら。

「……分かった。描いてみるよ」

僕はリビングから運んできたダイニングチェアに、世愛と波絵さんを座らせた。

次いでカーテンの後ろを覗き込んで必要な色を探し出し、作業台に並べていく。

ベテラン漁師が駆け出しの頃、船の上から見惚れた夜明けの青。

上質な茶葉の育成に生涯を捧げた男性が目に焼きつけた茶畑の緑。

平凡な一生を送った女性が若き日に、愛するひとから贈られた薔薇の赤。

家出の末二度と北国(ふるさと)へ帰らなかった老人が、最期に見たいと願った雪原の白——

僕はそれらを次々と乳鉢へ放り込んで磨り潰し、膠液で溶き、水を加えて絵の具に変えた。そして不思議なことに、まっさらなカンバスを刷毛で青く、青く染める頃には、四ヶ月間の空白なんてどこかへ行ってしまっていた。

この百年、記憶に擦り込むように描き続けてきた何十枚、何百枚という思い出たちが、僕の意思とは関係なしに次々と絵筆を動かしていく。

死神には魂(たましい)など存在しないのに、まるでそれがあると錯覚しそうになるほどの昂揚。

ああ、今、僕を衝き動かす感情を、人間(ひと)はなんと呼ぶのだろう?

ほんの数分前まで、僕の絵には絵の具を載せる価値などないと思っていたのに。

すぐ後ろで世愛が——目の見えない彼女が僕の絵を描く姿を見ている。

完成したところで一生目にすることが叶わない絵が出来上がっていくさまを、胸を弾ませて楽しんでいる。そう思うと、パレットの上でたらめに踊る絵の具たちが、不意にいのちを帯びる気がした。なぜだろう。どんなに懸命に描いたって、この絵の完成した姿を彼女に見せることはできないのに。

「お母さん、先生、今なに描いてる？」

「今はね、空と海が描き上がって、これから花火を描き込んでいくところ。あれは日が沈んだ直後の空ね。水平線にオレンジ色の夕日の色が映ってる」

「そうなんだぁ……さっきからずっとね、筆の音が行ったりきたりしてるから、たぶん大きいなにかを描いてるんだなあと思って。海と空を最初に描いてたんだね」

「うん。青にもたくさん種類があるから、混ぜたり重ねたりして空と海を分けるのよ」

と、僕の後ろに座ったふたりの観客が小声で囁き合っている。

世愛に分かるのは、生まれたときから彼女の視界を支配する暗黒一色であるはずなのに、波絵さんはひとつひとつ丁寧に絵の進捗を解説していく。

なぜなら見えないということは、存在しないことと同義ではないからだ。

いつだったか、波絵さんは笑いながらこう言っていた。

「世愛には見えていないだけで、私は確かにここにいるし、外では花が咲いているし、鳥が飛んでいます。なのに見えないからと言って、この子の世界から奪うことを私たちはしたくありません。だって晴眼者である私たちですら、見えているはずのものを見落としたり、理解しようとせずに生きているのに、おまえには見えないし理解できない、なんて言えませんから」

と。だから僕も尋ねてみる。

「さて、ではこれから花火を打ち上げていくけれど、世愛はどんな花火が好きかな？　ひと口に花火と言っても色々種類があるだろう？　たとえば滝みたいに火の粉が垂れてくるものとか、噴水みたいに地上から炎が噴き出すものとか」

「うーん、そうですね……わたしはあのヒュルルルッて音を聞くと花火だって感じがするんですけど……でも一番好きな花火って言ったら、いつも花火大会の最後に上がるやつかな」

「最後に上がる？」

「はい！　ボンッて音が鳴ってからしばらく間が開いて、あれ？　って思った頃に一斉に花火が上がるやつです。なんていう花火だっけ？」

「ああ、彩色千輪（さいしょくせんりん）ね。確かに世愛は昔からあの花火が好きよね」

　彩色千輪。日本の花火事情にさほど明るくない僕は、カンバスの上の絵の具が乾くのを待つついでに、スマホを取り出して調べてみた。おなじみの検索画面には、文字による検索結果の他にも、実際の打ち上げの様子を収めた映像資料がヒットする。

　僕はためしにその映像を確認しようとタップして、動画再生アプリを立ち上げた。

　どこかの花火大会の会場で撮影されたものなのか、真っ暗な画面から観客たちの談笑が聞こえてくる。そして次の瞬間、

「ドドーン！」

　と、とんでもない轟音が降ってきて、世愛がびくりと肩を竦めた。

　いや、世愛だけじゃない。波絵さんも僕もおどろいて窓の外を振り返り、そして直前の轟音が動画の中の花火ではなく、にわかに上空ではたたいた雷鳴だと理解する。

「お母さん、雨！」

　一拍遅れて世愛も状況を理解したのだろう。

　雲の上で誰かがうっかりバケツに躓き、中身をぶちまけてしまったんじゃないかと思うくらい唐突な雨の音に、彼女は悲鳴じみた声を上げた。

　そしてそれを聞いた波絵さんも席を立つ。窓を粉々に砕いてやろうという悪意すら感じる猛雨を見やり、茫然と立ち竦んだ彼女はたちまち頭を抱えた。

「あーっ！　どうしよう、洗濯物干しっぱなし！」


　まるで梅雨が寝坊してやってきたかのような長雨だった。

　高度に発達した現代の天気予報の網をも擦り抜け、突如として降り出した雨に追い立てられた世愛と波絵さんが、慌てて帰宅していった日から四日。

　僕は今日もやまない雨音を聞きながら、アトリエで筆を執っている。まだ昼だというのに分厚い雨雲に覆われた空は暗く、カンバスと向き合う僕の頭上では、剥き出しの蛍光灯が太陽の代役を立派に勤め上げようと、懸命に白い光を燃やしていた。

　あれ以来空模様はずっとこんな感じだ。月曜日に降り出した雨は降ったりやんだりを繰り返しつつもこの四日間、我が物顔で街を支配している。今週末にあちこちで予定されていた花火大会も、軒並み開催が危ぶまれているようだ。

世愛が楽しみにしていた港の花火大会は再来週だからまだ猶予があるけれど、来週の今頃には太陽も玉座に返り咲いてくれているだろうか。

「君。そろそろ仕事の時間だよ」

「うん。分かっているよ、チャールズ」

と、僕は入り口から聞こえた呼び声にそう返事をして、カンバスから一歩あとずさった。愛用のパレットを片手に描きかけの作品を眺めてみる。

完成までもう少し。僕が四日前、世愛に乞われて始めた小さな花火大会は、もうすぐフィナーレを迎えようとしていた。四ヶ月ぶりに取り組んだ作品であること――いや、なによりもととなる景色もないまま、空想で描いているせいで時間がかかってしまったけれど、明日の授業までには仕上げることができそうだ。

あの日、僕が世愛に見守られながら描いた夜空には今、無数の花火が咲いていた。どれも小振りで目を奪うような大輪の花はないけれど、それは満開の桜のように天空を埋め尽くし、星ひとつない暗黒を極彩色に染め上げている。

彩色千輪。名前のとおりさまざまな色の小花が千輪、夜空に咲き乱れる炎の芸術。まさに百花繚乱だ。僕はこの花火の映像をはじめて見たとき、そのあまりの美しさに声を呑んだ。何度も何度も動画のシークバーを巻き戻しては、小さな画面に閉じ込められた夜空に狂い咲く火花のきらめきを網膜に焼きつけた。

英国にもガイ・フォークス・デイに行われる有名な花火大会があるけれど、これほどの数の花火が一斉に打ち上げられるさまを僕は見たことがない。

叶うことなら一度実物を鑑賞してみたいと願いながら、僕は膠に溶いた魂のきらめきでひとつひとつの花を描いた。あとは上空に浮かべた花の色を海面に映し、なじませる作業をすれば完成だ。今日はこのあと四件の看取り業務が入っていて、帰宅してから作業する時間があるかどうか怪しいところではあるけれど、明日の昼までにはきっと仕上げて世愛へ届けたいという思いが僕にはあった。

「どうかな、チャールズ。今回の作品は現実の模写ではないけれど、少しは本物に近づいただろうか」

僕が色の取り合いや構図のバランスを確認しながらそう尋ねれば、アトリエの入り口で前脚を揃えていたチャールズが「ふむ」と腰を上げる。

そうしてカンバスの前までやってくると、無言で座り込んだ。

イーゼルに掲げられた千輪の花を見上げながら、黙り込んでなにも言わない。ただ彼の尻尾だけがゆっくりと、幼子の頭を撫でるように絵の具の飛び散った床を撫でた。

「……チャールズ？」

てっきり今日もお決まりの苦言を呈されるのだろうと思っていた僕は、いつまで経っても小言が飛んでこないことを不思議に思って彼を呼ぶ。が、チャールズがそれに答えるよりも早く、僕の胸もとの端末が突然マザーグースを歌い始めた。

これから看取りの予定があるというのに、まさかスクランブルの要請だろうか。

だとすれば死神の人手不足もいよいよ深刻だな、と冥界の未来を憂いながらスマホを取り出し、そして僕はおどろいた。なぜならそこに踊っていたのは見慣れた「上司(BOSS)」の四文字ではなく「卯野浜波絵」という漢字の羅列だったから。

『あっ、突然すみません、ルウ先生のお電話ですか?』

ほどなく僕が応答すると、スピーカーの向こうから遠慮がちな波絵さんの声が聞こえた。緊急時の連絡先としてお互いの電話番号を交換してはいたけれど、彼女から電話がかかってきたのは今回がはじめてのことだ。

なにかあったのかと尋ねると、波絵さんは至極申し訳なさそうに『実は明日の授業をお休みさせていただきたくて』と切り出した。

なんでも世愛が急に体調を崩し、頭痛がすると言って寝込んでいるという。強い吐き気もあるらしく、昨日近所の病院で風邪薬を処方してもらったが症状がよくならない。だから明日も一日休ませて様子を見たいという話だった。

電話口で事情を聞くうちに、視線は自然と目の前の作品へ向く。

明日にはこれを完成させて、世愛のもとへ届けようと思っていたのに……。

そんな思考の断片が脳裏をよぎり、僕ははたと我に返った。

——ひょっとして落胆しているのか? そう自問した瞬間、胸の奥から得体の知れない焦燥と慚愧(ざんき)の念が押し寄せてきて、僕はにわかに戸惑い始める。

「分かりました。では明日はお休みということで。お大事になさってください」

　平静を欠いた僕はやや急き込んでそう答えると、手短にやりとりを済ませて通話を切った。途中からあからさまに焦り出した僕を波絵さんは不審に思ったかもしれないけれど、言い訳のしようもない。

　なにせ僕自身、どうしてこんなに困惑しているのか説明がつかないのだから。

「なに？　明日は彼女の家へ行かないのかい？」

　ところが僕の胸中を知ってか知らずか、さっきまで置物のふりをしていたはずのチャールズが鼻を上げて尋ねてきた。

　僕は一抹の恨めしさとともに彼を見下ろす。行き場を失くした小さな夜が、滑稽な死神と使い魔の間で肩身が狭そうに立ち尽くしていた。

　そして僕らを笑うように、十三時を告げる鐘が鳴る。


　翌日も街は雨だった。僕は仕方なく完成した絵をビニールで包み、ちょうど十号カンバスがぴったり収まる大きさのカンバスバッグにそれを詰めて家を出る。

　地下室の扉をくぐると、途端に割れるような雨音が響いた。

　すかさず傘を開き、真っ黒なポリエステルの上で爆ぜる無数の水滴の音を聞く。

　昨日、波絵さんから世愛の体調が思わしくないと連絡を受けてから、丸一日が過ぎていた。いつもならこの時間は卯野浜家にお邪魔して、世愛に英語を教えている頃なのだけれど、今日は休みになった都合で久しぶりにぽっかりと時間が空いている。

僕が家庭教師の真似事をするようになって十週間も経つと、さすがに上司や同僚もいくらかの理解を示してくれて、毎週土曜日の十三時から十六時まではほとんど仕事が入らなくなった。おかげで今日の僕は珍しく暇を持て余し、空白の三時間をどう過ごすかと検討した結果、世愛のお見舞いへ行こうという結論に達したのだ。

急に体調を崩したという彼女のことが心配でないと言えば嘘になるし、お見舞いという口実をつくれば、今朝描き上がった作品を彼女に届けることもできる。

「寝込んでいる相手に絵なんて見せて何になるのさ。来週にはまた授業があるんだし、どうせ届けるなら彼女が元気になってからにすればいいじゃないか」

というチャールズの小言が聞こえてきそうではあるものの、おどろいたことに彼は僕が世愛の見舞いに行ってくると告げても、ひげひとつ動かさなかった。

ただ窓辺で寝そべったまま「あっそう、いってらっしゃい」とそっけない見送りの言葉を寄越して、あとはまた置物のふりだ。僕はそんな彼の態度を奇妙に思いながらも、ひとまず見送られるがまま家を出てきた。もしかするとこうも連日雨ばかりなのは、チャールズが唐突に皮肉屋の看板を下ろしてしまったせいではなかろうか。

「Solomon Grundy, Born on Monday, Christened on Tuesday……」

セーフハウスとつながった小さな公園のトイレを出て、雨の中卯野浜家を目指す。晴れの日なら夏休みを謳歌する子どもたちのはしゃぎ声がこだまする公園も、今日は亡霊のように立ち尽くす僕以外、人影は見当たらなかった。

けれどそのとき、無人の公園に聞き慣れたマザーグースが響き渡る。

僕は公園の出口に向かって歩きながら、ベストの裏ポケットに入れてあるスマートフォンを取り出した。ひょっとして波絵さんだろうか、と思いながら覗き込んだ液晶には四文字のアルファベットが踊っていて、露骨に眉をひそめてしまう。

「……Hello?」

僕は歩みを止めることなく応答した。

自分でも呆れてしまうくらいうんざりした声だった。

『やあ、君。君の使い魔から聞いたよ。なんでも今日は副業がお休みらしいね』

僕は一瞬でもチャールズの改心を期待したことを後悔した。

「ええ、まあ……そうですが。あいにく今、出先におりまして」

『ああ、そうなのか。どうりでノイズがひどいと思ったよ。そういうことなら手短に済まそう。実は君の耳に入れておきたいことが……』

「申し訳ありませんが、緊急の出動でしたら一時間ほど待っていただけませんか？」

『いや、落ち着きたまえ。残念ながら今日は君に押しつけられる仕事はないよ。ただひとつ、忠告しておきたいことがあってね』

「忠告、ですか？」

『ああ。実は以前、君が遭遇した悪魔の件なんだがね――』

傘を叩く雨音が、受話器から聞こえる上司の声を掻き消そうと躍起になっている。瞬間、路地を歩く僕の真横を、真っ赤なサイレンを鳴らした救急車が通り過ぎた。僕の胸の内側でなにかが蠢く。そいつに急き立てられるような気分で、僕は徐々に歩調を速めた。雨水を蹴立てて、先ほど走り抜けていった救急車を追いかける。

無人の公園から駆け足で十分足らず。そこに通い慣れた卯野浜家はある。

けれど僕は北欧風の瀟洒な家へ近づく前に立ち竦んだ。

なぜなら僕を追い越していった救急車が、流麗なスクリプト体で〝UNOHAMA〟と綴られた表札の前に停まり、じっと沈黙していたから。

「世愛！　世愛……！」

曇天を切り裂くような悲鳴が聞こえた。大雨の中、救急隊員たちに押されてくるストレッチャーの傍らに、傘もささずにすがりつく波絵さんの姿がある。なにが起きているのかはすぐに察せた。だのに僕の頭が、理解したくないとごねている。

「すみません。かけ直します」

無意識のうちにそう言って、耳に当てていた端末の電源を落とした。受話器の向こうでは上司がまだなにか話していたような気がするけれど、釈明はあとでいい。

「波絵さん」

隊員たちがストレッチャーの脚を折りたたみ、慎重に救急車へと搬入する中、僕は歩み寄って波絵さんに声をかけた。するとようやく僕の来訪に気がついたらしい波絵さんははっとして、濡れそぼった黒髪をひるがえす。

「ルウ先生……⁉」

今は真夏だ。雨天とはいえ、寒くはない。むしろ蒸し暑いと形容して差し支えない気温にもかかわらず、波絵さんの両肩は壊れんばかりに震えていた。

「先生……世愛が……！」

やがて瞳から雨を溢れさせ、波絵さんが嗚咽（おえつ）する。

僕にはどうすることもできなかった。ただ、ただ、止まない雨の下、顔を覆って泣く彼女に、傘を差しかけることしかできなかった。


「脳腫瘍だそうだ」

と、真っ白な廊下で栄一さんは言った。

「あと二週間持つかどうかと、先生がね。気づくのが遅すぎたそうだ。昼間、頭が痛いと叫んで倒れて……最初にかかった医者が悪かったらしい。波絵も〝夏風邪だろう〟と言われて信じてしまったと。行きつけの病院だったらしいんだがね……」

日の暮れかかった窓の外では、まだ雨が降っている。

「普通、脳に腫瘍ができると、頭痛や吐き気の他にも、目に症状が出るもんだと先生が言ってたそうだ。こう、いつもより光をまぶしく感じたり、ものが二重になって見えたりね。だけども、ほれ、世愛はああだから……」

栄一さんは態度も口調も比較的落ち着いていたけれど、もともと小柄な彼の姿が、そのときの僕には、ひと回りもふた回りも縮んでしまったように見えた。

「なんでかね。なんで世愛ばっかりあんな目に……あの子がなにをしたっていうんだろうね。代われるもんなら、ぼくが代わってやりたいよ……」

そう言って深く、深く、魂ごと吐き出してしまうかのような嘆息のあと、栄一さんは皺だらけの手で目もとを押さえた。それきり彼はなにも言わない。

僕も、なにも言えなかった。

少し気持ちを落ち着けたいと言う栄一さんをラウンジまで送り届けて、その足で世愛の病室を訪ねる。個室病棟の一角に設けられた部屋の中には波絵さんの他、彼女の旦那さんともうひとり、はじめてお会いする栄一さんの奥さんの姿があった。

「すみません、ルウ先生。せっかくお見舞いに来ていただいたのに……」

と、互いの挨拶もそこそこに波絵さんが頭を下げる。

うっすらと青いハンカチで口もとを押さえた彼女は、見るからに憔悴していた。

偶然世愛が運ばれる現場に居合わせた僕は、なりゆきで波絵さんに付き添うことになったわけだけれど、彼女のためにできたことといえば世愛が精密検査を受けている間、黙って隣に座っていたことだけだ。連絡を受けた栄一さんたちが駆けつけるまで、僕は気の利いた言葉ひとつかけることができなかった。

「いえ、僕のことはお構いなく……世愛は？」

「おかげさまで今は眠っています。担当の先生の話では、今後は眠っている時間の方が長くなるから、そこまで苦しまずに済むはずだと……」

答えてくれたのは波絵さんではなく、彼女の旦那さんの方だった。

一般的な成人男性に比べるとやや痩せ気味なものの、いかにも穏和そうな顔立ちの彼の目もとは、眼鏡の奥で真っ赤に腫れている。話しながらその顔を束の間くしゃくしゃにして、旦那さんは懸命に嗚咽をこらえているようだった。唇を震わせながら声を詰まらせた彼の横顔は、どんな言葉よりも雄弁に世愛(むすめ)へ向かう愛情を物語っている。

そこには明らかに部外者であり、そもそも人間ですらない僕の入り込む余地などあるはずもなく、にわかに芽生えた居心地の悪さが無慈悲に僕を急き立てた。

世愛の家族でもなんでもない僕がいつまでも病室に居座って、残りいくばくもない彼らの時間を奪ってはいけない。そう思う一方で、リノリウムの床に張りついた靴底がここを離れようとしないのはなぜだろう。

「……お嬢さんが大変なときに、お邪魔してしまってすみません。また日を改めます」

だから僕は僕に言い聞かせるためにそう言った。

僕だってこのあとは今夜の看取り業務が控えている。今頃セーフハウスではチャールズがやきもきしながら帰りを待っているはずだ。だから、行かないと。

石のように硬くなった心をそう説得して、僕はようよう踵を返した。けれど、

「……ルウ先生……？」

弱々しく掠れた声が僕を呼んだ。

かりそめの心臓が悲鳴を上げて、束の間鼓動を止めた気がした。

その瞬間まで両目が直視することを拒んでいた病院着姿の世愛が、ベッドの上から僕を見ている。いや、違う。彼女には見えてはいない。

ただ目覚めて最初に聞こえたのが僕の声だったというだけだ。

彼女が目覚めたことを知った波絵さんたちが、口々に名前を呼びながら点滴を打たれた世愛の腕にすがりついた。薬品のにおいや音の反響のせいだろうか。世愛もすぐにここが自分の部屋ではないと気がついたらしく、なにがあったのか尋ねている。

波絵さんたちは彼女の体調を気遣いながら、昼間救急車で運ばれたことや、急遽入院することになったいきさつを話して聞かせた。

もちろん、彼女の余命があとひと月もないという事実だけは巧妙に伏せながら。

「そっか……わたし、風邪じゃなかったんだ。また入院かぁ……」

「そうね。でも長い入院にはならないはずだから。今度もお母さんたちがちゃんと傍についててあげるからね。大丈夫だからね……」

世愛の手を撫でながらそう話す波絵さんは、先ほどの旦那さん同様、懸命に涙をこらえていた。けれど声だけは気丈を装い、盲目の世愛に異変を覚られまいとしているのが伝わってくる。僕はそんな家族の姿を見ていられなかった。今の彼らを見ていると、得体の知れない生きものが内側から僕の胸を食い破ろうと暴れ出す。

だから改めて暇を告げることにした。病室を出ようとする僕に気づき、視線をくれた栄一さんの奥さんに、黙って会釈を返しておく。

「ねえ、ルウ先生もいる？」

ところが病室の扉に手をかけた刹那、幼い世愛の声が追いかけてきた。

僕はとっさに反応できず、白い把手を握ったまま固まってしまう。

おそるおそる振り向くと、同じく僕を顧みた波絵さんたちと目が合った。すると波絵さんは真っ赤に腫れた目もとをほころばせて、世愛の手を両手でやさしく包み込む。

「ええ、いらっしゃるわよ。先生ね、世愛が体調を崩したって聞いて、わざわざお見舞いに来てくださったの。ねえ、先生。娘と少し話をしてやってくださいませんか？」

僕はすっかり逃げそびれてしまった。

今の波絵さんにあんな顔をされたら、いえ、仕事があるので失礼しますなんて生真面目な死神みたいなことを言えるわけがない。だから僕は観念した。波絵さんが譲ってくれた病室の椅子にゆっくりと腰かけ、ベッドの上の世愛に寄り添う。

「やあ、世愛」

と努めていつもどおりに声をかけたら、世愛が嬉しそうに眉を開いた。「先生」と耳の中で弾む彼女の声が、僕の胸の内側にいる生きものを元気づけてしまう。

「先生、お見舞いに来てくれたんですね。忙しいのにありがとうございます」

「いや。君が授業を休むなんてはじめてのことだったから……今日は君の家にお邪魔しなくていいのかと思ったら、急にベッキーが恋しくなってね。どうやら毎週土曜日は彼女に吠えられるのが、いつの間にか僕のライフワークになってたみたいだ」

「あはは っ、ライフワーク？ それ、ベッキーが聞いたら今まで以上に張り切って先生を威嚇しちゃいますよ？ ほんとに全然先生にだけはなつかないんだから」

「……でも、彼女は正しかったのかも。こうなると分かっていたから、あんなに僕を遠ざけたがっていたのかな。だとしたらベッキーには申し訳ないことをしてしまった」

「え？ 申し訳ないことって？」

横になったまま不思議そうに尋ねる世愛に、僕はただ口を噤んだ。

それが今の僕にできる、精一杯の答えと謝罪だった。

死神である僕が彼女に近づきすぎたから、世愛の寿命が削られた――なんて事実はどこにもない。人間の寿命というものは生まれたときから明確に定められていて、誰にも、死を運ぶ死神にさえ(ぼくら)怨せにすることはできない。だけど。

この二ヶ月半、僕には世愛のためにできることがもっとたくさんあったんじゃないか？ たとえばもっと早くに彼女の寿命を把握していれば、残りわずかな家族との時間を、今まで以上に大切に過ごさせてあげることだって……。

「ねえ、先生。わたし、本当は今日の授業で先生に言いたいことがあったんです」

「……なんだい？」

「こないだ先生のおうちに遊びに行ったとき、花火大会の話をしたでしょ？ もし先生がいやじゃなかったら……あの花火大会に一緒に行きませんかって、誘いたくて」

僕の内側にいる生きものが暴れている。

彼を鎮めるのに必死で、僕は世愛の呼びかけに答えられない。

「でも、入院するんじゃ無理かなあ……花火大会までに退院できるかな」

「世愛、」

「わたし、先生と花火、見たかったです。きっときれいだったんだろうな――」

そのとき僕は悟ってしまった。悟りたくなんてないのに、悟ってしまった。

今まであまりに多くの死を看すぎたからだろうか。世愛はさとい子だ。彼女はさっと目が見えない代わりに僕らよりずっと多くのものを見て、多くのものを感じている。

そこから病室をあとにするまでの記憶は曖昧だった。世愛とどんな言葉を交わし、なんと言って暇を告げてきたのだったか。つい数分前の出来事なのに思い出せない。

ただ、次の仕事のために帰らなくてはとぼんやり廊下を歩いていると、ちょうどラウンジから戻ってきた栄一さんと行き合った。

「君。どうしたね、もう帰るのかい？」

「……はい。あいにくこのあと予定がありまして」

「そうか。悪かったね、長時間引き留めてしまって。ところで、さっきから気になっとったんだけども、それ、キャンバスバッグかい？」

栄一さんにそう尋ねられてはじめて、僕は自分の右肩に下がるカンバスバッグの存在を思い出した。むしろこれほどの存在感を放つものを、なぜ今の今まで失念していたのか分からない。ただ世愛の危篤を知って波絵さんと救急車に乗り込んだ瞬間から、僕はこのカンバスバッグを体の一部として認識していたらしかった。そうでなければ一度も肩から下ろすことなく脇に挟んでいたなんておかしな話だし、数時間もの間、中に詰めたカンバスの重さを一切感じなかったことにも説明がつかない。

「なんでまた病院にそんなもの？」

「これは……その、なりゆきで。実は、久しぶりに絵を描いたんです。世愛に僕が絵を描くところを見てみたいと言われて」

「ああ、波絵が言っとったな。世愛とふたりで君んちにお邪魔したとか」

「ええ。おかげで久々に筆を執って……今朝ようやく完成したので、お見舞いがてら世愛に届けようと持ってきたんですが。どうやらそれどころではなくなってしまったようなので、この絵は家に置いてこようと思います」

答えながらも僕は半分上の空で、日本に来てはじめて日本語を喋るのに難儀した。かといって頭の中に散らばるアルファベットもきちんとした言葉の体をなさず、単語になる前に散り散りになってしまう。要するに自分でもなにを話しているのか分からなかった。けれどそんな僕の状態を見透かしたのかどうか、栄一さんは不意に目を細めると「貸してごらん」と手を差し出してくる。言われるがまま、僕は右腕の一部と化していたカンバスバッグを下ろし、栄一さんに手渡した。

彼はバッグの中でビニールに包まれていたそれを取り出し、慣れた手つきでカンバスクリップをはずしていく。そしてここが病院の廊下だというのも構わず、いつも『ギャラリー・マキノ』でそうするように、銘もない無名の新人の作を値踏みする。

栄一さんの瞳にはしばしの間、闇に浮かぶ極彩色が映り込んでいた。かと思えば丁寧な手つきで再びビニールを巻き、作品をカンバスバッグに戻して、彼は言う。

「これ、ぼくが買わせてもらうよ。いいかね？」

彼の問いになんと答えたのかさえ、僕は満足に覚えていない。

翌朝、長かった雨が止んだ。五日間、アトリエの主として佇んでいたはずのあの絵はセーフハウスのどこにもなかった。目覚めとともに開いたカーテンの向こうから、まばゆいばかりの夏の陽射しが注いでいる。


なのにどうして僕の雨は上がらない？


「ルウ先生！」

後日改めて見舞いに行くと、世愛の病室の片隅に贋物（にせもの）の彩色千輪が飾られていた。

「おじいちゃんから聞きました。この絵、先生が届けてくれたんですよね？　とってもきれいな花火の絵だからって、おじいちゃんがここに飾ってくれたんです。ありがとうございます！」

世愛は見えもしないのに、傍らに置かれたイーゼルを示して嬉しそうに笑っている。

「わあっ。この花のかたちとにおい……もしかしてトルコ桔梗ですか？　こっちの小さいのは……カスミソウかな？　お母さん、花が好きだからよろこびます！」

さらに翌日、花を持って見舞いに行くと、世愛は頬を赤らめて花束を抱きしめた。

「先生、今日もお見舞いに来てくれたんですね。ありがとうございます」

翌々日、世愛は頭痛に苦しみながらも、病室を訪ねた僕に笑顔を見せた。

「先生……せっかく来てくれたのにごめんなさい。あんまりお話しできなくて……」

僕が病院に通い始めて四日目。世愛はベッドから起き上がることができなくなった。

「〝ツバメは幸福の王子の唇にキスをして、死んで彼の足もとに落ちていきました〟」

五日目の夜、僕は世愛に乞われて『幸福の王子』を朗読した。

「もうだめなんです。薬の効き目が病気の進行に追いつかなくて……　〝お母さん、頭が痛い、痛いよ〟って、ずっと……」

六日目。波絵さんが嗚咽を零すさまを、僕はまた為す術なく眺めている。

「昨日から全然目を覚まさんそうだ。そろそろ覚悟を決めにゃあならんね……」

七日目。世愛が楽しみにしていた花火大会が、もう明日に迫っていた。

「チャールズ」

八日目の朝。僕はついにたまりかねて彼を呼んだ。

「知っているなら教えてほしい。僕は一体どうしてしまったんだ？　朝、目が覚めても、昨日覚えた感情がそのままここに残っているんだ。全然色褪せてくれないんだ。僕は忘れたくてたまらないのに。昨日から、いや、もう何日も前からずっとここにあるもの全部、きれいに捨て去ってしまいたいのに。なのに、どうして」

チャールズは答えない。

「Solomon Grundy, Born on Monday, Christened on Tuesday……」

胸ポケットに収まるスマートフォンが、忌々しいマザーグースを歌い始めた。

『やあ、君。そっちは今日、日曜日だね。例によって一週間の担当予定表をメールで送っておいたから、確認しておいてくれたまえ』

いやだ。見たくない。

「君」

端末を床に叩きつけようとした僕を見上げて、座ったままのチャールズが言った。

「君の番だよ」

彼の蒼い瞳と僕の赤い瞳が、互いに互いを映し合う。

「君が彼女を看取るんだ。かつて僕がそうしたように」

分からない。

「いや、言い方を変えようか。――選べよ、ジャック・ザ・リッパー」

ああ、分かりたくなかった。けれど、僕は、

†

硝子と硝子の触れ合う音が、ときにこんな暴力的な音色を奏でるだなんて僕は知らなかった。けれども感情の赴くままに、理性が命じるままに、僕はアトリエの書棚に収められた無数の小瓶を袋へ落とし込んでいく。

まるで欲張りな子どもがハロウィンの飴玉を根こそぎ掻き集めるみたいに躊躇なく腕を突っ込んで、一気に小瓶を棚から落とした。そうして次々と零れ落ちる色とりどりの魂のかけらを、大きく口を広げた麻袋で受け止める。中には見当違いの方向に転がり落ちて、粉々に割れてしまう瓶もあったけれど構わなかった。

僕の足もとでは次から次へと降ってくる硝子の雨に右往左往しながら、ドールたちが零れた魂のかけらをせっせと拾い集めている。彼らの陶器の腕に抱かれた魂のまたたきは、本当に飴玉の袋をひっくり返したみたいだった。

「君」

僕がなりふり構わず棚の小瓶を掻き落とすさまを見て、チャールズが何事か騒いでいる。けれど僕は彼を顧みる一瞬の手間すら惜しみ、なおも魂の雨を降らす。

「なにやってるんだよ。今更そんなことをしたって、僕らのしてきたことは変わらない。変えられないんだ。君だって本当は分かってるだろう？」

「ああ、もちろん分かっているさ」

「だったら」

アトリエの入り口に佇んで、チャールズがさらになにか言い募ろうとする。

けれどそのとき、僕は書棚の最後の一段に腕を突っ込もうとして静止した。

なぜならそこには、今日まで僕の目を奪ってやまなかった唐紅がある。

それは今日も僕の視界の真ん中で「忘れないで」と言っている。

ああ、そうだ。僕は今日までずっと忘れていた。

そして今だからこそ分かる。どうして僕がこの孤独な赤に魅入られたのか。

思えばこれが、すべての始まりの色だった。

僕は死にゆく太陽のかけらを大切に胸にしまい、他のかけらは同じく袋へ流し込む。

最後の一段もからっぽになると、足もとを駆け回っていたドールたちに手を伸ばし、ひとりひとり拾い上げて袋に詰めた。もちろん彼らが抱きしめた虹色のかけらごと。

「おい、君。本当に何のつもり――」

僕はなおもチャールズを無視してアトリエを出る。

別に彼に殺されたことを今更恨んで、ささやかな報復に興じているわけじゃない。

ただ、今の僕にはやるべきことがあるだけ。忠実に僕を追いかけてくるチャールズの喚き声を聞きながら、地下室への階段を降りる。突き当たりの扉に行き先を告げた。

始まりの場所、ロンドンのセーフハウスへ。

「こんなところに何の用？」

と、開けっ放しの扉をくぐって追いかけてきたチャールズが、怪訝そうな声を上げている。扉を抜けた先は書斎だ。たまに本を取りに来るくらいで、長らく掃除を怠っていたせいか、二十世紀に取り残された室内は埃っぽい。

僕は床に敷かれた厚手の絨毯を踏み締めながら、そこにひとつだけある重厚なつくりの机に近づき、今日まで集めた宝の山を無造作に積み上げた。そしてようやく彼と向き合う。せっかく日本は晴れたのに、ロンドンは今日も気難しい曇り空だ。

「チャールズ。いや……君にも本当は、もっと別の呼び名があったのかもしれないけれど。百年ものあいだ僕に付き合わせてしまって、すまなかったね」

「まったくだよ。遅くとも二十年くらいで目覚めてくれるだろうと思っていたのに、君は実に百年ものあいだ世界にそっぽを向いていた。おかげで僕がどれだけ苦労したことか。最後くらい、そんな健気な使い魔をちゃんといたわってほしいものだね」

「ああ、よかった。やっぱり皮肉屋を廃業したわけじゃなかったんだね」

「当たり前だろ。この日のために老舗の看板を守り続けてきたんだから」

なんて、つんと澄ました顔でチャールズは言う。百年という歳月は、僕らふたりの関係を当初よりずっと複雑で奇妙なものにつくり変えた。

今となっては彼を恨みたくとも恨む気さえ起きないし、それはきっとチャールズも同じはずだ。いや、そうであってくれるといい。

「で、ロンドンなんかに何の用だい？　君には日本でやるべきことがあるだろう」

「ああ。だけど最後の選択をする前にどうしても見せたいものがあってね。ここへ」

まるで淑女をダンスにでも誘うみたいに、僕は僕の宝物に囲まれた机を示した。

意図をはかりかねたのか、チャールズは猫めいた仕草で首を傾げてみせたけれど、
やがて自慢の跳躍力を見せつけるように、ひょいと天板へ上がってみせる。

「なつかしいな」

と、腰を下ろして彼は言った。

「ここは僕の宝物庫でもある。でもって百年前、君と運命の再会を果たした場所だ
――いや、あれは僕が自ら選んだことであって、運命でもなんでもなかったけれど」

彼がそうして見つめる先には、古びた背表紙が並ぶ書架の中で唯一あざやかな色彩を保つ、特別なアイスグリーンがあった。

「で、僕に見せたいものって？」

追憶という名の航海を終え、チャールズがやっと振り向いたとき、僕はもうそこにいない。机の上の彼と目が合ったのを確認したのち、そっと静かに扉を閉めた。

「……は？　ちょ、ちょっと、君！」

黒い肢体がしなやかに宙を飛ぶ。机を蹴ったチャールズは、矢のような速さでドアノブに飛びついたらしかった。おかげでガクンと持っていかれそうになるレバー式のドアノブを、僕は日本側からとっさに押さえる。

英国に取り残されたチャールズが、恨めしげにミャアオと鳴いた。

「おい、君、最後だからってこんなやり方で積年の憂さを晴らすなんて陰湿だぞ！」

「違うよ、チャールズ。こう見えて僕は君に感謝してるんだ」

「感謝？　一体なにをどう感謝すれば、ひとを騙して英国に強制送還しようなんて発想になるのさ！」

「それについては謝るよ。だけど百年ものあいだ僕を見捨てずにいてくれた君を巻き込んでしまうのは、僕だって忍びないんだ」

「巻き込むってなにに？」

「数日前上司から連絡があった。春先に僕らが遭遇したあの悪魔——やつが探しているのはこの僕だと。理由を尋ねる前に電話を切ってしまったから、詳しいことは知らないけれど今なら分かる。やつは、僕が百年かけて取り戻した魂を求めているんだよ」

　次の瞬間、僕の手の中で再び真鍮のレバーが跳ねた。不意を衝かれた僕はもう一度、改めて扉を押さえる手に力を込める。今、僕がドアノブから手を放せば、チャールズが日本に戻ってきてしまうだけじゃない。すぐにロンドンとの接続が切れて、もう二度と彼と言葉を交わすことはできなくなるだろう。

「馬鹿だな、君は。本当にどうしようもない馬鹿だ。今すぐここを開けて考え直せよ！　君は百年の償いを無駄にする気か！」

「ごめん」

「ごめんで済むもんか！　君の百年は僕の百年でもあるんだぞ！　おかげで君が今な

にを考えているのか、忌々しいくらいよく分かるよ！　やっと人間に戻れるのに、君はそのチャンスをふいにするのか！」

「違うよ、チャールズ。僕はもう人間だ。そしてこの百年間のすべては、今日のためにあったと確信している。世愛に言われたんだ——運命だったんだよ」

そう、運命だった。

僕が彼に殺されたのも、死神になったのも、日本へ来たのも、世愛と出逢ったのも。

「今までありがとう、チャールズ。エリーによろしく」

そんなことを言う資格は僕にはないと知りながら、最大の感謝と謝罪と祝福を込めて僕は言った。そして彼の返事を待つことなくドアノブから手を放す。

ロンドンとの接続が音もなく途切れた。ただの地下室の入り口に戻ったその扉へ、僕はすかさず端末をかざす。次いでカシャリとシャッターを切った。

まさか自分の家の扉に空間固着機能を使う日が来るなんて。

けれどこれでもう扉は開かない。

役目を終えたスマートフォンを、僕はそっと手放した。

ふところから唐紅を取り出して、僕はシンパシーにさよならを言う。

乳鉢の中で砕いたそれを丁寧に磨り潰し、粉状にしてから膠液と混ぜた。

できあがった絵の具をたっぷりと絵筆に含ませる。無色のまま忘れ去られていたあの日の夕日を、ひとりの少女の魂で赤く、赤く塗り上げた。

果たして君はこの色を、何の赤だと呼ぶだろう？

磨き上げられた紅玉(ルビー)の赤？　あるいは、秋に舞い散る紅葉の赤？

それとも孤独のうちに死のうとしている、遠いベテルギウスの赤？

僕の大切な友人は、失われゆくいのちの色だと、かつて人肉の代わりとされた果実の色だと、死にゆく太陽の色だと言った。けれど、世愛は、

「チリン、チリン」

と、誰もいないはずのリビングから呼び鈴が鳴る。

その音でふと我に返り、僕は絵筆を動かす手を止めた。

顔を上げれば視界が真っ赤に染まっている。今し方完成した絵を精巧に写し取ったみたいに、壁一面を覆うアトリエの窓の向こうで、空が真っ赤に燃えていた。

僕はそれを素直に美しいと思う。ロンドンのイーストエンドで死体のふところをまさぐりながら生きていた頃には、ちっとも気づかなかったけれど。

きっとチャールズの言っていたとおりだったのだ。

ひとはみな近眼で、持つ者も持たざる者も、誰もがちょっとしたことで簡単に盲いてしまう。すぐそこにある世界の美しさを、愛するひとのやさしさを、大切にしまっていたはずの夢や希望を、いともたやすく忘れてしまう。でも、だからこそ、僕は。

真っ暗闇の中にいながら、かつての僕が失ってしまったものを大事に抱えて笑って

いた、彼女を救ってあげたかった。

「死神サァン」

背を向けたアトリエの入り口から、歌うような呼び声がする。

待ち望んでいた来客がようやくおでましになったらしい。

「見ィつけた。探したよぉ」

「……いらっしゃい。待っていたよ、悪魔」

僕は持っていた絵筆とパレットを作業台に置いて、ゆっくりと振り向いた。

扉のないアトリエの入り口をみっちりと塞ぐように、そこには無数の顔がある。

いや、まぶたを失って飛び出したいくつもの眼球と剥き出しの歯だけが異様に白い、巨大な肉のかたまりと言った方が正しいだろうか。

ひとの顔のかたちをしたものが集まって生まれた肉塊には、胴はないのに何本もの腕と、節足生物のごとく横に突き出た足が生えている。もとになった魂の姿や取り込まれたそれの数によって、悪魔にも色々な見た目のものがいるけれど、こんなにもおぞましく悲しいかたちの悪魔を見たのは、僕も生まれてはじめてだった。

「あ、あ……おいしそうなにおい……死神サン、今日もあまくておいしそうだねェ」

「ああ、そうだろう？　あいにく僕はベルギーワッフルではないけれど、きっと甘くて瑞々しいと自負しているよ」

言いながら、僕はもう一度窓の外を顧みる。今夜はいよいよ花火大会だ。

あれだけ夕焼けがきれいなら、きっと花火もよく見えるだろう。

「でも死神サン、イヤなモノ持ってるね。イヤだねェ、キモチワルイキモチワルイ！」

「ああ……これのことだろう？」

僕はそう言ってふところからあるものを取り出し、見せつけた。

手の中でじゃらりと音を立てたのは、いつか菫也に貸したあのロザリオだ。

まるでキリストの血が滴るように赤く夕日を弾く銀の十字架を突き出すと、悪魔は顔という顔を歪めてあとずさった。魔除けの結界もホワイトセージもすべて片づけたのに、彼らが僕に近づけずにいるのはこれのせいだ。

「イヤだ……イヤだイヤだイヤだ！　キモチワルイ、キモチワルイ、キモチワルイ！」

「そうだろうね。嘘か真か、死神（ぼくら）に支給されるロザリオはすべて上司の手づくりだと聞いている。あのひとがそんな殊勝な真似をするのかどうか、僕は未だに半信半疑なのだけど、今はもうどうだっていい。なあ、悪魔。僕と取り引きをしよう」

本物の逢魔が刻と混じり合う、贋物（にせもの）の夕日を背にして僕は言った。

今にも零れ落ちそうな無数の眼が一斉に僕を見る。

「とりひき？」

「そう、取り引きだ。君たち悪魔は昔から、人間に都合のいいまぼろしを見せて誘惑することに長（た）けているだろう？　その力を貸してほしい。協力してくれたら、僕の魂を君にあげよう」

僕の左手から垂れた銀の鎖が小さく揺れて、チリリと微かな音を立てた。

その音を聞いてゆっくりと口角を上げ、白い歯を剥き出しにしたいくつもの顔の中に、僕はあの日助けられなかった彼を見た。

「嘘だネ。ワタシたちは騙されない。そうやって俺らを騙して誘惑して、細切れにするつもりでしょ、この悪魔」

「悪魔に悪魔と呼ばれるなんて心外だけど……そうだね。僕は確かに悪魔だった。だから、最後はひととして終わりたいんだ」

それが今の僕にとっての、たったひとつの真実だった。

さあ、夜が宵闇を率いてやってくる。けれど忘却の朝は、もう来ない。

†

目が覚めると、わたしはツバメになっていた。

どうしてツバメだと思ったのかは、自分でも分からない。

ただまぶたを開けたとき、生まれてはじめて闇がふたつに分かれているのを見た。上の闇には点字みたいな小さな粒がたくさん浮かんでいて、下の闇からは波音がした。

そのときわたしの耳もとで、誰かが「あれは星で、これが海だよ」と囁いた。

誰の声かは分からない。でも声の主はこうも言った。「世愛、君はツバメだ」と。

だからわたしはツバメなんだ。

実際、闇の中で見た自分の腕は真っ黒で、毛むくじゃらで指がなかった。見下ろした足も指が三本しかなくて、真ん中の指がいっとう長くて、爪はやけに鋭かった。

少なくともそれらはわたしが手で触れて覚えた腕ではないし、足でもない。

ううん、そもそもわたしはツバメじゃないし、目も見えない。

なのに今のわたしはツバメで、目も見える。つまりこれはたぶん夢だ。

そう、わたしは夢を見ている。生まれてはじめて見えている夢を見ている。

こんな体験ははじめてだった。

今までわたしの見る夢は、現実と同じでずっと真っ暗だったから。

だからわたしは、たとえ夢でも見えることが嬉しくて飛び上がった。すると体がふわりと浮き上がり、気づけば海の上を飛んでいた。風を切って、海面を滑るみたいに。

体はおどろくほど軽く、空中で一回転だってできる。今ならどこへでも飛んでいけるような気がして、わたしは潮風の中でよろこびの歌をうたった。そんなときだ。

ヒュルルルルル、と聞き覚えのある音がして、なにかが空で爆ぜたのは。

わたしは飛びながらそれに見とれた。

星明かりよりも明るくパッと海を照らしたのは、色とりどりの光の雨だった。

——もしかして、あれが花火？

ああ、きっとそうだ。だって確かに花火の音だもの。

なんてきれいなんだろう。わたしは海の上を飛びながら、次々と音を立てて弾ける花火に目を奪われた。わたしの知らない色がたくさん、たくさんたくさん頭上で咲いて、飛び散って、喝采みたいな音を上げながら、輝きながら降ってくる。すごい！

わたしは言葉どおり舞い上がり、降り注ぐ光の中で何度も宙返りをした。

そして今ならあの光の只中へ飛んでいけるかもしれないと気がついて、花火に向かって飛び始めた。これが現実なら、花火の中へ飛び込むなんて自殺行為だって、ちゃんと分かっていたんだけど。でもここは夢の世界だし、奇跡を体験できるのはきっと今日が最初で最後だ。だからわたしは光に向かって飛び続けた。

どうせいのちが終わるなら、あの光の中でわたしも弾けて消えたかった。

だけどあと少しで花火に届きそう、と思ったとき。

わたしは海の上にひとが立っていることに気がついた。

本当なら、水の上にひとが立つなんてありえないんだけど。

なのにわたしはちっともおどろかず、むしろよろこびに胸を弾ませた。

だってひと目見てすぐに分かったんだ。あのひとがルウ先生だって。

「先生！」

わたしは風に乗って海面まで滑り降りる。

すると花火を映した波の上で、振り向いたルウ先生が笑ってくれた。

黒い髪に、黒い服。瞳はわたしの知らない色。でも先生の瞳はルビーの色だと、お母さんが言っていた。じゃあこれが「赤」なんだ。わたしは先生に会えたことが嬉しくて、嬉しくて嬉しくてめいっぱい羽ばたいた。そうしながら先生の周りをくるくる回り、最後はひゅっと翼をたたんで、先生の左肩にとめてもらう。

「ルウ先生！　花火、とってもきれいですね！　わたし、世界にあんなにたくさんの色があるなんて知りませんでした。しかも先生と一緒に花火が見れるなんて夢みたい！　あ、いや、まあ、夢なんだけど……でもこんなしあわせな夢が見られるなんて、わたしがあんまりかわいそうだから、イエスさまが最後に訪ねてきてくれたのかなあ」

「君はかわいそうなんかじゃないさ、世愛」

と、肩の上で目を閉じかけたわたしに、先生はそう言った。

「君はなにもかわいそうなんかじゃない。そうだろう？」

花火に照らされた先生の顔はとてもきれいで、泣きたくなるほどやさしかった。

「さあ、ごらん、世愛。フィナーレだよ」

先生の視線に導かれ、わたしも一緒に空を見る。ボンッと打ち上げの音がした。

だけど直後に訪れたのは静寂。真っ暗な空には星明かりだけ。

いつまで経っても咲かない花火に、わたしが「あれ？」と思った刹那、

「わあ――」

咲いた。咲いた。咲いた。咲き乱れた。

数え切れないほどの花火。見たこともない色、色、色。

夏の夜空にほんの一瞬咲いて散る、儚くも力強い光の百花――彩色千輪。

どうしてだろう。分からないけど、そのとき確かに分かったんだ。

あの花火はきっと、先生がわたしにくれたものだって。

だからわたしは飛び上がった。

最後の瞬間、大好きな先生の唇に、小さな嘴でキスをする。

「さようなら、愛する王子様」

あたたかなお日さまの色が、わたしを抱きしめてくれたような気がした。

†

どこか遠くで、花火の打ち上がる音が聞こえた。

「ご臨終です」

泣き崩れる波絵さんたちの慟哭を聞きながら、僕は彼女に歩み寄る。

「さようなら、小さなツバメさん」

お別れを告げて、白く可憐なふたつのまぶたを、祈りとともにそっと拭った。

看取り業務完了。

僕が最後に看取った魂は夜空を飾るあの花と同じ、とびきり美しい虹色をしていた。

幕間　黒猫と天使

「どういうことですか、天使サリエル」

「ですから今お話ししたとおりですよ。今年の春先、日本であなた方を襲った悪魔は消滅しました。いえ、消滅したと言うよりは、浄化されたと言うべきですね。これは非常に稀有な事例です。そもそも有史以来、悪魔が死神の魂を食べるなどという行為は確認されたためしがありませんでしたから」

「その話、もっと詳しく教えてください」

「残念ながら私も上から通達を受けただけで、詳しいことは分かりません。ただ現場に急行した死神の報告によれば、悪魔は彼の魂をもらい受けた直後、突如として弾け飛んでしまったそうです。死神の鎌に斬られることなく、おのずから花火のように」

「花火のように、って……じゃあ彼の魂はどうなったんですか？」

「無論、悪魔とともに消滅しました。いえ、より正確には消滅したと思われるという報告でしたが。弾け飛んだ悪魔の魂は、彼が最後に看取った少女の魂と同じ色をしていたそうですよ」

「悪魔の魂が？　そんなの見たことも聞いたこともありませんよ」

「ですから浄化されたと言ったのです。あなたも知ってのとおり、悪魔となった魂は生前の行いを問わず色彩が濁り、それを浄化するために自然界へ送られます。しかし彼の魂を喰らった悪魔は消滅の瞬間、ひととしての魂のかたちを取り戻し、居合わせた死神に回収されました。あくまで緊急的な措置でしたが、結果として上は彼らを受け入れることにしたそうです。現世送り前の最終検査で問題がなければ、来世もひととして生を受けることになるでしょう」

「要するに……今回の事例では、悪魔に取り込まれた魂の時間が巻き戻り、もとのかたちに戻ったということですか？　失われた個としての記憶や感情を取り戻して」

「ええ、おそらくは。なにがどのように作用してそういった現象が起きたのかは、現在上が総力を挙げて解析中のようですが……しかし欠損した魂を取り除かれた死神ですら、人間の魂に触れることでひととしての輝きを取り戻せることを思えば、悪魔と化した魂が同様の事象によって救われたとしても、不思議はないのかもしれません」

「……」

「あなたが今、なにを考えているのか当ててみせましょうか？」

「いえ、結構です」

「悲しむことはありません。彼には薄井楓を任せようと思っていましたので、その点は確かに残念ですが、彼は最後にあなたと同じ選択をしたのですから」

「誰がいつ悲しんでるなんて言ったんですか？」

「おや、違いましたか？」

「ご想像にお任せします。で、肝心の僕の処遇はどうなるんです？」

「上からはあなたの希望に添うようにと言われていますよ。前例のない事態でどうなることかと思いましたが、冥府の法を犯したあなたの贖罪（しょくざい）はこれにて無事完結です」

「ハレルヤ！　じゃあ僕も晴れて自由の身ってことですね？　もう二度と傍観主義のいけ好かない上司に顎で使われなくて済むってことですね！」

「ずいぶん嬉しそうですね」

「そりゃそうですよ、僕は百年もこの瞬間を待ち侘びてたんですから！　まったくどこぞのゴブリンのおかげでずいぶん遠回りをさせられましたけど、僕もやっと……」

「ちなみに私も今回の件を機に〝サリエル〟の役職を辞することにしました」

「へ？」

「そろそろ後進に道を譲る頃合いかと思いましてね。私もまた、ひとの身からやり直そうと思っています」

「……あの、天使サリエル。それはつまり引責ということですか？」

「引責とは？」

「だって彼を死神に推したのはあなたでしょう。その彼が魂を取り戻すまで百年もかかったあげく、悪魔に魂を売ったとなれば……」

「おや、珍しい。あなたが傍観主義のいけ好かない上司の心配をするなんて」

「い、いえ、あれはあなたへの当てこすりではなくてですね……」

「ふふ……では、そういうことにしておきましょうか。ですが私の件は心配無用ですよ。ただ彼の姿を見ていたら、もう一度ひととして生きてみるのも悪くないと思っただけですから」

「……そうですか」

「ああ、ついでにもうひとつ、あなたの耳に入れておきたいことがありましてね。彼の方は引き続き、死神として現世に留まるようですよ」

「彼？」

「ええ、あなたが百年かけて導いた彼です。なにしろ悪魔が盗ったのは彼の魂のみで、肉体は原形を留めていましたから」

「は？」

「あなたも知ってのとおり、悪魔に対する魂の譲渡は冥府の法にもとります。たとえひとの魂であろうとも、死神の魂であろうともです。ですので彼にも罰が必要ですが、魂が消失してしまった以上、あなたのように使い魔として罪を償うという方法が取れない。ゆえにもう一度死神としての務めを果たせば、特例として罪を許すという上からのお達しです」

「……」

「さて、ではお尋ねしましょうか。――選んでください、ジャック・ザ・リッパー」

最終話 彼と世界

その日、天使サリエルはひとりの死神をとある邸宅へ導いた。

目覚めたばかりの死神はひどくからっぽでまっさらで、身につけている黒いベストと白いシャツ以外、名前も記憶も魂さえも持たなかった。

ただ、幸いなことに彼は目玉を持っている。だから自力で歩けるというのに、なぜだか彼は冥府の門をくぐる直前で目隠しをされ、今、天使に手を引かれていた。

「……あの、天使サリエル。僕はいつまで目隠しをしていればよいのでしょうか？」

まるで底のない穴を泳ぐような感覚に、生まれてはじめての戸惑いを覚えた彼は思わず尋ねる。上級職に意見するなんて不遜だとは知りつつも、このままではどうにも落ち着かない。ところが天使は絵の具のにおいの真ん中で立ち止まり、静かに微笑うばかりだった。

「大丈夫。あと少しの辛抱ですよ」

男性とも女性ともつかない声がやわらかく鼓膜を震わせる。

ほどなく音の反響の仕方が変わって、死神は己の靴が硬い床を踏み締めるのを感じた。ガイ・フォークス・デイはとっくに終わったはずなのに、どこからともなくパッと花火の上がる音が聞こえた気がして、唐突な幻聴は彼の心に細波を生む。瞬間、なにかの映像の断片がまぶたの裏をよぎりかけ、しかしそれを遮る声があった。

「いらっしゃい」

まったく知らない男の声。淡いおどろきとともに立ち止まれば、右手を預けていたはずの手袋の感触がするりと逃げる。

おかげで死神は唐突に、ひと雫の光もない闇の中で立ち尽くす羽目になった。

口を噤んで次なる沙汰を待ってみるも、沈黙が降り積もるばかりで変化がない。

「天使サリエル？」

虚空へ向けて放った呼びかけに、天使はもう答えなかった。

「僕はサリエルではないよ」

代わりに返ってきたのは、先ほど闇を震わせたのと同じ男の声だった。

「……あなたは？」

「そうだね。今度もチャールズと名乗っておこうか」

堂々と偽名であることを宣言しながら、声の主はけろりと答えた。

ほんの一瞬、その声に聞き覚えがあるような気がしたものの、死神となった彼の感情や記憶の揺らぎはすべて、生まれた傍から目の前の闇に食べられてしまう。

「新米くん。今日からここは君の家だ。そして僕は君の使い魔。君を一人前の死神に育て、あの世とこの世の調律を託す者……なんて言えたらかっこいいんだけど、実のところはただの物好きさ。こんな窮屈な肉体(からだ)とはさっさとおさらばしたいと思ってたはずなのに、どうしてこうなっちゃうんだか。でもきっと、今の僕ならフランケンシュタインよりはしあわせだろうね」

なんだか満足げに彼は言い、やがてどこかから降り立った。

響いた足音の異様な軽さに、死神は耳をそばだてる。

「ところで、君。なんで目隠しなんかしてるのさ。今の君は五体満足、至って健康で業務にもまったく支障はないと聞いてたんだけど？」

「さあ……僕も理由を知りたいよ。ただ先代の天使サリエルが、僕を送り出すときはこうするようおっしゃっていたと聞いたけど」

「ははあ、なるほど。つまり僕以上の物好きがいたわけだ。あのひとも今頃は現世に降りてるはずだけど、生まれ変わった拍子にそういう性癖が芽生えていないことを祈るばかりだね」

チャールズの声は、今度はずっと低い位置から聞こえた。けれどからっぽの死神は返すべき言葉の持ち合わせがなく、行儀のいい人形のように佇むばかり。

「まあ、とにかく。今日は記念すべき始まりの日だ。始まりがあるということは、いつか終わりがやってくるということでもあるけれど、だからといって嘆くことはない。だってひとも使い魔も死神も、みんな生まれ落ちた瞬間から終わりに向かって歩いているんだ。そう思えば少しは寂しさもまぎれるだろう？　道が違えど、歩幅が違えど、僕らはやがて狭き門の向こうで巡り会うのだから」

ところが刹那、人形の脳裏をなにかがよぎった。

それは先ほど彼の心に細波を起こした、七色の断片に似ていた。

だから死神は顔を上げ、目隠しの向こうの彼に尋ねてみる。

「……僕らの上司は不条理を好むくせに、変なところで公平だから？」

死神の問いかけを聞いたチャールズは、急に黙って見えなくなった。

かと思えば彼は唐突に笑い出し、再び闇より現れる。

「ああ、そうとも。よく分かっているじゃないか。ではもう一度始めようか、君と僕とのセンチメンタルジャーニーを」

「その前に、チャールズ。そろそろ目隠し（これ）をはずしても構わないかな？」

「あ、ごめん、そうだった。だけどはずす前にひとつだけ質問に答えてくれるかい？」

「なにかな？」

ずっと足もとを移動していたチャールズの声がついに止まった。おそらく彼は今、正面から死神と向き合っているのだろう。黒い尻尾が白い床を撫でる音がする。

「あのさ。君は目覚めてから一度でも鏡を見たことがある？」

「いや……まだ一度もないよ。僕の肉体（からだ）は若い英国人の遺体だと聞いているけれど」

「そうか。それはいい。じゃあ早速目隠しをはずしてごらんよ、ルウ」

なぜだかひどくなつかしい名で呼ばれた気がした。

チャールズに導かれるままに、死神はそっと頭の後ろの結び目を解（ほど）く。

黒い目隠しが床に落ち、彼のまぶたが開かれた。

次に死神が見たものは、星の数ほどの色彩が飛び散った白い壁と白い床。

棚いっぱいのきらめき。一匹の黒猫。

そして彼が背にした落日の——

「ああ、やっぱり。何度見てもその目は君にお似合いだよ。そう、とてもお似合いだ」

なつかしむような黒猫の声を聞きながら、死神は自らの目もとへ手をやった。

ああ、まぶしい。目がくらみそうだ。

だって、世界はこんなにも色で溢れている。

「さあ、早く鏡を覗いてごらん。果たして君はその赤を、何の赤だと呼ぶのだろうね」

参考文献

『シャーロック・ホームズの冒険』アーサー・コナン・ドイル著、深町眞理子訳、東京創元社、２０１０年
『アンナ・カレーニナ』レフ・ニコラエヴィチ・トルストイ著、木村浩訳、新潮社、１９９８年
『赤毛のアン』ルーシー・モード・モンゴメリ著、松本侑子訳、集英社、２０００年
『赤毛のアン』ルーシー・モード・モンゴメリ著、村岡花子訳、新潮社、２００８年
『シェイクスピア全集』ウィリアム・シェイクスピア著、小田島雄志訳、白水社、１９８３年
『ハムレット』ウィリアム・シェイクスピア著、野島秀勝訳、岩波書店、２００２年
『Gospel of John』Bible Society、２０１５年
『口語訳聖書』日本聖書協会、１９５５年
『リビングバイブル』いのちのことば社、２０１６年
『幸福の王子』オスカー・フィンガル・オフラハティ・ウィルス・ワイルド著、結城浩訳、２０００年